黄河之水天上来

黄河文库·
　　文学黄河

孟宪明　总主编

黄河现代散文选

HUANGHE XIANDAI SANWEN XUAN

靳瑞霞　选注

河南大学出版社
HENAN UNIVERSITY PRESS
·郑州·

图书在版编目（CIP）数据

黄河现代散文选 / 靳瑞霞选注 . — 郑州：河南大学出版社，2020.7
（黄河文库．文学黄河）
ISBN 978-7-5649-4409-4

Ⅰ．①黄… Ⅱ．①靳… Ⅲ．①散文集－中国－现代②散文集－中国－当代 Ⅳ．①I266

中国版本图书馆CIP数据核字（2020）第145657号

丛书策划	孟宪明　于华龙
责任编辑	阮林要　林方丽
责任校对	陈　巧
装帧设计	翟淼淼　高枫叶　郭　灿
出版发行	河南大学出版社
	地址：郑州市郑东新区商务外环中华大厦2401号　邮　编：450046
	电话：0371-86059750（高等教育与职业教育出版分社）
	0371-86059701（营销部）
	网址：hupress.henu.edu.cn
排　版	河南大学出版社设计排版部
印　刷	河南瑞之光印刷股份有限公司
经　销	全国各新华书店
版　次	2020年8月第1版	印　次	2020年8月第1次印刷
开　本	787mm×1092mm　1/16	印　张	20
字　数	305千字	定　价	168.00 元

（本书如有印装质量问题，请与河南大学出版社联系调换）

壶口瀑布 摄影/王伟

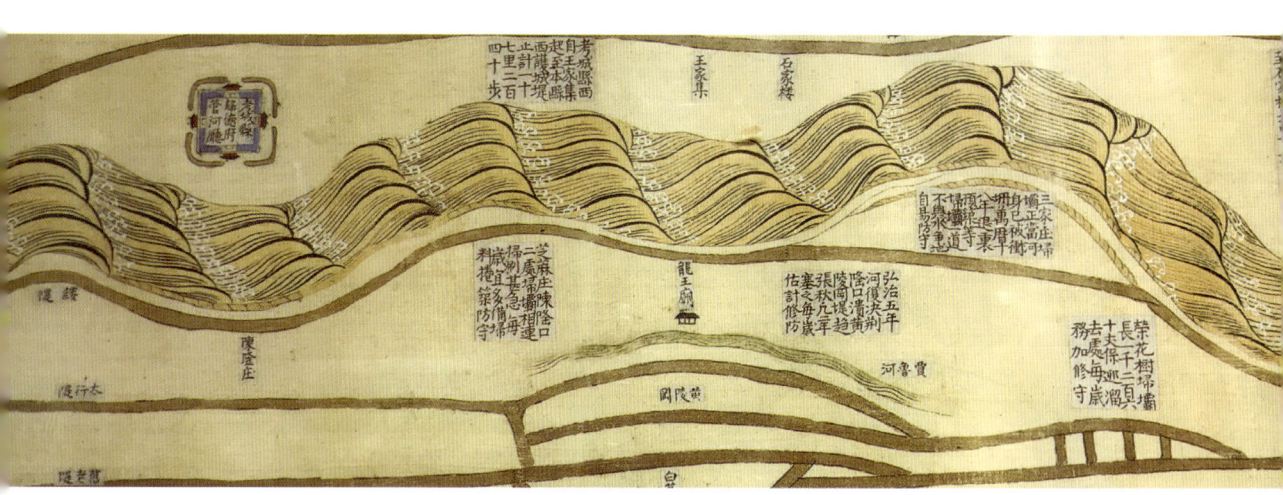

明代河防一览图（局部）

激情与涛声

孟宪明

一

1985年春天,上海一家出版社邀约一套姊妹书《黄河古诗选》和《长江古诗选》,我和朋友们选择了第一本。那时候年轻,对此书究竟意味着什么并不明晰,一做才发现此书之不易。此时,中国大型的古诗集只有《先秦汉魏晋南北朝诗》和《全唐诗》,其他诗作必须从各种各样的合集、别集以及个人的集子中寻找。我们在图书馆整整钻了三年,才对从《诗经》到清末历代诗人作品中的"黄河诗"有了一个大致的了解。此时的中国社会已经深深地进入了市场经济,"赚不赚钱"成了出版的重要指标。直到1989年,此书才由河南的中州古籍出版社出版。五年真诚的"黄河"追索,让我们对黄河文化的宽广度与幽深度有了深刻的洞悉,"黄河",砥砺成之后我几十年生活中尖锐的警觉和敏感。

2020年1月3日,当我和郑州市惠济区的有关领导坐下来讨论"黄河"的时候,四千年前的大河村先民正在黄河边汲水晚炊,三千年前的商都天空上晚霞正艳,两千年前的《郑伯克段于鄢》正式开启春秋时代的瑰丽文脉,而黄河岸边的鸿沟里正飘荡着同楚汉相争时一样的暮云……亘古不息的黄河水在惠济区的土地上铺展着五十余里的激流与涛声。商定的结果,恰与两个月前我们策划的丛书不谋而合。天时。地利。人和。一套丛书悄然启动。

谁也没有想到,二十天后,十四亿国人会被一种无可感知的病毒所折磨、所震惊,会被一座坚强的城市所激动、所感奋。我们知道我们会胜利,但我们不知道我们会在何时胜利。时间停了下来,停在了这个猝不及防的时刻。

空间停了下来，停在了这个让人讶异的陌生之地。天下事变成了一件事。但是，我们的丛书没停。

二

　　河流产生文明。古巴比伦、古埃及、古印度、华夏中国，四大文明古国，无一不是河流的成功。

　　每条河流都有自己的性格和禀赋。这种独特的性格和禀赋必然赋予文明不同的基因，进而左右着文明的命运甚至生命。四大文明古国灭亡其三，难道与河流的性格和禀赋没有关系吗？换句话说，四大文明古国唯华夏之独存，中华文明与黄河的性格和禀赋没有关系吗？

　　黄河的独特之处在哪里？

　　此话题本应该先说黄河，但它让我想起来的首先是两则神话，一则是《女娲补天》，一则是《大禹治水》。

　　《淮南子·览冥训》云："往古之时，四极废，九州裂，天不兼覆，地不周载。火爁焱而不灭，水浩洋而不息。猛兽食颛民，鸷鸟攫老弱。于是女娲炼五色石以补苍天，断鳌足以立四极，杀黑龙以济冀州，积芦灰以止淫水。苍天补，四极正，淫水涸，冀州平，狡虫死，颛民生。"

　　面对超巨的自然灾害，伟大的女娲昂然而起，炼石补天，积灰止水。她没有逃避，没有退缩，更没有倒下。她是我们既高深辽远又近可视听的共同的老祖母。

　　四千年前的一场洪水，产生了华夏民族的又一个英雄，那就是从父亲的尸体边站起来的大禹。十三年治水不止，三过家门而不入。

　　《尚书·禹贡》云："导河积石，至于龙门；南至于华阴；东至于厎柱；又东至于孟津；东过洛汭，至于大伾；北过降水，至于大陆；又北，播为九河，同为逆河，入于海。"

　　司马迁的《史记·封禅书》说："昔三代之君，皆在河洛之间。"三代者，夏、商、周之谓也。夏、商、周者，中华民族之祖源也。而河洛，则是黄河与洛水的相会之处。"关关雎鸠，在河之洲。"中华民族第一部诗歌总集的第一首诗，就唱响在水汽氤氲的黄河沙洲。

可否这样想，如果没有女娲补天的心灵导引，没有大禹治水的宏伟实践，黄河会是今天的样子吗？中国的山川地域会是今天的样子吗？华夏民族的性格和命运会是今天的样子吗？

黄河造就了黄河流域。黄河产生了黄河文明。而我们这一切，包括女娲之补天、大禹之治水，皆是其性格所造成的。换言之，中华民族历数千年而繁荣不息，同样是黄河的性格和禀赋所造成的。黄河从源头起步，千转百绕，九曲回肠，接纳了无数的沟涧溪川、泉脉细流，奔腾而下，在无际的土地上走过千里万里，宽广而汹涌，宽阔而多变，宽厚而易怒，宏富而尖刻。它是阴阳之和、美丑之和、善恶之和，是深刻的对立统一的矛盾综合体。

"一石水，八斗泥。"民间的谚语准确地讲述着黄河的性格与特点。黄河不仅给我们送来了用之不尽的水源，还创造了下游数十万平方公里的冲积平原。正是永无止息的黄河水和黄河水带来的冲积平原，才在很大程度上决定了很早就起步了的农业文明。农业文明是聚居文明，是一家一户一氏族一部落的聚居文明。正是这样的文明形态，产生了"女娲补天"式的不朽的祖先崇拜。祖先崇拜的最大特点是不排他。我祖英明，你祖也可英明。我崇拜我的祖先，你也可崇拜你的祖先。正是这种不排他的信仰崇拜，使这块古老的土地上从未发生过灭绝人寰的宗教战争，而始终葆有旺盛壮健的民族血脉。这是一方面。

另一方面，在华夏先祖"近取诸身，远取诸物"的哲学意识观照下，定阴阳，作八卦，观察、思考周围的世界，黄河，必是先人们基本的对象。黄河接纳了无数的沟涧溪川而形成浩洋不息的奔腾之势，必定震撼过先祖们的英灵。大禹率领天下万邦合力治水而使万流归宗，更是在形式上、思想上、制度上，完成了千年以降的"融合和一统"。这是以接纳对接纳、以融合对融合、以一统对一统的治水战争，也是一场民族团结与民族融合的革命，更是一场对于黄河的学习、实践与礼遇。

站在大历史、长时空的角度讨论黄河与黄河文明，我们发现：

正是始于农业文明的不排他的祖先崇拜，而使很多个部落最后成为一个浩荡的民族。这是人类内心的动力驱使所致，属于主观世界的一次渐进式革命。

正是因为黄河的泛滥和对天下万邦的组织与引领，才使得无数个松散的部落与氏族最后成为一个浩荡的民族。这是对历史演进的客观概述。

主观意义的祖先崇拜和客观意义的万邦统汇，构成了华夏民族之所以绳绳不息的重要因素。华者，华胥氏之女娲伏羲之华也。夏者，大禹建夏而万邦一统之夏也。华夏，之所以成为中华民族的族徽与旗帜，实肇于奔腾的黄河和悠久的文明。我们说黄河是母亲河，不仅仅指"养育"，更指的是"化育"。

三

黄河有两个标识：一是文字上的，一是地理上的。

文字上的标识穿透时空，占领的主属时间，历朝历代，垒垒如高筑之台。

地理上的标识穿透时空，占领的主属空间，大河上下，煌煌如不朽神谕。

搜集之。记录之。梳理之。研究之。这是我们必有的功课。我们的民族性格、文化心理、思想意识、精神现象，皆由此而源起。中华民族的伟大复兴皆应有此一课。记录重要的地理标识而使其文字化、数字化、抽象化；整理与研究历代的典籍，而使其清晰化、条理化、具象化。这是我们具体的方向与方法。

我们可以不做，或者浅尝辄止，像历朝历代那样，浑然于黄河之滨吗？

不能。

因为复兴之途的中华民族到了需要总结的时候。

我们要明晰我们的民族标识。

我们要准确我们的文化标识物。

包容与抗争。忍让与搏杀。博大与幽深。丰厚与锋利。阴阳表里虚实寒热。中华民族宽广幽微的精神世界皆由此而源起。

黄河里，有我们的民族属性。

尼罗河。印度河。黄河。底格里斯河和幼发拉底河。河流于茫茫时空中不息奔涌。古埃及，古印度，古巴比伦，血脉折断，高幕长谢，相继走进深渊般的历史，只留下一痕轻轻的涟漪。河水奔腾，涛声仍然。听涛的已非斯人。而跃下龙门口，穿越砥柱山的，还是那支"天下黄河几十几道湾"的船歌！这是我们的光荣与使命。

黄河，孕育了华夏文明和绳绳不息的华夏子孙，也养育了整个流域里的千亿万亿的生命，会飞的，会游的，会跑的和不会飞、不会游、不会跑的，甚至那些亿万年才可变化的山峰、石梁和岸边那一枚枚石子和沙砾。这是一个庞大的黄河家族，而黄河，是所有生命和生灵的家长。

我们是黄河的子孙。我们受赐于黄河。面对黄河，我们要有子孙的心态和子孙的思考。

四

河流产生于风云际会。如果风云际会的不是黄河，我们当然也会追上另一条河流。如果是那样，我敢保证，今天的我们肯定不是今天的样子。我不敢保证，我们不会像古埃及、古印度、古巴比伦那样高幕长谢。

历史像一条缥缈细弱的丝巾，随时都可能飘散或者折断。在时空的长路里，仅仅人类，就有过多次的飘散与折断。历久弥坚、历久弥新的，只有华夏，只有这一群黄皮肤的华夏子孙。而这群子孙的出发地和坚守地就是黄河和黄河岸边的这片黄土。

没有文字的时候，我们认那些用符号沟通天地的人为神。

不识电力的时代，我们称那些走过长空的闪电为神。

那么，从黄河到黄土，到黄帝，到黄种人，亿万斯年长流不止的河水变成一条穿越时空、奔流不息的血脉。生产。生活。生殖。生命。每一滴流出的鲜血都带有黄河嚓呕的涛声。在这个时空般生生不息的传递中，没有堪作"神明"的存在吗？怎样认识和理解？怎样继承与超越？未经证明的未必不存在。正因于此，国人才一次又一次地喊出了天地间的神秘之语：天佑中华！

黄河是人类文明史上唯一一条一直在哺育着同一个民族的大河。它像自己从无断流一样，用从无断流的黄河水哺育着一个从无断流的黄皮肤的民族。在我们的血管里，同时轰响着两道泉脉的亘古涛声。

我们要像对待伟大的先祖一样，常怀谦卑与景仰，跪下黄金般高贵的膝头。我们要从祈求、诅咒、治理甚至战胜的思考中走出来，上升为爱护黄河、保护黄河、尊崇与礼拜黄河的高度。

五

正基于此，我们组织编写了这套《黄河文库·文学黄河》。

《黄河文库》共有四部分内容，即：自然黄河，人文黄河，文学黄河，区域黄河。《文学黄河》是其规模化的起始，内容包括古代诗歌，古代词曲，古代谣谚，古代散文，神话，传说以及现代诗歌和散文等。挑选，依作品内容之质量；编排，依作者生平之先后。不以人废言，不以名取文。披沙淘金，艰难爬梳。因为我们都是黄河的子孙。

除了内容，书中还编配了两千一百余幅黄河或者与黄河有关的图片。标题图，张扬黄河；随文图，阐释黄河；而一千三百余幅页眉图，囊括了文化的、宗教的、艺术的、山石草木鸟兽虫鱼的诸多面貌。图片的内涵与张力自会溢出文字的叙述。图文并茂，互为助益，焕发出策划者与著者、编者的构想与神采。

面对黄河，我们神思飞越。

面对黄河，我们默然长醒。

这只是开始，前行的道路一定还远。

二〇二〇年八月十九日十二时卅分于豫州混沌斋初成。
廿五日午时四改。秋云如絮，七夕至矣。无不惬意。
无不舒服。感激之情沛然而生。

目　　录

孙伏园　黄河上 ……………………………………………… 002
胡山源　黄河之水 …………………………………………… 008
董其武　故土乡情 …………………………………………… 012
臧克家　毛主席向着黄河笑 ………………………………… 016
周立波　黄河 ………………………………………………… 020
王化云　毛主席视察黄河记 ………………………………… 025
萧　红　黄河 ………………………………………………… 033
杨　朔　黄河之水天上来 …………………………………… 045
严文井　春夜过黄河 ………………………………………… 049
刘白羽　黄河之水天上来 …………………………………… 052
曾　克　黄河岸上的新神话 ………………………………… 055
敖德斯尔　斯琴高娃　龙羊雄姿 …………………………… 059
余光中　黄河一掬 …………………………………………… 064
高　缨　又临黄河岸 ………………………………………… 068
于良志　夜过杨家渡 ………………………………………… 073
乐　拓　黄河流凌交响诗 …………………………………… 078
柴继光　黄河夜渡 …………………………………………… 086
牛达生　滔滔黄河过宁夏 …………………………………… 090
阎豫昌　大河惊涛 …………………………………………… 095
顾丰年　砥柱赋 ……………………………………………… 100
石　英　黄河自有风景 ……………………………………… 107
山　曼　长堤之首 …………………………………………… 112

鹿　　子	水之恋	116
萨德本　葛腾	扎陵湖鄂陵湖勘察记	121
尹泽生	冲开壶口南大门	129
尧山壁	陶醉壶口	139
降大任	河湟胜景美	142
雷　　达	黄河远上（节选）	145
萧重声	初过积石峡	152
孙　　荪	走近壶口	156
银　　笙	"飞"起的黄河	162
海　　飞	黄河梦	165
梁　　衡	壶口瀑布记	170
李存葆	大河遗梦（节选）	172
张承志	大河家	181
陈世旭	走向黄河	185
罗时汉	北方的河	191
和　　谷	黄河古渡	201
郑彦英	在河之南（节选）	209
张爱华	壶口瀑布	217
聂还贵	黄河四章	221
王剑冰	大河壶口	230
邓一光	清凉黄河	234
朱　　琦	故乡黄河中原	241
辛　　茜	静静的黄河	251
厚　　夫	到黄河漂流去（节选）	256
鲁顺民	南去的黄河西流的水	263
何向阳	自巴颜喀拉（节选）	278
	百姓黄河（节选）	283
刘　芬　岳国芳	黄河之门	292
祝咸录	黄河源头姊妹湖	297

三门峡的黄河 摄影/王伟

孙伏园

孙伏园（1894—1966），现代散文家，著名副刊编辑，鲁迅学生。原名孙福源，浙江绍兴人。1921年毕业于北京大学。1919年秋起先后任北京《晨报》《京报》副刊编辑，并办《新潮》《语丝》杂志。1945年秋到成都，主编成都《新民报》。新中国成立后出任政务院出版总署版本图书馆馆长。其著作主要有《伏园游记》与《鲁迅先生二三事》等。

黄 河 上[1]

我是七月七日晚上动身的，那时北京正下着梅雨。这天下午我到青云阁购物，出来遇着大雨，不能行车，遂在青云阁门口等待十余分钟，雨过以后上车回寓，见李铁拐斜街地上干白，天空虽有块云来往，却毫无下雨之意。江南人所谓"夏雨隔灰堆，秋雨隔牛背"，此种景象，年来每于北地见之，岂真先生所谓"天气转变"欤？从这样充满着江南风味的北京城出来，碰巧沿着黄河往"陕半天"[2]去，私心以为必可躲开梅雨，摆脱江南景色，待我回京时，已是秋高气爽的了。而孰知大不然。从近日寄到的北京报上，知道北京雨水还是方兴未艾，而所谓江南景色，则凡我所经各地，又是满眼皆然。火车出直隶南境，就见两旁田地，渐渐腴润。种植的是各物俱备，有花草，有树木，有庄稼，是治森林花园田地于一炉，而乡人庐舍，即在这绿色丛中，四处点缀，这不但令人回想江南景色，更令人感得黄河南北，竟有胜过江南景色的了。河南西部连年匪乱，所经各地以此为最枯槁，一入潼关便又有江南风味了。江南的景色，全点缀在一个平面上，高的无非是山，低的无非是水而已，绝没有如河南陕西一带，既平地而亦有如许起伏不平之势者。这黄河流域的层层黄土，如果能经人工布置，秀丽必能胜江南十倍。因为所差只是人工，气候上已毫无问题，凡北方所不能种植的树木花草，如丈把高的石榴树，一丈高的木槿花，白色的花与累赘的实，在西安到处皆是，而在北地是未曾见的。

自然所给予他们的并不甚薄，而陕西人因为连年兵荒，弄得活动的能力几乎极微了。原因不但在民国后的战争，历史上从五胡乱华起一直到清末回匪之乱，几乎每代都有大战，一次一次地斫丧陕西人的元气，所以陕西人多是安静，沉默，和顺的；这在智识阶级，或者一部分是关中的累代理学家所助成的也未可知，不过劳动阶级也是如此：洋车夫，骡车夫等，在街上互相冲撞，继起的大抵一阵客气的质问，没有见过恶声相向的。说句笑话，陕西不但人们如此，连狗儿也如此。我因为怕中国西部地方太偏僻，特别预备两套中国衣服带去，后来知道陕西的狗如此客气，终于连衣包也没有打开，并深悔当时以小人之心度君子之腹（北京尝有目我为日本人者，见陕西之狗应当愧死）。陕西人以此种态度与人相处，当然减少许多斗争，但用来对付自然，是绝对吃亏的。我们赴陕的时候，火车只能由北京乘至河南陕州，从陕州到潼关，尚有一百八十里黄河水道；可笑我们一共走了足足四天。在南边，出门时常闻人说"顺风"！这句话我们听了都当作过耳春风，谁也不去理会话中的意义；到了这种地方，才顿时觉悟所谓"顺风"者有如此大的价值，平常我们无非托了洋鬼子的洪福，来往于火车轮船能达之处，不把顺风逆风放在眼里而已。

黄河的河床高出地面，一般人大都知道的，但这是下游的情形，上游并不如此。我们所经陕州到潼关一段，平地每比河面高出三五丈，从船中望去，似乎两岸都是高山，其实山顶就是平地。河床是非常稳固，既不会泛滥，更不会改道，与下流情势大不相同。上流的河岸，虽然高出河面三五丈，但土质并不坚实，一遇大雨，或遇急流，河岸泥壁，可以随时随地，零零碎碎地倒下，夹河水游向下流，造成河床高出地面的危险局势；这完全是上游两岸没有森林的缘故。森林的功用，第一可以巩固河岸，其次最重要的，可以使雨水入河之势转为和缓，不至挟黄土以俱下。我们同行的人，于是在黄河船中，仿佛"上坟船里造祠堂"[3]一般，大计划黄河两岸的森林事业。公家组织，绝无希望，故只得先借助于迷信之说，云能种树一株者增寿一纪，伐树一株者减寿如之，使河岸居民踊跃种植。从沿河种起，一直往里种去，以三里为最低限度。造林的目的，本有两方面：其一是养成木材，其二是造成森林。在黄河两岸造林，既是困难事业，灌溉一定不能周到的，所以选材只能取那易于长成不需灌溉的种类，即白杨，洋槐，柳树，等等是已。这不但能使黄河下游永无水患，简直能使黄河流域尽成膏腴，使古文明发源之地再长新芽，使中国顿受一个推陈出新的局面，数千年来梦想不到的"黄河清"也可以立时实现。河中行驶汽船，两岸各设码头，山上建筑美丽的房屋，以石阶达到河边，那时坐在汽船中凭眺两岸景色，我想比现在装在白篷帆船中时，必将另有一副样子。古来文人大抵有治河计划，见于小说者如《老残游记》与《镜花缘》中，各有洋洋洒洒的大文。而实际上治河官吏，到现在还墨守着"抢堵"两个字。上面所说也无非是废话，看作"上坟船里造祠堂"可也。

我们回来的时候，除黄河以外，又经过渭河。渭河横贯陕西全省。东至潼关，是其下流，发源一直在长安咸阳以上。长安方面，离城三十里，有地曰草滩者，即渭水流经长安之巨埠。从草滩起，东行二百五十里，抵潼关，全属渭河水道。渭河虽在下游，水流也不甚急，故二百五十里竟走了四天有半。两岸也与黄河一样，虽间有村落，但不见有捕鱼者，殷周之间的渭河，不知是否这个样子，何以今日竟没有一个渔人影子呢！陕西人的性质，我上面大略说过，渭河两岸全是陕人，其治理渭河的能力，盖可想见。我很希望陕西水利局（现陕西省水利厅）局长李宜之先生的治渭计划一旦实行，陕西的局面必将大有改变，即陕西人之性质亦必将渐由沉静的变为活动的，与今日大不相同了。但据说陕西与甘肃较，陕西还算是得风气之先的省份，陕西的物质生活，总算低到极点了。一切日常应用的衣食工具，全须仰给于外省，而精神生活方面，则理学气如此其重，已尽够使我惊叹了；但在甘肃，据云物质的生活还要低降，而理学的空气还要严重哩。夫死守节是极普通的道德，即十几岁的寡妇也得遵守，而一般苦人的孩子，十几岁还衣不蔽体，这是多么不调和的现象！我劝甘肃人一句话，就是穿衣服，给那些苦孩子们穿衣服。

但是"穿衣服"这句话，我却不敢用来劝告黄河船上的船夫。你且猜想，替我们摇黄河船的，是怎么样的一种人。我告诉你，他们是赤裸裸一丝不挂的。他紫色的皮肤之下，装着健全的而又美满的骨肉。头发是剪了的，他们只知道自己的舒适，绝不计较"和尚吃洋炮，沙弥戳一刀，留辫子的有功劳"这种利害。他们不屑效法辜汤生[4]先生，但也不屑效法我们。什么平头，分头，陆军式，法国式，美国式，于他们全无意义。他们只知道头发长了应当剪下，并不想到剪了的头发上还可以翻腾种种花样。鞋子是不穿的，所以他们五个脚趾全是直伸，并不像我们从小穿过京式鞋子，这个脚趾压在那个脚趾上，那个脚趾又压在别个脚趾上。在中国画家要找一双脚的模特儿就甚不容易。吴新吾先生遗作《健》的一幅，虽在"健"的美名之下，而脚趾尚是架床叠屋式的，为世诟病，良非无因。而我们竟于困苦旅行中无意得之，真是"不亦快哉"之一。我在黄河船中，身体也练好了许多，例如平时必掩窗而卧，船中前后无遮蔽，居然也不觉有头痛身热之患，但比之他们仍是小巫见大巫。太阳还没有做工，他们便做工了，这就是他们所谓"鸡巴看不见便开船"，这时候他们是赤裸裸不挂一丝的。倘使我们当之，恐怕非有棉衣不可。烈日之下，我们一晒着便要头痛，他们整天地晒着，似乎并不觉得。他们的形体真与希腊的雕像毫无二致，令我们钦佩到极点了。我们何曾没有脱去衣服的勇气，但是羞呀，我们这种身体，除了配给医生看以外，还配再给谁看呢？还有脸面再见这样美满发达的完人吗？自然，健全身体是否含有健全的精神，是我们要想知道的问题。我们随时留心他们的知识。当我们回来时，舟行渭水与黄河，同行者三人，据船夫推测我们的年龄是：我最小，"大约一二十岁，虽有胡子，不足为凭"。夏浮筠先生"虽无胡子"但比我大，总在二十以外。鲁迅先生则在三十左右了。次序是未猜错的，但几乎每人平均减去了二十岁。这因为病色近于少年，康健色近于老年的缘故，不涉他们知识的问题。所以我们看他们的年纪，大抵都是四十上下，而不知内有六十余者，有五十余者，有二十五者，有二十者，亦足见我们的眼光之可怜了。二十五岁的一位，富于研究的性质，我们叫他为研究系（这又是我们的不是了）。他除了用力摇船拉纤之外，有暇便踞在船头或船尾，研究我们的举动。夏先生吃苏打水，水浇在苏打上，如化石灰一般有声。这自然被认为魔术。但是魔术性较少的，他们也件件视为奇事。一天夏先生穿汗衫，他便凝神注视，看他两只手先后伸进袖子去，头再在当中的领窝里钻将出来。夏先生问他"看什么？"他答道："看穿衣服。"可怜他不知道中国文里有两种"看什么"，一种下面加"惊叹号"的是"不准看"之意，又一种下面加"疑问号"的才是真的问看什么。他竟老老实实地答说"看穿衣服"了。夏先生问"穿衣服都没有看见过吗？"他说"没有看见过"。知识是短少，他们的精神可是健全的。至于物质生活，那自然更低陋，他们看着我们把铁罐一个一个地打开，用筷子夹出鸡肉鱼肉来，觉得很是新鲜，吃完了把空罐给他们又是感激万分了。但是我的见识，何尝不与他们一样浅陋：船上请我们吃面的碗，我的一只是浅浅的，米色的，有几笔疏淡的画的，颇类于出土的宋瓷，我一时喜欢极了，为使将来可以从它唤回黄河船上生活的旧印象起见，所以向他们要来了，

而他们的豪爽竟使我惊异，比我们抛弃一个铁罐还要满不在乎。（下略）

【注释】

［1］1924年7月7日，作者伴同去西安讲学的鲁迅等一行十三人，从北京出发，经郑州至陕县，乘船逆黄河而上，在西安停留二十多天，8月4日离开西安，循原道返回北京，本文系作者旅途的经历与见闻片断。　［2］"陕半天"：形容到陕西去的路程的艰险和地势高峻。　［3］"上坟船里造祠堂"：绍兴俗语。字面意思是，在前去扫墓的船上，才想到要为祖先建造祠堂。喻指某一念头，不过说说而已，并无诚意去做。　［4］辜汤生：辜鸿铭（1857—1928），名汤生，学博中西，号称"清末怪杰"，精通英、法、德、拉丁、希腊等9种语言，是清朝精通西洋科学、语言兼及东方华学的中国第一人。

【赏析】

　　这是孙伏园与周作人书信来往中的一封，记述了1924年陪鲁迅西行讲学，途经河南、西安以及黄河船上的见闻思考。因是回复给老朋友的信，行文透露出极其自然亲切而洒脱自由的风格。从天气、景色入手，又谈及黄河上下游的区别、植被的重要，加以种树的畅想；从陕西人的性格气质，探及西北区域人文气质的文化宿因；从民间船夫与自身等知识分子的比对，总结身体与智识的不同。似乎是随见随想，随时思考、分析、推断与议论。因学识之博、见闻之广，奇思时常喷涌，用语妙趣横生。如将旧时缠裹的脚描述为"架床叠屋"，让人莞尔。观察船夫一节尤妙。从发式、肌体、身体的康健、两方互相的探究、价值观的互相颠覆，等等，观察比较，真真有趣得很，却又并无阶级、阶层等成见于胸。不清高自视，反倒有超越性的见解自然流露。

胡山源

胡山源（1897—1988），作家，文学翻译家。原名胡三元，江苏江阴人。1920年肄业于杭州之江大学。1922年创建新文学团体"弥洒社"，出版《弥洒》月刊和《弥洒社创作集》。擅长多种文学体裁创作。著有长篇小说《南明演义》《罔两》《散花寺》等，专著《小说综论》，回忆录《坎坷的一生》《屈辱二十一年》《文坛管窥》，传记文学《青山碧血》，译著《欧·亨利短篇小说集》《卡本德游记》《莎士比亚评传》等。

黄河之水

"黄河之水天上来"，这句话说得何等动人，因此，我就时常怀着一个心愿，要去看看黄河里的水。"民国"十二年（1923年），我因事要到北平——那时还叫北京——去，我很高兴，我想，这一回可以看看黄河里的水了，不料去的时候，在蚌埠有车子出轨，我坐的蓝钢车直通车，只好停下来等，这样一等，过黄河时，已在夜间，就不能使我如愿以偿了。回来的时候，本来要在夜间过黄河，当然更没有希望满足我这一个渴念。我的真正看见黄河，还是"民国"十八年（1929年）在开封的时候。

在一个春天的假日，天气暖烘烘的，杨柳都已经抽芽发叶，点缀着开封城内外的卤地，也有了生气。我的同在中山大学——现称河南大学——服务的皋义兄，同去看黄河。他说，他已经去过了，没有什么好看。不过为了我高兴去，他也答应陪我去。不料正要动身时，校里要解剖几个枪毙的土匪，作为医科实习，皋义兄觉得这倒是难得的机会，颇要去欣赏一下，就说不能陪我去。自然，我不能勉强他，同时，我也只好取消了我的黄河之行。

第二次假日，我就约了翘森兄，他也是中大，也是去过黄河边的，他没有什么阻碍，因此，我们便在一个天气暴热的下午，出了开封的北门。城门里的尘土,积了二尺高。但这不是没人扫的缘故,在站岗的士兵,冯焕章将军的士兵,是很勤劳的,我们只能称赞他们,不能责怪他们,这完全为了春天特别多风,那泥沙不住地吹来的缘故。因此,一出城门,便是几个很高的沙岗,上面寸草不生,俯瞰着城内。路也是向上爬,从沙岗中蜿蜒向北去。回过头来看看,开封城好像在我们的脚底下,素常听说开封城地形很低,我得到了初次的实证。

我和翘森兄按例去雇驴子一人一匹,不用驴夫跟。那驴子懒得很,凭你怎样打,它只按部就班,慢慢地踱着,看见了路旁的房屋和树木,它更如顽童那样,总要去挤一下,碰一下,杀杀痒,使你拉也拉不住,只好由它玩够了再走。这里的路都是新筑的大路,很平坦,很宽阔,但是一应老式的车辆和牲口,都不许在这上面行走,还只好在路旁尘土深到膝头以上的泥沟里走,据说大路是专供行驶汽车的。驴子很识相,也很老于行旅,它倒也不想走到大路上去。

路旁都是沙土,有些已经开垦种着一些落花生或麦,有些就由它荒在那里,远远地望过去,只是白茫茫一片,略为有几株野草迎风招飐着,颇具瀚海的雏形。人家很少,想不到堂堂省会的近郊,竟会如此荒凉。树木也寥寥可数,大半还是一二年之内种下去的,可见那时执政当局,正在进行着植树。

我正在驴背上观看野景,天忽然下起雨来了。起初是一点二点,我们不管它,还是向前走,后来却就倾盆而下,我们只好下了驴子,奔到相近一个草舍去暂避。这草舍大概是路工或守路的人住的,连门都没有,所以也挡不了多少雨。这固然是阵头雨,一会便过去,但是雨后的泥地,本来是尘土一二尺高的泥地,其状况怎样,也就可想而知。没奈何,我只好自动地对翘森兄说,我们回去吧,改日再来吧。翘森兄本来是陪我的,当然无可无不可。这样,我对于黄河之水,还只好缘悭一面,在归途上,驴子的快却又与跑马相似。谁说驴子蠢呢?它很懂得偷懒和恋家。

但是我虽然两次没有成功,却的确有"心不死"的气概,不久,又作了第三次的尝试。这次,我就独自走,因为怎样上路,已经有过经验,不必他人陪着了。为了讨厌那种下贱脾气的驴子,所以,我就改雇了黄包车。黄包车也不快,但我觉得反正只是我一个人,迟早些也不妨。在大路上便利地进行着,走过两道大堤,若干村庄,我终于到了大路终止,只好下车步行到黄河边上。尝试成功,我为自己高兴着。

沿着黄河的堤岸,高高地耸着,简直就是山,我远远地望去,还以为是什么土山呢。然而谁都知道,大水一泛起来,这些土山却就要被没过或撞破,没有看过这种大水的人,简直是想象不出其情况的。堤岸的顶,至少总有三公尺多阔,成了长长的一道高原。在这高原上,我清楚地看见了黄河的整个。它的来无踪,去无迹,自然也和我看惯的扬子江一样。它的阔度,也和扬子江相仿佛。不过它的确有和扬子江不同的地方,首先便是这堤岸。

从堤岸顶上望下去,一直到水边,其中大约有三四百阶级,成了一个小小的市集,各种草棚做着各种买卖,最多的当然是食物。据说,这里名称柳园口,对面便是赵匡胤黄袍加身[1]的陈桥驿,本来是平汉铁路完成以前,南北往来的要津,可是现在,却连一间略带永久性的房子都没有,时世的变迁,真是可畏。我从这些草棚间,曲曲折折地到了真正的水滨。

水当然很黄,在向东流着,果然是不会复回的了。然而水很浅,浅得使我这看惯扬子江的人,大为称奇。离岸十多丈远,还有人牵了牛在那里走着,那么这十多丈远的距离,待水再降下些,就一定又是一段阶级了。但是这还不奇,最奇的是我抬头向前看去,却见中流里有一条小船在向东航行着,航行的方法并非挂帆或摇橹,而是撑篙。

黄河的中流竟是小船撑篙的所在！而且一篙下去，看来也并不深，篙的上下轻便，正如在江南的河滨里一样。呀，河床的高，竟高到这般地步，而水的浅，也就浅到那种程度！

不过我总记得"天上来"的这句话，而我又是初次清楚地看见它，所以我还是很喜爱它。它呢，似乎掩盖了它的恶面目，也只和蔼地对我作着涟漪。我忘记了它是黄河之水，我只当它是沧浪之水，因此我蹲在岸上，将手伸下去洗濯着，和它行了握手礼。这样，我的心"死"了，在红日西垂的时候，我上了归途。

近黄河的地方，麦田很多，可是晚风又在呼呼地吹起，麦的根，大半都露在外面，再吹下去，麦苗就要被吹离地面了。我在归途上，真是这样担心着。皋义兄和翘森兄都问我此行满意否，我说满意，因为我到底了却了一桩心事。

【注释】

[1] 黄袍加身：后周时，赵匡胤为太尉，在河南开封北的陈桥驿发动兵变，诸将替他披上黄袍，拥立为帝，是为宋太祖。此谓黄袍加身。

【赏析】

"黄河之水天上来，奔流到海不复回"，李白的名句，不知诱了多少文人墨客心心念念要一见黄河，自幼成长于江南的现代作家胡山源也未能幸免。然而这心愿的实现竟生生一波三折。不过这一波三折既不曾消磨作者的士气，反倒激发了更强烈的动力。这两度取消或半途折返的旅程还成就了作者慧黠的观察与谐趣的笔触。声名显赫的黄河竟然比不过一场医学解剖的吸引力倒也罢了，对那懒散的顽固的看似愚蠢实则偷懒而恋家的驴子的描写，也让人禁不住轻笑出声。这中游的黄河水全无李白诗中的气势万千，竟是极浅极平常的。作者也就极其家常地伸手下去"握一握"黄河水，礼毕，返程。整篇似一则随性的小品文，平实中含有慧黠的机心。

董其武

董其武（1899—1989），中华人民共和国开国上将。山西河津人。在革命生涯中，参加了北伐战争、中原大战、长城抗战、绥远抗战、忻口战役、太原战役、包头战役、绥西战役、五原战役、绥远和平解放等。1955年被授予上将军衔。1989年逝世，享年90岁。有《董其武日记》《戎马春秋：董其武回忆录》存世。

故土乡情

——龙门·吕梁·汾河湾

每个人都有自己的故乡。每个在外的游子，对故乡都会深深地思念，何况故乡还有许多闻名的古迹呢！

我已年逾八十，每有余暇，常常回忆起儿时爬过的山，少时嬉过的水。那山叫吕梁山，那水是黄河水。这山和水都在我的故乡龙门。

龙门历史悠久。春秋时称"耿"，战国时为"皮氏"，北宋宣和二年（1120年）更名"河津"。它的位置在山西省西南方，汾水横穿中部，黄河纵贯西沿，吕梁山雄踞北端。从古至今，这里不仅山川壮丽，而且名人辈出，隋末大学者王通、"白袍将军"薛仁贵、"唐初四杰"中的王勃、"镇西元帅"史迁、大理学家薛瑄以及"晋威将军"姚维藩等，都在龙门度过童年。

鲤鱼跳龙门

龙门，是以河津县（今河津市）西三十里的黄河天险龙门渡而得名的。相传大禹治水到过此地，并留下了重要遗迹。《水经注》上记载："龙门山大禹所凿，通孟津河。"为了纪念大禹，龙门渡又称"禹门口"。

黄河被禹制伏后，从龙门山上直泻而下，形成了一个震古烁今的龙门瀑布。那瀑布，声如巨雷，水雾弥漫，既险又奇。

据说"鲤鱼跳龙门"的传说就产生在这里。虽然没人见过一条鲤鱼跳过龙门，但是，每年3月，桃花盛开时节，龙门一带的黄河水面上，的确有大量的鲤鱼跳起，浪花翻卷，鳞光闪闪，十分壮观。这时，游客甚多，登龙门欣赏"春鳞汲浪"景致的络绎不绝。加上"曲栈连云""南亭夜月""层楼倚汉""飞阁流丹""秋水归帆""鸣泉漱玉""空谷惊雷"这几景，就是有名的龙门八景。

我的前辈同乡，明代大理学家薛瑄，在他的《游龙门记》中，把"秋水归帆"的景致写得最美。他只用"洪涛漫流，石洲沙渚，高原缺岸，烟村雾树，风帆浪舸，渺茫出没"二十四个字，就勾画出一幅浓淡相宜的龙门山水图，真可谓大手笔！如今，龙门又添新景，现代化的建设在龙门渡口崛起，我想，阔别故乡60年，今日回乡，如果没有向导，一定会发生"游子兴叹重觅路，借问何处是家门"的趣事了！

吕梁山中藏贤人

吕梁山是我最喜爱也最熟悉的一座山，我的故乡固镇村就在吕梁山下。那山，嵯峨挺拔，群峰兀立，远看莽莽苍苍，近观郁郁葱葱。夏日，山泉极多，流水深淙，如鸣环击玉；春日，山花烂漫，香飘四野。山坡上长满了树木和药材。野猪、野鸡、狐狸，常在山林中出没。

小时候，我一天也没离开过吕梁山，长大，开始戎马生涯，60多年来，常常激励我发愤上进的，要算隐居在吕梁山中的贤人王文中子——王通了。

王通是唐朝著名诗人王勃的祖父，家在离我们村七十多里的通化村。他生长在隋朝末年，著作很多，慕名而拜其为师的弟子多至千人,"文中子"是他的弟子对他的尊称;唐初著名将相如房玄龄、魏征、李靖等都出自其门下,就连唐太宗李世民,也十分敬慕他。小的时候,我常常钻进吕梁山中,去找王通设教著书的旧址。那个地方叫"文中子洞",环境甚是幽静。王通隐居在这里设教著书,饮山泉,食野果,可算是神仙过的日子。

不过,我不喜爱文中子的孤僻,也不追求文中子的清静,我钦佩文中子专一治学的精神,敬仰他毫无媚骨的品德。

高官厚禄,不会给人以丰硕的知识,研究学问,需要文中子的精神;在我年轻的时候,常常利用戎马间隙读一些史书。现在,我虽已垂暮,每日仍坚持几个小时的学习。

我切望故乡的文物部门,能把大学者王通的一切遗物、遗迹整理和修复起来。它们是祖国的文明,也是启迪青年的教材!

汾河湾里出名将

提起故乡的汾河,我也充满了感情。

汾河自新绛县开始,向东流去,好似一条银链横穿过河津县,世世代代哺育着龙门儿女。

唐朝名将薛仁贵,就是在汾河边长大的。修仁村北的白虎岗上,至今还有薛仁贵当年居住的一孔寒窑,汾河湾里仍可寻见薛仁贵昔日的"射雁滩"。

据说,薛仁贵臂力过人,饭量很大,书上说他"一饭斗米肉十斤""有廉颇之食,亦有廉颇之勇"。遇到敌手,"单骑直冲",常常吓得敌人"弓矢尽失,手不能举"。因为他善骑射,终于被唐太宗发现,遂应募从军,因功升右领军中郎将。

遗憾的是,我活了八十二岁,却一直未能亲自拜访过薛仁贵的寒窑。为了弥补这一点,我就把故乡拍来的"薛仁贵寒窑"照片压在案头玻璃板下。他在地位显赫以后,不慕荣华的精神,不也是值得后人思索吗!

汾河湾现在是个什么样子呢?河津县委来信说,现代化建设发展很快,颇有点江南水乡的味道了。

【赏析】

董其武将军一生戎马倥偬,年少即离家,对故乡——黄河岸边的龙门和吕梁山却时时刻刻念念不忘。这惦念中既有对故乡山川景色的留恋,更有对故乡孕育贤人名士的内在文化底蕴的推崇。文中尤其提到了王通的专一治学精神和薛仁贵不慕荣华的高贵品质。这精神和品质其实正是董老一生所秉持的信条的写照啊。

龙门,鲤鱼成龙的地方　摄影/孟宪明

臧克家

臧克家（1905—2004），著名诗人，中国现实主义新诗的开山人之一。山东潍坊诸城人。曾任中国诗歌学会会长，全国人民代表大会第二、三届代表，中国作家协会第一、二届理事，第三届理事、顾问，中国文联第三、四届委员。臧克家对我国新诗做出了卓越贡献，创作生涯达80年之久，成果之富，影响之大，被认为是"一部足以现身说法的活生生的中国新诗史"。代表作有《烙印》《罪恶的黑手》《运河》《乱莠集》《生命的零度》《有的人》等。

毛主席向着黄河笑

毛主席视察黄河，一张留影告诉了我们这个消息。

毛主席向着黄河笑了。这是望到了壮丽的远景，从一个伟大心胸里流露出来的欢笑。这笑里带着完成一个伟大任务必胜的信心。这笑是有力的，动人的，富有强烈的感染力量。

追随在毛主席身后，紧跟着他的脚步前进的六个人，不，应该是六万万人，也都笑了。

毛主席在笑着向黄河打招呼，好似说："在这人民当家做主的年代，黄河呵，不能再任情纵横了，我们要你为祖国社会主义的建设服务。"

远在童年时代，读了地理和历史教科书上的描写，就使我对于孕育古代中国文明的这祖国第二条大河发生了一种豪迈的景仰感情。

古代诗人们的诗句更把它美化了。长河落日的雄浑景象，奔流到海不复回的伟大气势，是会令人为之心怀壮阔，志气昂扬的。

黄河，这流经七个省份、流长五千公里的来自天上的水，是任性的、骄纵的、粗野的，简直像一头横冲直撞的饥饿的猛兽。

不必向前代的典籍上去清查它那残酷灾害的记录，听一听千百年来挂在人民口头上的这血泪凝成的一句谚语吧："黄河百害，唯富一套。"

富庶的河套，是黄河所给的一点甜头，这点点它口里所吐出的，和被它所吞没的比较起来，真是微乎其微了。

黄河，不简直就是黄祸吗？

过去黑暗社会的统治者，对于自然的灾害，不是设法去控制它，为了个人的野心反而放纵了它，就像解开饿虎颈上的铁链把它驱向善良的人民。

一九三八年蒋介石炸决花园口黄河大堤的情况就是这样。

对于这次以八九十万人民的生命和无法估计的财产供作牺牲的人造黄泛，我也是它的一个见证人。我在豫东虽然只见到了它的一点余波，那景象已经够动魄惊心的了。举目茫茫，一片黄汤。树木的梢头挣扎出水面遥遥地向人招手。日用家具像小船随波漂荡，时而看到人的尸首和死了的家畜互相追逐着好似恋恋地舍不得分开。平地上行船，高的屋脊鱼群似的掠船而过。在退了水的土堤上，走动着一些无衣无食无家可归的受难者，他们有的睡在露天里，有的在树上打一个吊铺，时间仿佛倒退了一万年，二十世纪的人民在过着原始时代的生活。

任何一个人看到这悲惨的景象，都会对受灾的同胞发生无限同情，对蒋介石反动政权的这种毫无人性的暴行十分愤慨；对于黄河呢，认识到它为害的惨烈，从心里兴起一种制服它的愿望。

这种制服黄河使它滔滔的洪流安澜的愿望，不是自今日始的。远古时代传说中的英雄人物大禹，不就是人民智慧、人民希望的一个化身吗？他那凿龙门疏九河的气魄和毅力，他那三过家门而不入的惶惶不宁居处的忘我精神，是叫人肃然起敬而且为之深深感动的。历代以来，凡是在治黄方面尽过一些力量、做出一些贡献的人，人民铭记着他们的名字，用感激与尊敬的心情怀念着他们，甚至替他们立了庙堂，把他们当成神来供奉。

可是，由于历史性的限制，由于旧式的社会制度的阻碍，对于为害巨大的黄河，只能凭一次又一次惨痛的经验，做出一些消极性的防御工作。如何从根本上控制它，使它对祖国和人民做出有益的巨大贡献，我们的祖先在这方面是做梦也想不到的。他们把"等到黄河水清"和"日头从西边出来"看作同样是不可能的。是的，滔滔的黄河，流过荒古的北京人时代，流过奴隶社会和封建社会时代，流过蒋介石反动统治时代，它那贪婪的大口，吞进了千万顷良田沃土，在大地上留下了漠漠荒沙，它把几千年前的水纹留在峭壁上，它把惊险留在一代又一代三门峡艄公的心头，它把报警的锣鼓声、大堤溃决时绝望的呼号永远深深地留在人民的记忆里。

黄河，终于流到了毛泽东时代。

千万年蛮横任性的黄河，今天，我们要叫你服服帖帖地顺着社会主义建设的指标前进。

千万年来滔滔的浑黄浊流，我们要叫你一清见底。

黄河，一个领导全中国人民大翻身的巨人，走近了你的身旁。他笑着向你打招呼，他也要你彻底翻一个身。从他的笑容里我们看到了一个美丽动人的黄河远景：

规模相当于第聂伯河水电站的一个水电站，巍然屹立在三门峡上，这里的电门一开，无数工厂的机器立刻轰响起来，数以亿万计的电灯一齐放出了亮光。

拦河坝，拦腰把黄河挡住，成为一个又一个人造湖。它的绿波映在旭日和晚照里，会使人想起"澄江静如练"这美丽的诗句所表现的境界来。黄河两岸，树木成林，绿草如茵，秋天来到的时候，一望无边的黄土地上，火似的沉甸甸的高粱的红穗在风里摇晃。

成队的汽车从柳荫大道上疾驶而过；汽笛叫了，满载客人和货物的轮船正行走在河面上……

毛主席站在黄河的身旁，望着它的壮丽远景，笑了。

【赏析】

　　这是一篇以诗情贯穿的散文,这是一篇靠想象与议论撑起的文章。作者只是见到了毛主席视察黄河时的一张留影,观察到伟人的笑容,进而回忆过去,怀想将来,思绪纷飞,诗情鼓胀于胸,流出于笔下。这种对于一个伟人的真诚赞颂的热情,不处于当时,也许很难理解。但文字的存留也许恰恰给我们提供了一个深入时光隧道的机会,也许可以试着想象一下,当一个新时代开启时,举国上下齐欢腾的热情与激情,真是恰如黄河浪涛一样澎湃激昂。

三门峡大坝下的激浪　摄影/王伟

周立波

周立波（1908—1979），中国现代著名作家，编译家。原名周绍仪，字凤翔，又名奉悟，湖南益阳人。1939年任教于鲁迅文学艺术学院，后主编《解放日报》文艺副刊。曾任第一、二、三届全国人民代表大会代表，中国作家协会理事，湖南省文联主席等，并兼《人民文学》编委和《湖南文学》主编，创作了大量描写农村新人新貌的小说和散文，乡土气息浓厚。代表作为长篇小说《暴风骤雨》和《山乡巨变》。

黄　河

11月15日在清涧东门外开了一个军人大会，17日在绥德城外开了个干部大会，在思想上，行装上，都有了敌后行军的准备。

21日，部队陆续到了黄河边上，有的连夜过了河。我们却在螅蜊峪[1]宿营。螅蜊峪是黄河西岸的一个渡口，也是一个镇市，沿河岸有两百家人家。还不到黄河边上，远远地就看见北边两张山的峭壁之间，露出一片迷蒙开豁的水涯，这就是历代诗人最爱歌颂的黄河，这就是中国共产党的音乐家冼星海同志在《黄河大合唱》里谱出了他的雄奇的澎湃之声的黄河。

第二天黎明，从螅蜊峪看黄河，在万道灿烂的阳光之下，黄河里面的无数冰雪的团块射出明亮的反光。这些冰雪的大块，浮泛在黄浊的水浪里，迅急地奔流。它们互相冲击着，发出嚓嚓的声音。从螅蜊峪看黄河，河水由东折向南边流，拐一个大弯，又向东流。这个大弯好像是一弯巨大的新月，螅镇是在新月的背上。

等待渡河的时候，我到镇上去找开水喝，和老百姓聊天。他们说，原先这里的房子要多些。1939年和1940年，日本鬼子几次打到了河东，在东岸的山上架起大炮，轰击这一边，毁了这里好多的民房。老百姓指出，挨近河滩，还剩几列石头墙一脚的地方，原是一条街，全被鬼子用炮轰完了。依靠八路军英勇的守卫，鬼子从来没有渡过河来。我们和鬼子只隔一条水，但是陕甘宁边区始终是一块干净的土地，从来没有被日寇践踏，今天正在渡河东去的王震将军的部队里，就有好多保卫黄河的英雄。

我们挨次下了船。渡船首尾一样宽，不像南方船只的轻巧。每船水手11人，70个人分站在两边，摇两支大桨，1个人掌舵。船一解缆，水手使劲地荡桨，大声地呼唤。那是一种粗犷的吼声，声音那么大，竟至超越了风声和波浪冲激船头的声音。到了中流，船在奔腾的波涛里，不停地起落，并且一直往下流。水手们使尽力量地摇桨，使尽一切力量地呼叫。这是人和自然斗争的雄伟的场面。河风吹着，我们穿着大衣，还冷得发颤，水手们只穿着单衣，脸上的汗竟像雨点一样地滴落。

到了河东的沙滩上，王首道同志站在那里遥望着河西，有一刻钟之久，不肯走开。我们已经离开抚育我们多年的党中央的所在地——陕甘宁边区了。大家都怀着依恋之情地遥望着河西。王震同志还没有过来。他正在西岸指挥队伍，分拨船只。他要等着亲眼看见最后一个人都平安地渡过了汹涌的黄河，自己才过来。

我们沿着黄河走了10里路，才转入东边的山路。在河边看见的第一间房子的砖墙上，写着"时刻准备反'扫荡'，坚决保卫抗日民主根据地。"我记起了早晨在螅蜊峪看见有一板墙上写着："展开赵占魁[2]运动，发展手工业。"隔一条黄河，一边是生产运动，一边是对敌斗争。

在河边上，我们碰见了两个农民。他们都穿着蓝布棉衣和白布棉裤，头上挽着干净的白洁的毛巾。其中一位提着一个大型手榴弹，另外一位腰间插着一支土造的手枪。这是民兵。提着大手榴弹的那个年轻小伙子，仔细打量了我们的制服和武器，于是小声地对那一位佩手枪的同伴说："咱们的人。"我们要他们带路,他们十分高兴地走在我们的前面,并且告诉我们,这里是临南县的地方。这里的民兵都会使用地雷,每一个村庄的大路和小路都挖了雷坑。敌人一出来,地雷就埋好。我们经过的村庄,果然到处有雷坑。民兵送了我们十来里,我们怕走得远了,耽误了他们自己的事情,请他们回去。但不料他们回去以后,我们经过一个小村庄,碰到了一点麻烦。

我们经过一个名叫马塔的山村,突然被一群孩子包围了。他们手执红缨枪,不让我们走,索看路条。我们说:"咱们是八路军,从河西来的,没有带路条。"一个为首的孩子说:"你们是八路军,咱们欢迎,可是八路军也得有路条。"我们又告诉他:"你们的民兵哥儿还送了我们一程,刚走。"他说:"咱不管,只要路条看一看"。我们被阻拦着,幸亏村里出来一个人,头挽白毛巾,棉衣底下胀得鼓鼓的,一定是藏着武器。他问什么事,知道我们是从河西来的八路军以后,他叫孩子们赶快让开路,让我们前进。

一路上,我们赞赏着村民组织的严密,有着这样的人民组织的地方,敌人是不容易逞凶的。

我们走了55里路,到了临南县府所在地刘家会。县政府把镇上最好的房子腾出来,让给我们住。晚上,睡在炕上,我们谈起了今天在黄河岸上发生的一件事情。

张米贵是一大队的一个战士。他是山西临南的一个贫民,参加八路军已经有7年。住在临南的他的母亲张老婆,今年61岁了。3天以前,她知道儿子要从陕甘宁边区过河,经过自己的家门,上前方去打日寇。她拄着一根拐杖,来到螳螂峪对岸的黄河边上,等了3天。她不知儿子会从哪里过河来,但是她相信一定能够看见他,今天她真看见儿子了。她没有要他不到前方去,没有要他回家去,只是流眼泪,说不出话来。张米贵抱着枪伴着她坐了一会,要她好好地保重,并且说，自己会很快地回家。那时他要带了枪回来，打兔子给她吃。他不敢多看母亲的流泪的眼睛，因为害怕自己会难过。最后，他站起来说："打日本鬼子，打那些害民的反动派，是大事。妈，你回去吧。"于是，他赶快走开，怕她看见自己的眼睛。

就是这样，他别了母亲，赶上队伍，把一切经过报告了班长。从家门经过，他没有回家。

【注释】

[1]螅蜊峪：集镇名，又称螅镇，在陕西省佳县东南部，黄河西岸。 [2]赵占魁：当时延安的一位工业劳模。

【赏析】

1944年作者曾经跟随王震将军从延安南下行军作战。这篇文章选取的就是南下行军过程中渡过螅镇黄河时的一个片段。在这黎明前渡河的短暂时间段，作者记述了奋力撑船的水手、守望全部战士登船的王震将军、热情带路的农民，甚至索要路条的认真的孩童。虽各个都着墨不多，却让人感觉到军民一心的同仇敌忾。而战士张米贵与老母亲的故事，作者以一种非常节制的语言讲述出来，与其内在的母子骨肉深情形成极大的艺术张力，冲击读者的心灵。黄河的力量，人民的力量，军民上下一心的力量，得到高度一致的表现。

郑州黄河阔　摄影/王伟

王化云

王化云（1908—1992），中国现代水利专家。河北省邯郸市馆陶县人。1935年毕业于国立北京大学法律系。曾任冠县县长，鲁西行署、冀鲁豫行署处长。1946年5月起，在中国共产党解放区任冀鲁豫区黄河水利委员会主任。1949年6月至1982年5月任水利部黄河水利委员会主任。1979年至1982年任水利部副部长，毕生致力于治理黄河工作。

毛主席视察黄河记

兰封[1]一夜

一九五二年十月二十九日，霜降节过去五天了。

黄河沿岸的人们，又一次胜利地结束了与洪水的斗争，我们缓了缓气，又着手紧张地赶制彻底征服黄河的计划。这天下午，我们提前十分钟赶到省委去开会。这时，除了我们，会议室里还没有别人来，我们把根治黄河计划示意图钉在墙上，等候着开会。

墙上的挂钟已经指向一点四十分，开会的时间早已到了，还不见省委的同志来。我们有点纳闷：平常省委都是准时开会，今天出了什么事？我们猜测着。一会儿秘书长韩劲草同志来了，一进门就说："你们早来了，对不起，今天省委有一件要紧事，这个会改期再开，你们回去吧，化云同志留一下。"

随后，一位秘书同志请我们到省委书记张玺同志的办公室去。一进门，就看见郑州铁路局耿副局长也在那里。我问："什么时候到的，吃饭了没有？"他回答说："刚到，还没顾上吃饭。"看他的样子很忙。我们正说着话，张玺同志和吴芝圃同志进来了。耿副局长说："早晨刘局长来电话，说有几位中央首长来看黄河，今天下午可能到兰封，要我向省委报告一下。"我问："谁来了？"张玺同志回答说，省委也不知道。大家就商量如何安排这一件还不十分清楚的重大事情，我心里在想：莫非是毛主席来了？

三点四十分我随着张玺同志、吴芝圃同志、陈再道同志到了车站。铁路局为我们准备的小电车已经在第一站台等候。电车一出站就以很快的速度向东方奔驰，马达和车轮摩擦着铁轨发出轰轰隆隆的响声，两旁树木茂密的村庄，打谷场上忙碌着的人群，一排排地闪过去。这些大平原上的美景，并没有打断我对这个突然事件的揣测。五点多钟到了兰封。耿副局长把我们带到了车站的一间房子里休息，等待着从东方驰来的列车。

忽然，耿副局长从外面跑进来说："毛主席的专车就要进站了！"立时，我的心怦怦地跳起来，整理了一下衣服，随着他们跑出去，睁大了眼睛向东方眺望。一会儿，专车缓慢地、安静地停到了站台，郑州铁路局刘建章局长从车上走下来，把我们带到车上会见了罗瑞卿部长、滕代远部长和杨尚昆同志。

张玺同志说："今天我们想请主席住到开封去。"

罗部长回答说："这个不必提了，主席怕打扰，原来不让通知你们，我们商量着还是临时告诉你们一下好，主席今天在徐州游了云龙山，很疲劳，已经休息了，让我转告你们，今晚不见你们了，明天早晨请你们吃饭。"

这时专车已离开车站，驶进了兰坝支线。

列车员给我们找了一个房间，还给我们送来开水和卧具。我喝了一杯开水，躺在卧铺上，怎么也睡不着，脑子里好像演电影，毛主席的形象，黄河的事情，一幕过去接着又来一幕。一点，两点，一会看一下手上的手表，仿佛今天的一夜特别长。一看四点钟了，赶快爬起来找耿副局长商量明天的事情。

我走出车厢,天空闪耀着繁星。我觉着身上有点冷,用手摸了一下,啊呀!原来身上还是穿着一套单制服。可是在我这一生中,这一个最光荣的日子里,我的灼热的心,使我忘掉了疲劳和寒冷。

在农村里

十月三十日,专车停在兰坝支线上。

太阳从东方升了起来,天空显得特别晴朗,真是个秋高气爽的好日子。六点半钟我们集聚到专车的客厅里。一会儿,一位秘书来说主席下车了,我们都离开客厅走出车去。我看见毛主席向西北方向一个小村庄走去,这个村庄距专车约有一二华里。一会儿就到了村边,毛主席在村边打谷场上和一位中年的农民亲切地谈话。我们赶上去向主席问好。毛主席亲切地和我们握手说:"谢谢你们。"

毛主席继续和农民谈话:"今年收成怎么样?生活怎么样?负担怎么样?"

那位农民兴奋地回答说:"今年年成还好,只有豆子收得薄。"他抓了一把豆子给主席看,接着说:"我们的生活比过去一年比一年好,负担也不重。"

正谈着就聚来了一些人,有老的有少的,大家都望着毛主席笑。一个儿童指着主席笑着说:"我家里还有他的相片哩。"毛主席也笑着向他们打招呼。

谈完后,毛主席就向东走进一个农民家里。这是一户贫农,大门朝西,院里还很干净,靠东边垛着新收的柴火。住在三间坐北朝南的草房,老两口过日子,今日早晨老头儿进城去买东西,老婆婆正忙着在院里收拾玉米。

她看见毛主席进来,后边还跟一群人,迎上来把毛主席让到屋里,一面让毛主席喝水吃饭，一面说俺的日子好过了，顺手取下馍馍篮子，还指着床上的被褥，请毛主席看。毛主席笑着说："我们来看看你。"

毛主席和老婆婆谈了些家常话，就辞别走出去。这时这个院里的另一位主人背着褡子由城里回来，跨进了门，看见主席向外走，惊喜地支叉着两只手，连忙说："再在我这儿歇一歇。"毛主席含笑说："不坐了。"两位老人和聚集在门外的人，都恋恋不舍地一直送到村边，望着毛主席走了很远才回去。

兰坝支线上

专车客厅被太阳照耀得格外明亮。大家都围着毛主席坐下来。我坐在主席的对面，身子挺得直直的。由于激动，心还在剧烈跳动着。毛主席问："化云是哪两个字？"

我回答说："是变化的化，云雨的云。"

又问："什么时候做治黄工作，过去做什么？"

我回答说："过去在冀鲁豫行署工作，一九四六年三月间调到黄委会工作。"

毛主席笑着说："化云名字很好，化云为雨，半年化云，半年化雨就好了。"

大家都笑了起来。毛主席这样亲切而幽默的问话，使我刚才紧张的心情很快松弛了下来。

毛主席又问陈再道同志回过家没有，家乡情形怎么样。

陈再道同志回答说："长征以后我没有回过家。听家乡来人说，新中国成立以后都有了饭吃，'土改'后闹生产的情绪挺高。不过过去国民党反动派摧毁得太厉害了，房子给烧了，男人被杀死的很多，所以现在还是有困难的。"

毛主席向我们说："老根据地的人民出了大力，我们要注意帮助他们。"

早餐后,专车向东坝头徐徐前进。主席继续着和我们的谈话,问河南农民负担怎么样,"土改"后农村有了什么变化,转生产转建设怎样。又问治理黄河的工作情况,对治本有什么打算。

谈到三门峡工程的时候,毛主席看着我们说:"这个大水库修起来,把几千年以来的黄河水患解决啦,还能灌溉平原的农田几千万亩,发电100万千瓦,通行轮船也有了条件,是可以研究的。"

毛主席在东坝头

十一点十分,下火车换乘汽车向黄河边疾驰,不一会雄伟的大堤就堵住了我们的去路。毛主席下车向堤上走,河南黄河河务局局长和开封修防段段长来迎接毛主席,我作了介绍。毛主席问他们管黄河上哪些地方,他们回答了。

毛主席沿堤向东坝头走去。秋风吹着毛主席的草绿色大衣。毛主席向着波浪滚滚的浊流,向着黄河向东北奔腾的方向瞭望着,问:"这是什么地方?"我回答说:"这就是清朝咸丰五年(1855年)黄河决口改道的地方,名字叫铜瓦厢。"

接着,毛主席详细地察看了石坝和大堤。毛主席问:"像这样的大堤和石头坝你们修了多少?"我回答说:"全河修堤1800公里,修坝近5000道。过去国民党反动派统治时代,这些坝垛绝大多数是秸料做的,很不坚固,现在都改成了石坝。"

"黄河六年来没有决口泛滥,今后再继续把大堤和坝垛修好,黄河是否还会决口呢?"毛主席这样问。

我回答说:"这不是治本的办法,如遇异常洪水,还有相当大的危险。"

主席笑着说:"黄河涨上天怎么样?"(在火车上我向主席谈过陕

县民谣："道光二十三，黄河涨上天，淹了太阳渡，捎了万锦滩"）我回答说："不修大水库，光靠这些坝垛挡不住。"

说话间，来到了杨庄险工地段。

毛主席问开封修防段的段长管多少坝，有多少干部、工人，他们的生活怎样。

由坝上下来，走进了杨庄村，毛主席看了看场上晒着的花生，垛着的谷子、豆子。往西转弯是一座小学校，年轻的教员在给儿童讲世界和平大会的情形，毛主席在窗子外面听了一会说："教员讲得还不错。"

我默默地想：毛主席对黄河流域千百万人民和职工是如何地关怀。

难忘的午餐

火车开回兰封车站，由兰封向开封行驶。下午一点二十分我们走进了餐车，毛主席含笑招呼我："'黄河'坐这边。"我高兴地坐到主席的对面。桌子上已摆上了咸鸭蛋、青菜各一小盘，另外还有一小盘鱼、一碗汤、一碟辣椒。我心里想毛主席这样朴素的生活，真是我们的榜样。饭后主席也没有休息，仍然询问着黄河的各种情况，我向主席报告了查勘队行走万里查勘黄河源，同时为了了解长江上游引水入黄是否有可能性，也查勘了金沙江上游通天河的情况。

毛主席笑着说："通天河就是猪八戒去的那个地方吧！"大家都笑了。

毛主席说："南方水多，北方水少，如有可能，借一点来是可以的。"

毛主席一面谈着，一面看着大平原上深秋的景色，不大一会儿，开封城内那座高耸入云的雄伟铁塔映入了我们的眼帘。

这就是悬河

在开封车站下了车，就换乘汽车驰往柳园口。北门外高与城齐的沙丘，是黄河淹没过这个古老城市的标志。汽车在沙路上前进，过了护城堤，远远地看见由西向东北蜿蜒千里的大堤，不多时汽车就开到大堤跟前，由堤脚爬到了堤顶。

毛主席从汽车里走出来，在两行柳林夹着的地面上，大步踏着如茵的绿草，向西走着，毛主席弯腰拔了一根草问："这是什么草？"一位同志回答说："这叫葛巴草，群众特意在堤上种这种草护堤，群众说它的好处是'堤上种上葛巴草，不怕雨冲浪来扫'。"毛主席笑着说："喂牲口也是好东西。"毛主席站在大堤上看到大堤北边的黄河在地面上奔流，大堤南边的村庄、树木、农田，好像落在凹坑里，高大的杨树梢，还比大堤低。毛主席问："这是什么地方，这里河面比开封城里高不高？"吴芝圃同志回答说："这叫柳园口，斜对岸是陈桥，就是赵匡胤陈桥兵变黄袍加身的地方，现在这是渡口。"我接着说："这里水面比开封城地面高三四米，洪水时更高。"毛主席说："这就是悬河啊。"

说完话，毛主席下了大堤向河边走，沿着河边折向东方，抓了一把泥沙细细地看，问："这是什么地方来的？"我回答说："都是西北黄土高原地区冲刷下来的。"又问："有多少？"我回答说："据陕县水文站测验，平均一年就通过该地携带到下游十三亿八千万公吨，由于大量泥沙的淤淀，造成黄河的不断改道和泛滥。"

说着话继续向东走，一只很大的摆渡船停在那里。毛主席登上了这只木船，问道："这船如何使用，需要多少人驾驶？"我们回答："横渡过河用。使用艄锚和橹，二三十人驾驶着才行。"又问道："能否装机器？"我回答："能。"下了船看到船工们正在那里修理船，毛主席又问了他们的工作和生活。工人们都笑着一一地回答了。

回到城里，看了北宋时建筑的铁塔，又转到龙亭，毛主席在这里瞭望了这座古城。回到了住地时，西方已露出了暮色。虽然从早晨到现在已经活动了十一二个小时，可是主席的精神仍然十分饱满。毛主席笑着说:"这还该怎么办?"我们一齐回答说:"该请主席休息休息了。"

要把黄河的事情办好

三十一日早晨五点多钟,天还没有亮,毛主席已经坐到专车的客厅里。我随着张玺同志、吴芝圃同志、陈再道同志赶到了车上。毛主席吩咐我们把黄河的事情要办好。我们回答说:"一定遵照毛主席的指示,治好黄河。"一会儿专车发出了开车的讯号,毛主席亲切地向我们招手。我们高举着手,向主席致敬,眼睛望着西方,一直到看不见专车才回来。

【注释】

[1] 兰封:现在的兰考县城关镇周围地区。清朝时期,兰阳、仪封二县合并,称兰仪县。后因讳皇帝溥仪之"仪"字,改兰仪县为兰封县。1954 年,兰封、考城二县部分地区合并,即现在的兰考县。

【赏析】

新中国成立之初,毛主席放下手边繁忙的工作,专程考察黄河。从下游的济南开始,到徐州,又到河南,专门以历史上黄河水患严重的地区为考察对象。王化云是河南段水利负责人接待者之一。这篇文字就是他对毛主席在河南兰考考察的一个详细记录,观察并记述了一代伟人简单朴素的食、住、行,对部属及乡民的亲切随和,以及调查研究的科学实证精神,展现出一代伟人治理黄河的气魄,和他作为人民领袖热爱人民的赤子情怀。"一定要把黄河的事情办好",既是一种决心,自此也成为国家治理黄河的终极指向。

萧红

萧红（1911—1942），现代著名女作家。黑龙江省哈尔滨市呼兰县人。本名张秀环，笔名萧红、悄吟、玲玲、田娣等。1933年发表第一篇小说《弃儿》，1935年发表成名作《生死场》。1936年东渡日本，创作散文《孤独的生活》、长篇组诗《砂粒》等。1940年发表中篇小说《马伯乐》、长篇小说《呼兰河传》等。其创作打破了传统散文与小说的文体界限，创造了独特的"萧红体"小说文体风格，作品总体上突显出一种浓烈而深沉的悲剧意蕴。

黄　河

悲壮的黄土层茫茫地顺着黄河的北岸延展下去，河水在辽远的转弯的地方完全是银白色，而在近处，它们则扭绞着旋卷着，和鱼鳞一样。帆船，那么奇怪的帆船！简直和蝴蝶的翅子一样；在边沿上，一条白的，一条蓝的，再一条灰色的，而后也许全帆是白的，也许全帆是灰色的或蓝色的，这些帆船一只排着一只，它们的行走特别迟缓，看去就像停止了一样。除非天空的太阳，就再没有比这些镶着花边的帆更明朗的了，更能够炫惑人的感官的了。

载客的船也从这边继续地出发，大的，小的；还有载着货物的，载着马匹的；还有些响着铃子的，呼叫着的，乱翻着绳索的。等两只船在河心相遇的时候，水手们用着过高的喉咙，他们说些个普通话：太阳大不大，风紧不紧，或者说水流急不急，但也有时用过高的声音彼此约定下谁先行，谁后行。总之，他们都是用着最响亮的声音，这不是为了必要，是对于黄河他们在实行着一种约束。或者对于河水起着不能控制的心情，而过高地提拔着自己。

在潼关下边，在黄土层上垒荡着的城围下边，孩子们和妇人用着和狗尾巴差不多的小得可怜的笤帚，在扫着军队的运输队撒留下来稀零的、被人纷争着的、滚在平平的河滩上的几粒豆粒或麦稞。河的对面，就像孩子们的玩具似的，在层层叠叠生着绒毛似的黄土层上爬着一串微黑色的小火车。小火车，平和地，又急喘地吐着白汽，仿佛一队受了伤的小母猪样地在摇摇摆摆地走着。车上同猪印子一样打上两个淡褐色的字印："同蒲。"

黄河的唯一的特征，就是它是黄土的流，而不是水的流。照在河面上的阳光，反射也不强烈。船是四方形的，如同在泥土上滑行，所以运行的迟滞是有理由的。

早晨，太阳也许带着风沙，也许带着晴朗来到潼关的上空，它抚摸遍了那广大的土层，它在那终年昏迷着的静止在风沙里边的土层上，用晴朗给摊上一种透明和纱一样的光彩，又好像月光在八月里照在森林上一样，起着远古的、悠久的、永不能够磨灭的悲哀的雾障。在夹对的黄土床中流走的河水相同，它是偷渡着敌军的关口，所以昼夜地匆忙，不停地和泥沙争斗着。年年月月，日日夜夜，时时刻刻，到后来它自己本身就绞进泥沙去了。河里只见了泥沙，所以常常被诅咒成泥河呀！野蛮的河，可怕的河，旋卷着而来的河，它会卷走一切生命的河，这河本身就是一个不幸。

现在是上午，太阳还与人的视线取着平视的角度，河面上是没有雾的，只有劳动和争渡。

正月完了，发酥的冰排流下来，互相击撞着，也像船似的，一片一片的。可是船上又似堆着雪，是堆起来的面袋子，白色的洋面，从这边河岸运转到那边河岸上去。

阎胡子的船，正上满了肥硕的袋子，预备开船了。

可是他又犯了他的老毛病，提着砂做的酒壶去打酒去了。他不放心别的撑篙的给他打酒，因为他们常常在半路矜持不住，空嘴白舌，就仰起脖儿呷了一口，或者把钱吞下一点儿去喝碗羊汤，不足的分量，用水来补足。阎胡子只消用舌头板一压，就会发现这些年轻人们的花头来的，所以回回是他自己去打酒。

水手们备好了纤绳，备好了篙子，便盘起膝盖坐下来等。

凡是水手，没有不愿意靠岸的，不管是海航或是河航。但是，凡是水手，也就没有一个愿意等人的。

因为是阎胡子的船，非等不可。

"尿骚桶，喝尿骚，一等等到罗锅腰！"一个小伙子直挺挺地靠在桅杆上立着，说完了话，便光着脊背向下溜，直到坐在船板上，咧开大嘴在笑着。

忽然，一个人，满头大汗的，背着个小包，也没打招呼，踏上了五寸宽那条小踏板，跳上船来了。

"下去，下去！上水船，不让客！"

"老乡……"

"下去，下去，上水船，不让客！"

"让一让吧，我帮着你们打船。"

"这可不是打野鸭子呀，下去！"水手看看上来的是一个灰色的兵。

"老乡……"

"是，老乡，上水船，吃力气，这黄河又不同别的河……撑篙一下去就是一身汗。"

"老乡们！我不是白坐船，当兵的还怕出力气吗！我是过河去赶队伍的。天太早，摆渡的船哪里有呢！老乡，我早早过河赶路的……"他说着，就在洋面袋子上靠着身子，那近乎圆形的脸还有一点发光，那过于长的头发，在帽子下面像是帽子被镶了一道黑边。

"八路军怎么单人出发的呢？"

"我是因为老婆死啦，误了几天……所以着急要快赶的！"

"哈哈！老婆死啦还上前线。"于是许多笑声跳跃在绳索和撑篙之间。

水手们因为趣味的关系，互相高声地骂着。同时准备着张帆，准备着脱离开河岸，把这兵士似乎是忘记了，也似乎允许了他的过渡。

"这老头子打酒在酒店里睡了一觉啦……你看他那个才睡醒的样子……腿好像是给石头绊住啦……"

"不对。你说的不对，石头就挂在他的脚跟上。"

那老头子的小酒壶像一块镜子，或是一片蛤蜊壳，闪烁在他的胸前。微微有点温暖的阳光，和黄河上常有缭乱而没有方向的风丝，在他的周围裹荡。于是他混着沙土的头发，跳荡得和干草似的失去了光彩。

"往上放罢！"

这是黄河上专有的名词，若想横渡，必得先上行，而后下行。因为河水没有正路的缘故。

阎胡子的脚板一踏上船身，那种安适、把握，丝毫其他的欲望可使他不宁静的，可能都不能够捉住他的。他只发了和号令似的这么一句话，而后笑纹就自由地在他皱纹不大多的眼角边流展开来，而后他走下航室去。那是一个黑黑的小屋，在船尾的舱里，里面像供着什么神位，一个小龛子前有两条红色的小对联。

"往上放罢！"

这声音，因为河上的冰排格凌凌地作响的反应，显得特别粗壮和苍老。

"这船上有坐闲船的，老阎，你没看见？"

"那得让他下去，多出一分力量可不是闹着玩的……他在哪地方？他在哪地方？"

那灰色的兵士，他向着阳光微笑：

"在这里，在这里……"他手中拿着撑船的长篙站在船头上。

"去，去去……"阎胡子从舱里伸出一只手来，"去去去……快下去……快下去……你是官兵，是保卫国家的，可是这河上也不是没有兵船。"

阎胡子是山东人，十多年以前，因为黄河涨大水逃到关东，又逃到山西的。所以山东人的火性和粗鲁，还在他身上常常出现。

"你是哪个军队上的？"

"我是八路的。"

"八路的兵，是单个出发的吗？"

"我的老婆生病，她死啦……我是过河去赶队伍的。"

"晤！"阎胡子的小酒壶还捏在左手上。

"那么你是山西的游击队啦……是不是？"阎胡子把酒壶放下了。

在那士兵安然地回答着的时候，那船板上完全流动着笑声，并且分不清楚那笑声是恶意的还是善意的。

"老婆死啦还打仗！这年头……"

阎胡子走上船板来：

"你们，你们这些东西！七嘴八舌头，赶快开船吧！"他亲手把一只面粉口袋抬起来，他说那放的不是地方，"你们可不知道，这面粉本来三十斤，因为放的不是地方，它会让你费上六十斤的力量。"他把手遮在额前，向着东方照了一下：

"天不早啦，该开船啦。"

于是撑起花色的帆来。那帆像翡翠鸟的翅子，像蓝蝴蝶的翅子。

水流绳子似的在撑篙之间扭绞着。在船板上来回跑着的水手们，把汗珠被风扫成碎末儿而掠着河面。

阎胡子的船和别的运着军粮的船遥远地相距着，尾巴似的这只孤船，系在那排成队的十几只船的最后。

黄河的土层是那么原始地，单纯地，干枯地，完全缺乏光彩地站在两岸。正和阎胡子那没有光彩的胡子一样，土层是被河水、风沙和年代所造成，而阎胡子那没有光彩的胡子，则是受这风沙的弥漫的缘故。

"你是八路的……可是你的部队在山西的哪一方面？俺家就在山西。"

"老乡，听你说话是山东口音。过来多少年啦？"

"没多少年，十几年……俺家那边就是游击队保卫着……都是八路的，都是八路的……阎胡子把棕色的酒杯在嘴唇上湿润了一下，嘴唇不断地发着光。他的喝酒，像是并没有走进喉咙去，完全和一种形式一样，但是他不断地浸染着他的嘴唇。那嘴唇在说话的时候，好像两块小锡片在跳动着：

"都是八路的……俺家那方面都是八路的……"

他的胡子和春天快要脱落的牛毛似的疏散和松放。他的红得近乎赭色的脸像是用泥土塑成的，又像是在窑里边被烧炼过，显着结实，坚硬。阎胡子像是已经变成了陶器。

"八路上的……"他招呼着那兵士！你放下那撑篙吧，我看你不会撑，白费力气……这边来坐坐，喝一碗茶……"方才他说过的那些"去去去"现在变成"来来来"了，"你来吧，这河的水性特别，与众不同……你是白费气力，多你一个人坐船不算么！"

船行到了河心，冰排从上边流下来的声音好像古琴在骚闹着似的。阎胡子坐在舱里佛龛旁边，舵柄虽然拿在他的手中，而他留意的并不是这河上的买卖，而是"家"的回念。直到水手们提醒他船已走上了急流，他才把他关于家的谈话放下。但是没多久，又零零乱乱地继续下去……

"赵城，赵城俺住了八年啦！你说那地方要紧不要紧？去年冬天太原下来之后，说是临汾也不行了……赵城也更不行啦……说是非到风陵渡不可……这时候……就有赵城的老乡去当兵的……还有一个邻居姓王的。那小伙子跟着八路军游击队去当伙夫去啦……八路军不就是你们这一路的吗？……那小伙子我还见着他来的呢！胳臂上挂着'八路'两个字。后来又听说他也跟着出发到别的地方去了呢!……可是你说……赵城要紧不要紧?俺倒没有别的牵挂,就是俺那孩子太小,带他到河上来吧,他又太小,不能做什么……跟他娘在家里吧……又怕日本兵来到杀了他。这过河逃难的整天有,俺这船就是载面粉过来,再载难民回去……看看那哭哭啼啼的老的、小的……真是除了去当兵,干什么都没心思!"

"老乡!在赵城你算是安家立业的人啦,那么也一定有二亩地啦?"兵士面前的杯子在冒热气。

"哪能够说到房子和地,跑了这些年还是穷跑腿……所好的是没有把老婆和孩子跑去。"

"那么山东还有双亲吗?"

"哪里有啦?都给黄河水卷去啦!"阎胡子擦了一下自己的胡子,把他旁边的酒杯放在酒壶口上,他对着舱口说:

"你见过黄河的大水吗?那是民国几年……那就铺天盖地地来了!白亮亮的,哗哗的……和野牛那么叫着……山东的黄河可不比这潼关……几百里,几十里一漫平。黄河一到潼关就没气力啦……看这山……这大土崖子……就是妄想铺天盖地又怎能……可是山东就不行啦!……你家是哪里?你到过山东?"

"我没到过,我家就是山西……洪洞……"

"家里还有什么人?咱两家是不远的……喝茶,喝茶……呵……呵……"老头子为着高兴大声地向河水吐了一口痰。

"我这回要赶的部队就在赵城……洪洞的家业也搬过河来了……"

"你去的就是赵城,好!那么……"他从舵柄探出船外的那个孔道出去……河简直就是黄色的泥浆,滚着,翻着……绞绕着……舵就在这浊流上打击着。

"好！那么……"他站起来摇着舵柄，船就快靠岸了。

这一次渡河，阎胡子觉得渡得太快。他擦一擦眼睛，看一看对面的土层，是否来到了河岸？

"好，那么。"他想让那兵士给他的家带一个信回去，但又觉得没有什么可说的。

他们走下船来，沿着河身旁的沙地向着太阳的方向进发，无数多的光的反刺，击撞着阎胡子古铜色的脸面。他的宽大得近乎方形的脚掌，把沙滩印着一些圆圆洼陷。

"你说赵城可不要紧？我本想让你带一个回信去……等到饭馆喝两盅，咱二人谈说谈说……"

风陵渡车站附近，层层转转的是一些板棚或席棚，里边冒着气，响着勺子，还有一种油香夹杂着一种咸味在那地方缭绕着。

一盘炒豆腐，一壶四两酒，蹲在阎胡子的桌面上。

"你要吃什么，你只管吃……俺在这河上多少总比你们当兵的多赚两个……你只管吃……来一碗片汤，再加半斤锅饼……先吃着，不够再来……"

风沙的卷荡在太阳高了起来的时候，是要加甚的。席棚子像有笤帚在扫着似的，嚓嚓地在凸出凹进地响着。

阎胡子的话，和一串珠子似的咯啦咯啦地被玩弄着，大风只在席棚子间旋转，并没有把阎胡子的故事给穿着。

"……黄河的大水一来到俺山东那地方，就像几十万大军已经到了……连小孩子夜晚吵着不睡的时候，你若说'来大水啦！'他就安静一刻。用大水吓唬孩子，就像用老虎一样使他们害怕。在一个黑沉沉的夜里，大水可真的来啦；爹和娘站在房顶上，爹说'……怕不要紧，我活四十多岁，大水也来过几次，并没有卷去什么'，我和姐姐拉着娘的手……第一声我听着叫的是猪，许是那猪快到要命的时候啦，哽哽的……以后就是狗，狗跳到柴堆上……在那上头叫着……再以后就是鸡……它们那些东西乱飞着……柴堆上，墙头上，狗栏子上……反正看不见，都听得见的……别人家的也是一样，还有孩子哭，大人骂。只有鸭子，那一夜到天明也没有休息一会，比平常不涨大水的时候还高兴……鸭子不怕大水，狗也不怕，可是狗到第二天就瘦啦……也不愿睁眼睛啦……鸭子可不一样，胖啦！新鲜啦！……呱呱的叫声更大了！可是爹爹那天晚上就死啦，娘也许是第二天死的……"

阎胡子从席棚通过了那在锅底上乱响着的炒菜的勺子而看到黄河上去。

"这边，这河并不凶。"他喝了一盅酒，筷子在辣椒酱的小碟里点了一下，他脸上的筋肉好像棕色的浮雕，经过了陶器的创作那么坚硬，那么没有变动。

"小孩子的时候，就听人家说，离开这河远一点吧！去跑关东（即东三省）吧！一直到第二次的大水……那时候，我已经二十六岁……也成了家……听人说，关东是块富地，俺山东人跑关东的年年有，俺就带着老婆跑到关东去……关东俺有三间房，两三亩地……关东又变成了'满洲国'。赵城俺本有一个叔叔，打一封信给俺，他说那边，日本人慢慢地都想法子把中国人治死，还说先治死这些穷人。依着我就不怕，可是俺老婆说俺们还有孩子啦，因此就跑到俺叔叔这里来，俺叔叔做个小买卖，俺就在叔叔家帮着照料照料……慢慢地活转几个钱，租两亩地种种……俺还有个儿，俺儿一年一年的，眼看着长成人啦！这几个钱没有活转着，俺叔要回山东，把小买卖也收拾啦，剩下俺一个人，这心里头可就转了圈子……山西原来和山东一样，人们也只有跑关东……要想在此地谋个生活，就好比苍蝇落在针尖上，俺山东人体性粗，这山西人体性慢……干啥事干不惯……"

"俺想，赵城可还离火线两三百里，许是不要紧……"他问着兵士，"咱中国的局面怎么样？听说日本人要夺风陵渡……俺在山西没有别的东西，就是这一只破船……"

兵士站起来，挂上他的洋瓷碗，油亮得发着光的嘴唇点燃着一支香烟，那有点胖的手骨节凹着小坑的手，又在整理着他的背包。黑色的裤子，灰色的上衣衣襟上涂着油迹和灰尘。但他脸上的表情是开展的，愉快的，平坦和希望的。他讲话的声音并不高朗，温和而宽弛，就像他在草原上生长起来的一样：

"我要赶路的，老乡！要给你家带个信吗？"

"带个信……"阎胡子感到一阵忙乱，这忙乱是从他的心底出发的。带什么呢？这河上没有什么可告诉的。"带一个口信说……"好像这饭铺炒菜的勺子又搅乱了他。"你坐下等一等，俺想一想……"

他的头垂在他的一只手上，好像已经成熟了的转茎莲垂下头来一样，席棚子被风吸着，凹进凸出的，好像一大张海蜇漂在海面上。勺子声，菜刀声，被洗着的碗的声音，前前后后响着鞭子声。小驴车，马车和骡子车，拖拖搭搭地载着军火或食粮来往着。车轮带起来的飞沙并不狂猖，而那狂猖，是跟着黄河而来的，在空中它漫卷着太阳和蓝天，在地面它则漫卷着沙尘和黄土，漫卷着所有黄河地带生长着的一切，以及死亡的一切。

潼关，背着太阳的方向站着，因为土层起伏高下，看起来，那是微黑的一大群，像是烟雾停止了，又像黑云下降，又像一大群兽类堆集着蹲伏下来。那些巨兽，并没有毛皮，并没有面貌，只像是读了埃及大沙漠的故事之后，偶尔出现在夏夜的梦中的一个可怕的记忆。

风陵渡，侧面向着太阳站着，所以土层的颜色有些微黄，及有些发灰，总之有一种相同在病中那种苍白的感觉，看上去，干涩，无光，无论如何不能把它制伏的那种念头，会立刻压住了你。

站在长城上会使人感到一种恐惧,那恐惧是人类历史的血流又鼓荡起来了!而站在黄河边上所起的并不是恐惧,而是对人类的一种默泣,对于病痛和荒凉永远的诅咒。

同蒲路的火车,好像几匹还没有睡醒的小蛇似的慢慢地来了一串,又慢慢地去了一串。那兵士站起来向阎胡子说:

"我就要赶火车去……你慢慢地喝吧……再会啦……"

阎胡子把酒杯又倒满了,他看着杯子底上有些泥土,他想,这应该倒掉而不应该喝下去。但当他说完了给他带一个家信,就说他在这河上还好的时候,他忘记了那杯酒是不想喝的也就走下喉咙去了。同时他赶快撕了一块锅饼放在嘴里,喉咙像是有什么东西在胀塞着,有些发痛。于是,他就抚弄着那块锅饼上突起的花纹,那花纹是画的"八卦"。他还识出了哪是"乾卦",哪是"坤卦"。

奔向同蒲站的兵士,听到背后有呼唤他的声音:

"站住……站住……"

他回头看时,那老头好像一只小熊似的奔在沙滩上:

"我问你,是不是中国这回打胜仗,老百姓就得日子过啦?"

八路的兵士走回来,好像是沉思了一会,而后拍着那老头的肩膀:

"是的,我们这回必胜……老百姓一定有好日子过的。"

那兵士都模糊得像画面上的粗壮的小人一样了,可是阎胡子仍旧在沙滩上站着。

阎胡子的两脚深深地陷进沙滩去,那圆圆的涡旋埋没了他的两脚了。

一九三八·八·六日,汉口

【赏析】

这篇作品发表于1939年初——全面抗战开始一年半左右,然而并没有写战事,甚至也避开了战事的外围——连议论都没有的。萧红仿佛选择了强光之外的一处阴影，聚焦，描摹；强化黄河这泥河对土层的冲击、摧毁或塑造，隐喻底层普通民众生活及命运的纹理，在被时代裹挟之下被迫承受的重压。整篇文章的景物描写透露出滞重的氛围，兵士上船时的处置却又嵌一点轻松来调剂。二人对话中省略号的大量运用，一方面呈现出行船时的风势与水势对人的冲击，增加了真切的画面感；一方面也增加了跳跃感，呈现出阎胡子因大水与战火而颠沛流离的生存状况。结尾处那一句问和那一句答，想必也会定格为永久的一帧，在历史的风沙中引发回响。

壶口　摄影/孟宪明

杨朔

杨朔（1913—1968），现代著名作家、散文家、小说家。山东蓬莱人。1939年参加八路军，1949年随铁路工人组成的志愿军入朝。1937年开始发表作品。曾任中国作家协会外国文学委员会副主任、中国作家协会第二届理事。代表作品有《荔枝蜜》《香山红叶》《泰山极顶》《茶花赋》《海市》等。

黄河之水天上来

唐朝诗人李白曾经写过这样的诗句：黄河之水天上来，奔流到海不复回。意思是说事物一旦消逝，历史就不会再重复。但还是让我们稍微回忆一下历史吧。千万年来，黄河波浪滔滔，孕育着中国的文化，灌溉着中国的历史，好像是母亲的奶汁。可是黄河并不驯服，从古至今，动不动便溢出河道，泛滥得一片汪洋。我们的祖先在历史的黎明期便幻想出一个神话式的人物，叫大禹。说是当年洪水泛滥，大禹本着忘我的精神，三过家门而不入，终于治好水患。河南和山西交界处有座三门峡，在这个极险的山峡中间，河水从这三条峡口奔腾而出，真像千军万马似的，吼出一片杀声。传说这座三门峡就是大禹用鬼斧神工开凿的。

其实大禹并没能治好黄河，而像大禹那种神话式的人物却真正出现在今天的历史上了。不妨到三门峡去看看，在那本来荒荒凉凉的黄河两岸，甚而在那有名的"中流砥柱"的岩石上面，你处处可以看见工人、技术员、工程师，正在十分紧张地建设着三门峡水利枢纽工程。这是个伟大的征服黄河的计划，从一九五七年四月间便正式动工，将来水库修成，不但黄河下游可以避免洪水的灾害，还能大量发电，灌溉几千万亩庄稼，并且使黄河下游变成一条现代化的航运河流。工程是极其艰巨的，然而我们有人民。人民的力量集合在一起，就能发挥出比大禹还强百倍的神力,最终征服黄河。

我们不是已经胜利地征服了长江吗?长江是中国最大最长的一条河流,横贯在中国的腹部,把中国切断成南北两半,素来号称不可逾越的"天堑"。好几年前,有一回我到武汉,赶上秋雨新晴,天上出现一道彩虹。我陪着一位外国诗人爬到长江南岸的黄鹤楼旧址上,望着蒙蒙的长江,那位诗人忽然笑着说:"如果天上的彩虹落到江面上,我们就可以踏着彩虹过江去了。"

今天,我多么盼望着那位外国诗人能到长江看看啊。彩虹果然落到江面上来了。这就是新近刚刚架起来的长江大桥。这座桥有一千六百多公尺长,上下两层:上层是公路桥面,可以容纳六辆汽车并排通过;下层是铺设双轨的复线铁道,铁道两侧还有人行道。从大桥的艰巨性和复杂性而论,在全世界也是数得上的。有了这座桥,从此大江南北,一线贯穿,再也不存在所谓长江天堑了。你如果登上离江面三十五公尺多高的公路桥面,纵目一望,滚滚长江,尽在眼底。

我国的江河,大小千百条,却有一个规律,都往东流,最终流入大海里去——这叫作"万水朝宗"。我望着长江,想到黄河,一时间眼底涌现出更多的河流,翻腾澎湃,正像万河朝宗似的齐奔着一个方向流去——那就是我们正在建设的像大海一样深广的社会主义事业。

在祖国西北部的戈壁滩上,就有无数条石油的河流。这些河流不在地面,却在地下。只要你把耳朵贴到油管子上,就能听到石油掀起的波浪声。采油工人走进荒无人烟的祁连山深处,只有黄羊野马做伴,整年累月钻井采油。他们曾经笑着对我说:"我们要把戈壁滩打透,祁连山打通,让石油像河一样流。"石油果然像河一样,从遥远的西北流向全国。

我也曾多次看见钢铁的洪流。在那一刻,当炼钢炉打开,钢水喷出来时,我觉得自己的心都燃烧起来。这简直不是钢,而是火。那股火的洪流闪亮闪亮，映得每个炼钢手浑身上下红彤彤的。这时有个青年炼钢手立在我的身边，眼睛注视着火红的钢水，嘴里不知咕哝什么。我笑着问道："同志，你唧哝什么？"那青年叫我问得不好意思起来，笑着扭过脸去。对面一个老工人说："嘻，快别问啦，人家是对自己心爱的人说情话，怎么叫你偷听了去？"接着又说："这孩子，简直着迷啦，说梦话也是钢啊钢的，只想缩短炼钢的时间。"我懂得这些炼钢手的心情。他们爱钢，更爱我们的事业。他们知道每炉钢水炼出来，能做什么。

会变成钢锭，会变成电镐，会变成各式各样的机器……还会变成汽车。

看吧，那不是长春汽车制造厂新出的解放牌卡车？汽车正织成另一条河流，满载着五光十色的内地物资，滔滔不绝地跑在近年来刚修成的康藏公路上。凉秋九月，康藏高原上西风飒飒，寒意十足。司机们开着车子，望着秋草中间雪白的羊群，望着羊群中间飘动着彩色长袍的藏族姑娘，不禁要想起汽车头一回开到高原的情形。以往几千年，这一带山岭阻塞，十分荒寒。人民解放军冒着千辛万苦，开山辟路，最后修成这条号称"金桥"的公路。汽车来了，当地的藏族居民几时见过这种轰隆轰隆叫着的怪物？汽车半路停下，他们先是远远望着，慢慢围到跟前，前后左右摸起来。一个老牧人端量着汽车头，装作蛮内行的样子说："哎！哎！这物件，一天得吃多少草啊。"可是今天，他们对汽车早看熟了。就连羊群也司空见惯，听凭汽车呜呜叫着从旁边驶过去，照样埋着头吃草。

年轻人总是想望幸福的。一瞟见草原上飘舞着的藏族牧女的彩衣，汽车司机小李的心头难免要飘起另一件花衫子。天高气爽，在他的家乡北京，正该是秋收的季节。小李恍惚看见在一片黄茸茸的谷子地里，自己心爱的姑娘正杂在集体农民当间,飞快地割着谷子。割累了,那姑娘直起腰,掏出手绢擦着脸上的汗,笑嘻嘻地望着远方……其实小李完全想错了。再过两天就是国庆节,他心爱的姑娘正跟几个女伴坐在院里,剪纸着色,别出心裁地扎着奇巧的花朵,准备进城去参加游行。

在国庆节那天,她擎着花朵到北京来了,许许多多人也都来了。从长江来的,从黄河来的,从全国各个角落来的,应有尽有。这数不尽的人群汇合成一条急流,真像黄河之水天上来,浩浩荡荡涌向天安门去。我觉得,每个人都可以跟传说中的神话人物大禹媲美。

【赏析】

杨朔散文的鲜明特征是托物寄情,本篇亦如是。篇名是"黄河之水天上来",实则写社会主义建设的滚滚洪流。杨朔认为散文就应该"从生活的激流里抓取一个人物、一种思想、一个有意义的生活片断,迅速反映出这个时代的侧影",在这种创作理念的指引下,自然而然形成了其特有的写作模式:从写景入手,引出社会建设中的平凡人物,将其所蕴含的建设者精神进行提炼,升华出对人民的歌颂主题。时至今日,散文写作技巧固然已经更为丰富和多元,但文中体现出的对生活的细致观察,对小人物的关注与摹写,火一样热的激情的倾注,仍然是值得借鉴的。

中流砥柱　摄影/王伟

严文井

严文井（1915—2005），现代作家，著名儿童文学作家。湖北武昌人。1935年到北平图书馆工作。1938年赴延安，任鲁艺文学系教师。其后，先后在《东北日报》、中宣部、中国作家协会、《人民文学》、人民文学出版社任职。1932年开始发表作品。著有童话集《四季的风》《小松鼠》《小溪流的歌》，散文集《山寺暮》，杂文集《关于鞭子的感想》等。

春夜过黄河

过黄河的那个晚上是很有几分神秘的。虽然当时我很困倦，感觉已变得迟钝，一些印象却深深留在我的记忆中。

那夜很冷，冷得不像三月。

十一点多钟的时候，列车在一个小站停了一会儿，换上了一辆机车，不知还做了一些什么准备，才又缓缓地往前开去。

我一直恋爱着我所熟悉的一条大江，我在江旁边长大，江风和江水构成了我的年轻，几乎成为我的一部分。然而我却敬重（甚至带几分畏惧的感情）这一个我早就知道的陌生的巨灵，它的仁慈和野性可能是同等地保留在这个民族的血液内，不知道为什么，我总是想念着它。

我守候在窗旁。我的被夜色遮掩的思绪在自由奔驰。

窗外有一片黯淡的天空，但又有一层微微的辉亮垫在下面，作为陪衬。那是隐隐约约的土地边际，有迷离的云和黑色的山峦相混杂，使人分辨不清。游移不定的天地分际线在模糊的阴影中不断延伸。

车的速度更减低了。

茫茫中，前面的土地似乎突然陷落了一大块，一个无边的暗洼在闪动的阴影中出现，已经到了黄河的边沿。一个角落里，几间房屋的窗格间透出黄色的光亮，好像几颗呆笨的星星。

火车到了铁桥上，机械震动的声音及轮轨相摩擦的声音突然变了调。空洞，空洞！高高的桥柱一根一根闪过。列车向前，行驶在迷茫不可测的深渊上。

苍白的月光透过厚薄不匀的云网，投射出一片凌乱的影在下方，然而哪儿是宽阔的河底？往后退的陡岸像一道长长的墙，渐渐变细，变成一条黑线。这黑色的线渐渐又隐进了雾中。黄河在哪儿？如果下面是黄河，怎么没有看见水流和波纹？

我沉默着，沉默地向窗外窥视。只有暗雾，这就是一切。宽阔无边的暗雾包裹着列车，也阻挡住我的视线。从一无所见的迷茫中，我的期望更加展大。

同车的那些学工程的大学生们絮絮地用术语在争辩什么问题，彼此一点也不相让，声音却低沉而且困倦，只偶尔爆发出一声喊叫，大家笑一阵。

强健的桥柱，钢铁的骨骼，在车厢内流露出的光的辉闪之下，一根根出现，一根根游向后去。

月亮时暗时明，也许有许多云朵在迅速地飘过。

在幽邃的河漕中，我忽然看见一条光的蛇在轻巧灵活地摇摆。死寂的暗影被搅动了。光蛇旋了一个身，变成许多个椭圆，抽搐着，抖动着。一转眼，光的线条增多起来，痉挛地彼此相缠绕，如同一串纠结在一起的线绳。

"水！水！"

现在我看见这条河的水了。

我十分惊讶，凝视着下面，一条多么细弱而柔和的水流啊！它悄然在快干涸的河漕裂缝中蜿蜒流动，没有些微汹涌澎湃的气概。它那高傲不驯的野性到什么地方去了？一个秘密被隐藏着，也许它在轻轻流动，只偶尔小声地对它自己耳语。也许它在独自嬉戏，用蜘蛛网似的波纹裂碎月亮的银光。也许它变成了一个婴孩，没有思虑，不懂穿凿，没有目的地舞动一下膀臂，随着就安然入睡。

我仿佛看见了一个婴孩的眼睛，那晶莹的瞳仁传递给我一种感觉。我的心被触动，我感到一个轻微的颤抖传过全身。暗空仿佛突然变得澄清透明，我开始了一个赞美。

好像我正在怨尤自己生命的卑微，一串空想找不到地点落脚；好像我正跨在一匹神马上，在虚飘飘的光海上驰骋，"无限"忽然向我发出一丝嘘啸，也许我正在悲哀，也许我正在惊讶，然而我不懂这都是为了什么。于是我的赞美在困惑中消失。

时间很短。这一线光在往后移动，这一线水已经离开了我。

黯淡的干涸的河底复又出现。那一片阴郁的黑色仍然板着脸，缓缓地移动后退。

一片雾，一片黑色的雾升起来，笼罩住了干涸的河床和沉默的原野。

这样，我看见了黄河而且越过了它。我满足了一个夙愿，同时我又鄙视自己捕获现象的能力。我又开始了一个更深的不满，大概是因我没有赶上黄河的旺盛时期。可是我看见了春天的黄河。我又何必不满呢？春天是解冻的时候，春天是出芽的季节，无怪我从那个晚上感到了几分神秘。

一九三七年四月

【赏析】

《春夜过黄河》写于1937年抗日战争爆发的两个月前，写了作者在1935年3月里乘坐列车横过黄河时的思绪和感受。在抗战爆发前夕，回忆那一次夜晚过河的经历，不免将时代的气氛带入其中，突出体现在景色描述中一种氛围的营造。从夜色到月色，从铁桥到河水，从河底到雾色，从干涸的河床到沉默的原野，黯淡的，模糊的，阴郁的，沉默的，似有若无，似是而非，若隐若现的微光，无处不在的阴影，忽起忽落四处飘飞的思绪……作者将情感赋予想象，将想象赋予这夜晚留下的独有的印象。想象纷至沓来，其捕捉瞬间印象的笔法尤为突出，将幽暗神秘的气氛渲染得生动抓人。

刘白羽

刘白羽（1916—2005），山东潍坊人，出生于北京通州。现代文学卓越的散文家、报告文学家、小说家。火热的革命激情、浓郁的抒情气氛和诗一般的语言构成了他散文作品的经典风貌。其游记《长江三日》是脍炙人口的散文名篇。主要作品还有：短篇小说集《草原上》《五台山下》《踏着晨光前进的人们》等；通讯报告集《朝鲜在战火中前进》《对和平宣誓》；散文集《樱花》《万炮震金门》《晨光集》《红玛瑙集》等。

黄河之水天上来

细雨蒙蒙的秋天，我从北京乘飞机到兰州，机上即兴吟诗一首："十年未可乘长风，一羽凌霄上碧空。拂去云烟十万里，来看黄河落日红。"

不过，说实在话，兰州的黄河令我失望。黄河在我记忆中永远是奔腾呼啸的激流啊！第一次给我的印象特别深，那是四十年前了，我从风陵渡口眺望黄河，滚滚狂涛冲着巨大冰排，万雷轰鸣，天崩地裂，一泻而下，那是何等惊心动魄的气概呀！兰州的黄河未免太安逸平静了。

到兰州后，一连落了几日雨。一个下午，我静静地望着窗口，窗中间巍然耸立着碧森森的皋兰山，这整个窗口就像给烟雨淋得湿蒙蒙绿茫茫的一幅画，一阵惊喜微颤过心头，这是一幅多么美妙的东山魁夷的画呀！的确，生活犹如迂回曲折的画廊，一下是幽深的峡谷，一下是开阔的原野，谁知当我埋怨兰州的黄河平淡无奇的时候，就在离兰州不远的地方，黄河向我显示了雄伟壮观的景象，这就是刘家峡。

雾雨初晴，西北高原阳光格外灿烂。也许是延安生活在我心中的再现，我总觉得空中响着牧羊人的嘹亮歌声。汽车时而在碎石如斗的山谷之中，时而在辽阔的高原之上。远望刘家峡，层峦叠翠、静谧安详，谁料当汽车转折而下驶到刘家峡电站大坝下，突然冲入淋漓大雨之中，我非常惊讶，天上晴空万里，哪儿来的暴雨狂风呢？我下车转身一看，怔住了，我看到的是什么！？如乌云乱卷，如怒火，如狂飙。这些乌云先是从下面向上喷射，喷到半空，又跌落下来，化成茫茫银雾，这一卷卷云雾，给阳光照得闪亮，又飞上高空，乌云白雾，上下翻腾，再向上，如浓墨，如淡墨，直耸高空，像原子爆炸的蘑菇云，亭亭而上，岿然不动，这场景真有点惊人。原来接连落了几天雨，水位陡增，水电站提起溢洪道的一扇闸门，刚才所见，就是黄河之水从溢洪道口喷射而出的情景。我再举首仰望，只见巉岩壁立，万仞摩天，峡谷之内，烟雾缭绕，浪花飞溅，发出千万惊雷翻滚沸腾的轰鸣。我到坝顶俯视，才看清黄河有如无数巨龙扭在一起飞旋而下，在窄窄两山之间，它咆哮，它奔腾，冲起的雪白浪头竟比岸上的山头还高，是激流，是浓雾，旋卷在一起，浩浩荡荡，汹涌澎湃，远去，远去，再远去。整个黄河都为白烟银雾所笼罩。

我却没有料到，我真正一览黄河雄伟神姿，是在从乌鲁木齐飞回北京的飞机上。地面一片飞云骤雨，升上高空，忽然一道灿烂阳光透过舷窗射在我脸上，急忙向下看，云雾里巍然耸立着雪峰，雪峰白得像冰霜塑出的，像是那里刚刚落过一阵大雪，雪峰高低不一，层次分明，这是何等雄伟的冰雪的海洋啊！

飞机继续上升，下面出现了莽莽云流，向后飞速驶去，望眼所及之处，有一道整整齐齐的白云线，云线上悬着一条蓝天。飞机再上升，下面完全是旋卷沸腾的云海怒涛了。

又过了一段时间，云海忽然逝去，下面展现出一望无际的深褐色大地，阳光从上面像千万道聚光灯照亮了大地。一种出乎意外的梦幻一般的奇景突然出现，实在惊人，我想一个人一生一世也许只能见到这样一次吧！我们所生存的地球向你一露神奇的风采。在这茫茫大地上有一条蜿蜒盘旋的长带。这个长带有的段落是深黑色的，有的段落是银白闪光的。开始我茫然不知这是什么！仔细看时，才知道这是黄河。这苍莽无垠无际的母亲大地啊，是它的乳汁，从西北高原深深地层中喷涌出这一道哺育着千秋万代、子子孙孙的河流。它纵横奔驰，滂沱摇泻，呼啸苍天，排挞岩谷，这条莽荡的黄河，一下分散作无数条细流，如万千缨络闪烁飘拂，一下又汇为巨流，如利剑插过深山，势如长风一拂，万弩齐发。多么辽阔无垠的西北高原哪！高原上空，无数美丽的发亮的银白色云团，飘忽闪烁，如白玫瑰随风漂浮。我发现，云影遮罩着的地段，黄河是深黑色的，阳光直射的地段，黄河就闪着银光。这广大的高原的奇景，使我惊讶得无法形容，如科学发现了宇宙的无穷，如思想探索到人生的奥秘，如艺术施展出富有的、奔驰的、幻想的巨大魅力。这时那一曲牧羊人的歌声又嘹亮地响起，不过，这一次它不是在空中，是从我心中飞出，飞下长天，飞下黄河，在随惊涛骇浪而飞扬，而回荡。

【赏析】

　　黄河之水从天而降，一泻千里，气魄宏伟，势不可挡。"君不见黄河之水天上来，奔流到海不复回。"这是唐代伟大的浪漫主义诗人李白对黄河壮观气势的描绘。刘白羽在此也以其广博的胸怀和如椽之巨笔绘出了黄河奔流雄美壮观的景象。文章结构紧凑严密，曲折有致，波澜四起，情感控制得极具节奏感。结尾"这时那一曲牧羊人的歌声又嘹亮地响起……"一句既与第四段的"我总觉得空中响着牧羊人的嘹亮歌声"遥相呼应，又升华了情感，突显出主题，抒发了热爱祖国的强烈的思想感情。

曾克

曾克（1917—2009），原名曾佩兰，女，河南太康人。延安文艺界抗敌协会专业作家，新华社野战记者团记者，重庆、云南、四川文联及作家协会副主席，中国文联及作家协会领导小组党组成员。1938年开始发表作品。1949年加入中国作家协会。著有报告文学《在汤阴火线》《挺进大别山》等；短篇小说集《新人》《前仆后继》《第十四个儿子》；散文集《遥寄祖国的孩子们》《因为我们是幸福的》《曾克散文集》等。

黄河岸上的新神话

将军骑着一匹金马，

他从天空降下，

满面红光笑哈哈，

打败敌人好回家，

……

——苏联民歌

十年来战斗生活中，我虽然曾五六次在不同的渡口处，渡过波涛汹涌的黄河，但正赶上阴历十五的圆月，和浩浩荡荡的千军万马一块，却还是头一遭。

部队是以雄赳赳的战斗姿态开到渡口处来的。谁也没有料到，连一点火药气味也没有，就是天天夜晚巡回不断的美制轰炸机，也不见来光顾了。

南岸一片静，被月光照得可以隐隐看见村前的树影，稀疏的灯火。宽阔的河面也是风平浪静。已经摆渡过人民解放军数十万大军的船夫们，带着胜利者的喜悦，更熟练地一趟又一趟把我们从银色的水上驰过去。那样平稳而极快，使大家都异口同声地说："当了后卫，却享受了一个旅行般的夜渡。"

我们踏过了一段软泥,又走过了一段沙路,月亮西沉的时候,到了离河岸十二里地的汤和村。

村子里像过除夕一样,大人孩子都没有睡,闹嚷嚷的。家家户户都可以听见呱哒呱哒的磨面声。

在场里,老百姓你挤我我挤你地围着我们,唧唧咕咕好奇地议论着。当他们听见我说话的声音,突然发现是一个女同志的时候,一个老太婆就把我的身子扭转得对着已经微弱的月光,自己把脸凑到我的脸上,边看边说:

"好本事,好本事,你也是生翅膀跟他们飞过来的吗?"

问得我憋不住地笑了。我慢慢地对她说:"老太太,全靠你们河上的船家,不是他们,我们可过不来。"

"不是说他们都是飞毛腿吗?看看他们腿上的毛到底有多长?"几个小孩子偷偷地在后面说。

原来这黄河岸上,已经开始流传起关于人民解放军的多种神话。老太太又问:"后面还有多少呀?已经过了三天三夜啦,俺们光说到河边上去看看,可是不敢。都说,二三百里地宽,一片黑,不论骑马的,走路的,一到河边,说声过,一腾身就过来了。"

一个又黑又瘦的小老头用手比画着说:

"有人亲眼看见啦,是这样的,解放军开到黄河边,看见浪头很高,不好过。这时,一位戴着墨镜的老将军……"

"刘伯承……刘伯承……"听的人都小声地接上来。

老头越发高兴了,跷着脚,信口开河地往下说:"不错,就是刘伯承将军,他不慌不忙地命令部队都原地不动对河站着,喊了个一二,千军万马同声唱起三大纪律,八项注意的军歌,还没落声的时候,嗬,河水哗的一声从正中间辟开一条白堂堂的大路……"

又有人争抢着向我们叙说从船家听来的神话化了的传说,他们说,因为人民解放军是"神兵",搭救世人的,所以,平常浪头那么大,行起船来像给浪头打仗,提心吊胆,可是,就在我们过的这几天晚上,连个小波都没有起。大月亮,飞机上的照明弹,把河上人脸部照得清清楚楚的,飞机看着是在船上头转,炸弹可都扔到两岸的空地里了。

这时,一个青年小伙子,用着骄傲的声音,截断了别人的话:

"耳听是虚,眼见为实,光听别人说不算,我可是亲眼看见的。"

人们更往里挤,眼睛睁得更大了。青年人索性跳上石滚说:

"头天晚上,我正在睡觉,听见北边'轰隆'响过来两炮,我赶忙跑到村外,爬到一棵最高的杨树上往河边上看,一抬头,可真吓了我一跳,河上满是一条条火龙,火龙一蜷一缩的就过到河这边来啦!"

他的话突然使我想起,渡船时船夫们也曾经向我们讲起的。我们先锋部队是执着火炬过河的。

"河这边的孬种们,一看见这火龙,连枪都没有听见响,就往南窜了。"青年人很自然地笑着说。

老头子认真地说:

"庄上住的敌人,不是早几天就溜了吗?他们才是连影子也没有照见呢,天意人愿,要改朝换代啦,连'遭殃'他们也一清二白。过端午那天黑夜,天上掉下来好大一颗扫帚星。没两天,就听说你们要过黄河了。"

"扫帚星是奸贼星,它一落地,就要少一家。怪不得这两年,北斗星格外明,种庄稼收红不收白,红芝麻,红高粱,红玉米,红谷子……今年麦秸垛净往南倒。"老太婆插上嘴说。"这都是毛主席的福气。"

人民解放军和毛主席的声名,早在前两次南征陇海的时候,已经留在黄河南岸老百姓的心里了,等待了半年,他们看见更多更多的自己的部队时，就愈加神话般地互相传扬起来。虽然，这些神话般的传说都带着迷信的色彩，但这表明了广大群众的心向。听来，使人呼吸出一个新时代的到来前，人民强烈切盼的气息。

我们就对他们讲人民解放军一年来胜利歼敌的战绩，和这次渡河反攻的任务，并向他们解释，解放军是人民的军队，是在人民的帮助之下打胜仗的。这次过河，黄河两岸的船工、农民，都有很大功劳。听的人都同声地说：

"确实，共产党解放军得了民心，天下应该是咱们的！"

【赏析】

本文最初收录于作者1949年的报告文学《挺进大别山》，是战时行军之余的速写叙事。虽然是速写，又是战时行军，不免匆忙，但作者在叙事技巧上还是有所要求，有较强的艺术性，读来并无时代的隔阂之感。整篇文章从侧面切入，从老百姓的反应来衬托出人民解放军的"得民心"。对各类村民的刻画，从语言到动作，信手拈来，风趣盎然。正面叙述虽只在开头四五小段，却也能从中体会出女性独有的真切而细腻的情感。

黄河激浪　摄影／孟宪明

敖德斯尔

敖德斯尔（1924—2013），作家，蒙古族。曾任内蒙古文联副主席、中国作家协会内蒙古分会主席等。著有长篇小说《骑兵之歌》（合作）、《岁月》等；中篇小说集《草原之子》；中短篇小说集《遥远的戈壁》《撒满珍珠的草原》等；短篇小说集《布谷鸟的歌声》《敖德斯尔小说选》等；散文集《银色的白塔》《敖德斯尔散文集》，以及论文集《敖德斯尔研究专集》《敖德斯尔文集》等。

斯琴高娃

斯琴高娃（1933—），作家，翻译家，蒙古族，生于内蒙古哲理木盟科左中旗。1963年毕业于内蒙古大学中文系汉文专业，20世纪50年代开始翻译敖德斯尔等人的作品。译著有短篇小说《井边上》《小钢苏和》《新春曲》《老车夫》《雪花飘飘》《含泪的笑声》《春雨》等。

龙羊雄姿

黄河，万水之父，是我们中华民族的摇篮。黄河，在我们蒙古人的心目中是个伟大的、神圣的河流。在古老的民间传说里，英雄格斯尔可汗的夫人若穆高娃在一次恶战中迷失方向，单人独马被敌人围困在黄河岸边。当敌人逼她投降时，她毅然跳进了滚滚黄河。从此，清澈如镜的河水变成了混浊的沙流。因而，蒙古人管黄河叫"哈滕高勒"（夫人河）。

这次我们应青海作家协会的邀请，去参加"西海笔会"。从呼和浩特出发，一直到黄河上游的龙羊峡，火车越过了无数大桥，时而沿黄河左岸，时而沿黄河右岸，总是挨着它逆流而上，使我们有机会饱赏黄河的奥妙壮观、磅礴雄伟的景象。

呵！黄河，你挟带着俯瞰世界的帕米尔高原上的雪水、带着大戈壁之泥沙，绕过无数横空出世的巍峨山峰，穿过浩瀚无边的沙漠，汇集着数不尽的涓涓细流,一泻万里,不可阻挡!那乳黄的水流和雪白的浪花,像母亲的奶汁,像醇香的奶茶,几千年、几万年,你在奔向大海的漫长征途中,把你那甘美的乳汁慷慨无私地赐予辽阔的大地以水分、养料、热力和生命。

我们在旅途中,时常能看见一座山的一半犹如被刀削掉似的座座山峰,是谁有这么大的力量,能把一座山切掉一半呢?到跟前才发现。原来是黄河那日夜不停的莽莽急流,经过亿万年的猛烈冲击,把许多小山给吃掉了,有的被削掉一半。沙包被它移走了,洼地被它填平了。当你看到这一切,你会被它这种所向无敌的伟大气魄所慑服,一股豪情便立刻充溢你的身心,会从心底升起由衷的敬佩和赞叹。

我们的汽车离开青藏公路,沿着悬崖峭壁上的新路,向黄河上游龙羊峡驰去。那溜溜大河越来越细,终于被高山挤成一条金色的巨蟒,夹在深深的峡谷里,势如狂飙旋卷,怒涛奔腾,发出吓人的怒吼声。再往前走一会,就看不见了,只有一片起伏不平的黑黝黝的岩石和丘陵。忽然,一片汪洋展现在眼前,仔细看时,大水旁边则是巨树般挺拔而起的工地,在工地周围的漫坡上,有一层层矮矮的粉色土房。这就是著名的龙羊峡水库工地。

我们第一次参观这样宏伟壮观的水利工程。高大的拌和楼,足有五层大楼那么高,威武地矗立在峡谷边上,一车厢一车厢拌好的水泥,运往峡谷上空。一条长长的索桥,犹如神话里的苍龙,横空而起,飞跨黄河古航道——龙羊峡谷。我们来到不久前胡耀邦同志来这里视察时到过的拦河大坝旁边的工地上。从峡谷岸上往下看,犹如从云端俯瞰着地面。工地上的大卡车和起重机,好像无数的蚂蚁在穿梭,工人们的身影就显得更小了。威武的巨型电铲伸出长臂,将成吨的岩石沙子装上汽车。远远传来开挖工人的风钻声,装载机、推土机以及各种重型机械声和偶尔听到的震耳欲聋的爆破声,汇成了一支壮丽激昂的交响曲。这分明是我们时代前进的节拍,奋斗的鼓点!

我们贪婪地望着这轰轰烈烈的场面,又看看那被拦住的水库,纳闷地问领我们参观的周总工程师:"怎么看不见黄河呢?水流到哪儿去啦?"周工程师指着远处旋转着的一个巨大的旋涡说:"黄河水从那里钻进山洞里去了。"原来,有劈山之力的黄河,在这里被我们英雄的建设者们给征服了。这股猛兽一般奔腾的势不可挡的激流,曾经卷走过多少财产和生命,淹没过多少良田、村庄啊!然而今天,它老老实实地放弃了曾经流了亿万年的古老航道,不得不通过 600 米长的山洞,很不习惯地流入了下游的峡谷中。据说在 1981 年的特大洪水中,黄河做了一次拼命挣扎,结果也被我们钢铁般的工程队伍再次征服了。在这征服大自然的时代,力量无穷的黄河,当然要被用来为人民造福的。

这座屹立在祖国大西北高原上的大水电站建成后,它的主体拦河坝的高度将居国内第二位,装机容量为 128 万千瓦,不但能满足大西北的能源消耗,还可以同华北的电网连接起来。

我们的目光,更多的是望着在工地两岸的单双轨索桥缆机上娴熟地操作着的小伙子们;望着从混凝土吊罐上下迅速准确地运输着混凝土的工程技术人员;望着在高高的脚手架上像凌空展翅的海燕一般上下飞舞的姑娘们。呵!在高寒的青海高原上艰苦创业的英雄们,你们是用自己的生命之火、青春之火和理想之火,为祖国创造着源源不断、取之不尽、用之不竭的光和热。你们是走在我们伟大进军行列最前面的勇士。你们为了早日实现"四化",拉紧了追求理想的强弓。你们所创造的光和热,将使群山缀上闪闪发光的珠宝,犹如儿女的头饰;大地将铺满多彩的花树,犹如儿女的锦衣;西北高原,终将结束赤身露体的生活。古老而漫长的夫人河呵!你将看到你的后辈儿女们,把永恒的春天迎接到西北高原乃至整个祖国大地。

我们的汽车沿着盘山公路离开龙羊峡的时候，回首望着这即将崛起的气势磅礴、宏伟的大坝，仿佛看见了葛洲坝、三峡和许许多多像在这里看到的雄伟的场面和沸腾的景象；再看看这座在荒原上建设起来的高矗的楼房、林立的烟筒、笔直的街道和郁郁葱葱的树木，仿佛这沸腾的工地上那闪烁着强大的光和热，已经注入了我们的心房，只感到无穷的振奋和力量……

【赏析】

　　自古以来，黄河的伟力既创造出良田沃野，助力民族的繁衍生息，也产生过水患河殇，夺取人民的生命财产。对青海、甘肃、宁夏等贫寒的西北部地区来讲，水电站的建设，毫无疑问具有民生方面的积极意义。在自然与人力的角力中，水利工程建设表明，黄河开始为我所用。文章与其说是写黄河，不如说是借黄河写社会主义建设者，写进入新时期后，中华人民蓬蓬勃勃如火如荼的奋斗激情，以及对未来美好生活图景的喷薄欲出的希冀与期盼。文章处处折射出新中国改革开放后生命力勃发的雄心勃勃的发展状态。

龙羊峡　摄影/王伟

中游黄河宽　摄影 / 孟宪明

余光中

余光中（1928—2017），当代著名作家、诗人、学者、翻译家。祖籍福建泉州永春，出生于江苏南京。一生从事诗歌、散文写作及评论、翻译，驰骋文坛逾半个世纪，涉猎广泛，被誉为"艺术上的多妻主义者"。出版诗集、散文集、评论集、翻译集共40余种。代表作有《白玉苦瓜》（诗集）、《记忆像铁轨一样长》（散文集）及《分水岭上》（评论文集）等。其诗作如《乡愁》《乡愁四韵》，散文如《听听那冷雨》《我的四个假想敌》等，流传广泛。

黄河一掬

厢型车终于在大坝上停定，大家陆续跳下车来。还未及看清河水的流势，脸上忽感微微刺麻，风沙早已刷过来了。没遮没拦的长风挟着细沙，像一阵小规模的沙尘暴，在华北大平原上卷地刮来，不冷，但是挺欺负人，使胸臆发紧。我存和幼珊都把自己裹得密密实实，火红的风衣牵动了荒旷的河景。我也戴着扁呢帽，把绒袄的拉链直拉到喉核。一行八九人，跟着永波、建辉、周晖，向大坝下面的河岸走去。

这是临别济南的前一天上午，山东大学安排带我们来看黄河。车沿着二环东路一直驶来，做主人的见我神情热切，问题不绝，不愿扫客人的兴，也不想纵容我期待太奢，只平实地回答，最后补了一句："水色有点浑，水势倒还不小。不过去年断流了一百多天，不会太壮观。"

这些话我也听说过，心里已有准备。现在当场便见分晓，再提警告，就像孩子回家，已到门口，却听邻人说，这些年你妈妈病了，瘦了，几乎要认不得了，总还是难受的。

天高地迥，河景完全敞开，触目空廓而寂寥，几乎什么也没有。河面不算很阔，最多五百米吧，可是两岸的沙地都很宽坦，平面就延伸得倍加远，似乎再也勾不到边。昊天和洪水的接缝处，一线苍苍像是麦田，后面像是新造的白杨树林。此外，除了漠漠的天穹，下面是无边无际无可奈何的低调土黄,河水是土黄里带一点赭,调得不很匀称,沙地是稻草黄带一点灰,泥多则暗,沙多则浅,上面是浅黄或发白的枯草。

"河面怎么不很规则?"我转问建辉。

"黄河从西边来,"建辉说,"到这里朝北一个大转弯。"

这才看出,黄浪滔滔,远来的这条浑龙一扭腰身,转出了一个大锐角,对岸变成了一个半岛,岛尖正对着我们。回头再望此岸的堤坝,已经落在远处,像瓦灰色的一长段堡墙。更远处,在对岸的一线青意后面,隆起一脉山影,状如压扁了的英文大写字母M,又像半浮在水面的象背。那形状我一眼就认出来了,无须向陪我的主人求证。我指给我存看。

"你确定是鹊山吗?"我存将信将疑。

"当然是的。"我笑道,"正是赵孟頫的名画《鹊华秋色》里,左边的那座鹊山。曾繁仁校长带我们去淄博,出济南不久,高速公路右边先出现华山,尖得像一座翠绿的金字塔,接着再出现的就是鹊山。一刚一柔,无端端在平地耸起,令人难忘。从淄博回来,又出现在左边。可惜不能停下来细看。"

周晖走过来,证实了我的指认。

"徐志摩那年空难,"我又说,"飞机叫济南号,果然在济南附近出事,太巧合了。不过撞的不是泰山,是开山,在党家庄。你们知道在哪里吗?"

"我倒不清楚。"建辉说。

我指着远处的鹊山说:"就在鹊山的背后。"又回头对建辉说:"这里离河水还是太远,再走近些好吗?我想摸一下河水。"

于是永波和建辉领路,沿着一大片麦苗田,带着众人在泥泞的窄埂上,一脚高一脚低,向最低的近水处走去。终于够低了,也够近了。但沙泥也更湿软,我虚踩在浮土和枯草上,就探身要去摸水,大家在背后叫小心。岌岌加上翼翼，我的手终于半伸进黄河。

一刹那，我的热血触到了黄河的体温，凉凉的，令人兴奋。古老的黄河，从史前的洪荒里已经失踪的星宿海里四千六百里，绕河套、撞龙门、过英雄进进出出的潼关一路朝山东奔来，从斛律金的牧歌李白的乐府里日夜流来，你饮过多少英雄的血，难民的泪，改过多少次道啊发过多少次泛涝，二十四史，哪一页没有你浊浪的回声？几曾见天下太平啊让河水终于澄清？流到我手边你已经奔波了几亿年了，那么长的生命我不过触到你一息的脉搏。无论我握得有多紧你都会从我的拳里挣脱。就算如此吧，这一瞬我已经等了七十几年了绝对值得。不到黄河心不死，到了黄河又如何？又如何呢，至少我指隙曾流过黄河。

至少我已经拜过了黄河，黄河也终于亲认过我。在诗里文里我高呼低唤他不知多少遍，在山大演讲时我朗诵那首《民歌》，等到第二遍五百听众就齐声来和我：

传说北方有一首民歌

只有黄河的肺活量能歌唱

从青海到黄海

风　也听见

沙　也听见

我高呼一声"风"，五百张口的肺活量忽然爆发，合力应一声"也听见"。我再呼"沙"，五百喉管再合应一声"也听见"。全场就在热血的呼应中结束。

华夏子孙对黄河的感情，正如胎记一般地不可磨灭。流沙河写信告诉我，他坐火车过黄河读我的《黄河》一诗，十分感动，奇怪我没见过黄河怎么写得出来。其实这是胎里带来的，从《诗经》到刘鹗，哪一句不是黄河奶出来的？黄河断流，就等于中国断奶。山大副校长徐显明在席间痛陈国情，说他每次过黄河大桥都不禁要流泪。这话简直有《世说新语》的慷慨，我完全懂得。龚自珍《己亥杂诗》不也说过么：

亦是今生未曾有

满襟清泪渡黄河

他的情人灵箫怕龚自珍耽于儿女情长，甚至用黄河来激励须眉：

为恐刘郎英气尽

卷帘梳洗望黄河

想到这里，我从衣袋里掏出一张自己的名片，对着滚滚东去的黄河低头默祷了一阵，右手一扬，雪白的名片一番飘舞，就被起伏的浪头接去了。大家齐望着我，似乎不觉得这佞妄的一投有何不妥，反而纵容地赞许笑呼。我存和幼珊也相继来水边探求黄河的浸礼。看到女儿认真地伸手入河，想起她那么大了做爸爸的才有机会带她来认河，想当年做爸爸的告别这一片后土只有她今日一半的年纪，我的眼睛就湿了。

回到车上，大家忙着拭去鞋底的湿泥。我默默，只觉得不忍。翌晨山大的友人去机场送别，我就穿着泥鞋登机。回到高雄，我才把干土刮尽，珍藏在一只名片盒里。从此每到深夜，书房里就传出隐隐的水声。

【赏析】

余光中的诗，总能轻轻巧巧拨动中国人的心弦，引出华夏儿女炽热的家国情感与热泪。其散文也一样，譬如这篇《黄河一掬》。《黄河一掬》虽只三千字左右，情感的注入与导引，却是欲扬先抑，抑而后扬，终喷薄而发。"我"要看黄河，对方回以："断流了一百多天，不会太壮观。"将期待的阈值降一降压一压。诗人以"妈妈病了，瘦了"相喻，游子归家的热望，与近乡情怯的心情，一下子异常鲜明。终于触到了黄河水，"岌岌加上翼翼"，六字更是摹尽了诗人的激动与兴奋。诗人又善于提取意象。匆匆返程，那不舍拂去的沾在鞋上的黄河泥，附着了诗人的全部乡愁与思念，也将对祖国的眷恋与热爱的情感引入高潮。

高缨

高缨（1929—2019），当代作家，诗人。原名高洪仪，天津人。1945年开始发表作品。1949年后历任重庆市文化接管委员会、团市委干事，中共重庆市委宣传部干事，中共西昌县县委宣传部副部长，《星星》诗刊副主编，四川省电台编辑部副主任，四川作家协会副主席，中国作家协会第四届理事、第五届名誉委员。著有长篇小说《云崖初暖》《奴隶峡谷》等。

又临黄河岸

不知为什么，每当我看到黄河，眼中常渗出热泪。

大约是少年时候的记忆老盘旋在我心里吧！警报，俯冲的敌机，裂耳的炸弹声，惨叫，挂满树枝的血肉，饥饿，火烧似的干渴，爬满火车顶的难民，我被大人从窗口塞进闷死人的车厢，暗夜中逃过黄河……在渭水之滨的山村里，我捏紧小拳头，闪着泪星儿，跟流亡的大学生们学唱那悲愤的歌："风在吼，马在叫，黄河在咆哮……"

是在开国之后，我才第二次看见黄河。火车北上，欢腾地驰过新生的中原。当列车员告诉乘客们，就要跨过伟大黄河的时候，我急忙把前额贴在车窗上，看浩荡的浊流沉着而有力地漫过大地；一瞬间我的眼睛润湿了，我胸中涌上了那崇高的歌："呵，黄河，我们民族的摇篮！"

长期在四川工作，只有到北京出差的机会，我才能重渡黄河，但几乎每一次，每一次，我都凝望着它。有一次是在深夜，我竟强迫着摇醒与我一道北上的小女儿，硬要她贴着车窗看，看。

大前年（注：1979年）的秋天，我从北京去访问呼和浩特。好友玛拉沁夫邀我一道去登大青山。旅行车盘旋而上，窗外掠过如花的红叶和挺秀的白桦林。老玛给我说了好些抗日战争时期蒙、汉人民并肩战斗的故事，那昔日的厮杀和马蹄声，犹如尚在耳边。车停山巅，他遥指苍莽的土默特平川，深情地说："看，黄河！"可不，远望不就是我久违的黄河吗？像一根无头无尾的丝带，云中而来，雾中而去，千回万转，把我的无尽思绪缠入过去，引向未来。

去年夏天，我又临黄河岸。

不是在北方，却在四川的若尔盖大草原。

谁都知道，四川省属于长江流域。可是有不少粗心的人不曾留意，这巴山蜀水，却也是黄河的版图。黄河，这万水之父，来自巴颜喀拉山，奔过青海高地，急转直下，轻轻地、轻轻地擦过川西北的边缘。

我来到若尔盖的辖曼牧场，下车伊始，就央告牧场的同志，快带我去看看黄河。

于是备马置鞍，牧场的副场长求吉同志，热心地伴我踏过草原。这是个绿的世界，又是花的王国，红的、白的、紫的、蓝的，以及杂色的草花，由近及远，铺向天边。远处，有帐篷和羊群。那钻天的百灵子，飞着，叫着，笑着，像我的心。

求吉身穿藏装，戴一顶遮檐小帽，还背着杆猎枪，加上那爽朗的笑，雪白的牙，显得挺俊。他斜坐在马背上，轻松地摆动身子，用较为生涩的汉语，对我叙述着过去：藏民迎接新生活，军民深情，黄河岸上的篝火，草原上的民主改革，新兽医，引进牲畜良种，修公路，唱藏戏，牧场上飘扬的红旗……我听着，微笑着，心里很舒坦。渐渐地，他说到了灾难的十年……

好在我们路过一个放牧点，可以在这里歇个脚，缓口气，要不然我那沉重的心，总掉在回忆的深渊。坐在帐篷里的灶火边，我四近又是温暖与光明。藏族牧民老嘎卓，咧开缺齿的嘴笑着，叽里咕噜说了一串串话，我只听明白一句：天晴了，党的民族政策又回来了！他请我喝了奶茶，吃了酥油糌粑，又蹒跚着引我去看他所牧放的又肥又壮的进口良种羊,说这些澳大利亚的新西兰的"客人",在若尔盖安了家。

重上马鞍,去访问黄河。

马蹄溅溅,踩过一条小溪。

前面是一大片数千亩的人工草场,种植着披碱草、燕麦和紫花苜蓿。求吉告诉我,近年来他们大抓草原建设,人工种草就是主要的环节。有了这,牲畜就摆脱了靠天吃草,夏足冬欠的困窘,更快地繁衍起来。眼下这寂静的草原,也曾有一番沸腾的景象:为美好理想所激奋的牧民们,用拖拉机的队列翻起了亘古沉睡的处女地,播下优良草种,造成这草原上牧草特别丰盛的草原。看四处,牧草高及马胸,繁花美似彩毡。马儿走到这里,只恋着埋头吃草,却把我们搁在马鞍上,任成团的蠓蚊袭击着我们倒霉的皮肤。

"甩它几鞭子呵!"求吉喊叫着。

我扬起了马鞭。马儿摇晃鬃毛,打着喷嚏,发怒般地奔驰起来,踏碎草花,跃过沟渠,直奔一带浅山。

求吉先登山头,他跃身下马,欢叫着对我招手:"快,快来看!"

呵,黄河,我又一次,又一次看到了你!

只见千里草原上,从天与地相接的远方,迂回曲折,慢慢悠悠地走来了黄河。没有奔腾的激浪,没有啸叫的怒涛,安详,舒展而从容不迫。这里河面不甚宽,不过百十来米,两岸像刀削一般整齐;那深沉的水,呈淡绿色,清晰地映出白云的影子。黄河,似乎在沉思,在暂时地歇息,在缓缓积蓄着足够的力量,以待于明天的奔驰……

是这样的吗?黄河!此时此地,你多么像我们的现实。我们黄河的子孙们,经历过多少苦难,又多少欢欣!黑暗和光明,失败和胜利,祸与福,泪与笑……空前浩劫的十年,把我们民族的元气几乎消耗殆尽,留下了贫穷、迷惑、斑驳的创伤、无数的困难和艰辛。巨大的人民的河流,在缓缓地,却是坚韧不拔地前进。哀叹吗?那是弱者的声音,埋怨更近似愚蠢,动摇是无耻,急躁也无济于事。我们需要的,是智慧的目光,是沉着的力,是航机起飞前的滑行,是运动健将跳高前的一顿,正如这黄河的沉思、歇息、积蓄和期待。

见到了黄河,我应该心甘了,可是热情的求吉,还要带我沿岸漫游。他说,前面不远,是黄河与白河汇合的地方,那里别有一番风趣。

十里开外,伫马于索克藏村寨前,我果然看到了白河。这是一条草原河流,是若尔盖藏族人民赖以活命的水。水极清亮,似无纤尘,河间有几处小岛,长满低矮的红柳,看来好秀丽。河边有人饮马,两岸茂草繁花间,牛群在慢慢地游动,远远传来哞哞的叫声。三两只白鸥在半空飞旋,像是在盘问我来自何方。

如此景色,已够令人畅怀的了,而偏偏在此时,求吉对我说了一个古老的故事——

相传,黄河与白河是大地母亲的两个儿子,黄河是哥,白河是弟。黄河生在青海,白河生在若尔盖。哥哥长大了,要到东方去寻找大海;弟弟还小,困在草原上走不出去。弟弟向着巴颜喀拉山呼喊:哥哥,你带我到大海去吧!黄河听见了白河的喊声,于是改变了北去的路径,向南一转,绕了千里途程走过无数险滩,来到四川的边沿,接走了他的亲兄弟……

这诗一般美好的传说,不正是我们伟大中华民族团结友爱的象征!我深深地激动了,恨不得马上把这个故事,告诉我的亲人、同志和朋友们。

沿着黄河岸,我和求吉并辔而回。

黄河在草原上流,也在我的心上流着。这沉着有力的巨澜,冲去我胸中一切的痛苦和郁闷。我不禁昂奋而自豪了。呵,我们伟大的、多难而不败的中华民族呀！又一次从深重的灾难中，站起来了！纵然是身负贫穷落后的重荷，纵然是一步一个艰辛，却更加紧密地团结着、凝聚着无尽的力量，坚韧顽强地向着光明、富足，向着最美好的未来走去！

不知怎的，我眼中又渗出了热泪。

我喉头颤动着昔日和今日的颂歌——

呵，黄河，我们祖国的英雄儿女，

像你一样的，一样的伟大坚强！

【赏析】

高缨生于1929年，去世于2019年，亲历了中国自贫弱到富强的近乎百年的历史。而黄河，仿佛也作为历史的见证，贯穿在作者的行文中，承载了作者炽热的情感。从幼年烽火中渡过黄河的仓皇，唱着《黄河大合唱》的激愤，到新中国成立后积蓄于胸腔的激动与期盼，再到改革开放后的奋起与笑颜，一步步走来，黄河从怒涛狂澜，到舒展安详，仿佛都是对历史的呼应。文章结构精巧，详略得当。语词时而秀丽中充满诗意，时而又简短精干富有力量，饱含着对祖国和人民的深厚情感，和对美好生活的无限向往。

黄河源头玛多县牧场 摄影/王伟

于良志

于良志(1929—),记者,编辑,作家。山东海阳人。1949年开始发表作品,1955年加入中国作家协会。历任胶东日报社记者,山东省文联《山东文艺》编辑、副主编,《山东文学》副主编,山东文艺出版社副社长、总编辑、编审等。著有长篇小说《白浪河上》、《渔家女》(合作),中篇小说《姐妹之间》,中短篇小说集《代耕》《衣裳》,散文集《飞花集》等。

夜过杨家渡

我接受了一个到黄河北岸采访的紧急任务。

春节前夕,探亲的人特别多,所以不论乘车或坐船都相当困难。为了争取时间,早些赶到采访的地点,我自己便蹬着脚踏车向那赶开了。

出发的当天傍晚,天空已集满了乌云,不久,西北风拌着鹅毛般的雪花就袭来了。风雪无情地向人们脸上、身上扑打着,行路人几乎都变成了雪人儿。路上的人、牲畜和车辆却越来越多了;因为快到黄河了,杨家渡口是这里的唯一的一个渡口,各条公路的人、车辆等,都要汇集到这里来乘船过河。

但是,一想到杨家渡,我的心便震颤起来了。

在十年动乱期间,我曾被下放到黄河北岸的荒僻农村去劳动过。那时,经常要路过这个杨家渡。这里虽然只有一里多宽的渡口,但有时要大半天时间,也不一定能渡过去,所以它很使人感到头疼。

记得有一次,我们的老房东得了急性阑尾炎,需要到城里去开刀做手术,我和几位老乡用门板抬着病人跑步赶到了杨家渡。那时,杨家渡北岸的码头上,已经集下了有几百个人,还有一长溜挨号渡河的车辆和牲畜。人们都焦急地站在码头上,昂首踮脚地巴望着屹立在对面码头里的唯一的国营汽船能早些开过来。人们等呀,等呀,可是汽船停在那里，一动也不动。

"这船好像是钉在那里了？"

"可能是机器出问题啦，不然……"

"哼，它经常是这样，高兴了多开几趟，不高兴就停下来。咳！这公家买卖……"

人们都站在那里，纷纷猜测着、议论着、牢骚着。

大约又停了有一个多钟头——这时候太阳眼看要落下了——从汽船上才发出了"嘭嘭嘭嘭"的马达声，接着汽笛一声长鸣，汽船真的开过来了，人们心里都高兴得像开了花。

然而，船还没靠上码头，就听到了船上的吵架声：

"你们这样服务态度就不行……"是一个尖细的青年人的声音。

"不行你又能怎么的？"是一个粗重的男中音。

"我们非给你们写'人民来信'不可，你们……"

"好啊！"开船的大车是一个彪形的大汉，他这时从舵楼里探出头来，只见他气势汹汹、咧嘴瞪眼地仍用那粗重的声音叫道："谁怕你写就是孬种！好小子你还想砸我的饭碗，你……"

"你……你……你为什么骂人？……"

"我就骂了，有本事你就……"

乘船的人，都似乎站在那个青年人的一面，他们都低声议论着，大车不该因为吵架，就耽误开船。

汽船靠了岸，旅客们开始下船了。

这边等着乘船的人，早就着急了。还没等船上的人全走下来，他们便开始上开了。

那大车却立刻从舵楼里走出来，用着一个扩音喇叭，向正在上船的乘客们没好气地喊着：

"船上每次只能装一百人，多一个老子也不开！奶奶，上吧，出了危险,谁负责?你们……"

大车呼喊、暴跳都无济于事。乘客们还拼命地往船上挤。人们几乎都挤上去了,船身下沉了好大一块。

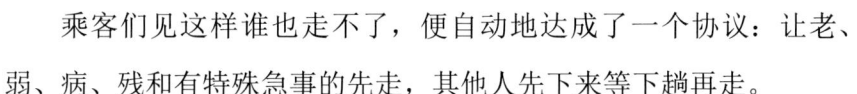

大车和几个船工们,都跑到岸上去蹲下抽开了烟,嘴里还不断地骂着:"奶奶,不听你就在上面等着吧!"

乘客们见这样谁也走不了,便自动地达成了一个协议:让老、弱、病、残和有特殊急事的先走,其他人先下来等下趟再走。

但是,留下的旅客还没下完,大车领着几个船工,又叫了一声:"下班了,已经过了五分钟,今日不开啦。"说完,他们便把船锁上,扬长而去了。

旅客们个个都气得火冒三丈,但是,这又有什么办法呢?有些性急的小伙子,把衣服脱掉,跳进河里,凫水向对岸游去了。有的人却只有走回去。

天黑了,码头上只剩下了我们有急事的十几个人。大家都急得搓手挖脚,怎么办呢?有人告诉我们,在这旁边村里,能找到老艄公,只要多出几个钱,让他们弄两扇门板就可以送过去。我们派人去联系了一下,果然找来了一个老船工,这老人有五十多岁年纪,大高个,红脸膛,样子挺豪爽,态度很和气。他很同情地说:

"帮忙是可以,但要等到夜深人静,码头上没有人了,才能去送。"

"那为什么?"我们问。

"咳!"他叹了口气后,又摇着头说:"若被人逮住,轻则要受批判,重则,还要戴纸帽子游街,罚款,说这是破坏国有经济呢!"

这次,我们就是用这个办法过的河。到把病号抬到医院里,阑尾炎已经化脓了,我老房东的性命却差点送掉了。

想起这些,再看看今天的天气这样冷,路上的人和车辆又这么多,今晚还能不能过河去呢?若今夜过不去,这一宿冻是挨现成了,更重要的是明天雪再下大了，我这采访任务就更没法想象了……反正现在已经走到这里，我只有硬着头皮向前走，听天由命吧！

然而，我走到渡口一看，如今杨家渡口码头上是一片灯火，如同白昼，我的心也被它突然照亮了，原来这里并没集下什么人。渡口的国营汽船，由一条发展成两条，此外，在汽船的旁边，还站了许许多多机帆船、风船、舢板和木排，他们都在风雪中竞相向自己船上招揽着乘客。

我推着车子，刚想搭上汽船，却被旁边的舢板上的一个老船工叫住了。他说："推脚踏车的同志，请坐我们这船吧，价钱与大船都是一样的。"

我循声望去，招呼我的这位老船工，就是年夜里偷送我们的那个老艄公。"一遭生，两遭熟"，那次，虽然只经历过那么一件事，这老人的形象和影子，多少年来却一直深深地留在我的脑子里。今天巧遇了，我便没犹豫就搭上了他的船。上船后我向他祝贺地说，"老大爷，您也干上了国营的买卖？"

他听我问的话中有话，听后愣了一阵（看来他已经不认识我了）又仔细打量了我一下，才说：

"哪里，现在各种船都出来了。"他指着这些小船说，"这些船全是公社、大队集体的，还有私人的，真是'八仙过海，各显其能'了！"

坐在船上，我提起了上次他送我们的事，他这才回忆起来了。他沉默了一会，又豪爽地哈哈大笑了一阵，说："若照那样，遇上今天这种情况，你这一宿罪就别想逃了，而且，明天什么时间能过去，也很难说！"他又深有感慨地说："现在政策变了，不像过去啦！"

"汽船上那个大车还在这里吗？"我问。

"你看！"老船工顺手一指，说："那不在那里！"

我顺手一看，在灯光里，果真还是那个彪形大汉，在那里帮着一个车夫,向船上鞭打一匹不肯上船的骡子。

"他还是那个样子?"我问。

"不,他们的企业,也实行了新办法,乘客运多了,不但对国家有利,他们自己也可以得到奖金。你没看,如今,他们也是在拼命地往船上拉客了!"

因为天冷得滴水成冰,黄河里的水面上也在迅速冻结着冰层。各种船都上满了乘客,国营汽船首先启航了,它力量大,在前面劈开冰路,而其他小船,都紧紧地尾随在它的后面,相继前进了。

我看了这个情景,既高兴又后悔。高兴的是没想到今夜我能这样顺利地过渡口;后悔的是,这次没带来照相机,若不然,我不是可以拍下今夜在这个渡口上出现的这幅生动的画面来吗!

【赏析】

《飞花集》共选了27篇散文,大多是作者自十一届三中全会以来所写的比较偏重于写人记事的散文的结集,以满腔热情歌颂了为贯彻落实十一届三中全会路线默默工作和劳动的普通群众。难能可贵的是,这些散文并不单纯是"时代精神的传声筒",没有简单图解政策,也没有故弄玄虚、牵强附会,而是通过散文中的人和事,含蓄委婉、自然而然地表露出来。本文中作者以对话的形式塑造人物,态度蛮横的开国营汽船的"大车",正直宽厚的老艄公,塑造较为丰满;更以今昔对比来歌颂改革开放给普通民众带来的新生活、新面貌。行文曲折,感情真挚。

乐拓 乐拓（1931—），作家，编辑。原名王念临，河南郾城人。民盟盟员。曾任《鹿鸣》杂志文学编辑，包头市作家协会副主席。文学创作二级。1952年开始发表作品，1999年加入中国作家协会。著有长篇小说《绿林好》（合作）、小说散文集《早晨好》、小说集《骑兵战士》、报告文学集《创造太阳》、散文集《双翼神马》等。

黄河流凌交响诗

早就听说，塞上的黄河流凌是一大奇观，今春亲眼看见之后，方才真正领略到了它磅礴的气势。它是一幅壮美的风情画；是大自然在大河上导演的一幕活剧；是解冻的黄河用解冻的冰块，在猛烈的冲撞中演奏的一曲流凌交响乐章。

啊！多么雄伟的黄河，多么雄伟的黄河流凌哟！

我去黄河时，黄河还没有解冻，滔滔的河水还屈尊于厚厚的冰层底下。我踩着河上的冰往前走，一直走到洪水时期汹涌澎湃的中流上。这里冷风飕飕，冰雪连天，寒气逼人，如果不是新竣工的黄河大桥，没有河岸上修木船的船工陪衬，我真疑心，是不是走进了北极圈里。

节令已是暮春，此时的江南早已苍苍翠翠、花团锦簇，恐怕连单薄的春衫也穿不住了吧？而我们塞上，塞上的黄河，却依然被重冰封锁，我真想伏身叩问黄河：还要几度春风才能把你从梦中唤醒？几多春汛才能把你冰封的大门启开？

黄河沉默着，垂首不语。一对天鹅，伸着长颈，像帆一样，低低地贴近河面飞了过去。一群鸿雁，排着队，像远征归来的士兵，显得疲劳不堪，却依旧秩序井然地从空掠过。它们边飞边叫，如同在向大河呼唤："咕嘎，咕嘎！——喝呀，喝呀！"

满河都是冰凌，到哪里去寻水呢？

岸上有人喊我:"喂!快回来吧,冰酥了!不敢往里走了!"

我不理会,继续朝前走。我记得没有桥时,汽车都是"踏冰过河"。我一个空手人,还能把冰踩塌?那人急了,忙不迭地把几句爬山歌撂过来。

七九河开——河不开,
八九雁来——雁不来。
春分一过黄河烂,
白鹅[1]一叫黄河开。

应着歌声,我走回岸上。只见唤我的是一位鬓须雪白、脸膛紫红的老船工。他不停地抡斧修船,对我说:"春分往后的冰,就和秋分往后的树叶一样,败了,不顶事了。常言说'河开一时',雁和白鹅都飞回来了,说不定立马就会流凌。"

他仰起头,抖着白须自语地说:"我得赶紧把船修好,等河一开,好去打河鱼下酒哩。"

"砰砰"的抡斧声震颤着河谷,冰河上下,越发地显得空空荡荡,没有遮拦。

正午时候,我突然觉得背上皮衣里热烘烘的,腿上的棉裤也格外沉重。东风阵阵,从河下往上吹,轻悠悠的,连空气也变得柔和、温馥。沿堤而上,见河边港汊的冰凌全都炸开了,形成一个个美丽的、线条规则的几何图形。点点水珠从炸开的冰缝中渗出,滚在冰上,犹如露珠儿滚动在荷叶上。

"河开一时"的俗话,兴许今日真要应验了。

我顺堤走近大桥头,登上一座土坡。举目展视,见黄河好似一条洁白的哈达，飘飘洒洒，一直飘入天地相接的大漠里。稍近处，有一架冰山横卧在大河当央。冰青如黛，水烟袅袅，仿佛是烟雾中的一片琼楼玉阁。冰山脚下，有一池水亮子，飞过去的天鹅、大雁、无数的水鸭子，一股脑拥挤在水亮子里饮水、滑行、游弋。人常说水亮子是黄河的眼，如今"眼睛"睁开，大河总该翻身"起床"了吧？

阳光闪闪，冰河上反映出串串光环。似乎有憧憧人马，影影绰绰地在雾蒙蒙的冰上晃动。突然，不知谁吐了一口热气，水亮子迅速地变大、拉长，不停地往下游冲来。此时，天地相接的大漠深处，隆隆地扬起一阵鼓，响起一阵雷。冰河庄严宣布：开冻了！

起初，那水亮子变成了一条细流涓涓的小河。冰块随水飘动，有的冰被压进水里，有的冰被叠堆在两厢。这使人会想起原野上耕出的第一道犁沟。那叠堆的冰块并非全都是白色。有浅黄，有绛紫，有深蓝，有翠绿，有墨黑，有水红。真是琳琅满目、晶莹剔透。河水在奔流，冰块在堆高。有的被挤下水，有的又从水中冲起来。似乎它们不是"冷若冰霜"的无情之物，它们是欢快的，有生命的。它们好像在欢庆冰河的解冻，浮游着，冲撞着，为春日的新生狂欢。记得电视上有过一组纪录海豚的镜头：南太平洋，无数的海豚在追逐、嬉戏、搏游海浪，在水中沉浮，做出各种优美动人的姿态。——这翻动的、开河的冰块，不是和嬉游的海豚一个样吗？

冰河上的犁沟在扩大，叠堆的冰块拥挤着，构成一条冰块"夹道"。

"咕咚——咕咚"。冰块被挤进水里，又从下往上撞击。声浪沉浊，宛如一曲原始的定音鼓："嘎巴——嘎巴"，是巨大的冰川在炸裂，像乐队里猛然击响的铜钹；"咣当——咣当"，是体大如牛的冰块在翻身；"轰隆——轰隆"，是两块实力相当的冰坨在斗架。那声音像热烈的小军鼓，像嘹亮的小铜号，有时低沉喑哑，使人好像听到了一阵低沉的木管，哀怨的大提琴……它们一会儿单音演奏，一会儿混声交响，跌宕起伏，错落有致。这分明是一支实力雄厚的交响乐队，在演奏着绵绵不绝的交响乐章！

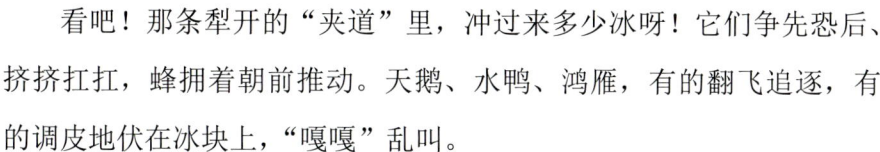

莫非这已是全曲的高潮？不，涌流的冰凌告诉我，这不过是流凌的先遣队，是一小股攻势凌厉的侦察兵，是全乐章的序曲。序曲之后，冰封的大河才一节连着一节地解开，全曲的主题才得以渐次展现。

看吧！那条犁开的"夹道"里，冲过来多少冰呀！它们争先恐后、挤挤扛扛，蜂拥着朝前推动。天鹅、水鸭、鸿雁，有的翻飞追逐，有的调皮地伏在冰块上，"嘎嘎"乱叫。

冲过来了！最先冲过来的，是一股彻骨冰冷的凉气……

冲过来了！凉气之后，溅起一沫冰碴水花……

第一批冲过来的冰，撞击冰层，搞得粉身碎骨，跌进了乌黑的河水里。紧接着第二批冰块又补充上去。反复中，冰河才被打开。这使我很容易地联想到战场上冲锋陷阵的士兵，他们不就是这样吗？为了拼杀出一条新路，不惜自己流血牺牲。

经受过漫长严冬的封锁，饱尝过风霜雨雪的袭击，河上的冰川变得异常顽强，轻易不肯闪开一道缝隙。然而毕竟是春天来了，又有那么多"先驱者"的冲杀，狭长的"夹道"在加宽、伸长，终于在中流上凿通了一道河。叠堆在两厢的冰块，有的被冲流到下游，开拓新的河道去了，有的被层层堆起来，形成"冰插"。"轰隆隆"，一股急流呼啸而至，把"冰插"推放到河岸的沙滩上。巨大的冰块，横横竖竖，躺满一地，像是一群鲸鱼，冲上海滩，进行集体自杀。

这正是塞上黄河流凌时的独特之处。松花江、乌苏里江，以及我国北方的许多江河，年年春天都有流凌。但它们的流速迟缓，解冻的冰块只能是缓缓而下，唯独黄河，它激荡、猛烈、湍急，开河的冰也就分外有力，流凌的气势便更加壮观。

我的前头，蹲着两位农民，正在趣味横生地观看流凌。他们吸着烟，指点着被河浪冲到岸上的冰块，点头评论。

一个说："推到岸上这点冰，算不得什么。有一年黄河武开[2]，把一块比房子大的冰推上了岸，当年三伏天，那块冰还没有消完。"

另一个接着说："能推上岸就好。单怕是冰块挤满河槽顺着河堤生硬往下挤，有一年，一场流凌，把河堤往后挤退了三尺！"

第一个农民听罢，并不觉得他在夸张，反而凑趣说道："挤退几尺河堤怕甚？全怕是把堤岸挤崩了口。冰一出岸，连淹带砸，没救！能逼得黄河改流更道……"

这些近乎神话的奇谈，叫我惊讶，再看看横卧在岸边沙滩上自杀的"鲸鱼"，真叫人惊恐不安。黄河母亲般的大河，平时你温存善良，浇灌着良田沃野，哺育着中华儿女。可是你又暴躁、易怒、力大无穷，任何障碍也不可能阻挡你的前进。

先遣的冰在不停地朝前冲锋。大桥上游的冰河全被凿通了。一场叹为观止的流凌图画，兴许到此就要曲终意尽。我长吁一口气。不料就在我吁气的时候，一架冰山，山崩地裂般地汹涌而下！

原来，隐约在上游的那架冰山，脱岸了。

那冰山中间隆起，两端与岸口平齐。像一位老态龙钟的老人，行动起来大地颤抖，冷气逼人。蹲在我前头聊天的那两位农民，看见它，连忙丢掉烟蒂，肃然起身往后退走。我也跟着他们，爬向坡顶高处。

据说，浮动的冰，就和知识渊博的人一样，含而不露。它们要把百分之七十的体积，潜伏在水下，果真如此的话，这架脱岸而来的冰山，该是个多么巨大的庞然大物哟！英国电影《冰海沉船》，写的就是皇家巨轮"泰坦尼克"号在北大西洋触冰山下沉的故事，那是一场举世罕见、骇人听闻的悲剧，有两千多人丧生！眼下的这架冰山，威风凛凛直逼大桥，会惹出乱子来吗？

冰山巍巍，傲慢地顺河滑行；大桥高高，桥上车辆往返如梭。有人行至桥中，故意停下，依栏眺望。过去黄河上没有桥，每到开河流凌时节，岸口的浮桥拆除，轮渡停摆，两岸交通猝然断绝！人们面对黄河，只能发出"隔河千里"的哀叹！那时有谁敢设想，能站在流凌的河面上，观赏流凌的景色呢？

冰山渐渐地靠近桥体，它似乎非常小心，临近桥体时还略微把脚步放慢。紧接着便是"轰隆"一声巨响，冰山如狼似虎地对着桥墩扑去！体长810米的大桥，也微微随之抖动了一下，不过，立即又平静下来。

冰山太庞大了，无法通过桥孔；桥墩太坚固了，冰山不可能将它动摇。两下相持，就在相持中，桥上游的河水涨高，甚至旋转倒流！冰山接连好几次地去冲撞桥墩，发出一阵阵粗锯子锯木头的鼓噪声，"吱吱——啦啦""吱吱——啦啦"！正像是乐曲中平行的七和弦，发出一串串极不协调的音阶，听了叫人烦躁，意乱，毛骨悚然！

冰山从河里探起了头，蛮横地顺着桥墩往上爬，就好像一条直立而起的眼镜蛇。风浪急急，冰川铮铮，发出一阵又一阵的"嘭嘭"声，像一个大汉拍门呼叫："快开，快开，让我过去！"这阵势不由得叫我想起《命运交响曲》的开篇，正是一只大手在拍击着命运的门户："嘭嘭嘭！嘭嘭嘭……"

大桥坚如磐石，冰山性急狂躁。就在它狂躁地冲撞桥门的时候，桥墩上用特制的合金钢刀，也利用冰山自身的压力，暗暗地把冰山裁成三截。猖狂一时的冰山被肢解了，只好服帖地各自顺着桥孔，漂流而下。不一会，黄河下游里传来了一阵隆隆的大炮声。那是一排真正的榴弹炮轰击，下游黄灌渠的入口，为防止冰块筑坝，每年开河时都要进行炮轰。有时候还用飞机投弹轰炸，那又是另一番开河流凌的景象啊!

冰山过后,我松了一口气,两位农民也舒心地回到桥上。他俩点头赞赏,顺桥而过,回村去了。不知道他们回村之后,又将怎样向人讲述这一幅"冰山过桥"的奇特景色?

太阳偏向西天,晚霞映红大地,也给冰河涂了层胭脂颜色。我也走上大桥,仰望着从西天滚滚而来的满河冰团。夕阳下,那冰块有的像一串串明丽的河灯;有的像一簇簇怒放的鲜花;有的像情侣,交颈相依,絮絮而谈;有的像猛狮,怒吼着扑上去,压到另一个冰团上。它们在晚霞染红的河水里漂流,有的在漂流中结成伴,汇合成新的家族;有的在奔流中逐渐融化,分解,化作一汪清水。那声响,是在喁喁私语,是在嘤嘤啜泣。是的,那些有精灵的冰是会哭的;因为冰的消融,也就是冰的死亡。

大桥下游是一个回水湾,从桥孔穿过的冰块大都又在回水湾里绕个圈子再汇入中流上。那情形酷似闹市中心绕转盘而行的车队,大桥正是中心广场上的交通岗。它尽责地、始终如一地指挥着车队有条不紊地运行。

假如黄河流凌真是一首交响诗,是一幅壮美的音乐图画,那么看到此处也该曲终而意尽了。不料,夕阳里偏又响起一支曲子。循声觅去,见下游回水湾里荡着一叶扁舟。船儿在喧哗的冰凌中,忽上忽下,忽高忽低,活像一弯初二三的新月芽。划船人稳住桨,撒开乌黑的旋网,网起了两条红尾巴鲤鱼。划船人得意地唱着《爬山歌》:

打鱼的划划渡口船,
哥哥撒网小妹妹把船扳。
满河的冰凌渣渣打转转,
为眊妹妹哥呀我闯险滩。

认出来了，打鱼的人正是清早在岸口上唤我的白发长者。没想到他真的在开河时下水打鱼，做了冰河里的"弄潮儿"。他一生中在这样的冰河里闯过了多少险风恶浪！而今大桥通车了，不用他摆渡了，而他却依然眷恋不舍地在大桥脚下破冰划船，撒网捕鱼，正如他当年破冰争渡一样。可是，老艄公，您要多加小心，今晚有了鲤鱼下酒，千万可别喝醉了哟……

【注释】

　　［1］白鹅：是内蒙古西部地区农民对天鹅的俗称。［2］黄河武开：按开河的气候，冰河解冻分文开、武开两种，文开文静，节节顺流而下；武开猛烈，冰川横流，甚至硬逼着黄河改道。

【赏析】

　　如果你从未见过冬末春初大河苏醒时的流凌，你可以读一读乐拓先生的这篇《黄河流凌交响诗》，相信也跟亲见差不了多少——也许竟比亲见还更让人满足！文章对黄河流凌进行了各种角度极其详尽而绘声绘色的描写。流凌的形状、颜色、声音、动态、气势；流凌从初炸开的点点水珠，到水亮子的拉长，到涓涓细流，再到凿通冰河；冰对岸的侵占，冰山与桥墩的角力……无一不体现出作者观察之细致、叙述之生动。再辅以个人丰富的想象与比喻、两个农民风趣而夸张的对话，以及极富经验老艄公的船歌，文章呈现出多声部交响的绮丽多姿的艺术效果。从节奏来讲，作者似乎是将文章当作乐曲来谱的，全文可以分为解冻、冰山、老艄公三个乐章。一个高潮将至，不远处下一个乐章又来，曲终意不尽，于心间久久回响……

柴继光

柴继光（1931—2012），教授，主编，作家。山西省平陆人。运城学院教授，中国作家协会山西分会会员，运城师范高等专科学校校报编辑部主任，河东文化研究中心常务副主任。出版专著有《运城盐池研究》《晋盐文化述要》《中国盐文化》等。

黄河夜渡

"自古黄河不夜渡"，人们这么说。

而我，却实实在在地夜渡过黄河。不是坐张帆的大木船，而是乘一叶扁舟。

我的故乡在黄河边古虞国的地方，距黄河有十多里。沿河一带的村中有我的亲戚。幼时，串亲戚的时候，表兄表弟们就给我夸说他们坐船过河、赶汛捉鱼、河边捞炭的故事，还领我去看黄河。要是夏天，他们一个个都脱光衣裤，赤条条地跳进惊涛骇浪里浮上漂下，欢快地戏水。每逢这个时候，我既羡慕他们的大胆和好水性，又替他们担心，生怕无情的巨浪把他们卷走。眼见得他们自由自在地在黄河里来来去去，暗地里也想着：啥时我也能到黄河上走走，哪怕坐船走走也好。

机会终于来到了。

那是抗战时期。在外省做事的父亲回乡省亲，临走时要带母亲和我走。不料时局变化很快，日寇从北边袭来，听说运城都失守了，早晚之间就要到我们这地方。黄河南边，日寇一路西进。黄河沿岸的几个渡口都被封锁停渡了。眼见过不了河，走不了，父亲急得什么似的。多亏二伯想到去找沿河的亲戚们想个办法。他去那里跑了一趟，回来时喜眉笑眼地说，已经说好了，第二天晚上送我们过河。

第二天下午，我们被二伯送到了洪阳古渡边的葛赵村，在一位表叔家歇着。父亲显得焦急，连连问了几次："能过去吗？"表叔是位三十岁上下的汉子，长得健壮、结实，赤红脸颊，头上勒一条家织白布头巾。父亲每问一次，他都是憨厚自信地笑着回答："能。"

父亲总是有些担心，而我却是相信他的。我听人说过，这位表叔水性好得出奇，一个猛子扎下去，能露出肚脐眼来。这么好水性的人送我们过河，还会有什么说的呢？

就要有生以来第一次坐船过黄河了，虽说是在晚上，不能看河望山，领略水上风光，多少有些扫兴，但还是十分高兴，巴不得快快天黑，好坐上船去，享受渡河的乐趣。我不时地跑到院里去，巴望着太阳快落山，又跑窑洞里喊叫："还不走？"

表叔总是笑笑说："还早哩。"

我熬不住了，就趴在炕头憋气，不知不觉睡熟了。不知过了多少时间，朦朦胧胧中觉着有人摇我，睁开眼，看见表叔手里拿着桨，知道天已黑了，就要走了。心里一高兴，睡意全消，便牵着母亲的衣襟，走出窑洞，投入茫茫的黑夜中去了。

表叔在前面领路，一路摸黑，穿过杏林、枣园，来到空阔的河岸边。这时就听到了黄河的吼声。在这个星晦月暗的夜晚，黄河的吼声，真像是万马奔腾，惊天动地，叫人不寒而栗！

朦胧中，表叔引我们上了藏在河湾里的一叶扁舟。这种舟，我是见过的。前尖后方，两个连在一起，就像奶奶穿的那双小脚布鞋。我踩上去时，它一晃一悠地，吓得差一点叫出声来，生怕它翻了。我和母亲坐在一边，父亲坐在另一边，表叔骑马般坐在中间靠前一点。解开缆绳后，他把船头移向南方，轻轻地挥动手里的桨慢慢地划着。

送我们到岸边的二伯，闷声地嘱咐："当心些！"

在黄河的怒吼声中，慈祥的二伯说这一声，使我心里倍感亲切。

这时，扁舟漂在岸边，水流缓缓，舟行悠悠。我的心还算平静，张着一双好奇的眼睛，四下里张望。可是，灰蒙蒙的，什么也看不见，只有天上不时有几颗星星，从薄散的云层后边闪现一下，便又躲起来了。看那扁舟下的水，也是黑乎乎的。我的心快意极了，为能够实现渡过黄河的梦幻而高兴。

扁舟缓慢地漫行了一会儿，突然，只觉得它像被什么东西猛撞了一下，立即腾跃起来，飞上浪尖，忽然跌下来，急速地向下游漂去。河里的浪花飞溅到我的身上、头上。我知道，这是船行到河心了，水急浪高，吼声如雷，犹如一匹没有驯服的野马，要把背上的骑手甩下背去似的。扁舟仿佛失去了控制，船头向东，时起时落，直泻而下。我的心立即收缩起来，吓得大气不敢出，紧紧地贴在母亲的怀里。这时候，表叔却不慌不忙，紧握木桨，双手有力地频繁地划着，"哗——哗——"隐约可闻、紧促而又有节奏的木桨击水的声音，像是草原上马蹄奔腾的"得——得——"声。

经过一番紧张的拼搏，扁舟又被驾驭住了。船头不再向东，也不是朝南，而是偏向东南，艰难地行进着。黑暗中，我看表叔头上亮光点点，想必是滚动的汗珠。他那一双眼睛里放射出熠熠的光芒，他那自信、拼击的神色，使我的心稍稍地平静了下来。

划呀，划呀……实际上那只是很短的一刹那，而在我却觉得很长很长，长得叫人感到窒息。忽然，扁舟又像是被什么猛推了一下，冲到水势缓缓的浅滩了。表叔长出了一口气，好像是告诉我：激流过去了。这时，我的心完全平缓了，再也不怕了。

表叔放慢了划行速度，扁舟又直直地朝南行进了。不大工夫，扁舟便停住不进了。表叔悄然说："到了。"

我们跳下扁舟，站在河岸上。表叔到前边东瞅西望了一会儿，给父亲指点了要走的路线后，就又跳上扁舟，拨转船头，向黄河北岸划去。眨眼工夫,那一叶扁舟就被黑夜吞没,无影无踪了。

就是这一夜,我乘一叶扁舟,第一次渡过黄河。我曾担惊受怕,我也欢心快乐,因而,时光虽然流逝过去四十多年,但那一晚夜渡黄河的情景,表叔那沉着、自信、勇敢、拼搏的形象,却深深地印在我的脑海里,每当我想起那次夜渡,就相信他是不止一次地夜渡黄河,尽管我再无机会问他。

【赏析】

这是一篇回忆性小文,作者回忆了抗战时期幼时的自己一次夜渡黄河的经历。全文围绕"夜渡黄河",写渡河前的期盼,渡河时的快意及担心,渡河后的安心,笔墨集中,简洁而不失曲折。文章固然是围绕"我"的儿童视角与儿童心理,却也同时塑造了"我"周围的几个人物,包括"父亲""二伯"以及"表叔"。"父亲"的担心焦急,"二伯"的热心与牵挂,寥寥数语即得到呈现。而其中掌舵者"表叔"的胆大、自信、沉着、冷静的形象尤为鲜明。

山东阳谷陶城铺闸 · 摄影 / 董保华

牛达生

牛达生（1933—），山西兴县人。1958年西北大学历史系毕业，宁夏文物考古所研究员，中国社会科学院西夏文化研究中心学术委员，宁夏大学西夏学研究中心兼职教授。合著6部，发表论文（报告）120多篇，多次获宁夏社会科学优秀成果奖。20世纪90年代以来，因在西夏木活字研究中取得重大成果，荣获新闻出版署和文化部两项部级奖。

滔滔黄河过宁夏

万里黄河在宁夏腰部穿过，流程490余公里。黄河，给宁夏创造了一大片肥田沃壤，并以她的乳汁哺育了世世代代生活在这里的各族人民。

早在一两千万年以前，西边贺兰山脉进一步急剧抬升，东边鄂尔多斯高原也缓缓隆起，中间却陷落而成断陷盆地。一二百万年以前，银川盆地成为一个浩瀚大湖，那时候，绿水青山，碧波万顷，风光旖旎。后来，随着地壳构造运动的变化，分水岭被切开成为峡谷，打开了湖水出路，盆地内洪水漫流，出现了原始的黄河。黄河在盆地内来回摆动，把带来的泥沙不断淤积下来，逐渐形成黄河上游一片较大的冲积湖积平原。

黄河宁夏段河道的总形势是三收两放：上首黑山峡，中间青铜峡，北端三道坎（位于石嘴山以北），都是河床狭窄、水流湍急、河底基岩出露的"石河"，其间则以宽浅的沙质河床缓缓穿行于平原之上，开阔浩荡，河心沙洲甚多。前人有诗云："风生滩渚波光渺，雨打汀洲草色新。"

甘宁交界处的黑山峡（包括虎峡），全长70余公里，因谷外露的岩石多呈青黑色，且峡谷深处不见天日、阴暗发黑而得名。两侧悬崖绝壁间，青羊（石羊）奔走，雉鸟和鸣。宽仅数十米的窄谷急流涌出，犹如万马奔腾。筏行其间,"虽盛夏六月,寒神凄骨",颇有长江巫峡的气势。峡中"老两口""三兄弟""七姊妹""拦门虎"等礁石俱惊险万状。还有一个叫"洋人招手"的人样石柱突起于河心。传说清代有个外国传教士乘"浑脱"(羊皮筏子)路过这里,由于水流湍急,皮筏似箭般向礁石冲去,他在惊慌失措中,一跃跳到那块礁石上。霎时间,老筏工用桨在一块小石礁上一点,"浑脱"打了个转,旋即随旋涡急流绕石而下。洋人孤身留石,每逢有"浑脱"下驶,便大声呼救,但谁也没有办法靠近礁石,只能看着他在这巨石上向人们招手。于是"洋人招手"的名字就流传下来了。这一传说形象地反映了峡谷中急流飞泻、势不可挡的惊险形势。

黄河冲出黑山峡,沿着腾格里沙漠的东南边沿进入宁夏平原,河谷豁然开朗。丽日蓝天下,莽莽沙海泛着金光,滚滚黄河咆哮着卷起白浪,雄浑壮阔的景观,会令人不由得吟诵起"大漠孤烟直,长河落日圆"的唐诗名句(王维《使至塞上》)。

黄河穿行于六百里宁夏川,流势平缓,蜿蜒坦荡,它既不像河源地区的涓涓清流,又不像中下游黄水重浊、善淤善决,水量充沛而挟带泥沙适量,洪灾较少又具灌溉航运之利。

我国最古老的地理文献之一、成书于战国时代的《禹贡》,描述黄河水运时提到"浮于积石,至于龙门西河",即黄河上游自青海积石山以下,早在两三千年之前就已通航。"鸡犬人家红稻岸,鱼盐贾舶白苹洲""冰解河开欲暮春,船家生理趁兹晨。土窑磁器通宁夏,石炭连船贩水滨""叶叶风帆塞上行,黄河渡口认归程。分明春水江南思,天际咿哑一橹声"。这些诗句都形象地反映了宁夏地区古代黄河水运的兴盛。中卫莫家楼、中宁宁安堡、吴忠古城湾、银川横城渡以及石嘴山等地都是黄河上的著名渡口。在黄河中行驶的不但有各类木船,还有称作"浑脱"的羊皮筏子和牛皮筏子，以及从青海、甘肃林区下放的木筏。诸如皮毛、药材、食盐、天然碱、烟草等，输入的布匹、百货、机器设备和杂货，以及煤炭、粮食、瓷器、建筑材料，都是黄河水运的大宗物资。直到20世纪50年代末建成包兰铁路之前，黄河航道一直是宁夏与甘肃兰州、内蒙古包头间的主要货运动脉。

黄河宁夏段还以渔业发达著称于世。这里河势平缓，沿岸湖沼、水田特多，加以人工渠沟的开掘，使平原上相当多的水面与黄河沟通，形成了生境良好、饵料丰富的栖息场所与洄游通道，便于多种鱼类产卵、育肥、越冬。一般每年春日四月，黄河中鱼群常顺渠沟进入湖沼、稻田，七月前后重又游入黄河。黄河宁夏段的天然鱼类共有20多种，其中最脍炙人口的当推肉味鲜美的鸽子鱼（学名叫北地铜鱼）和金色鲤鱼，而鲫、赤眼鳟（俗称马郎棒）、鲶、雅罗鱼（俗称白鱼）等则是城镇集市上的常见渔产。自古以来，黄河两岸"村居多以渔为业"，特别是青铜峡以南的中卫、中宁地区，捕鱼是当地农民的重要副业。所谓"鳟鲫盈肆兮，应理之州"，应理州就是中卫地区的元代地名。

从汉武帝时代开始，两千多年来引黄灌区的开发，"因渠以溉、水春、河漕，用功省少，而军粮饶足"，使地近荒漠的宁夏平原，成为绿荫处处、禾谷飘香的江南水乡，"塞上江南"之誉名闻遐迩。

黄河穿过牛首山时，形成长8公里、高出水面数十米的陡壁——青铜峡，黄河上游最后的一道峡谷，这里山河交会，地势险要，历来称为"银川锁钥"。据方志记载，因两岸山石嵯岈，与河流映照，时作青红色而得名。传说青铜峡和龙门、三门峡、伊阙一样，是大禹疏导洪水时用鬼斧神工开凿出来的。这当然是人们出于对大禹治水功绩的崇敬而编造出来的神话。后人还在北山脚下一个石洞外修了座禹王庙。有古诗赞曰："河流九曲汇青铜，峭壁凝晖夕照红。疏凿传闻留禹迹，安澜千载庆朝宗。"

新中国成立后50年代末期,宁夏人民在青铜峡兴建了以灌溉为主,结合发电、防凌和满足下游工业用等综合利用的大型水利枢纽工程。高42米的大坝拦腰截断黄河,壅高水位20米,形成一座波光浩渺的大水库。河水驯服地通过渠首电站流入灌溉渠道,去滋润青青的禾苗,并且发出27万多千瓦的强大电流,通过高压输电线路送向城乡各处。

　　黄河宁夏段的总落差约200米,蕴藏着丰富的水能资源。不久的将来,在黑山峡口,还要建造比青铜峡水库工程大好多倍的高坝。那时黄河的洪水再大,也都能容蓄在大水库里,让河水灌溉更多的土地,发出更多的电力,并给沿河上下的城市和工业基地提供充足的水源。包括宁夏在内的西北广大干旱地区,将出现许多新的人造绿洲和工厂矿山,黄河两岸人民的生活将会更加美好幸福!

【赏析】

　　自古就有"黄河百害,唯富一套"之说。这"一套"就是黄河流经内蒙古和宁夏时所形成的河套平原。汉代以后,黄河下游河患日甚,给劳动人民带来很大的苦难,但是,河套地区却很少受到黄河灾害的干扰,加上这里不断开发,日益富饶,成为黄河中下游得天独厚的地方。作者作为考古和历史方面的专家,从地壳运动溯源、峡谷形态、情貌、渔业产业、水运贸易等方面,对黄河与宁夏的历史渊源进行了梳理,对黄河在宁夏所做的贡献和相关的美好未来进行了全面阐述和展望。

三门砥柱　摄影/王伟

阎豫昌

阎豫昌（1934—2009），作家，编辑。河北正定人。历任河南省文联《奔流》杂志编辑，河南省社科院文学所副研究员等。1956年开始发表作品。著有诗集《给少男少女》，散文集《东湖情思》《爱的花束》，评论集《散文名家论》《苏金伞评传》等。诗歌《星空忆念》获1981年河南省优秀文学创作奖。

大 河 惊 涛

从遥远的天际间，从白云深处，大河自西向东奔流，站在大堤上，可以听到这惊心动魄的大河涛声。

站在大堤上看吧：这儿多么惊心动魄——由西往东的大河，突然转了弯，成了由南而北的河道。变为南北向的黄河主河道，地势仍比东西向的河道低洼，形成落差。那呼啸而来的黄涛，便加速了流势，加大了音响。惊涛如万条黄龙，摇头摆尾涌出河面，又神秘地潜入河底，互相追逐着，竞游着，急着去看济南的黄河铁桥，胜利油田的高耸的钻塔、井架；去利津填海造田，去茫茫的渤海湾里同碧蓝的大海汇合……

啊，东坝头[1]，河南兰考县境内的黄河险工东坝头！大河明明变成了南北走势，大堤明明变成了南北大堤，这儿为什么却叫东坝头？

如果把时光追溯到一百二十八年前的暮春时节，如今这从南向北的波涛上，就会变成一道从东向西的漫长的黄河大堤，同南大堤遥遥相对。那时，大河惊涛，仍然向东轰响，从开封响到商丘，从商丘响到徐州……那排空的浊浪，直响到苍茫的黄海。还记得帝国主义的炮舰轰开闭关锁国的清皇朝的年代吗？还记得爱国将领、政治家林则徐在虎门焚烧鸦片的熊熊烈火吗？你瞧，道光年间著名的州官魏源，骑着大马，在随从官员的护卫下，从东往西考察黄河来了。他的眼神严峻而忧郁。他从徐州来，他曾站在徐州城墙上眺望黄河，发现黄河的河底平了徐州的城墙,河上的白帆齐着城堞飘然而过;他又从商丘来到兰阳[2],同样的画面又在河南临河的城镇乡村间出现。如今,他又沿着兰阳县的黄河大堤向著名的中州古都汴梁走去。这混浊的大河,同他的故乡清澈的湘江水是多么不同,中州的兰阳多么贫困,没有自己家乡湖南邵阳的青山碧水……"夙抱山水情,每结烟霞约,一来河南道,十里唯广漠。更无山可青,唯有水长浊……"啊,唯有水长浊!他同林则徐一样,主张严厉禁绝鸦片,是爱国者和思想家;他同龚自珍一样,是忧国忧民的晚清杰出诗人;他对大运河的漕运和黄河的变迁防治,很有研究。一路上,他筹划着黄河的治理,构思着诗篇,听着大河涛声,轻轻吟咏:

"客行梁宋道,言访梁宋迹,欲寻史上踪,十九无一获。浊河决千里,一淤辄寻尺,屈指三千年,几决几淤积……"

在兰阳县,他寻访过"秦台",那是秦始皇东巡时避风沙而筑的高台遗址,在明代嘉靖年间还有"汉相庙存成寂寞,秦皇台古半荒凉"的诗句。他来时,那"半荒凉"的秦台,也被浊河溃决时一口吞没了。

他站在大堤上向北遥望,堤北是兰阳县的大村镇铜瓦厢,铜瓦厢有一座供奉黄河之神——河大王的庙宫。堤北的地势,很低洼。他考虑了大河的流势,感到向南夺淮入海,不如由此向北,因势利导。让黄河在北岸改道向东北流,至山东张秋穿运河,东会大清河,至利津入海。他从兰阳到汴梁,又西行到郑州、三门峡、潼关……当结束了黄河之行后,他缜密地撰写了上中下三篇《筹河篇》的奏疏,上达朝廷。他仗义执言地批评清王朝只知防河不积极治河的错误方针,建议因势利导主动为黄河改变河道,使黄河恢复唐宋前北流入渤海的走势,他甚至忧愤地断言:"人力纵不改,河亦必自改之。"

果然没出他可怕的预言所料,咸丰五年,也就是公元一八五五年的夏秋之交,在他的《筹河篇》问世不到十五年之时,黄河便在兰阳县的铜瓦厢，也就是今日兰考县东坝头西边破堤决口，自行改道夺大清河入海了。这位曾从铜瓦厢的大堤上驰马而过的著名爱国诗人、治河专家，在黄河改道两年后，在英法联军火烧举世闻名的圆明园三年前，淌着忧国忧民的热泪含恨辞世永逝了！

如今的东坝头，那一段残留的东西走向的故道，被黄水吞食得只剩短短的一截，丁字形地接连在新筑的南北大堤上，却依然留下了铜瓦厢决口后幸存者重来这儿安家时给它的命名——东坝头！

我从东坝头往北走，来到杨庄险工段上。只是这一截险工段，就筑有十三道坝，用了三万多立方米石料。站在这儿的坝埽上，既可观大河北去，也可望黄水西来。三十一年前，一九五二年十月三十日的上午，一位关心人民疾苦的领袖来到人民中间。他在堤外村庄小学校的窗下听了年轻教师的讲课，含笑点头称赞，又健步登上黄河大堤，站在杨庄段的黄河大堤上眺望东坝头，想着大河南北亿万人的安危！"一定要把黄河的事情办好！"他嘱咐跟他同来的人，嘱咐着千千万万治理黄河的专家、技术人员、河工……他同那位对治黄有卓见的清代诗人魏源一样，家乡也是山清水秀的湖南；他必然也想起了那位从东坝头继续向西巡查大河的晚清爱国者、改革家。《筹河篇》中那未酬的壮志，在人民当家做主的年代可以实现了！他胸中装着全中国的大事，装着中国人民志愿军抗美援朝的战斗风云，也装着黄河上的一道坝，一座桥，一个水库，乃至大河畔兰考乡亲馍篮里的蒸馍。他吟唱过"大河上下顿失滔滔"的咏雪诗篇，那是在北国。此时，在中原，在阳光灿烂的秋天，大河响着惊涛，他想着治理黄河的规划。他走了，他胸中装着大河涛声走了，身后却响起了黄河儿女们发自心底的赞歌："东方红，太阳升，中国出了个毛泽东……"

随着那位巨人的脚步，多少双脚印印在巍巍的黄河东坝头大坝上啊！大河逼得人们步步退却的日子终于过去了。那东坝头原是很长的，铜瓦厢决口时，冲断的堤坝并没有多么宽。铜瓦厢一带村落的劫后余生者，分别撤退到西坝头和东坝头。大河继续冲击残坝，残坝继续塌陷，家舍从断坝上步步后撤。那白帆飘动的水天相接处，曾是如今定居在东坝头的乡民们的家园。如今，你到东坝头一带的农家去询问吧，到东坝头黄河修防段周围的住户中查问吧，那些六十岁以上的白发长者还会以颤抖的声音告诉你，这儿的梁、孙、官、庞、张几个姓氏，都是从铜瓦厢一带搬迁来的。一位名叫韩庵的老人，新中国成立初期还活着，年已将近百岁。他是在咸丰五年铜瓦厢决口时降生到逃水患临时搭的小庵里的，所以名叫韩庵。自从"东方红，太阳升……"的歌声在大坝上响起后，黄河岸上的人们不再向后撤退了。站在东坝头你向南边的黄河大堤眺望吧，那长长的控导大坝，像一条条从天而降的巨柄长剑，一柄柄从南大堤伸向北边的河道，约束着、控导着河道的流势。在兰考县六十三华里半的堤段上，新中国成立以来，只是大堤加高加宽用土，就达将近六百三十万立方米。这儿的新老坝共一百零八垛。只是一个坝的一个迎水断面（一公尺）都要一百多立方米石料，也就是三十六万斤石头。你算算吧，南大堤上的控导坝，夹河滩、坝头、杨庄、姚寨、四明堂的险工坝，这总共一百零八道坝上，共用了多少石料？如果把沉在铁丝笼里的石料，抛在坝基上的石料，把三十多年用到大河上的兰考河段的石料堆到一起，你看吧，那将是一座高耸的山峰。那坝头为黄河专铺的铁路线上，那满载石料的车皮，不是把西起巩县（今巩义市）东到徐州的大山都载来了吗？

  同大河搏斗的，是砌出这长剑般坝埽的治河的工人、技术人员、专家。如果你到东坝头的黄河修防段同老河工谈今论古，你就会发现，他们治理黄河的经验，多得惊人；他们抢险时奋不顾身的气魄，是一部英雄史诗！至于汛期，修防段的人们是没明没夜战斗在大堤上，几夜都不合眼的啊！

夜宿修防段，我躺在床上，仍能听到墙外从西方传来的大河涛声，听着这涛声，我又想到了那位晚清的爱国诗人，我又想起一百二十八年前铜瓦厢的决口……当然，我也想起了东坝头大堤飘扬的红旗，那踏在大堤上的巨人脚印。在朦胧的睡意中又想：治黄的人们心中，都有一座微波塔，睡眠中也随着治河呼吸，梦中也听着大河涛声……

几天之后，我从东坝头返回兰考县城。堤上如紫霞般的泡桐花，仍不肯同暮春时节依依惜别，南风吹来一缕缕幽香。回县城后，傍晚我到焦裕禄同志陵园前漫步。在陵园前的渠道中，我又同东坝头流来的黄河水相逢了。这是从兰考三义寨引黄淤灌大闸引来的水流，供东边田野上已经扬花的小麦灌浆用的。月光中，水流虽然混浊，却异常温驯，缓缓流淌，没有任何声息。只有远近时起时落的蛙鸣，打破了夜晚的寂静。哦，黄河，你为人民造福了！多么美丽的春夜，多么温暖的暮春时节！头戴银色花冠的刺槐树，把银星般的花朵抛落给金色的渠水，渠水载着飘香的槐花向东潺潺流去。

【注释】

[1]东坝头：今河南省兰考县东坝头乡，简称坝头，古称铜瓦厢。 [2]兰阳：今河南省兰考县。1954年，兰封县和考城县部分地区合并而成今日的兰考县。

【赏析】

鉴古以知今。站在当时的黄河大堤上，听大河涛声，作者思潮滚滚。黄河既是我们中华民族的母亲河，也是一条汹涌而不时暴烈的给人民带来灾难的河。作者以"今日"（20世纪80年代初）之上下同心戮力治河，比对历史上著名的1855年的清廷治河，结果显而易见。虽用史料，却并不堆砌或说理，而以悠长情思贯穿其中，有对大河涛声的惊叹，有对魏源等人的悲悯，更有亲目险工段建设的兴奋激动，以及目睹大河为我所用的感动，使文章颇具诗意，真挚动人。

顾丰年

顾丰年（1934—），作家，编辑。原名顾凤年，笔名瑞雪。上海人。河南省散文家协会理事、戏剧家协会理事、民间文艺家协会理事。退休前为河南省文联《当代人报》主编、副编审。创作有小说《不下蛋的母鸡》《函谷鸡》《忏悔》等；报告文学《周总理在三门峡》《松柏吐翠春又归》《土地的呼唤》等；散文《古老的中原》（集子）、《黄河，在我们脚下奔流》等；另还创作有民间文学作品、戏曲作品以及学术研究文章等共 200 余篇。

砥 柱 赋

人们经常把中流砥柱作为我们中华民族性格的象征，它究竟是什么样的呢？据有关资料介绍，中流砥柱是黄河三门峡谷中的一座石岛，为历代文学家、艺术家所热情地讴歌。在我的想象中，这座岛一定十分高大、险峻，岛上奇花异卉丛生，俊鸟珍兽出没，因此才博得这样美好的声誉吧。

最近，又在一本书上读到了古代诗人周昂写的《题砥柱图》：

鬼门幽险深百篙，人门逼窄逾两牢。

舟人叫渡口流血，性命咫尺轻鸿毛。

开图顿觉风雷怒，素发飘萧激衰腐。

何来天上石不移，安得此心如砥柱。

从这首诗中，我仿佛看到了一幅波澜壮阔的图景：汹涌澎湃的黄河似乎是从天而降，一泻千里。一只小舟在惊涛骇浪中颠簸、飘摇。艄公张大着嘴，狂呼着，似乎要用自己洪亮的声音镇住波涛的怒吼。他的喉咙喊破了，嘴里流着鲜血，头发散了，随风飘拂。但是他的两眼充满希望和信心，紧紧地盯着前面的中流砥柱，竭尽全身的力气，拼命地向它划去……

这样的诗情画意，不时地在我的脑海中萦回，多么想到三门峡去看一看这座驰名中外的岛屿啊!

今年春天,三门峡市文化局的同志邀请我到那里去参加一个创作座谈会,我欣然允诺。登临砥柱岛的夙愿终于实现了!

创作座谈会结束后,市文化局的老戴同志陪我到三门峡大坝和水电站去参观。

三门峡大坝离市区22公里。从市区到那里有公路,也有铁路专用线,我们乘坐接送职工上下班的专用列车来到了黄河岸边。在这里,一条黄河隔开了山西与河南两省,河北岸,就是山西省平陆县的三门村。

横跨晋豫两岸的三门峡大坝,像一座铜墙铁壁似的拦腰截断了桀骜不驯的黄河,使它停止了怒吼、暴跳。现在正是春汛期间,大坝的闸门已经关闭,因此黄河变得像大姑娘似的恬静、安稳。

我们登上了高达100多米的坝顶。这里,参观的人群络绎不绝,有远涉重洋的外国朋友,也有来自祖国的游客。他们有的信步漫游,有的凭栏观望,有的抑制不住感情的奔放,哼起了《黄河大合唱》中的曲子。

我们随着人流向前奔走,也情不自禁地哼了起来:"风在吼,马在叫,黄河在咆哮……"啊,咆哮!这里没有咆哮的黄河,是的,我想象中那汹涌澎湃的黄河啊,你在哪里呢?我放眼观望:坝前是一泓清澈如镜的湖水,湖面上碧波荡漾,漪光粼粼。坝后是一座现代化的水力发电站。老戴告诉我,电站里有五台巨大的水轮发电机,它们飞快地旋转,纵情地歌唱,利用流水的动力变成强大的电力。面对着这样一片既宁静又欢腾的景象,我不免产生了怀疑,这难道真是黄河吗?

"这就是黄河三门峡。"老戴似乎看出了我的心意,兴致勃勃地向我介绍起来了。"过去,这里也是游览胜地,站在两岸的高山之巅,可以看到'黄河之水天上来'的雄伟气势,优美的山川风光,瑰丽的峡谷奇景全都饱览无遗……"

通过老戴的详细介绍，我对三门峡的过去、现在和将来有了初步的认识。

原来，古老的黄河从巴颜喀拉山北麓奔腾直下，一泻千里。它把高山冲出河床，在平地堆起山丘。当它流到三门峡谷一带时，遇到了群山的阻挡，但它还是任情地冲击，不断地奔流，终于把坚硬的山岩冲出了一个又一个的缺口，形成了一座一座的岛屿。黄河在三门峡谷的进口处，有三座石岛：靠近南岸的一座较大的岛叫"鬼门岛"；河中心一座鱼鳔形的石岛叫"神门岛"；与北相连的一座石岛叫"人门岛"。黄河从陡峭的峡谷奔泻下来，穿过三座岛门，形成惊心动魄的三股激流，这就是鬼门河、神门河、人门河。鬼门岛下面，有一座与南岸相连的半岛，岛上有一个石峰，形似雄狮，因此这座半岛叫"狮子头"。在北岸人门岛的山壁上，有一条人工开凿的运河，据历史记载，它是在唐朝开元年间开凿的，所以叫"开元运河"。按照民间传说，有一位船工的女儿被选入宫，后来当了娘娘，拿出自己生平的积蓄开凿了这条运河，因此它又叫"娘娘河"。在娘娘河下面，还有各种形状的石岛，例如梳妆台、炼丹炉、三颗印，等等。关于这些岛屿，都流传着优美动人的民间神话传说。

千百年来，奔腾不息的黄水不住地拍打着河中的岛屿，激起千重浪，飞起万堆雪，构成了一幅气势磅礴的画卷。历代文人对这波澜壮阔的景象赞叹不止，写下了许多诗词歌赋，绘出了许多美丽的画幅。劳动人民则创作了许多动人的传说和歌谣。一位不知名的石匠，在狮子头上凿下了"峭壁雄流、鬼斧神工"八个大字，字体浑厚，别具一格。

"可惜！"我感叹地说，"现在这些美妙的景致都看不到了！"

"不，这里还留下了一个最壮观的景致呢！"老戴指着坝后水力发电站下面的一座小石岛说，"你看，这就是千古传颂、驰名中外的中流砥柱！"

我放眼向坝后看去。果然，在离南岸不远的清流中，屹立着一座小岛。只是这座岛与我原来想象中的砥柱岛完全不一样。它形似圆柱，高出水面只不过一丈多，看起来貌不惊人，尤其是与雄伟的大坝相比，更显得平凡无奇。可是它为什么能成为我们民族性格的象征呢？

我提出了这个问题后，老戴告诉说："现在正是大坝关闸蓄水期间，所以砥柱前是一泓清水，风平浪静。如果大坝开闸放水，那么清水就变成浊浪，恢复了黄河的本色。在大坝建设以前，这里更加壮观。那时候的中流砥柱和现在就不大一样了。"

大坝建设前，砥柱周围浊浪滔天，波涛汹涌，附近的小石礁在风浪中时隐时现，唯有砥柱岿然不动，牢牢地钉在波心。砥柱岛并不高大，冬天枯水季节，它露出水面两丈多；夏天洪水来到时，它只冒出一个尖顶，看样子马上就要被淹没，但洪水始终超不过它。千百年来，任凭洪水再大，风浪再高，它总是昂首挺立在黄河激流之中，淹不没，冲不垮，因此人们把它作为中华民族性格的象征。自古以来，这座小小的石岛吸引了多少帝王将相、文人游客到这里来游览观赏，并留下许多诗词歌赋。唐太宗李世民曾在这里题了这样一首诗：

仰临砥柱，北望龙门。

茫茫禹迹，浩浩长春。

著名的书法家柳公权也为砥柱写了一首长诗，在砥柱岛上镌刻了前四句：

禹凿峰铓后，巍峨直至今。

孤柱浮水面，一柱钉波心。

砥柱除了它那种坚不可摧的品性外，在茫茫的航程中，它还起到了航标的作用。

从汉朝以来，直到陇海铁路建成以前，从古长安到黄河下游各省，黄河是一条水上交通要道。尤其是隋炀帝开凿了长达两千公里的大运河以后，把长江、淮河、海河、黄河四大水系沟通起来，使黄河在漕运上的地位更高了。到了唐朝，黄河下游和江淮平原各地，每年都要往长安运送皇粮，再加上商人往返运输货物，因此黄河运输十分繁忙。但是，那时的黄河是多么凶险啊！尤其是到了三门峡一带，地形骤变，河床陡峭，鬼门、神门、人门三座石岛拦腰挡住了航船的去路，河水分成三股激流汹涌澎湃地向下倾泻。航船到了这里，稍一不慎，就会发生船破人亡的悲惨事件，万幸闯过了这三道门，下面还有一系列的明岛暗礁阻挡，艄公一不小心，就连人带货葬身在洪水之中，连个尸首也捞不着。所以三门峡一带的群众常说："古无门匠墓。"门匠就是艄公。在千千万万葬身洪水的艄公中，人们传颂着一位英雄艄公的故事：

有一次，一位精通三门峡航道的老艄公驾着一条货船顺流而下。船到三门峡时，天气骤变，峡谷里狂风怒吼，暴雨如注。瞬息间，黄河上浪涛汹涌，雾气腾腾，看不明水势，辨不清方向。老艄公掌稳了舵，驾着船像箭一样地穿过了神门河。但是下面的明岛暗礁在浓雾中难以辨认，狂风巨浪卷着这只小船迅速地向下漂流，眼看就要遭难。在这千钧一发之际，只听得老艄公向旁边的船工大喊一声："掌好舵，朝我来！"紧接着，老艄公"扑通"一声跳进了惊涛骇浪之中。顷刻之间，前面又发出了一阵阵的喊声："朝我来！朝我来！"船工们顾不得多想，驾着船，朝着发出喊声的地方驶过去。当船行驶到呼喊的地方时，大家才看清，原来老艄公像擎天柱似的屹立在激流之中，船工们想拉住他，但是激流推着船只，飞快地驶到了安全地带。

当船工们系住船，上了岸，返回到老艄公发出呼喊的地方时，不禁大吃一惊。原来老艄公已经变成了一座石岛，昂首挺立在黄河中流。这时，风浪稍平，云雾渐收，船工们才看清，原来老艄公呼喊的地方正好是一条没有暗礁的安全航道。老艄公熟悉水情，所以献出了自己的身体，永远屹立在这个安全航道上，为过往的船只指引航向。因此，人们把这座石岛叫"朝我来"或"照我来",又叫"中流砥柱"。

从此以后,砥柱就成了峡谷中的航标,船只驶过三门以后,有经验的艄公就朝着砥柱冲过去,眼看就要撞到岛上时,岛前浪涛的回水正好把船推进旁边的安全航道。当地的群众说,由于老艄公救出了当时一船人的性命,又为了使后来的行船人免于覆没,所以他总是高出于水面的,水涨岛也长,永远淹不没。

这动人的神话故事,使我久久不能平静。老艄公战胜了洪水,保护了人民,成为千古流传的佳话。千百年来,在浊浪滔天的三门峡谷,在雷霆万钧的黄河中流,砥柱像一座灯塔似的为船工们照亮了茫茫的航程,把它们送进安全航道。由于它不畏强暴,不怕风浪,热爱人民,保护人民,因而成为中华民族的象征。"朝我来"这个别名,更加形象地体现了一种为着人民的利益而自我牺牲的精神,这就是我们这个伟大民族具有的崇高精神……

"中流砥柱真是得天独厚,"老戴打断了我的沉思,"在建筑三门峡大坝时,别的岛屿都炸毁了,成了大坝的坝基,唯有这砥柱岛却在选定的坝基之外,所以能保存下来。"

"听说三门峡水利枢纽工程的建设,经过了一番艰难曲折的过程?"我问。

"是的,这是人与自然的斗争,也是人们各种学术观点的斗争。具体领导这场斗争的是我们敬爱的周恩来总理,现在的电站、大坝、人工湖,就是斗争的胜利果实。"

原来,三门峡水利枢纽工程1957年开工,工程竣工后,经过一段时间蓄水发电,库区发生严重的淤积,直接威胁西安和黄河下游的防洪安全。在这样的情况下,周总理主持会议,做出决策,开始了三门峡的改建工程，取得了今天的巨大成效。

整个三门峡水利枢纽工程，凝聚着敬爱的周恩来总理的心血。他三次来到三门峡工地，给水电战士们带来了温暖和关怀。在这惊涛拍岸的黄河边上，周总理主持过研究三门峡工程建设的会议，度过了呕心沥血的不眠之夜。他和这里的干部、工人、知识分子进行了长时间的交谈。他吃过工人食堂的黄面窝窝，踏遍了工地的每一个角落。

如今，巍峨的大坝，现代化的电站厂房，发挥了拦洪、防凌、灌溉、发电的综合效益。在这里，"黄河之水天上来"的浩瀚景象已经载入历史的画册。现在的景象：黄河之水手中来，奔流复回任安排。要它下泻，它就奔流入海；要它止步，它就安澜灌溉；要它发电，它就推转涡轮；要它排沙，它就汹涌澎湃。相比之下，大坝下面的中流砥柱已经完成了它的历史使命，心悦诚服地受着大坝的保护。大概，这就是自然发展的规律吧！

【赏析】

本文以"中流砥柱"之"砥柱"为中心，写其存在形态、历史传说、今日样貌，以及其蕴含的坚定不屈与甘愿为公牺牲的精神品格。文章开头即点题，也是提出问题、制造悬念，同时用一首古诗，更增添了砥柱的神秘性。从当下现实中的黄河水的恬静安稳，到反映昔日"神""鬼""人"三门航道凶险的历史与传说，再到关于砥柱形成的老艄公的动人传说，作者以悬念将其衔接为一个有机整体，起承转合，流畅自然。最后提取砥柱所蕴含的精神品格，及其与中华民族象征的内在同一性，有水到渠成之感。三门峡水利枢纽工程的建成及改建、周恩来总理的亲力指导、工人干部知识分子的昼夜奋战，不都是这"砥柱"精神的最直接映现吗？

石英

石英（1934—），作家，编辑。原名石恒基，山东龙口人。1961年毕业于南开大学中文系。中国散文学会副会长。历任《新港》月刊编辑，百花文艺出版社副总编辑，《散文》月刊主编，天津作家协会副主席，《人民日报》文艺部副主任、编审。1979年加入中国作家协会。著有长篇小说《火漫银滩》《血雨》《密码》等，诗集《故乡的星星》《石英精短诗选》等，散文集《秋水波》《母爱》《石英杂文随笔选》等。

黄河自有风景

黄河，不是单调的一色浑黄，它也有不屑于重复别个的风景；黄河，也不是只有横冲直撞蛮不讲理的野性，也有母性的柔情。

我虽还没有循黄河脉流纵览它的全程，但近几年来也有幸断断续续分段地与它共事叙话，观赏它的壮观，体验它的品性，从深层了解它的所长和所短，综合的感觉是：这是一个汉子，也是一个母亲，它有过并且远未消失小伙子般的活跃，也还保持着纯情村女般的未凿的青春。它是一个真实不虚伪的形象，一个博大而又具体的活生生的形象。

去年夏秋之间，我因公从晋陕之交的黄河浊流上穿渡。此地段人烟稀少，偶有村落隐于山谷之中，不是"鸡犬之声相闻"，而是静得使人心烦，只有河水的跌撞声，沉闷而单调，愈使你妄想寻听另外的什么声音，然而没有。

但蓦然间，天云有变，东面天边染霞，西面一片低垂的云幔里，斜斜地抽出雨丝来，节奏越来越急，唰唰唰落在河心。我一时看得呆了，不顾身上被淋湿，恍惚中只觉跃起的浪尖舔着那雨丝，东面的霞色也渐向这边浸染，于是，那浪尖舔着的就不仅仅是雨丝，而是一架跨在河上的彩虹。我自小生活在农村，彩虹对我说来绝不新鲜，但这样独具匠心的彩虹结构我还未曾见过，于是我在想：黄河并不卤笨，它很有巧思。说不定在它岸边的群山背后，还躲藏着一位高手导演或是美工师什么的，不然，缘何来得这般奇景？

雨停了，停了不一会儿，从一条小胡同般的山间小路口，闪出一个老羊倌，羊鞭上系着雨后的爽风，似吆喝又似在与羊群拉话，羊儿也不时发出咩咩声，井然有序地颠着小碎步。老羊倌的羊鞭一甩，好像改变了什么主意，转而把他的心爱的小伙伴喝上左近一架大山。这时，我竟看得呆了，一时忘记了赶路。羊儿登山确有它独特的风姿和步法。难怪传说中当日筑长城就是役使山羊负重登山的，也许还真有点道理哩。但现在我们眼前这位慈祥的羊倌却不需要羊儿负重，他更不需要它们为他自己做些什么，只有一团白生生黄悠悠的羊云飘上了蓝空。真的，好蓝好蓝的苍穹啊，平常人们形容它"如洗"，至少用在现场并不那么确切，它更像本来就是一方玉色的布，被拧干了水渍，滤去一切杂质，又展现出它的本来面目——爽洁、本色、坦荡、厌弃虚饰。

我移步前行，知道在那边有一个山间小镇，有汽车通往县城。但还是几步一停，贪恋脚下眼前的点点景物。我本生长在农村，按说对山野风致不应特别感到新鲜。而今却不，一是因为久居闹市，重感大自然的清新；再则这黄河岸边的风土人情，与家乡那海滨丘陵地带相比自有其不同情味。就拿野花来说，这一带完全是紫色的世界：淡紫、深紫、绛紫……不一而足。想不到这山野僻乡之地，竟有这样高雅不俗的审美意蕴！前些日子看电视，从播音员口中得到这样一个信息：今后的一两年内，城市女性的时髦流行色据说将以紫色为主。果如此，那得风气之先的大城市反倒要步这黄土岸畔之后尘呢。岂不有趣？

我步上山径，心好像分成了两半：一半是急欲赶到县城，安顿下来以便尽早开始工作；另一半又恐遗漏了这里与别处表面有些形似实则神韵有异的景致，也好在脑子里刻下的印痕更深些。我发现，这里的山坡地并不像我原来想象的或在影视屏幕上看到的那样全是黄土层，偶或也有牛背般的石头卧在土地，半遮半落地兀自不动。但此地的乡亲们也好灵性，竟能寸田争绿，在"牛背"边侧、"牛蹄"间隙，见缝插针地种上谷子、高粱，也还有黄豆、绿豆以至荞麦。有的长得还不错，大谷穗儿嫩嫩的、毛茸茸地抽出来，稚气十足、好奇地打量着周围，还不知羞涩地低下头。我再仔细看去，它的根下土地挺干，好像刚下那阵雨有了偏心眼，只往黄河里溜，而偏偏越过这片地方。但这庄稼并不服它的那劲儿，争气地长得不赖。也许它有什么神奇的根须，曲里拐弯地从底层勾向黄河水？

  我真想找到这片零碎庄稼地的主人问问，然而不可能。山径愈来愈曲，愈登愈高，但恰与刚才那老羊倌赶羊上山的路成"丫"字形。那团羊云渐渐从我视野里消失了，耳边却传来一种山洪下泻的轰隆声。我一扭头，哟！从上流压下来滚滚黄涛，那声势，用什么"了不得"的词儿形容也不过分，反正比我小时候在故乡遇上暴雨天气河水漫溢那劲头更凶蛮十倍。霎时间，刚才相对说来还是平和的河床骚动起来了，上流的水势突然加大，这儿也习惯地乱了阵脚。这膨胀了的水流每一个分子都会裂变似的，撑得原先的河床向两岸挤压。一忽儿，出现了一个惊心动魄的场面：刚才我上岸时渡口旁边仅仅200米左右的一个小山包，被粗暴的黄涛生拉硬拽地带走了，完全不容分说，完全不容稍待。在这气势汹汹的浪铲面前，那个山包变得就像不足四两重的泥团，被活活地捏碎了，其用场无非是为下游的河底铺垫加高，为本已浑黄的河水再调浓一些色泽而已。

  我的心情一时变得有些黯然：刚才的虹雨、羊云、紫阵、神奇的谷穗突然模糊起来；刚才一步比一步加深的"黄河风景"这个概念变得异常冷静。那突来的黄涛把本已形成的感觉冲激得又待重新组合。

  难道这造成水土流失的狂涛也算是黄河风景？我正斟酌间，只见从河对岸放出一个羊皮筏,斜向地、顺应着涛势向这边划来!

  我不禁愕然:此时渡船早已停驶,理所当然地避开狂浪的势头,减少无谓的损失;而这羊皮筏的驭者有何燃眉急事,偏要在这当口惹这蛟龙?但驭手怎能以我意愿决定进退,仍在涛峰浪涡里忽隐忽现,忽前忽后,但总的趋势还是向这岸靠近。这时,那驭手的颜色蓦地一闪:红色,火一般的一点红!又近一些,看清了是一个女同志;再近一些,快靠岸了,她那红袄红头绳以至两腮尖上的两团喷红,却在黄浪中衬得分外显眼!

  什么浪,什么风,却在她手心里攥着。我仔细察看,她神态自若,也许是平平常常,内心里必没有"骄傲""自豪"这类字眼;也没有任何人为她欢呼,眼前也没有任何懦夫衬托她的胜利,只有我是唯一的见证人,却又没有在她面前露面。但她是不折不扣的胜利者,是不加宣扬可能也从未想到宣扬的胜利者。生活中或许有非止个别的默默无闻、谁也不知道的胜利者。

  我终于走了,离开了这处并无殊名却仍然使我依依难舍的地段。我眼前仍有那个羊皮筏上乘涛飞渡历险如夷的女驭手,仍有那个万顷浑黄中红红的一星。她确是现实中的黄河姑娘,却又像是华夏民族始祖时期的代表人物,譬如传说中轩辕黄帝的夫人嫘祖啦,等等。

  总而言之,她应属于黄河上游,以至于在河源地段出现是最相宜的。

  有这重要的一幕——越涛横渡的羊皮筏,特别是那万顷浑黄一点红,刚才曾形成的感觉又完整起来了。尽管黄涛有时为害于水土稼禾,但我还是要说:黄河自有风景。

【赏析】

  王国维先生曾在其诗词专论《人间词话》中指出古人诗词中"一切景语

皆情语",点明看似客观的景物描写实则蕴含了作者其时其地的情感选择或寄托。这同样适用于散文中的风景描写,譬如本篇。作者在开篇即表达了对黄河的崇敬欣赏之情,接下来的"虹雨、羊云、紫阵、神奇的谷穗"便顺理成章地承接这情感,进入作者的眼睛。那么,"一切景语皆情语",能不能反过来讲呢?一切蕴含了情感的人的描写,其实也是一种风景,譬如本文文末那浑黄浪涛里的一点红。显然,作者对其发出了与崇敬黄河同等的崇敬之情。力量、意志、品格、精神,此时也成为一道独特风景——这才是黄河之"自有风景"吧!

羊皮筏子 摄影/孟宪明

山曼

山曼（1935—2007），著名民俗学家、散文作家。本名单丕艮，笔名山曼。山东省黄县人。毕业于山东大学。烟台师范学院教授。多年从事民俗调查与研究，著有《山曼散文》《山东民俗》《齐鲁之邦的民俗与旅游》《山东民间童谣》《八仙信仰》《流动的传统——一条大河的文化印迹》等书。曾为中国著名民俗学家钟敬文先生作传《驿中万里——钟敬文》。

长堤之首

黄河下游的千里大堤，其实也是两条宽宽的大路，你若沿堤顺流行走，好多人会告诉你："顺着大堤往下走，一直到大海！"这样对你说的人，神气上都有些骄傲，这也怪不得，问问，就知道他们都曾为建造这大堤出过力气。

说到大堤的起始点，右岸多为人知，那是因为它离著名的花园口不远，邙山到那里戛然而止，大堤就以邙山头为起点，现如今更成了郑州黄河旅游区的一个景点。左岸大堤起点，不像右岸有恁多的显要标志，知道的人也就不免稀少。一般只说它在孟县（今孟州市），我到孟州城内打听，人还是不能确指，便沿着大堤自己去寻找。

黄河在河南孟津县白鹤镇流出山谷，白鹤镇的对岸原属孟州，也有个镇子，名叫白坡。白鹤与白坡地段的黄河，看去虽好像是平地，实在还是丘陵，河岸并不因洪水而有太大的变化，因此就成了历史悠久的渡口，古往今来的大事，很多都在渡口两岸发生。

从白坡到孟州城，不过百里之遥，河情却完全不同。如果说河在白坡，还有丘陵来约束她，到孟州城就真正地放开了手脚，河患也便随之而来。孟州城曾经像一个惊慌的小孩一样被决口的河水赶着上下躲藏。金大定二十八年（1188年）因为水患，城池北迁15里，史称"上孟州"。18年后，即金泰和六年（1206年）又将县城迁回原址，史称"下孟州"。过了 47 年，洪水迫使这座城池重返"上孟州"，而且令那迁城的人记住了教训，从此再也不敢到河边来做并不轻松的试探，老老实实地落脚在"上孟州"，直到现在。

在非常稳固的白坡与不得不和河水周旋的孟州城之间有一个好大的村庄，叫作曹坡。从村名的"坡"字上判断，这地方正是从上游的"白坡"伸过来的尾脚，也就是丘陵与平原接手的所在。黄河左岸大堤便从这里开始。

曹坡也曾是一处很繁荣的渡口码头，像这样的码头，从前照例都由船户商家出资建有传说统管河事的"金龙四大王庙"，俗称为"大王庙"。曹坡的"大王庙"初创于清乾隆二十二年（1757 年），庙宇宏伟，中祀檀木雕刻金龙四大王像，对面筑有戏楼。每年农历九月有庙会，从九月十四日行会，众人就抬着庙中的神像在周围四乡游行，庙前连日唱戏，直到十七日庙会正日，一切都推向高潮，方才尽欢而散。宏伟的庙宇，热闹的庙会，实际上不过是繁荣的码头的活招幌。当其时也，山西的粮食从柳林顺着黄河运到孟州，使得孟州有了一个很大的协兴居粮行；甘肃与陕西的药材、棉花也都在这里转运。上边下来的船，造得极其简陋，船体很大，装满了货，顺流而下，到孟州之后，不愿再做那逆水行舟的险事，卸了货，随即将船卖掉，取陆路返回家乡。这种大大的载货船，在孟州被称作"瓜皮船"，买它到手，多半拆了木料做它用，孟州当地的船做得结实而漂亮，非"瓜皮"那样的一次性货船可比。从上游到孟州的这种"瓜皮船"，常常是十几条船、几十条船结伴而行，每当船队到来，河上帆樯林立，岸上一片外乡人口音，以此，地方上显得开放而热闹。这些远道而来的客人，也要到"大王庙"前还愿、许愿，有的还要娱神唱戏。这样，庙前的戏场，自然也就成了贸易的中心。只要"大王庙"前香火不绝，码头周围的人也就敞开着招财进宝的大门。

到如今，黄河上下不通航已有数十年之久，人们仍然难以忘怀当年那种诱人的场面。昔日的"大王庙"毁圮多年，仅余一座大殿，乡中人于近岁集资将它修葺一新，立了新碑，我站在庙前良久，体会修庙的意思，实在是因为从前的那一段河运史令人难以割舍。

因为村子很大，现在一分为三，有了中曹、东曹、西曹三个行政村。中曹村在当年码头的中心地带。村中人还保持着见过大世面的那种落落大方的气度。我背个包儿闯进村中，人家先是验了我的身份证，问明来历，便热情地待之以茶，并盛情挽留我多住几天，使我结实地有了"如归"的体验。

"大王庙"前就是黄河北岸大堤最初的一段，周近的人总称曹坡三村为"堤北头"，意思非常明确：这里是黄河千里大堤北岸的起头处。"大王庙"西南不过百步远，大堤上一幢小屋，是北岸第一个防汛屋子，从这开始，向下每走一公里，必有与它相似的这样一幢小屋。我在小屋近旁停留多时，为它照相，向它敬礼，像结识了一位新朋友那样高兴。

从第一防汛屋再向上走，想看看大堤起首是怎样的气势，走着走着，大堤不见了所在，站在那里发呆，却见几个老嫂与老哥，坐在那里拉家常。大概是看我有些异样，人家倒先开口问我因何而来，及我说出要寻大堤的起点，几个人同时开心地笑起来，又几乎是同时，弯下腰拍了拍跟前的地面，说："这不就是嘛！"我这才知道，他们坐着的大门之前的地面，和他们身后的房舍院落，都是大堤之首的一部分。仔细想想，可也是，任凭什么伟大的事物，起头的那几步都是再平凡不过的。但是啊，那到底与平庸大大不同。堤首的这几户人家，辈辈世世，隔着窗户，听咆哮的大河洪水奔腾东去，从来都没有感到不安全，岂料过此几十里，这洪水千百年来就与猛兽同样骇人！

静静的堤首的安宁有惊心动魄的力量。

【赏析】

　　这是山东作家山曼"走黄河手记"系列中的一篇。山曼是搞民俗的，民俗考察往往有内在的考证逻辑，有推演，更要有走访、调查，以期获得实证。这一篇小文以查考黄河下游两岸的长堤之首之所在为目的，牵丝扯线一样娓娓道来。从"上孟州"与"下孟州"的一字之别，到帆樯林立时繁荣渡口的风俗画描绘，轻松牵连出古时人与河之间的依存与掣肘的矛盾关系。这样一种小切口的考察，却依傍于黄河，成为进入历史云烟深处的入口。结尾更有如神来之笔——"任凭什么伟大的事物，起头的那几步都是再平凡不过的"。我们借此仿若才恍然发觉：平常生活样态下同样可能隐藏着历史的蛛丝马迹。

鸿沟里长满了庄稼　摄影/孟宪明

鹿子

鹿子（1936—），编辑，作家。女，原名陈丽，江苏丹徒人。1961年毕业于中国人民大学新闻系。曾任海燕出版社编审。1962年开始发表作品，主要作品有散文集《冰恋》《孤帆》《闯死亡之海》《少女梭梭》《沉默的旅伴》《梦了千百年》等，儿童小说集《陌生的来客》《少女与死神》《水无涯情无涯》等。其作品曾获全国和省级优秀作品奖。

水 之 恋

一个梦想，有时候像个精灵在你脑海里翻腾，搅得你心神不定，有时候蛰伏下来，仿佛突然沉睡了。可是一旦苏醒，就好像有什么触动了你的心，你会感到焦灼不安，感到灵魂里的一部分丢失了，非要去寻找回来不可。

人与人有一种缘分。

人与自然难道就没有一种缘分？比方说，生在江南长在江南又喝长江水长大，我，一见到翻滚着泥沙的黄河，心就发紧发疼，像被磁铁牢牢吸过去。这是不是缘分？

我曾去长江三峡、小三峡邀游。满目红橘、凤尾竹，都曾撩动过我。那清清的水，永远罩在雾里。那赋予我乌亮长发、娇羞面目的长江水，早已渗透进我的血液和肌肤，有何缘由不爱它念它？也许，正因为它已成了身体里的一部分，你就很难从一个较远的距离去体察它。只是怀念。而怀念，是一种情怀，并非梦想。唯有梦想，才如单相思那样挥之不去驱之不散永远地折磨着你。

在黄河源头见到过细若玉色飘带的少女河。它流向东方，绕过六千多米高的阿尼玛卿山脚，冲出积石山谷，何以又拐一个一百八十度的大弯，由东折向西流回了大草原？黄河第一曲就成了一个解不开的谜。第一曲弯弯里那个迷人的名字玛曲就像个精灵时时在我的脑海里蹦跳。

玛曲,藏语里就是黄河的意思。黄河水就是从那里才蓦回头,朝西,朝它的来处,朝它的发地的方向,奔去。是因为故地难舍还是因为草原太令它迷恋,才如许低吟萦回流连不去?

水之谜,心之谜。

只有跌进那无边无沿足有一万平方公里的草海,躺上去打个滚儿,嗅着黑泥土黄草叶的芳香,你才会明白后来变得壮阔而暴虐的大河怎会对这一片土地如许情意绵绵。

都劝我别去,那儿海拔三千米,下雪了,草黄了,黄金季节已过。草原开花时虽很美很诱人,可泛黄了变成了雪野,就不美么?我不信。偏要去。不愿错过十月份这个机会。

一路上,果真山外有山天外有天。刚才还雪花飘飘,一忽儿天又瓦蓝。草坡上滚着白绵羊黑牦牛,像嵌在蓝天雪峰画框里的动画片。当你瞥到草坡下有一条银练一闪,你的心往上一提,灵魂里的一部分就这么飞了过去。你会忘乎所以地从摇晃颠簸的长途汽车里站起来,你会哦的一下喊出声:啊,玛曲,啊,玛曲。

上古时候,藏族各个部落为争得这方宝地争战不休,后来一个以白唇鹿为图腾的董氏部落占了上风,在这里繁衍、放牧。啊,白唇鹿,玉姆卡格尔,和你的名字鹿子似有缘。这是那位新结识的藏族朋友诺尔德初见我时脱口而出的话。你名字会保佑你一路平安去玉姆卡格尔的故土。送我上路时他赠送我一个藏名,这样向我祝福。

三面临草坡一面临黄河,一个小巧而迷人的小城。说是城,不过一条大道,直通玛曲黄河桥和大草原。牧民骑着腿肚子浑圆、体魄高大的河曲马从草原直驰而来,在大道上一边飞奔一边举着酒瓶在马背上独饮。他们脚上蹬着高腰牛皮靴,身上穿着光板羊皮袍。羊皮已磨得起毛发黄,领口镶的狐皮、豹皮,下襟上缀的黑色、彩色相间的毯氆边，看上去依然鲜亮。生活在大草原上，自然赋予他们爱美的天性。无论多么没有色彩的光板羊皮，衬上黑色宽绒边，再缀上五彩边，就会变得动人醒目。

随着牧民的马蹄声踏进草海。一片金黄的底色上浮动着乳白色蒲公英似的小绒花，静静的，娴雅的，毫不浓妆艳抹，像一个成熟而羞涩的美人。谁说十月的草原不美！我狂喊着扑进一片金黄。

你看！黄河从这里拐了一个大弯，把草原抱在怀里，像不像绵羊的肚子？

问我的是勒卜塔，在这儿生活工作了十三年的藏族文科大学生。

一点也不像。这是海，金黄色的海。我为这浓郁的草香沉醉了。

像。像。藏民吃、穿都取之于羊，难怪把最美丽最肥沃的土地草原也譬喻为羊。你看羊角像麻花样卷曲的欧拉羊肥不肥壮不壮？那是因为河边那座欧拉神山保佑了它们。听他说得玄乎，我连忙抬头看。那座山不高，颇似一只海螺，山凹处有一圈圈涡纹。如此而已，没有什么奇特之处。欧拉是什么意思？欧拉就是银角之意。相传山上出现过银角绵羊。牧民就尊它为银角神仙，祈祷它保佑自己的羊群也像银角羊一样带来吉祥和富裕。你信神么？面对我的直率的问话，这个英俊的藏族青年似乎也很坦然。生活在草原上，不论你是干什么的，对于神秘的大自然总有一种崇拜和信仰，那是不能用一句话说清的。我举起相机，对着夕阳下的欧拉神山和黄河水中的倒影，对着河边滚圆的欧拉羊拍了一张逆光照。这时候，我心中对于这神秘地站立在黄河第一曲的欧拉神山，也升起一股膜拜之情。

无数次地面对过旷无人烟的大草原、沙海、黄土高原，心里总会掠过一丝明彻如清水的感觉，一丝什么都不存在的十分空灵的感觉。细细回味，那便是所谓的超凡脱俗，不过，是人生的一瞬而已。长长远远的，还离不了人世烦恼、琐碎的生活。为了那一瞬如此明彻如此神圣的感觉，你有时会不惜挤坐长途汽车，不惜去住烧牛粪饼的小屋。

徜徉在没膝深的草海里，一直来到四川若尔盖草原对面的黄河边。那么多牦牛绵羊散布在河滩草地上，它们的肚子撑得没进了草叶里怎么还低着头不住地吃？它们生来就是为的这样不住地吃么？不累么？怎不见它们抬头望一望天——如许蓝的天？勒卜塔不知是觉得羊儿怪还是我问得怪，哈哈大笑起来。

一位骑手好像从天外飞来，给予这么阔大而宁静的草原一种动感。灰黑的光板羊皮大氅，没有豹皮领也没有五彩氆氇边，就这么套在身上。灰色的牛仔呢帽下面是一张比大氅还灰黑的脸。在他开门之前，像一尊活动的雕像，根本分不清鼻子、眼。他的坐骑精瘦，并不像镇子附近的牧民骑的马那样高大。是一个驰骋在河曲马场的牧马人吧！坐骑跑瘦了，骑手也跑瘦了。一万平方公里的草海哟！我注意到他的帽子，又联想起一路所见，每个牧民都戴着这样的帽子。帽檐一边略略向上翻卷，帽顶捏成船形，神气而俏皮，很像印第安人戴的那种。哦，不，也许，是印第安人戴的帽子很像他们的。谁说得清呢？世界原是那么大又是那么小。

环绕这孤独的骑手只有无边的草地，从草叶泛青到青叶发黄，终日和他相对无言的是只知低头吃草的牦牛、绵羊，还有驰名中外的河曲马。他原来并不认识勒卜塔，只是见到外来人，想嚷想喊想交谈想听听自己的声音。

就连草原上的狗也因为寂寞变得凶狠无比。在吉普车返回时，一只肥墩墩的黄色藏犬从草原里飞扑上来，大有一跃而上之狂。车开出去好远，还传来狺狺的狂吠。

一个人可不能在草原上乱跑。勒卜塔趁势向我发出警告。有一次下帐，一条藏狗扑上来围着马转，非把你咬下来不可。这时就得使打狗鞭。有的狗被吓退，有的反而更狂。那怎么办？勒卜塔说得很潇洒：那只好让它咬一口啦！不少画家、摄影家迷恋于草原特有的色彩，被突如其来扑上去的狗咬伤了。

离开草原时，天上飘起了雪花，山顶全白了，原来一夜降雪。那些羊儿、牦牛该躲进畜栏里了吧！哈，全散布在雪坡上，扒开积雪，照样儿那么专心那么执着地低着头啃吃。雪原上黑帐篷依山傍水，这就是牧民要度过漫长冬日的冬窝子草场。帐篷里堆满干牛粪饼，这就是他们取暖煮奶茶的燃料。一天一夜大约要燃去两麻袋牛粪饼。为什么不烧煤呢？这儿不产煤，要买，要花钱。想到妇女们可以在脖子上戴上几万元的珊瑚珠，却不愿意花一分钱去改善生存条件，不禁愕然。

祖祖辈辈就这么放牧，严寒驱不走，大雪吹不走，就这么依恋着草原，像黄河水一样萦回流连。

还来呵，还来呵，勒卜塔这样说，牧人这么说。七月赛钦花金黄，会把你的鞋底染黄。八月格桑花海蓝，会把眼睛映亮。真的，不哄你。

我信，我信。牧民们那份挥不去驱不散的恋情还能比黄河第一曲更深么？

我的梦，只有寄托在来年，在另一个夏天，当草原上黄河水解冻，赛钦花、格桑花重放的时候……

【赏析】

《水之恋》，是写来自黄河源头的那一脉水流对草原的依恋，也是写草原人民对草原的依恋。鹿子是散文作家，也是儿童文学作家，文字中天然地呈现出清澈又诗意的童真气质，语言也恰似一泓溪水，叮叮咚咚打在读者心头。其中有童心的跳跃，有率真的执拗，也有发自心底的疑问与叹息，一以贯之的，其实是对美的欣赏，对自然与人的深情。这是不是孩子一样的、一种质朴而纯真的情怀？

萨德本

萨德本（1937—），黄河水利委员会勘测规划设计研究院高级工程师，曾任河南省勘察设计协会质量管理工作委员会副主任。河南开封人，1957年毕业于水利部开封黄河水利学校。1978年和葛腾一起历史上第一次测绘了扎陵湖、鄂陵湖1∶100 000水下地形图，撰写了《神秘的姐妹湖扎陵湖、鄂陵湖考察记》，于1982年在上海少年儿童出版社出版发行。

葛腾

葛腾（1937—），黄河水利委员会勘测规划设计研究院高级工程师，现任黄河水利委员会勘测规划设计研究院专家委员会委员。河南商丘人，1957年毕业于水利部开封黄河水利学校。1978年加入中国西部地区南水北调勘查队，与萨德本一起历史上第一次测绘了扎陵湖、鄂陵湖1∶100 000水下地形图。

扎陵湖鄂陵湖[1]勘察记

在万里黄河之首，有两颗晶莹闪亮的明珠，这就是鄂陵湖和扎陵湖。这两个湖泊位于青藏高原巴颜喀拉山北麓，在青海省果洛藏族自治州的玛多县和玉树藏族自治州的曲麻莱县境内，是我国屈指可数的两个大型高原淡水湖泊，蕴藏着丰富的水利水产资源。1978年7月，我们进入两湖地区查勘，正是两湖地区山清水秀、水草丰盛、牛羊成群、候鸟飞翔、游鱼戏水的黄金季节。

一

在一个大风雪过后风平浪静的早晨，我们沿着鄂陵湖西岸向北漫步。远眺东方，一轮红日冉冉升起，金色的阳光穿过银装素裹的群山，照在水面上，波光粼粼，倒影浮动。我们走上5公里长的扎岛山半岛。登上海拔4362米的主峰鸟瞰全湖，可以清楚地看到这个构造湖泊的沿岸，有很多高出水面二三十米的陡岸，陡岸之间是湖湾洼地，洼地上分布着许多大小不同的湖泊（鄂陵湖周围有 40 个小湖泊，扎陵湖周围有 32 个小湖泊）。这些湖泊与大湖之间是二至五米高的自然湖堤。湖的南岸有两个较长的半岛插入水中。

离开扎岛山半岛，向北走上茶错与鄂陵湖之间的自然湖堤，堤高 3 米，堤身是由大小不同的卵石堆积成的。大的卵石直径七八厘米，小的有一二厘米。这种湖堤是由于湖体下沉和风浪堆积形成的，那盐粒可见的茶错，是因补给水源枯竭和水分蒸发而成为盐湖的。从茶错再向北，就到了我们起名为"西湖"的湖泊。湖的东南角有一很低的堤岸与鄂陵湖相隔。当四五月份冰化雪消，湖水位上涨时，水就漫堤流入鄂陵湖，鄂陵湖里的鱼群则逆流而上进入西湖。待积雪化尽、水源枯竭、水量蒸发时，湖水位下降，西湖与鄂陵湖之间断流。随着水量继续蒸发，湖水中 pH 值增大，矿化度提高，鱼就死亡，然后被风浪推上湖岸。我们在湖岸上行走，看到满地干鱼，脚下踩得咯咯响，天空中、地面上及湖水上到处是飞来吃鱼的五颜六色的水鸟。

在鄂陵湖南岸的然玛知知贡玛半岛和然玛知知弯尔玛半岛之间，另是一种奇特景观。靠岸一公里的浅水区，呈现出平行于堤岸的高低相间的鬃岗地形。两岗间距约 20 米，岗顶水深三五十厘米，岗间水深一至二米。在岸上可以直接看到水下鬃岗就有 8 道。这里的鬃岗地形，是常年强大的西北风浪侵蚀和搬运作用的结果。鄂陵湖唯这里的湖岸壮观，堤高五六米，顶宽 6 米左右，堤的背湖一侧是稍高于湖水面的洼地，间或有些很小的水坑，再向外又有一道大体相同、时间更长的大堤。这种洼地与自然湖堤相间的地貌和两湖沿岸的近百个小湖泊，记载了鄂陵湖、扎陵湖的悠久历史，说明以前它有大得更多的水域面积。

在我们未到两湖之前，就听到了过去藏民敬鱼为神不捉不吃和骑马踩死鱼的传说。在湖堤上我们看到群群游鱼戏水。我们接近湖边时，鱼仍然畅游不惧，再投以石子，鱼不但没有被惊跑，反而争向石子落水的地方聚集，这是因为这里的鱼很少见到过人，没有受到过人捕捉的缘故。

鄂陵湖和扎陵湖的鱼很多，深水层为鳅科鱼，中上层为鲤科鱼。由于湖水冰冻时间长，天气寒冷，水温较低，鱼类每生长1斤重，需要七八年时间。鲤科鱼一般为五六十厘米长，重2斤多，头大唇厚。这里的鱼容易捕捉，我们在扎陵湖西岸水边，一网拉600多斤鱼。用钩钓，十分钟足能钓上七八条。吃鱼非常方便。

两湖地区的白唇鹿热情好客。一天午饭后，我们的船绕过一个陡壁岸嘴，准备开始工作，猛然看到两只白唇鹿在岸边昂头张望。我们马上靠岸，这时两只鹿就热情地迎上前来。同时，从远处又走来三只大鹿和一只小鹿。我们走到鹿群中去喂草、照相。白唇鹿伸着头闻我们的手，显得特别驯良热情。

湖岸上，大小洞穴比比皆是，并且经常可以看到形如小狐狸一样大小的肥笨的旱獭（藏民称为哈喇）和高原鼠兔。旱獭体重七八斤，毛皮珍贵，油可医治烧伤。形如中原田鼠的高原鼠兔，体重约300克，以草为食，粪便如绿豆粒。旱獭居大洞，鼠兔居小洞。平时它们在洞口附近活动，一遇袭击，立即入洞。当地这种洞穴每平方米有五六个洞，最多可达十余洞。洞穴对草原和交通破坏严重。此外，家羊、野黄羊的尸骨到处可见，多是惨遭狼和熊的伤害致死的。当地政府对打死狼和熊者有物质奖励。

七八月间，我们在湖边见到4毫米长成群结队的大蚊子尾随行人，落得人身上黑压压的一片，但是它不咬人。

由于两湖地区海拔在4000米以上，气候特殊。大气压力一般在600毫巴上下，沸点只有近80度。每立方米空气中含氧量比平原地区约少100克，缺氧严重。到了那里，人们普遍感到呼吸急促、心跳加快、血压升高、头痛心慌、嘴唇干裂、皮肤变黑、毛发生长缓慢。气温低，最热的夏天也只有摄氏15度，而且风云多变，往往是早上风平浪静、晴空万里，到了中午前后，黑云从西北方向压过来，刹那间，风雪交加。几十分钟后，雪过天晴。高原上的太阳紫外线特别强烈，把皮肤晒得发痛。再过一会，又从西北飘来一阵狂风暴雪。一个下午，常常要下四五次冰雪。到了傍晚，风停雪止，气温急剧下降到零下十几度。在严寒的隆冬季节气温更低。去年元月份最低气温达到摄氏零下48度，房外的墙壁上结成几厘米厚的冰层。

两湖地区人迹稀少，我们查勘期间，150公里长的鄂陵湖沿岸，只有一顶游牧帐篷和两个正在兴建的生产队定居点；120公里长的扎陵湖畔也只有两顶帐篷。我们曾在藏民多桑家里做过客。藏族同胞勤劳朴实、热情好客。他们住着宽敞的帐篷，钟表、收音机、酥油、茯茶……应有尽有。据介绍，一般的藏民家庭都有上万元的存款，和民主改革前没有人身自由的农奴生活相比是天渊之别。

二

自古以来，从没有人进行过两湖的水下地形测量工作。只有个别探险者在湖岸附近锤测[2]过几个水深点。湖底地形如何，一直是个秘密。究其原因，一是交通不便，二是湖水面积太大，风浪频繁而巨大，无法进湖作业。我们在这次南水北调查勘中，和南京地理研究所合作，用两艘胶船和回声测深仪，在半个月时间内完成了113.8平方公里的水下地形测量工作，绘制了两湖的第一份水下地形图，从而揭开了两湖水下地形的奥秘。

扎陵湖形状像老和尚的木鱼，东西长35公里，南北宽21.6公里，面积526平方公里。无风水面呈蓝白色，有风时，西部和南部呈黄色。东北部为蓝白色。湖底地形像一个平底大盆。平均水深8.9米，湖心偏北和偏东部位最大水深达 18.1 米。水深 10 米以下的面积几乎占总面积的五分之三。总容水量为 46.7 亿立方米。

在黄河入湖口东 4 公里处有南北走向水下毗连的三个岛屿。像一条堤坝堵在湖的西部，使黄河注入的大量泥沙沉积在岛西湖区，水深一般只有一至二米，西北部只有几十厘米深。南岸附近是黄河水道，泥沙沉积，湖底抬高，水深一般只有 3—8 米，并且湖底地形平缓。湖东北部宽阔的滩地有水流入湖中，造成距岸有 4 公里宽的沉积缓坡地形，水深 1—8 米。由于气温和日照的缘故，超过 2 米的深水里没有水草，只在 2 米以上的浅水区才生长水草，而且水草不会生长到离水面半米以上的低温水层。我们在扎陵湖的西部和东北部见到茂密的水草，红梗绿叶，花朵金黄，整整齐齐地生长在半米深的水下，鱼在花丛中游来游去，十分有趣。

鄂陵湖的形状像座金钟，南北长 32.3 公里，东西宽 31.6 公里，面积 610.7 平方公里。总容水量 107 亿立方米，相当于一座大型水库的容水量。平均水深 17.6 米，湖心偏北部最大深度达 30.7 米。湖底地形是一个广阔的平底盆地，超过 20 米水深的面积占总面积的一半以上。风平浪静时，深蓝色的湖水面上映出蓝天、绿山和白云，风景如画。大风吹起，碧绿色的湖面上波涛汹涌，浪花飞溅。而黄河入湖口附近却是泥洪泛起，浪涛浑黄。

黄河自扎陵湖流出，穿过广阔的河谷，散乱地从西南角流入鄂陵湖，然后又从湖的东北角流出。因此，湖的西南部被黄河淤积成不足 1 米深的近 2 公里宽的浅滩，滩上水草茂盛，鱼类成群。从浅滩向湖心是 6 公里宽的匀坡，再向湖心就是平缓的湖底。

三

当地流传着鄂陵湖上有"怪物"的神话。相传：人们在湖岸上常常可以看到"怪物"，有时像座黑色藏帐，有时变成一根白色电杆，时隐时现地漂浮在湖中心的水面上。当能见度较好时，我们在岸上也曾看到过这种情景。这究竟是什么东西呢？好奇心促使我们决定开船去看一看。

7月18日下午，大风雪过后，我们从南岸的然玛知知弯尔玛出航，全速向湖心的"怪物"方向前进。我们总想快点到达。但是，由于高原缺氧，机器烧油是不完全燃烧，这艘船在平原水上最大时速可达30多公里；而现在，尽管机器发出沉重的隆隆声，也只能达到10多公里的最大时速，我们更加着急。于是，我们取出望远镜望去，似乎看到"怪物"像是一个岛屿。但是，在最新出版的十万分之一的地形图上，又找不到这个岛屿。船离"怪物"又近了些，我们能够辨得出那确实是个岛屿，而且岛上有东西二峰，西峰高大，东峰低矮，岛上颜色黑白相间。再近一些，还可以看到那一片接一片的黑东西会动，同志们在船上七嘴八舌，猜测会动的黑东西究竟是什么。船离岛只有几百米了，我们清楚地看出那黑东西原来是一群一群的鸟。船靠岸了，那些鸟被吓得东走西窜，张皇失措。我们一下船，附近的鸟一飞，岛上会飞的鸟就遮天盖地一齐飞起，在空中发出对不会飞的后代的尖叫声，岛上只剩下一些羽毛未丰的幼鸟了。我们争先恐后地登上西峰，来到这历史上从来无人考察过、地图上又没显示的湖心岛的高峰，看到满岛都是孵鸟的简单巢穴和白色的、青色的鸟蛋及很少的风化物，岛上没有植被。本色为灰黑色的岩石被鸟粪染成洁白色，我们给它取名"鸟岛"。当我们看到岛的背阳面，它就像个藏帐，而看到向阳面就像电杆。

经过我们实测，此岛东西长155.8米，南北宽50米，形如瓜子，西宽东窄，西峰高出水面11.6米，东峰高出水面5米，两峰间距80米，北坡陡峭，南坡较缓。岛东端向东南方向延伸一条水下高梁，与然玛知知弯尔玛半岛相接。

我们上岛时，正是鱼鸥在岛上居栖的时候，也有少数野鸭栖在岛上。数目虽然不多，它的蛋却三五成窝地布满岛，每平方米有十五六个之多，说明先前岛上曾有相当多的野鸭聚居，我们曾亲眼看到4个金黄色的小鸭破壳出世。鱼鸥体重约4斤，毛黑色，颈长嘴尖，嘴和腿为橙红色，它的蛋椭圆细长，色浅绿，有斑点，8个有1斤重。

站在西峰顶瞭望，北坡峭陡的基岩直插水中，水下有20米宽的基岩平台与之相受，平台上东去西来的游鱼成群不断，岸上是一条条吃剩下的死鱼。我们拿起死鱼走向鸟巢时，四五个幼鸟伸长脖子张大嘴巴，拍翅欢叫，别具一番风味。

太阳就要落山了。我们带上标本，收拾好资料，迎着夕阳向20公里外的驻地返航。在这沉睡了数万年的湖上，马达为我们纵情高唱威武雄壮的南水北调赞歌，看看这相当于一座大型水库的水利资源将要造福于人民，我们的心犹如波涛大海，思绪翻滚，久久不能平息。

【注释】

［1］扎陵湖鄂陵湖：黄河源头两个最大的高原淡水湖泊，位于黄河源头的玛多县境内，素有"黄河源头姊妹湖"之称。　［2］锤测：水利勘测用语，指用测深锤测量水深。

【赏析】

黄河及其沿岸流域对中华文明的影响是不言而喻的。那么，黄河的源头究竟在哪里？自晋唐以来，历朝历代执着于对河源的探索。本文即是1978年考察队对黄河源头处两大高原淡水湖泊所做的实地考察的结果。作者详尽描述了两湖的气候特征、生态群落、鸟岛探险等，并历史上第一次将两湖的水下地形展示出来，对黄河源头的探索考察无疑很有意义。文章并无科技文的刻板之感。数据准确而翔实，语言平实而不乏意趣。

黄河上游青海兴海的大米滩 摄影 / 董保华

尹泽生

尹泽生（1937—），中国科学院地理所研究员。河北省定州市人。曾获得多项国家级自然科学奖、科学进步奖。1957年考入北京大学地质地理系地貌专业学习，1963年毕业入中国科学院地理研究所工作至退休。曾任中国社会科学院地理所旅游规划中心学术顾问、中国社会科学院旅游中心研究员、联合国工业发展组织投资与技术促进处中国绿色专家委员会委员等。

冲开壶口南大门

——禹门口至壶口黄河河道勘察记

缘起

位于晋陕峡谷中的壶口瀑布1988年8月2日被国务院公布为国家级风景名胜区。中华大地上的著名风景点成千累万，但能获此殊荣者却为数很少，因而立即引起了广泛的注意。人们在地图上仔细寻觅，发现它不过是黄河中游河道上的一个芝麻小点。它的四周，黄土蔽野，村镇疏落，显得异常荒寂。如此僻远之乡居然镶嵌着这样一颗璀璨明珠，会使不熟悉的人感到意外。

不过，壶口在中国的史书典籍和文学作品中并不陌生。在《山海经》《禹贡》《水经注》等不少古代地理名著和许多文人雅士所做的诗词歌赋中，都能找到一些述说壶口瀑布旷世奇观的生动文字。有人正是首先从这些文字中结识了它，并从它的那种浊浪排空、惊涛裂岸的宏伟气势中，引发了诸多追求与向往。至于壶口还和家喻户晓的民间神话传说夏禹治水的故事联系在一起，也使人感到亲切。

壶口既然有这样的声名，所以一经被命名为著名风景区，有关部门便立即着手制定旅游发展规划。

不过，规划变为现实，还需相当时日。眼下应该对风景区的若干景点稍加修葺，立即扩大开放，满足域内外各方人士对壶口瀑布的渴望之情。当然这也绝非易事，因为这一风景区地域封闭，进出交通十分不便。黄河水上航路断绝多年，尽管从壶口直达关中门户的禹门口，只不过区区 62 公里，却被人视作畏途。它像一座紧锁的大门，镇守在壶口之南，严重地影响着风景区的进一步开放与发展。因此，有识之士越来越感到有必要尽快冲开这座封闭的大门，使风景区的旅游环境发生根本性的变化。这呼声日渐强大，终于引出了 1988 年晚秋季节，由延安地区外事旅游办公室等有关单位发起并组织的禹门口至壶口黄河航道的勘察之行。

禹门口印象

1988 年 10 月 21 日，这支临时组成的河道勘察队的队员，从延安、渭南、西安齐集韩城，下午 3 时便乘车向禹门口进发，开始了从禹门口向上至船窝的 9 公里试航。

从韩城市区到禹门口的 30 多公里路程，是沿着黄河右岸阶地行进的。北面一带平齐的高台地，是有名的"韩城黄土塬"；南面的土地一望无垠，属汾渭平原。黄河自禹门口出山后，就流经这片广袤的土地，与汾河、渭河一起，浇灌着培育出灿烂黄河中游文化的这方良田沃土。

快到行车终点时，远远看到黄河从万山丛中冲出，口狭谷深，水成一线，河道中有两座石岛，巍然屹立，逼水三分，就像几道大门，十分壮观。禹门口到了。

车子停在右侧的石岛边。岸侧已有一条钢船静候在那里。这是一条长约 10 米，宽约 4 米的平底机动船，船体简陋，毫无陈设。我们 30 多人就要搭乘这样一条小船去重开那条早已废弃返归自然的陌生航路，人人心中都不免有所疑虑。不过这也是事出无奈，原来在一个月前决定开展这项勘察活动时，有关部门就联系预订了两条钢质船：一条大马力的拖轮，另一条是可以乘坐四五十人的平底游船，但都因为没有安排妥帖而不能按时到位。急切中只好临时从下游商调了这条只有 12 马力的民用渡船，以解燃眉之急。

5 时 30 分，在马达轰鸣声中，小船慢慢离开了河岸，越过中门向河心驶去。此时正值深秋，汛期早已过去，但中门仍然流水充盈，维系着黄河的威势。禹门口又称"龙门"，是中国古代神话故事"鲤鱼跳龙门"发生的地方。古代传说、诗文常常附会这个故事，把这里的水流形势大加渲染，像"黄河西来决昆仑，咆哮万里触龙门""河水至此，直下千仞，地皆震撼；其下湍澜警波，如山如沸"的描写，把禹门口说得异常凶险。不过据我们观察发现，实际情况与此说相去甚远。这段水道虽然由于三门夹峙，束水流急，但三门上下，水势仍趋平稳，绝不是那种不能跨越的关口。

查地方志，有清代文人吴炳的一篇考证文章，也对这里的水文环境提出质询："观龙门上下，鳞介游泳，并无所谓不得上之处。"这位曾经在宜川为官多年的文士拿它和他熟悉的壶口相比，认为龙门实是壶口之讹。为此，他引用了唐代《元和郡县志》中描写壶口的一段文字为证："河岸填狭，状似槽形，悬水奔流，鼋鼍鱼鳖，所不能游。"此论有一定道理。在交通不发达的古代，壶口僻处边隅，识者甚寡，而龙门为秦晋冲途，骚人墨客，多有往还，便难免有将龙门代替壶口者。以后相互影响，以讹传讹，时至今日，龙门的声名反而更大于壶口了。

小船稳稳地驶入峡谷。与口外宽广的冲积平原相比，这里像是换了一个世界。禹门口到船窝，峡谷大体呈现为南北方向的顺直河道，但因为河谷狭窄，宽度不过一二百米，略有弯曲，便觉山回路转，柳暗花明，极富情趣。更有几段河宽只有七八十米的极狭河道，巉岩对峙，金湍中流，峭壁千仞，状似门阙，是地貌学术语中常说的"嶂谷"。

6 时 30 分左右，航船驶进一道突然开阔起来的宽谷，安全到达试航目的地。天已朦胧，众人弃船登岸，沿着半山腰上的一条运煤的简易公路，乘车返回韩城。

挺进波罗滩

次日一早，勘察队就直接乘车来到船窝。解缆启航时红日已升到树梢。不少船窝村的居民大约已经很少见到船只来这里，都好奇地跑到岸边观看，有几个还跑上来帮我们推船。

船儿轻轻漂浮上行。比起禹门口至船窝的一段，谷地开阔了许多。水面常达三四百米，流势也平稳。有几处河湾简直就像安静的湖面，水面浮游着许多水鸟，悠悠然在那里栖息觅食。船开过时，隆隆声惊得它们扑棱棱飞起，又落到远处水面上去了。

在这样静谧安详的气氛中过了4个小时，大约走了30多公里，没有遇到什么困难。大家都稳坐船舱，忙着观赏两岸的景致，观察航道变化，作考察记录。船上的三个船工各司其职，除了两个在船尾分别经管柴油机和掌舵外，第三个负责在船头用一根长竹竿随时丈量水深，并不断打出手语指挥舵工转向，和他的拉话中，知道他驶船已经多年，不过来这山里走船平生还是第一次。心里没有底，临来时问了一位在这段河道上使过船的老船工。老船工说，这儿四季都能行船，但夏汛时不太安全，冬天水枯，船常搁浅，三四月"桃花水"下来的时候，是行船的最好季节。这个时候上去，水浅一些，但水势平稳，只要小心，不会有多大危险。

他的话增加了大家的信心。人们乐观地估计，像这样不断驶上去，日落前肯定可以到达目的地，还来得及观赏壶口瀑布。

不过，我们高兴得太早了些。后来发生的事完全改变了这次航行的计划。下午2时40分左右，小船绕过了一个大河湾，眼前突然出现一道足足有二三百米长的大浅滩，河床明显地倾斜下来，巨石裸出水面，本来浑黄的河水这时也泛起白花花的碎浪，轰隆隆滚流而下。同船的一位水利工程师告诉大家，这个浅滩名为波罗滩。滩长270米，是禹门口和壶口之间的最大滩碛。过了这道关口，以后的 20 公里河道，虽然还有河马滩、乱石滩等几个浅滩，但都不像波罗滩这样险恶。

小船慢慢驶到滩前，众人登岸。这时船上除了 3 名船工外，还有 4 位熟悉航运的同志也主动留在船上，协助越滩。

这里的黄河河道分成东西两个汊流，中间夹着一个大心滩。东汊道是主流线，水深但流急，小船马力小，估计难以上去。于是就从西汊道行进。但这里水深只有半米左右，只好起桨拉船。我们也都下水扯起缆绳，随着号子指挥声缓缓前进。深秋时节，河水冰凉，但大家只想早些摆脱困境，对此毫不计较。小船逆水行驶极慢，2 个小时过去后，才前进了百多米，到了心滩后端与东汊道的交汇处。

此时日已西沉。小船开始挂桨启航向东汊道河心开过去了，开开停停，大约又过了一个多小时，才见它进入了主流线附近。船停下来了，此时已听不到船上的人声，却见他们上上下下，一会儿拉船，一会儿探水，就这样又过去了半个多小时。天已薄暮，隐约中见小船又开始向河心移动。但没有向上前进，而是像出弦的箭一样，沿主流线向下游冲去，一眨眼工夫，已经消失得无影无踪了！糟糕，出事了！大家还来不及细想，便纷纷向下游跑去，约摸奔了一两里地，才见已脱离险境的小船在黑影里傍着西岸逆水上来，这时大家才算松了口气。

听船上的人说，船移到主流线后，开始打算硬冲上去，但几次都被急流冲回来。此时天色已晚，停在河心不是长久之计，大家只好决定下漂。考虑到河道上布满砂砾，下漂时只好拉桨停航。船失去掌握，便依水势飞速下溜，靠船工的一支篙接连躲过了三块巨石，此时按计划应迅速开机使舵，稳定船身，但空船绕过巨石后，突然横在了河心，压不住浪，一个浪头打来，舱已进水，掌舵的船工遇此险情，惊得呆了。站在旁边的船工见到船将翻覆，顾不得其他，抬手在他头上猛击一掌，大吼一声："挂桨！"舵工这才猛醒过来，连忙开机使舵，小船有了支撑，立即稳定了下来，随后驶出了险区。

天完全黑下来了。继续开航已不可能，众人商定，就地宿营。

月夜露营　终段受阻

波罗滩的一夜露营虽在意料之外，但却为这次考察生活增添了不少情趣。这天是农历9月12日，日暮时分，一弯明月已挂中天。那月儿清亮温柔的光辉铺撒下来，把波罗滩的上下谷地溶在了一层乳白色的薄雾中，使人感到了融融暖意。岸边有一大片沙滩，经过一天的日晒，松软温馨，形同毡毯。大家三五成群地或坐或躺在上面，谈谈奇闻逸事，安静下来听听黄河涛声，也令人惬意。

到了后半夜，月亮沉到西山后边去了。谷地中显得黑黝黝的，凉气也渐渐向身上袭来，再加上没有吃晚饭，肚子感到饿了，恰在这时，忽然听到有人喊叫起来："灯，灯！有人下山来了。"循声望去，却见西边模糊难辨的黄土坡上有两个亮点在向这边移动。两个20岁上下的年轻后生来到河滩，其中一个还背负着老大一捆干柴。原来是昨晚决定露营后，便有两人到山后塬上面找人家联系早饭。他们爬过了几道山梁，在一处黄土坳里寻到一个只有十几户人家的小村庄。老乡听说后，连夜动起手来，家家和面蒸馍，并派这两个后生下山通报，叫大家放心。小后生传达的这番情意，令人分外感动。

点燃起来的两处篝火映照得人人脸上泛着红光，驱散了身上的寒气，欢声笑语一下子使河滩上的气氛活跃起来了。兴奋中有人谈到今后这条水上旅游航道一旦开通，就在这里组织露营，让游客随意地在这大自然的怀抱里举火野炊、谈天说地、通宵歌舞，一定会使他们终生难忘。

高兴中不觉得时光迟缓。晨光熹微时，大家谈兴还正浓。山上送早饭的担子到了，半斤一个的大馍，香甜可口的油拌菜，新鲜的生大葱，吃得人人叫好。没有想到在这僻远的荒滩野地，竟受到纯朴乡民们如此真诚热情的款待。

饭后，船工们又开始弄船，不过很快就发现这比昨晚更困难了。清晨的河水温度很低，站在水中推拉小船，感到刺骨似的冰凉。再就是水位下降了有半米多，主流线也难以通过了，经过3个多小时的努力，令人懊丧的消息终于传来了：船不能再前进，愿意继续到壶口的，可弃船步行。

除了船工必须操船返航以外，大家都不愿意半途而废，决心走完这剩下的20公里峡谷。大家稍稍准备了一下，随即上路。此时已近中午，不巧的是，早上还是晴朗朗的天空，这时却阴云四合，淅淅沥沥地下起雨来，差不多人人都没有带雨具，又没有遮拦处，索性就冒雨上路。不大一会儿，个个被淋得浑身湿透。

这是一段典型的深切峡谷，两岸陡直，全部由近于水平的砂页岩层组成。岸边的小路也常常成为平铺的石板路。颜色又多种多样，特别是那种层理又薄又密的页岩，真像一部彩色书页，绚丽无比。两岸山地也多呈为一种具有高大陡崖的"丹霞"式地形，给人以稳重、庄严、巍然之感。

峡谷中黄河水流摆来摆去，遇到凸岸，岸边还有一片滩地或阶地，路尚好走。一旦遇到凹岸，则流水往往把山坡冲刷成几十米到上百米的崖壁，小路就伸展到山坡上。这些狭窄的小路，上靠绝壁，下临深潭，黄水悄无声息地在脚下淌过，经过时真令人胆颤心寒。

下午3时，队伍来到一处名叫蛤蟆滩的地方，两岸都是高达上百米的砂岩陡壁，层峦危峰，横出天汉。岩壁上成片成片的树丛挺立于危岩之间。深秋气候已把它们染成一片金黄。间或有一两条小溪流出，汩汩有声。不过，人们还来不及更好地欣赏这美好的景色时，一个令人担心的消息从前面的队伍中传过来，说是那里有一道长达六七百米的岩壁，水抵崖脚，无路可通。行进的队伍只好停下来。又是将近一天没有进食，如果今晚还在露天宿营，队伍饥寒交迫，势必陷入困境。所以必须打开一条出路，尽快找到人家。峡谷中解决这一问题已经无望，唯一的出路就是攀登悬崖，到黄土塬上面去。此议一经确定，便立即施行。不过想想容易做来难，走过来的路上，齐斩斩的一溜儿高达百多米的峭壁，足足三四公里长，看上去几乎没有一条缝隙可以钻到山上。大家往返寻找了好久，好不容易在一条平板伏的砂岩檐下发现了一个豁口，距地面有3米高，下面岩壁上隐隐见有几个浅浅的凹坑，好像是专门供人登攀用的梯级。这时人们登山心切，也管不了前途凶吉，先有两个年轻人相帮着登上豁口，上面果然有一条似隐似显的小路蜿蜒伸向山顶，便招呼下面的人跟上。小路崎岖，坡陡路滑，有几次爬过崖壁上的突岩时，一个个屏神静气，丝毫不敢大意。就这样整整花了两个小时，才到达了山顶。返身观望脚下这段雄奇、险峻、幽静的黄河峡谷，好像就在眼前。刚刚走过来的艰辛路程，令人不堪回首。

呵，奇观，奇观！

到达塬面后，又经过了3个多小时，才算摸到了一个小村庄。队伍已经疲惫不堪，但在乡亲们暖融融的窑洞里住过一夜以后，很快又恢复过来了。

24日我们被宜川县的车接到县上后，第二天就沿仕望河向壶口进发。仕望河是瀑布下游10公里黄河右岸的一条较大的支流。河口处距前天队伍离开谷地上山寻路的蛤蟆滩已经不远，从河口向北二三公里，到达一处名叫圪针滩的地方，它和对岸的小船窝历史上都是有名的渡口和航运码头。山峡乡民、军旅、商贾甚多由此往来。航运季节，粟客运谷，煤商送炭也以此为出发点。现在航道断阻，上方不远又新建了黄河大桥，作为渡口和码头的作用便消失了。不过以后随着壶口风景区旅游事业的发展，有关部门已决定重建这个古渡口。

过圪针滩，开始进入了壶口风景区的中心地带。先是见有两块各长五六十米，宽二三十米，壁高10米，逼水双分，俯视若门的船形巨石伏卧在黄河河床中，这就是古诗句"四时雾雨迷壶口，两岸波涛撼孟门"中提到的孟门。神话中说，孟门一石原是上古时代鲧治水时从天帝那里盗来的一块用来堵塞洪水的"息壤"，后来夏禹治水时，变堵截为疏导，凿石引流，把这块息壤一劈为二，成为现在的这个样子。《淮南子》中对此有所记载："龙门未辟，吕梁未凿，河出孟门之上，大溢逆流，无有丘陵，名曰洪水。大禹疏通，谓之孟门。"古人对此现象所做的解释，想象力如此丰富而生动。当然孟门的真正成因还要从科学上寻求解答。地质和地理学家通过对本区地貌发育历史的研究认为，横穿晋陕峡谷有许多断层，成为地质构造的软弱带，黄河流过这里，往往形成河床陡坎，以跌水或瀑布的形式出现。这些地方被称为地貌学上的"裂点"。由于溯源侵蚀，裂点又会不断沿河向上推移。如今这段黄河的裂点已到达壶口，孟门就是较近地质时期裂点后退和河流下切时遗留在河床上的两个石岛。

"南接龙门千古气，北牵壶口一线天"。古诗中的这一描写，说明孟门和壶口相互毗邻、相互映照的整体景观。孟门至壶口相距5公里，河床由一片光滑宽畅的坚硬砂岩面组成。近水处几乎没有一点砂石，平坦得可以在上面行车。谷地环境显得有些幽静。但观看嵌在基岩河床中的黄河河道时，这种感觉就完全变了。黄河水从壶口奔涌直下后，以每秒八九千立方米的巨大流量归于一条30—50米宽，深度达到10—20米的槽形河道中。由于传说它为龙身穿凿，长度约有10华里，就被人称为"十里龙槽"。每逢汛期黄河水涨时，龙槽东岸会出现一道一二公里长的漫流水帘，十分壮观。可惜现在已近枯水季节，水帘已消。然而，若站在河岸，见被束缚的黄水在槽中奔浪飞突，一泻而下，狂放无羁,势若破竹,足以使人心惊肉跳了。

　　沿龙槽走到中途,隐约听到瀑布的响声。随着距离接近,那声音也越来越大。天空中的滚雷,似大震前的地动,沉闷而有力。最令人激动的莫过于最终站在瀑布面前时的心情了。那"源出昆仑衍大流,玉关九转一壶收"的情景令人惊悸。河水从上游不远处400余米的河面上流到壶口,突然集拢为只有40余米宽的狭窄河道,并且垂直下跌近20米,又在水面下掏成一个20米的大深潭,巨大的动水压力反过来把水体涌成巨浪,复又回升10余米。悬流喷壁,鼓若山腾。站在壶口下方的龙槽边,仰面看那道激流,真像从天际泼下来的一盆黄水,犹如翻海倒江,千山飞崩,压得人喘不过气。晴空时,那升腾的雾雨,经过阳光折射,形成五彩飞虹,一端连天隐入迷雾,一端插地没入水中。我们今天正好碰上丽日高悬,也就有幸观赏飞虹美景了。

　　连续5天的禹门口至壶口的黄河河道勘察,使我们更加坚信,禹门口至壶口的黄河航道有条件迅速开通。可以断言,冲开壶口南大门,改善旅游环境,让这属于世界奇观的金湍涛声曝光天下已为期不远了。

【赏析】

　　这是一篇科学考察,却无丝毫调查报告式的枯燥无味,读起来宛然一部跌宕起伏的探险式游记。作者行文既有科学考察的平实严谨,如对龙门与壶口的讹传考证,后段对孟门的考证;又有旅行散记般的温婉秀丽的笔致,如对月夜宿营时刻周遭景色气氛的描写;时而又笔力雄劲,引人入胜,如小船遇险、攀岩求生的时刻,以及末尾对壶口瀑布的形容描绘。其间缀以古诗、古籍或地方志辅证,更增添了文辞雅韵。

尧山壁

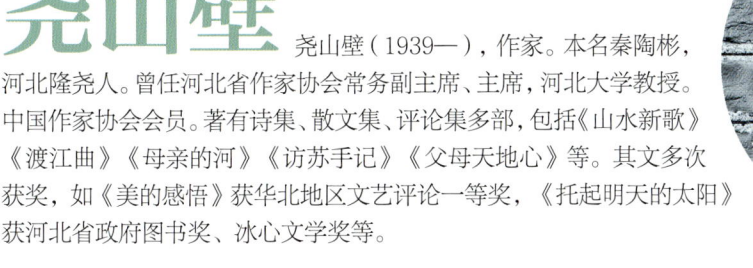

尧山壁（1939—），作家。本名秦陶彬，河北隆尧人。曾任河北省作家协会常务副主席、主席，河北大学教授。中国作家协会会员。著有诗集、散文集、评论集多部，包括《山水新歌》《渡江曲》《母亲的河》《访苏手记》《父母天地心》等。其文多次获奖，如《美的感悟》获华北地区文艺评论一等奖，《托起明天的太阳》获河北省政府图书奖、冰心文学奖等。

陶醉壶口

到壶口看瀑布去！清晨还颇大的吸引力渐渐被漫长的旅途磨损，加上黄土高原平淡无奇，车过宜川渐渐寂静下来，歌声笑语听不见了，代之以鼾声断续。

忽然有谁从梦中猛醒，惊呼雨来了，听那隆隆雷声。可窗外分明风轻云淡，没有变天啊。司机笑说，那就是壶口瀑布的响声。真是先声夺人，车上立时活跃起来，个个侧耳倾听。如火车出站，航班起飞，放炮开山。感觉在战斗，山在摇晃，车窗忽闪，大家的心也被强烈地震撼着，内心的激动从眼神里迸射出来。

车在旅游管理处停下，大家迫不及待地跳下来，快步走下岩磴，跑过石滩，来到面对瀑布的巨岩边选好位置。只见滚滚黄水从高高的崖头跌落下来，挟风带雨，雷霆万钧，如土山飞崩，溅起水雾腾空，蒸云弥漫，恰似从水底冒出来滚滚浓烟。水底悬流激荡，如开锅沸水，浪滚涡翻，泡沫簇拥。这雾，这云，这烟，皆呈现为黄色，散发着泥土气息，使这瀑布增加了质重感，更使那吼声如洪钟闷雷，震荡峡谷，气吞山河。

大家聚精会神，全不知何时云破日出，那瀑布骤然亮起来，闪耀着金属般的光泽。那升腾的水雾因阳光折射，幻化出道道彩虹，有的从天际插入，似长鲸饮涧；有的横卧河上，如彩桥飞架；有的飘忽游移，像花团锦簇；有的续续断断，呈扑朔迷离状。我们之中不知谁福大命大，吉人天相，带来如此的好运气，使大家能够看上这天下奇观。

我默立在瀑布面前，被这气势、这风采惊得目瞪口呆，任飞雨溅沫淋个痛快。我拜倒在这大自然的杰作脚下，不寒而栗，觉得自己这么渺小，骄娇二气荡然无存。我觉得一股清流爽气自百会灌入，注满胸中、丹田，流遍周身，最后从劳宫、涌泉溢出。觉着接上了天地之气，通了电流，调动磁场，加速血流，冲走了瘀血浊气，浑身清爽，继而灼热，气力勃发，精神倍增。我忽然领悟到了李白"黄河之水天上来"的境界，光未然、冼星海《黄河大合唱》的灵感，明白了为什么民族危亡时刻，东渡抗日的将士们要选在这里誓师出征。

"欲穷千里目，更上一层楼。"我攀岩走壁绕行到高处观察壶口的构造。黄河自秦晋峡谷北来，宽400多米，来到这里骤然收缩，仅四五十米，断崖落差40米，河槽真像一把巨壶，将每秒9000立方米流量收入。正如明朝人惠世扬诗中所云："源出昆仑衍大流，玉关九转一壶收。"壶口以下河槽很窄，不过一二十米，水急浪高，槽深流远，当地人称"十里龙槽"，相传大禹治水时龙身穿凿而成。民谚说："九里三分深，一年磨一针。"意思是说水磨石穿，河床每年增宽一针。其实它是凭黄河自身的动力冲刷出来的，龙槽两岸危石如坠，蚝岩飞突，河水奔浪狂放，犹如一条蜿蜒浮游的黄龙，摇头摆尾，呼啸而去，有一种"奔流到海不复回"的恢宏气概。

《尚书·禹贡》记载："壶口当河水之冲，奔溃迅疾，必先杀其势，而后河可治。"瀑布下游5公里，有两个江心岛，相传原为一整块，是女娲补天的神石，称作"息壤"，是鲧治水时从天庭盗来堵塞洪水的。洪水堵不住，后来大禹治水把它劈开，疏通洪水。《水经注》说："禹治水，壶口始。"大禹还在距此不远的衣锦村娶妻成家，三过家门而不入的故事也发生在这里，至今村里人还把禹王庙称为"姑夫庙"。此前，我曾多次见到过黄河，在青海的约古宗列，它是美妙的一缕；在宁夏河套，它是平静的一湾；在中游郑州，它是浩荡的波涛；在东瀛入海口，它是平稳的漫流；而在这壶口看到了它性格的另一面，巨大的落差，雄壮的力量，磅礴的气势，看到了一条立体的黄河，一条完整的黄河，看到了它漫长的历史，看到了它丰富的内涵。活到五十岁，我才经过壶口瀑布的洗礼，领悟到黄河的气质，得到了它的真传。它的威力在我胸中鼓荡，它的雄风在我血管里呼啸，它的精神在我眼睛里闪光。从今天起，我才成为一个真正的黄河子孙。壶口，天下第一壶。盛满了互助大曲，盛满了西凤、杜康，盛满了汾酒、竹叶青，盛满了陕北的米酒。当年灌醉了李白、王之涣，灌醉了光未然、冼星海，今天又灌醉了我，灌醉了我们大家。

啊！壶口，我陶醉了。

【赏析】

本篇文章虽短，立意结构炼字炼句也能见作者匠心。前两段完成了由期待至长途疲累的懒怠，又被临近所鼓舞的曲折心境变化。进而直接跨入正题，写声音之雷动、瀑水之气势、彩虹之绮丽，由景入情，抒发感喟；由情入思，穿线连珠般回顾黄河引发的历代文人诗情、乐曲华章，最后呼应题目，戛然而止。

降大任

降大任(1943—),研究员,主编。山西忻州人。曾任山西省社会科学院研究员,《晋阳学刊》主编,中国元好问学会副会长。1967年毕业于山西大学历史系。历任山西人民出版社、西藏日报社、《晋阳学刊》编辑部编辑。主要研究方向为中国古代史,中国文学、美学、文化学、哲学、伦理学。著有《元遗山新论》《咏史诗注析》《黄河古诗词》《美与艺术》等。发表杂文、通讯、小说、随笔200余篇。

河湟胜景美

黄河九曲十八湾,最大的湾有六个。其中兰州湾,大体流向先东后北。流经峡谷十多处,汇入洮河、湟水、祖厉河、清水河。在这湟水与黄河合流地区,即青海西宁至甘肃兰州的广大地带,古称河湟,古凉州(今甘肃武威)即在这一带北部。

河湟地区是我国神秘的西部地区富有诗意的地区。古代通往西域的丝绸之路,到甘肃敦煌西北的玉门关,就算到了进入中原的大门,进门后沿河西走廊东南行即到河湟地区,在此稍事休整可以直抵西汉与大唐帝国的京城长安。汉唐以来,河湟地区是兵家必争之地,战略地位极为重要,由于战争频繁,文化人一到这里就感时伤情,悲怆不已。王之涣的名句"羌笛何须怨杨柳,春风不度玉门关"就反映这种心境。战争是残酷的,却给为王前驱的志士建功立业提供了机会,如唐代令狐楚诗云:"未收天子河湟地,不拟回头望故乡。"可谓器宇轩昂,不可一世。而唐代薛逢诗则云:"昨夜蕃兵报国仇,沙州都护破凉州。黄河九曲今归汉,塞外纵横战血流。"其中既有保国捍边的成功感,又有对将士牺牲的同情心,心绪很是复杂。对从军戍边的百姓来说,则是灾难胜过庆幸,杜甫的《兵车行》云:"君不见,青海头,古来白骨无人收。新鬼烦冤旧鬼哭,天阴雨湿声啾啾!"憎恨战争之情,跃然纸上。到明清两代,大一统国家形成,经营西北重点在内蒙古、新疆,河湟地区虽有战事,毕竟较为安定了,所以左宗棠1875年讨伐阿古柏叛乱,收复乌鲁木齐,注重经济开发,植树造林,有诗颂道:"新栽杨柳三千树,引得春风度玉关!"

开发河湟,在古代主要是发展农牧业。这里在春秋之前就生活着以羌族为主的少数民族兄弟。汉武帝征大宛,在青海求龙马;隋炀帝置马牧于青海渚中,都说明这里盛产马匹,牧畜繁盛。北宋杨亿诗句"力通青海求龙种",指的就是汉武事。南宋严羽《塞下曲》云:"渺渺云沙散橐驼[1],西风黄叶渡黄河,羌人半醉葡萄熟,寒雁初肥苜蓿多。"和平安定的生活,生动的风土人情,像一幅立体感很强的风情画。像这样反映西北少数民族美好生活习俗的诗,在古人中不多见。

河湟地区也有兄弟民族间和睦交往的佳话流传。湟水西岸的日月山,是唐文成公主进藏时路经之地。相传伴行的松赞干布的能臣禄东赞将公主的日月宝镜偷换成石镜,生恐公主睹镜思亲。公主从石镜中看不到长安影像,便将此镜抛于山下,毅然前行了。这就是日月山获名的缘由。山下西边还有一条向西流淌的河水,习称倒淌河,传说是文成公主思亲之泪汇成的。美丽的传说凝结着汉藏同胞的深情。我奇怪,古诗人为何于此没留下抒情言志之作。不过,有人说唐诗惯以汉喻唐,像张仲素咏昭君诗:"仙娥今下嫁,骄子自同和。剑戟归田尽,牛羊绕塞多。"可能即以汉昭君喻唐和亲政策事,那么颂赞文成公主进藏之功该是此诗的潜在内涵了。

河湟地区真正发挥其宝地的巨大潜能,是在新中国成立之后。因为这里黄河河道下泻如降梯,山多谷深,落差极大,蕴藏着丰富的水力资源。据悉已建与正建的龙羊峡、刘家峡、盐锅峡、八盘峡、青铜峡水电站,逐步形成为水电基地。这里还是铝、铜、铅、锌、金属硅、稀土、硅铁等有色金属开采的宝库，现在为国家提供的此类产品达上千万吨。1955年叶圣陶先生观开发黄河规划，曾兴奋地吟诗："拦河之坝四十六，傍崖当峡随宜筑，黄河一路下阶梯，疾徐涨落从约束。或以灌田，或以行船，或发电力百万千瓦，蓄积洪流下游保平安。黄河至此亦欣慰，利民夙愿今始遂，克以其能贡人民，中国巨川庶无愧……"叶先生这个遗愿已经或正在化为宏图，河湟之地正是这条造福中华的巨龙的龙头，前景是无限光明的。

【注释】

[1]橐驼：读音（tuó）（tuó），指骆驼，出自《山海经·北山经》。

【赏析】

　　降大任先生深厚的学术功底，在这一篇不足两千字的小文章中也有充分体现。从汉唐的战事频仍，到明清的较为安定；从古时农牧业的开发，到民族交流的佳话传说，作者竟引用了唐宋八诗人的八首诗作，用以佐证。直到新中国的成立，河湟地区的潜能才得到真正发挥。本文条理清晰，文字简洁，几乎是一部极简河湟史了。最后点题：国家的安定繁盛，科技的巨大进步，才是河湟地区——何止仅是河湟地区——光明前景的有力支撑啊。

河湟地区　摄影／王伟

雷达

雷达（1943—2018），当代著名评论家，作家。原名雷达学。甘肃天水人。曾任中国作家协会创作研究部主任、中国小说学会会长、中国作家协会理论批评委员会副主任等。曾获第四届鲁迅文学奖"优秀理论评论奖"、中国文联文艺评论奖等多个奖项。出版有《民族灵魂的重铸》、《重建文学的审美精神》（上下卷）、《蜕变与新潮》、《思潮与文体——20世纪末小说观察》等评论文集十余部；《雷达散文》《缩略时代》《皋兰夜语》等散文集多部。

黄河远上（节选）

一

我六岁那年，1949年8月，亲历了解放战争中西北战场最著名的恶战与决战——兰州战役，其时我只是一个孩童，却始终没有远离火光硝烟的现场，亲见了尸横街头，血流如注，这也算我人生的一大奇遇吧。与我经历相似者恐怕少有。

有人或会问，你当时那么小，很多事何以能记得那么清？我要说，千万不要低估一个孩子的记忆力，所有当时情景全是我的清晰记忆，毫不掺假。现在的叙述当然是糅合了后来的一些传闻和材料，但仍以自我的亲历、体验为根本依据。有一种说法，说人到老年，越是以前的事会记得越清，而眼前的事总是糊涂，看来确有道理。

战前马步芳说，兰州是攻不破的铁城，不算太夸口。兰州历来是兵家必争之地，有"西北锁钥"之称。它是一溜四面环山的长条形河谷盆地，唯有一条黄河穿过，唯有一座铁桥可通南北。当时环山已筑好坚固的防御体系，而马家军作为一支有宗教精神支撑、有家族血缘纽带联结的豪强武装，有"随军阿訇"相跟，凶顽悍勇，当年就围歼过水土不服的西路军。这支队伍人称"青马"，以示与偏软的"宁马"

有别。所以,马步芳的骄狂其来有自。然而,他还是低估了人民解放军强大的战斗力。

那时我家住兰州东郊红山根的农校,就在皋兰山脚下。战前已是每天听着先如一根铁丝颤悠,紧跟着一记晴天霹雳般的爆炸声,窗户纸被不断地震破。有一天,国民党飞机在农校上空炫耀,我正在操场上玩,飞机忽然嗒嗒嗒地向地面扫射了几下,大人急向我呼喊,我向教室狂奔逃避。现在回想,那是无聊的飞行员戏弄惊吓一个孩子,真无耻。他们不败亡,世无天理!起先农校是国民党伤兵的临时救护站,每天运来一车车在外围战中负伤的残兵,多系"国军",还不是马家军。我在路边,望着"垛"满人肉的卡车,一路滴血而来,缠满绷带的血头颅和断了手脚的白骨一齐撑在车外,血红撕拉地吓人。接着的几天,马步芳最精锐的骑兵日夜不息地绕皋兰山转移,不时有马匹与人从高山上滚落下来。再接着,皋兰山与附近的狗娃山、窦家山、营盘岭、沈家岭一带就响起了越来越密集的大炮、迫击炮、机枪、步枪、冲锋枪们混合的声音,到八月下旬,战斗推向了高潮。

后来才知,兰州战役是由彭德怀亲自指挥的。战前毛泽东来电告诫彭德怀:"打马是一个严重的战役,要准备付出较大的代价,千万不可麻痹大意。"8月23日到8月25日的三天,解放军与马家军在沈家岭、狗娃山一带相持不下,形成拉锯,双方死伤惨重,基本是一比一,各自死者多达四五千人。彭德怀在给毛泽东电文中说,"我伤亡相等,敌人很顽强"。为征服对方,占领制高点,解放军中出现了多位"马特洛索夫式"的英雄,按其事迹,真不亚于董存瑞。曹德荣手托炸药包,炸开钢筋水泥的地堡,杀开了一条通道,壮烈牺牲。另一位佚名英雄,已受伤,就浑身绑满手榴弹索性滚入敌阵,炸起了一大片肉酱。最后,只能以白刃格斗方式解决战斗了。解放军中有位勇者,平时苦练武功,此时一人用长矛刺死了八九个挥舞马刀的敌人,成为佳谈。沈家岭被解放军一拿下，马步芳就知道大势已去，坐飞机逃往重庆；解放军一围攻城区，马家军兵败如山倒，马继援又逃之夭夭。我的一个朋友 20 世纪 80 年代在台湾偶遇马继援，席间，马说："我们实在是打不过，我们机枪的枪口都打红了，人还是一层一层往上冲。"

那时大人小孩都彻夜睡不成觉。8 月 25 日半夜，兰州北边天空忽然烧红了，有人大吼，铁桥着火了！铁桥着火了！我赶紧跟着大人登梯子上房——我是被抱上房顶的，只见铁桥方向燃起熊熊大火杂以繁稠枪炮声。后来听说，成千上万的马家军欲过桥逃往青海老巢，不料一辆过桥弹药车被枪炮击中，发生大爆炸，引燃了铁桥上的木板；木板烧尽，桥变成了铁架子，溃军前涌后推不息，纷纷掉入黄河。这帮不会游泳的"旱鸭子"只能淹死。据统计，"淹毙者近二千人"。

这里有必要说说兰州老铁桥。它叫中山桥，位在白塔山下，金城关前，号称"天下黄河第一桥"。现在看来它可能是世界桥梁史上的一个奇迹。1907 年由德国泰来公司包建，材料全从德国运来，甚至一个小螺钉。总耗资约 30 万两白银，于 1909 年建成。德商承诺"保固 80 年"。这座桥，承受过日本飞机的狂轰滥炸，遇上过黄河"起蛟"的盖顶洪峰，在兰州战役中又饱尝了枪林弹雨、火烧炮轰，居然无恙。现已一百多年了，虽有过几次加固维修，仍屹立于洪波之上，雄姿不减当年，怎不令人生出赞叹。

是夜，解放军虽已取得皋兰山南山攻坚战的胜利，但下山攻城，攻东岗，攻南城，皆攻不动；于是转到西关，据说是，拉了一车西瓜，扮成马家军模样，让会河州土话的战士喊话说，弟兄们，辛苦了，阿们给你们送西瓜哈来了。时值八月酷暑，马军渴极，相信了，打开城门，解放军遂蜂拥而入，展开激烈巷战，直至彻底胜利。

8 月 26 日清晨，天亮了，红旗插上皋兰山主峰，从山顶到城里，到处是"缴枪不杀"的喊声,口音多是外地的,有点侉。我胆子不小,曾偷偷跟着大人们溜进城里看热闹。沿途可见沟壑里倒着死马和马军士兵尸体,血水沿着沟渠潜流着。没有枪栓的枪、未爆炸的手榴弹、各式刺刀、榴弹炮的炮弹、子弹袋、军用水壶,满街都是,要捡多少有多少。在水北门的城边,我看见一个年轻的马家军伤兵面色苍白,浑身筛糠似的抖,极痛苦的样子,抬头欲起复又趴下。其时,解放军虽控制了全城,但一切还来不及清理。这就是我亲见的兰州之战。

二

1954年夏秋的兰州七里河着实繁忙。荒凉的路边堆满了筑路用的沙子石块,汽车如梭,黄尘漫天,从事石油、化工、土木、电力的建设者们来自全国各地;从小西湖到西津桥再一直到西固城,到处是操着天南地北口音的人们。那时,"兰化"动工了,"兰炼"也动工了,苏联专家们来了,七里河黄河大桥开始筹建了,兰新铁路也开始铺轨了。我发现,"移民"们喜欢留"大背头"式的发型,他们打篮球时,把投篮叫"秀"篮。

那时"西中"刚迁新址,学校像个大工地,只一座教学楼和一个学生宿舍楼,还有一个饭堂,四周都是黄土高坡。初一时,班主任是位女老师R,小矮个,南方人,声音尖高,浑身有使不完的劲儿。没有同学不怕她的。当时她也就二十来岁吧。她有绝招。晚自习时,她藏到附近的崖头上,下窥教室里的动静,她在暗处,我们在明处,若有谁以为没人管了,在教室走道上扭秧歌,冒怪声,扮鬼脸,她会突然冲进来,一把将其揪起来。我们都住校,晚上睡下后,聊得正起劲,她会悄悄潜入宿舍,贴着第一床的男生并排躺下,屏息静听。此时大家全无觉察,口无遮拦,充分表演,聊的多是对老师对学校的真实看法,怪话也多。她听够了,悄然离去。第二天,开始一个一个地收拾。

她神出鬼没，夏夜会猛然从宿舍窗口冒出来，大吼一声，"几点了还不睡！"

她终于抓出了大案子。我们这些黄河边长大的孩子爱游泳，学校为安全计却又禁止游泳。R老师知道，黄河水浑，有红锈，她总是准时从校门口突然闪出来，撩起我们的衣襟用手一抠，只要一现出白印子，立刻揉到一边去，抓个正着。有天中午我们七人去游泳，又渴又累，有同学摘了一个老乡果园的梨，吃得津津有味，我们看见了，忍不住每人偷摘了一个，确实解渴。谁知有人告了密，这酿成了轰动一时的"果子事件"。我年龄最小，却成了"主谋"。大会小会检讨，每天痛哭流涕。学校有人把事情的性质夸大到吓人的程度，与阶级斗争联系，还动员果农站出来"声讨"。果农却用兰州土话说，娃们吃几个果子是多大的事嘛，那就不叫个事嘛，你们做撒哩沙，家算劳沙！可学校有人还是不依。检讨持续了很长时间。

这个时期，也是我在大自然的怀抱中最初体味自由的时期。我家住小西湖，房子紧贴着黄河边，能听到黄河的涛声。春天"开河"时，能听见河冰爆裂的砰砰声。三初中是所新建学校，新调来的老师和家属，互相都很生疏，没人跟我玩，我很孤单。我烦了闷了，就到黄河里游泳。假期有时一天游好几回。当时的黄河非常宽，水流湍急，十多岁的孩子游泳是很危险的，每年夏天都出事，但我不怕。我天生对水有一种亲近感，从没感到危险，只是体会游泳的快乐，和人在水中无法言说的自由感。黄河是我最亲近、最不会背弃的亲人。

我家旁边，有一条支流，游过去，就能上到一个河心小岛，岛上一个人也没有，沙滩质地细腻，小树林幽美，小鸟儿格磔其间。我把它当成我的鲁滨逊小岛，流连忘返。听说现在它叫"情侣岛"，成了兰州的旅游热点。国际马拉松赛拍摄城景，每次都把这小岛作为重点，照个没完没了。我的一生似乎都离不开水，四十年后，原本打算去看别人冬泳的我，一头扎进了残冰漂流的北京什刹海之中。

我也喜欢一个人到处游走，一边游走，一边观察天气。兰州的气候是典型的温带大陆性季风气候，昼夜反差大，四季非常分明。我清楚地记得，1957年的夏天，兰州几乎没有出现过一个晴天；而那年夏天雨水分外多，天总是阴沉沉的。如若不信，请查看当时的气象记录。我住的小西湖南坡下，那里几乎都成了沼泽地，到处都是蛤蟆，聒噪得烦死人。有时我们一群少年拿着石头砸蛤蟆，眼看着砸死了一大片，但第二天它们的尸体全都奇异地消失了。

十四岁那年，我那颗不宁静的心悄悄突破了理性控制萌发出某种神秘骚动的情绪。三初中又来了个老师，老师带来了女孩J。她来自岷县，是随着她的继父和母亲来的。她小我两岁，性格腼腆，说话声音细弱，她的身姿和面相在我看来都非常美丽。我们的家长都是教师，我家在小西湖南坡上面，J的家在坡下的一处独院内。那时候兰州人生炉灶要用柴火，J常常去河边帮母亲拣柴，我就帮她拣，两个人都不说一句话。秋天湖上刮大风，树上摇下来好多干枝，我们仿佛约好了一样，一起到湖边拾柴，捡了的都归她，但她还是只笑一笑，不说一句话。有一次我去她家，她看见后赶快藏起来。

终于有一天，我鼓起勇气写了一封信，当面交给了她。经过好多天忐忑不安的等待，她仍无任何表示。我绝望了。她却用邮寄方式把回信寄到了西中。让我惊奇的是，她的字写得竟那么好。在那样的年代，那样的年龄，信中除了表达友谊，就是鼓励好好学习。我珍藏她的信，一直装在棉裤的口袋里，晚上睡觉时都不脱棉裤。这反常的举动引起了母亲和姐姐的怀疑，她们在我熟睡后终于发现了秘密。但母亲并没有发怒，似乎连母亲也是喜欢J的。

当时，我没想到，她成了我此后十年间的挚友，最亲的人，更没有料到的是,这个才貌超群、善良温柔的女孩,在那个年代的狂风暴雨的摧残下,像一颗流星过早地陨落了。

写于 2014.5

【赏析】

　　本文是雷达先生散文集中《黄河远上》一文的部分节选。雷达先生曾说生命中有两条对其产生重要影响的河流,其一便是黄河。《黄河远上》系列散文以其纪实性和现场感、自我解剖和真诚表述,让人产生强烈共鸣;同时在"有我"的生命体验中,渗入历史镜像与地理人文,几可当作西部的生活史和心灵史来读。本文以六岁的我为观察视角,平实而真挚地记述了童年时期的经历与见闻,既有历史大事件如兰州战役的炮火纷飞,也有小情感如对心仪女孩子的情思懵懂,等等。语言质朴,感情真挚,思绪驰骋于历史和现实的时空,个人的感受与命运在时代的洪流中得到呈现,童稚与纯真散发出温暖动人的光芒。

兰州的黄河 摄影/王伟

萧重声

萧重声（1943—），作家，编辑。曾用名肖重声，笔名梅知。陕西省长安县（今西安市长安区）人。历任《安康日报》编辑、《百花》文艺月刊副主编、太白文艺出版社副编审。散文研究家林非曾撰文赞扬其作品《记住倒淌河》《初过积石峡》"文采斐然"。其20多年来除写过许多新闻和通讯外，业余主要从事诗歌和散文创作。作品有《喊山集》《倒淌河》《肖重声散文选》《净土树》等。

初过积石峡

车出积石镇，沿黄河南岸向东疾驰。起初，河岸两旁的山势低矮平缓，重峦叠嶂犹如一扇扇虚掩的门窗，被滚滚的黄河浪涛震碎了，七零八落地向后退去。公路旁边，撒拉族同胞的院落一座挨着一座，厚实的土墙，平整的泥顶，随坡就坎，高低错落，犹如一溜灰黄的烟云，缓缓地顺着河岸漂流。

不知不觉地，黄河两岸的山势变得陡峭了，险峻了。原来躲在远处的重峦叠嶂，坚定不移地，一步一步向前拥来，迫使黄河古道不由自主地收缩着，收缩着，最终变成一条狭窄而幽深的巷道。重重门扇似乎眨眼间便可"哐当"一声关闭起来，彻底堵塞了黄河的东去之路。黄河闻声赶来了，洪涛巨浪不停地咆哮着，冲卷着，开始了一段艰难而曲折的历程。

南岸的绝壁险崖间，公路也变成窄窄的土路，汽车贴着嶙峋的崖壁，小心翼翼地蠕动着。巨大的阴影笼罩着汽车，车内静悄悄的，没有喧哗，没有笑语，人们只是呆愣愣地注视着窗外。擦窗而过的岩石随时都会伸出魔掌，将车掀入深谷之中；而悬在头顶的绝壁，也随时会像断了腿的楼房，哗啦一声将车压成粉末。新凿开的土路，似乎成为无形的坟墓，等待着收拾一块块忐忑不安的"压缩饼干"。

北岸山势挺拔，长年累月顺坡而下的雨水，将山崖切成一道道深槽，颇像剔除了皮肉的排骨，赫然暴露在光天化日之下。在这一毛不拔的地方，偶然还会看到一间两间泥墙平顶的小屋，飞蓬一样飘落屋角；星星点点的羊只，小鸟一样栖息崖顶，只是不知羊啃到的将是些什么。

北岸有的地方，高耸的山崖似乎没有坡度，垂直的崖壁上，刀劈斧削的痕迹依稀可见。据说，连大禹当年都不明白，何以天下的石头都堆积到这里来了？便决心开峡导河。数千年风风雨雨，抹不去大禹的神功伟业，层层青黑的苔藓，生长着古老而幽远的韵味，勾出游人绵绵的思绪。

绝壁险崖间的峡谷，其实是一道曲曲折折的裂缝，犹如大震之后错裂的缝隙。丝丝缕缕的淡烟轻雾，悄悄地升腾着，飘散着昏暗和神秘。看不到谷底的河水，只能听到那隐隐的吼声，仿佛是从地层深处传来。

峡谷中最窄的地方，两岸山崖热乎乎的脸庞，几乎要粘到一起了。据说野狐被猎人追得走投无路的时候，会从这里飞身一跃而过，如今悬着一座孤零零的吊桥，单薄而瘦弱的身影，在风中瑟瑟发抖。看一眼就足够了，再看便会头晕目眩，担心汽车会一头栽下去，卡在这里动弹不得。

只有当裂缝稍稍宽展，才能看到黄河的身影——已被两岸山崖死死卡住了腰身，变成一条细长的小河，和积石镇旁无拘无束的情景迥然不同。但是，它那奔湍翻卷的气势，那急迫迅猛的流速，仍然展示着它固有的性格。那沉雷一样轰轰隆隆的吼声，时断时续地在峡谷之中回荡，有时会震得车窗玻璃"啪啪"作响。这夺路而出的声音，这冲卷激荡的雄姿，越过绝壁险峰的重重遮挡，义无反顾地向着东方流去。

【赏析】

　　本文视角独特，用笔雄奇。以车中人的视角进行描摹，再现了车子前行时，外部景物的动态变化。这动态的变化以黄河为中心，写黄河的进、山势的退，以及院落随河岸的"漂流"。车再前行，山势与黄河的对峙又有变化，山"向前拥来"，黄河步步"后缩"。对动态的生动刻画，使我们仿佛也是车中人，身临其境，感受着山与河的争与斗、进与退。对氛围的营造也显示出作者的笔力。岩石的切近，绝壁的施压，制造出浓重的压抑与令人窒息的氛围。然而，这河，"被死死卡住了腰身"的黄河，终于夺路而出，向东流去。整篇文章短小而精悍，似一节短剧，在有限的篇幅内，却不断给人视觉的与心理的冲击。

龙羊峡　摄影／王伟

壶口瀑布壮　摄影 / 孟宪明

孙荪

孙荪（1943—），著名评论家。原名孙广举，河南永城人。首任河南省文学院院长，河南省文艺评论家协会主席，河南省文联主席团第四、五届委员，河南省作家协会第三、四届副主席，河南省文学学会第二、三、四届副会长。著有散文集《鸟情》《瞬间解读》，理论批评集《让艺术的精灵腾飞》、《李准新论》（合作）等。《鸟情》等部分作品选入《中国新文艺大系》（理论批评卷、散文卷）。

走近壶口

你不能不游黄河。

游黄河你不能不去壶口。

是的，要看黄河水的气势，不能不去壶口。

我们从郑州西上，从三门峡过黄河，翻中条山到山西运城，然后去吉县奔壶口。

不来看看，是无法想象的。

这黄河的性格，真是随和至极了。依势造形，随物宛转，自然流淌，就是它的基本姿态。

人们说，黄河之水天上来，东流到海不复回。这话不错。但是，这个东流到海，却不是直下一万里，一泻东入海，而是迂回曲折。其间，何止九曲十八弯！简直不知其多少个百千回。

在山西省运城，我们看见，一向东流的黄河，经川、甘、宁，在内蒙古的托克托县河口镇受吕梁山脉阻挡，不向东流，却掉头向南，进入晋陕峡谷，这一段黄河由北向南流了。这一段流程差不多有一千公里。按黄河河务的行话，它被称大北干流、小北干流。

壶口就在这一段南北流向的黄河上。

从运城去吉县，尤其从吉县县城到壶口的路上，车在蜿蜒崎岖的山峦上蛇行，正是俯瞰黄河的时候。大约高度在千米上下，只见晋陕峡谷中的黄河细如内陆小河，水流既静且缓，如黄铜炼乳般，风平无浪，一点不见奔腾之势。老子说：水是至柔之物。这一段的黄河水，恍如一条不规整的曲曲弯弯的柔软带子。

壶口瀑布在这一段，能会"瀑"成什么样子？壶口上下60余公里已被开发为风景旅游区。从管理处大门到壶口瀑布还有3公里。我们从风景管理处乘车沿河床的右岸向壶口瀑布进发。

河水藏在深深的河床里，坐在车上看不见河水在河床里流。我们的眼睛只是朝瀑布的方向望去，都想尽快一睹究竟。

只见远处有一堆白烟从河里冒出。再近一点，又见白烟上有连接河两岸的空中铁缆，上有红男绿女在做走钢丝杂技表演。同时，忽觉有十分沉闷的声音响起，似许多健骑隐隐从地下奔来，远远地，徐徐地，神秘地。

快看到瀑布了。人声欢腾欢呼的声音从大河中间响起来，大概是围观瀑布的人们发出来的。我们一行急急下车，急急走过长长的水泥引桥，越来越走近动地的奔雷中。

好一方"恶"水！

无论声音，貌相，氛围，都不是刚刚在高处远处看到的情景了。实在只好借用这一个"恶"字，而且特取方言应用时诸多丰富含义中的那种超常的力度形成的气势。

我这样想。

首先是这声音。是的，这是咆哮的声音，是奔雷动地的声音，是群兽狂吼的声音。

这声音是如何发出的？

从地理学上讲，这很正常。滔滔黄河，由上游而来，到了吉县龙王山处，河面由300米忽然收束为50余米，"敛水成束"，又倾泻在高差 30 多米的石槽中，于是形成了巨大的瀑布。当然就挤压摩擦撞击出巨大的轰鸣声。

不光这一派声音，还有那一派"恶"相！

通常平缓的黄河水，在这里激动起来，暴怒起来了。

我真切地看见了黄河的怒颜。

渴马临泉。这是百千万头焦渴的战马一起奔到了水边。狂奔而来的黄河，如无数怪兽，角逐争食，不可开交，在厄急中拼命夺路争抢。临近壶口跌落时，又好似心中积聚了几千年愤怒的一次总爆发。它们把头颅，把全身，冲向同伴，撞向铁一样的石槽和石壁，引起狂涛飞溅，四射，翻卷，旋转，升腾，忽如万花怒放，又如水国爆炸，还令人想起怒发冲冠，它简直就是这些成语的形象图画。

咆哮的内在原因是这暴怒。因为这暴怒，温柔至极的水变成了另外一副模样：它整个地"疯"了！

是的，疯了。它飞升，狂泻，以致水溅四周而成浓雾，浓雾挟带着疾风。人在几米以内，口张不得，一张则有风和雾把口塞得满满的，让人喊叫不得，哭笑不得，不免猝然而惧。如再走近，更觉有挟着疾风的雨矢，密集喷射而来，一不防则头脸胸背皆湿，不少人于狼狈中顿足大笑。

我们到时，正值夕阳灿烂，雾气折射成七彩虹桥，然后，好像沿着这彩桥，瀑布下跌入河床。由于流速甚急，跌落时的黄水成了白色泡沫，我在这里读懂了郦道元那句"素气云浮"的话。由于水流交冲，河水变成了白色水汽，像云一样笼罩在壶口上面，然后呼啸翻滚，沿石槽奔泻而下。

看惯了"黄"水的我，忽然在心中生出一种意象：黄河母亲，你有着这样丰沛的白色乳汁！

可是，这意象很快被另一个意象所代替：这"疯"了的黄河水，由至柔之物变为极锐之器了。

郦道元在《水经注》中引用过一句古人的话："水非石凿，而能入石。"信哉斯言，在这里可以清楚地看见水能穿石的动人景象。作家杨朔幽默地写过，海水长出牙来把海岸的石头咬成奇形怪状，黄河水也是怎样一种无坚不摧的强力啊！

不来亲见实在无法相信，由一无量巨石而成的黄河河床上，被流水凿成各式各样的洞槽石窝。

壶口的口部被涡流冲击而成许多石洞，最大者直径二三米，深达六七米。

壶口下边的河床，硬是流水在山川巨石上冲凿而出的千余米石槽，俗称龙壕。

在河两岸的石滩上，瀑布水流打磨制造出无数"石窝宝镜"，可称石窝博览会。圆窝大大小小，形状各异，浅者尺余，深者数尺，小如碗口，大如瓮缸，有的已经洞穿，多数经常满储清水，山川景色映照其中，游人驻足，可以做镜照影。

龙壕两边崖岸的石壁上更多此种景致。石窝由流水盘旋琢磨而成，窝壁光滑无比，抚之如碧玉，线条却柔软如泥陶。看见这种刚与柔的奇妙结合，禁不住要感叹：天工胜人工远甚！

我所疑问的是，这黄河水看上去那样平静舒缓，何以竟有这样大的力量？当我们一行在千米龙壕中乘橡皮筏漂流时，才略知一二底蕴。

漂流水上，更清楚地看到，平缓的水面上，有一圈又一圈旋转着的涡流在不声不响地涌动，好像钻探机的钻头一样在忙碌。我想到，在海上，我们常常看到那种力量巨大的涌，这里大概也是那种类似的涌了。所不同的是，海底空间广阔，水流回旋余地大，这里逼仄的地形，自然使水的凝聚力更大。

橡皮筏逆流而上，接近壶口，感觉有风雨迎面推拒，不能近前。但见瀑布从壶口垂直跌落下来，其往下的冲击力和往四周的反射力实在威猛异常。在岸上看河床很浅，一问深达30余米。这垂直的水流转成无数陀螺式的涡流，形成一种旋转性的穿透力。我又一次想起那种钻头，就是这样旋转，久而久之，石板石壁旋成石窝。

壶口的故事，就是这样一个交织着至柔与至刚、温文与狂暴的话本。

还有一个问题，我没来以前就在琢磨，它是这样一个险峻的要冲，却何以有这样一个轻俏的名字：壶口。

洪流激湍，奔雷动地，惊涛裂岸，雨雾横生，古人却描述为：其形如茶壶注水，故名曰壶口。又有诗句曰"黄流滚滚入壶中"。这该是一个何等美妙又奇特的景象！这可能源于中国道家一个"壶里乾坤"的意识。不论如何，中国文化真是善于举重若轻，化大作小，宇宙大观不过如一生活小景。这样一个大观，不过如一个茶壶嘴！真妙：黄河以至宇宙这个大块不过在我掌心之中而已。中国古人的心胸眼界真是大得可以。

更其妙者，还有化入百姓生活中的传说，也是如此。

壶口地处晋陕峡谷一最窄处，当地又叫斧劈峡。这里隐含着一个有点开天辟地意味的壮烈故事。

相传大禹治水，用了九年时间，疏通999条河道，留下中游一段，怎么也治不顺。大禹来到壶口山，发现有大山横挡去路，就和百姓挖山。但白天挖一尺，晚上涨一丈，怎么也挖不通。后来大禹看出是一孽龙作怪，这座山正是其尾巴。大禹便借来二郎神的神斧，对准山腰猛劈，将龙尾斩为两截。从此，洪水顺流而下。这段河槽，久之成千米峡谷。人们把壶口的形成归功于大禹。

也有另一种传说。故事却轻妙得多了。

每当冬季，黄河上游有大块冰凌泻来壶口，冲击交错而成冰桥，成为沿壶口两岸人的通道。然而头一次贸然通过的人，却有掉进冰缝的危险。是谁第一个发现这个冰上通道的呢？

原来两岸一对男女相爱，夏天可借打鱼之机，摇船相会。但冬季无法见面。忽一日，有一白发老者自动来引路。小伙子不怕陷冰落水，毅然跟随老翁，左避右拐，疾行如飞，走过冰峰，顺利到达彼岸，情人亲密相会。当他们想起要感谢老翁时，老翁已不知去向。人们说这是神灵作合，也说这是狐仙引路。实际上，是人们循着兽迹而行发现了冰上通道。

这个故事为险恶的壶口涂上了一层撩人的温馨。它与大禹斩龙劈峡的故事，适成对比，也算得一"武"一"文"，一"神"一"人"，可以说传尽了壶口的神韵。

这不也正是黄河的神韵吗？

1995.5

【赏析】

文艺评论家的文字大约总要以理性分析见长的。写壶口的散文何其多也，孙荪的这篇《走近壶口》的出挑之处在于，其不是情感的泼墨，抑或辞藻的堆砌，而是带着问题意识的造访。作者首先擅于提取事物的特征，一下抓住那水的"恶"之貌与"疯"之态，极尽描摹之力；继而以艺术之思与文化之思对壶口进行独特解读，境界陡升，使读者有瞬间恍然之感。时而叙述，时而描摹，时而分析理证，观其态而求其理，得其理又增其色，充分体现出作者才情背后的思辨理路之根基。

银笙

银笙（1946—），中国作家协会会员，陕西省新闻工作者协会副主席。陕西省宜川县人。出版长篇小说《狼烟》《啸傲长天》《银笙散文选》《延安胜可游》等10多部。

"飞"起的黄河

你见过"飞"起来的黄河吗？还在孩提时代，家乡的人们就不时传颂着黄河飞瀑的美谈。可是，几十年来，我却无缘领略那壮丽的奇景。这回总算有了机会，我和老贺等结伴而行，去观赏黄河飞瀑。

黄河瀑布是我国的第二大瀑布，位于陕西省宜川县与山西省吉县之间，人称壶口，当地人又叫龙王潋，可是个形象化的名字。

大凡名山大川，无不与优美的神话连在一起。传说中，黄河是一条黄龙，暴戾凶残，恣意横行。所到之处，淹没庄田，吞噬人畜。天长日久，大西北的原野被折腾成光秃秃的黄山沟。这时，天下出了一位勇敢的人，名叫大禹，决心制服这条黄龙。他用了七七四十九天，走了千座山，涉过万道水，发现一条深深的石谷，两面雄山对峙，只要把黄龙引进这石谷，就可锁住它。可是，进入石谷的地方，有一大石阻挡。大禹磨亮了神斧，用尽平生力气，猛地砍去。只见金星四溅，山崩地裂。大禹走近一看，只砍出细细的茶壶嘴似的一道石缝，大禹把黄龙引进壶嘴，从此，黄龙便被锁进这峡谷之中……

大禹虽早已逝去，可那美丽的彩带般的瀑布却留在人间。晴空丽日，来到这里。迎面是百丈飞瀑，雨雾蒙蒙。观赏之间，幻景出现了。一条巨大的彩虹，从天际间撒了出来，慢慢地飘落在万丈深渊之中，那彩虹，美丽极了，红、黄、青、绿、蓝、橙、紫，五光十色，交相辉映。那彩虹是一条五彩路，从玉皇大帝的天宫通到龙王的水晶宫。

传说，各路神仙，这时都轻车丽马，往来交游。这就叫壶口的"红霞瑞马"，胜过了蓬莱仙阁的海市蜃楼。无怪乎历代文人墨客赞叹道："桃浪雨飞翻海市，松崖雷起倒蜃楼""映日红霞浮瑞马，满天风雨起神鲸"。

然而，我来的偏不是时候。从宜川城出发时，正是阴雨飘飘的日子，大家都担心看不到壶口佳景。沿着仕望河驱车一百多里，透过车窗远望，青山如黛，近岭似墨。哈，原来云消雾散了，雨住了，只听响声隆隆而来。开始时，以为是汽车发动机的声音，渐渐，声音越来越大，由呼吸声变成了哗哗声，犹如沉雷滚滚，惊涛裂岸，向导告诉我，这是黄河在咆哮。

车拐过一个山脚，黄河已近在脚下了，向前一望，河中一段，云遮雾盖。那白色的云雾混成一团，上接蓝天，下罩河水。弃车步行，才知道这就是壶口。站在岸边，只觉得雨丝扑面，云雾蒸腾。细一看，原来却是黄河的浪花在捉弄游人。

我定神观望，简直被那壮观的气势惊呆了。黄河从远山之中，不，从天上奔流而来。那河水平缓、悠然，是缠在青山之中的金带。突然，河床由几百米宽猛地收缩成50米，从几十米高的"壶口"中喷了出去，像一道水帘立在面前。如果说号称我国第一大瀑布的黄果树，是一位轻歌曼舞的仙女，那么，黄河瀑布就是一位纵马疾驰的武士。你看他身披黄金铠甲，下跨黄鬃烈马，从天际扬鞭而下。四周，黄尘裹绕。那水，不是在流，而是在飞，在射，速度之快，稍纵即逝。

如果站在岸上眺望，你才真正体会到人间"恶"字的意义，那"黄龙"在窄窄的河槽内怒吼、狂舞，拍击得峭壁发出震天动地的声音，槽内，像是烧沸的水，一个恶浪还没抛上天，另一个巨浪又压下来，那浪花激起几十米高，铺天盖地，变成了烟，变成了雾，又变成了雨。真是"涌来万岛排空势，卷作千雷震地声"。《宜川县志》描述说:"横崖千尺,奔流腾跃,山飞海立,晴昼晦暝,风雨迷离,辄为不寒而栗。"千千万万个恶浪,像是千千万万个"恶"字向你奔来,你应接不暇,仿佛站在恶浪之上,觉得脚下的岩石也翻滚起来,真使人心惊胆战。

当我们从云雾中钻出来,想观赏"红霞瑞马"时,不知什么时候,天下起雨来,地上积了一洼清水,我们一个个变成了"落汤鸡"。虽然如此,可大家兴致未减,谈笑风生。只是觉得没看到晴空胜景,未免美中不足。

然而,当我们沿壶口稍走一二里,却看到了另一个"红霞瑞马"。只见滚滚黄河之上,架起一道"飞虹"。那"虹"虽然没有放出五彩的光芒,但经过雨水的冲洗,却也熠熠闪光。只是几辆载重汽车从这道"虹"上鸣鸣开过,那些行人,一个个喜眉笑眼,骄傲地从"虹"上走过。

我说的是黄河大桥。古人曾有"黄河没底,海没边"之说。过去人们要过河,多乘羊皮筏子。艄公头顶衣衫,赤身凫在水中,将筏子推过去。现在这段"没底"的黄河上,竟架起大桥,使千万年隔离的山西、陕西连接起来,这不是人间奇迹吗!这才是真正的大禹。想到这,我更爱那黄河飞瀑,更爱那"红霞瑞马"了。

(自《旅游天地》1981年第1期选录)

【赏析】

山西、陕西两省之间的壶口瀑布号称仅次于黄果树的中国第二大瀑布。作者抓住壶口瀑布的两个特点——彩虹所形成的"红霞瑞马"和瀑布的"恶"——来描摹。"红霞瑞马"本是一个绮丽的传说,在作者笔下却得到了转化为现实的机会,变成了像虹一样横跨黄河的铁桥,固然没有沟通仙界,却为河两岸的人员往来交流铺通了道路。而壶口瀑布"恶"之特征,也在疾速迸射的气势与巨浪怒涛的声响中得到体现。

海 飞

海飞（1946— ），资深出版人，作家。浙江义乌人。曾任中国少年儿童新闻出版总社原社长兼总编辑，中国出版工作者协会副主席，中国版协少年儿童读物工作委员会主任。著有《黑戈壁》《孔雀石》《曾经西部》等文学作品集和《童书海论》《童媒观察》《童书大时代》等新闻出版文集。曾获中国图书奖、中国韬奋出版奖、陈伯吹国际儿童文学奖特殊贡献奖等奖项。

黄 河 梦

——黄河上游河底见闻

黄河，是神圣的。那一泻万里、气吞山河的气势，那浊浪排空、惊天动地的咆哮，那凝重深沉、黄金一般的色彩，都给了我永恒的崇拜。

一

"山高者高不过太子山，

山连山，

九枝把叶叶的牡丹；

若要是我两的婚姻散，

石头烂，

十二道黄河的水干！"

这是一首流传在黄河上游的优美动听的双衬词[1]式的甘肃临夏"花儿"[2]，那高亢激昂而富有情感的旋律，唱的是一对情人"河枯石烂不变心"的坚定信念。在人们的心目中，"黄河无底，大海无边"，黄河是永远不会干枯的！

然而，1986年10月15日至1987年2月15日，因黄河上游的龙羊峡水电站大坝下闸蓄水，龙羊峡至刘家峡段的500里黄河河道，主流断水了。黄河水干了！黄河露底了！万里黄河百分之四的河段"洞开"了她神秘的"河府"。

据地质学家断定，从黄河的发生发育算起，至今已有250万年到300万年的历史了，万古河底见青天——这是真正的开天辟地第一次。

多么难得的黄河河底"昙花一现"！历史将会永远记载这不寻常的四个月。

1987年2月15日，是龙羊峡水库放水的日子。怀着朝圣般虔诚的心，在临夏回族自治州州长的陪同下，我乘坐越野车，急匆匆地向黄河上游的积石关奔去。

黄河河底会是个什么样的天地呢？凭着多年在黄河边生活的经验，我深信万变不离其宗——黄河河底应该是个卵石泥沙的世界！我曾见过黄河下游的古河道：山东聊城有160多公里的黄河故道，一色黄沙，堪称"黄沙河"，流的是沙，不是水。黄河下游决口改道后暴露在阳光下的黄河河道，道道是沙道！细如尘埃，粗如玉珠。"大风一起不见家，庄稼年年遭沙压"，成了下游一害。人们硬是用自己的聪明才智与黄河故道的水害做斗争，平沙、挖沟、栽树，使黄河故道成了杏、桃、梨、苹果等百花争艳的"故道果园"。

"咯噔——"一声刹车，越野车在雄伟的积石关前停住了，所有猜测都成了过去，被黄河河水覆盖了300万年的黄河上游河床，赤条条地裸露在眼前。

二

积石关，号称天下黄河第一雄关，峻峭耸立的积石山，两崖千仞绝壁遮天蔽日，大有将崩欲倾、一触即发之势。挤成一线湍流的黄河，从两山绝壁之中横冲直撞而出。据传说，这里刀切斧削的崖壁，是大禹凿山疏河时留下的斧痕。我国最早的地理书《禹贡》记载："导河自积石，至龙门，入于沧海。"

顾不上看天，顾不上看山，顾不上看关，一踏上积石峡里的黄河河底，我就迫不及待地盯着脚下。昔日喧嚣咆哮的黄河，如今静谧得只听得见我的心在怦怦跳动；干涸的黄河河床，呈现着一片神圣而肃穆的灰褐色。竟是个"巨石阵"，犹如"水底石林"；奇形怪状的巨大河底石，静静躺卧着，一块挤着一块，构成了"河府世界"的主要"建筑群体"。大的如列车车体、卡车车身，小的也有写字台般尺寸，连我这个一米七八的个头，到跟前也相形见绌。河底石虽然面貌各异，可全是优美的曲线组合，没有一条直线，没有一处棱角，处处光滑无比。黄河水万古不息的抚摩，把铮铮巨石摩得光溜溜的。我取出了随身特意携带的地质锤，由轻而重连声叩击"河底石"——由弱而强的一连串"咚咚"声如同金属撞击声，悠扬悦耳。地质锤连击数十下，"河底石"除了露出花岗岩略带黄白色的本色以外，竟丝毫无损！看来，亿万年的水流冲击锻打，已经使"河底石""百炼成钢"了。

州长看我对"河底石"兴致勃勃，突然冒了一句："您最好蹲下看一看，石头有没有根？"石头怎么会有"根"呢？我立即蹲下，一看大吃一惊，"河底石"竟然与石河床同石而生，天衣无缝。原来黄河上游河床的"河底石"都是"生根石"。大概是由于黄河上游河道陡峭、落差极大造成的。据资料表明，从龙羊峡到刘家峡，黄河河道每公里平均落差1.66米，湍急的河水把那些泥沙和"无根石"都一带而过了，只有那些"根基"极深的"河底石"，成为"河府"的主建筑群。

"老百姓称这块巨石为藏金石，有一位牧民在黄河涸水后的第三天，曾经在底下的这个藏金洞里拣到了一块价值5000多元的黄金块，卖给了政府。"州长指着一块横卧的鱼状巨石说，巨石中间被水切割出一道长长的豁口，越到背水的一面，豁口越大，最后竟成了一个直径

1米、深1.5米的大圆洞。浪里淘沙，沙里淘金，滔滔的黄河水就是这样把大自然里最珍贵的金子纳入大圆洞中。州长告诉我，黄河断水为青海、甘肃两省沿河人民提供了淘金致富的好机会。数万农牧民涌向黄河河道，拣金、采金，平均每人每天采金收获5到7元，四个月的冬闲时节变成了大忙季节。黄河上游的万古河道确是名副其实的"黄金河道"。

我们左绕右绕，信步绕到了一个一尺见圆的石洞跟前。洞里结着冰，大约是断水后留在洞里没有流走的黄河水结成的，奇怪的是冰块竟不是黄色！州长一本正经地说："这个洞看来还没有人掏过，花点力气，试试您的运气如何？"出于探奇，我也一本正经地掏开了洞。幸亏是下午，天气有些暖和，不算太费劲就把一洞子冰都掏了出来，乒里乓啦砸了个粉碎——真有意思，金子没有，倒砸出了一条带有金色鱼鳞的灰冰鸽子鱼！

"鸽子鱼！黄河鲤鱼！我们这儿也有灰鸽子金鲤鱼！"没等我反应过来，州长如获至宝地捧起那只"冰鸽子"。原来这个外形像灰鸽子的宝贝，是黄河金鲤鱼中最名贵的上乘鱼种，只产于黄河上游湍急的流段，肉嫩味美，历史上曾经作为上贡皇上的"贡鱼"。多少年来，相传灰鸽子金鲤鱼已经绝迹，想不到在这里被发现了，州长连声夸我给自治州采到了比黄金还贵重的灰鸽子金鲤鱼的信息。

三

下午3时10分，龙羊峡电站水库弧形闸门徐徐升起，养精蓄锐了4个月的黄河巨龙出库了。重振雄威的黄河水，奔腾咆哮了51个小时，于2月17日下午6时许进入刘家峡水库。

"黄河之水天上来"，我毕恭毕敬地望着黄河之水从积石关喷泻而出。沿崎岖峡谷河道呼啸直下的浑浊水头，掀起三四米高的浪头，席卷着大量泥沙和许多一米多厚的巨大冰块,在石崖陡壁上冲撞,发出震耳欲聋的雷鸣般的吼声。

血浆般的流水,黄金液般的流水,我知道了是一个什么样的河床拥着这民族的血浆,知道了这黄金般的色彩下蕴藏着黄金,知道黄河母亲从悠悠的岁月开始就用她的乳汁哺育着大地……

【注释】

[1]衬词:歌唱术语,作语气、情感的辅助,如咿、呀、嘿、嗬、哟等。[2]"花儿":是流行于甘肃、青海、宁夏等广大地区的一种山歌。

【赏析】

敖德斯尔、斯琴高娃的《龙羊雄姿》写龙羊峡的正在建设,这一篇《黄河梦》恰恰是对其的接续,写三年后的1987年,龙羊峡水电站完工后蓄水四个月,开闸放水前,作者对平日里难得一见的黄河河底的见闻记述。为了提升读者的阅读期待,作者在呈现河底真相之前,做了精心的铺垫。用民间的"花儿"和专家的观点,论证河底的难得一见,用山东的黄河故道预设河底的面貌。至第二节方正式揭开河底的真面目。作者又擅长捕捉描写对象的独特之处:抓住河底巨石的"生根"特点,和淘金掏出冰鸽子金鲤鱼的趣事,让人印象鲜明。结尾处用"血浆"和"黄金"譬喻母亲河对中华民族的孕育和供养,既是对第二节的呼应,也是强化和升华,收束强而有力。

梁衡

梁衡(1946—），著名散文家、学者、新闻理论家、政论家、科普作家。山西霍州人。曾任《光明日报》记者、国家新闻出版总署副署长、《人民日报》副总编辑。作品《晋祠》《觅渡，觅渡，渡何处》《把栏杆拍遍》等60多篇次的文章入选大、中、小学教材。曾获全国青年文学奖、赵树理文学奖、全国优秀科普作品奖和中宣部"五个一"工程奖等多种奖项。

壶口瀑布记

凡世间能容、能藏、能变之物唯有水。其亦硬亦软，亦傲亦嗔，载舟覆舟，润物毁物，全在一瞬之间。时桃花流水而温柔，时又裂岸拍天而狂放。凡河川能伸能屈，能收能藏，唯我黄河。其高峡为镜，平原飘带，奔川浸谷，携雷裹电，即因时势而变，时滔天接地而狂呼，时又拥天抱地而低言。

我曾徘徊于黄河上游的刘家峡水库，惊异于她如泊如镜的沉静；曾生活于河套平原，陶醉于她如虹如带的飘逸；也曾上溯龙门，感奋于她如狮如虎的豪壮。但当我沿河上下求索而见壶口时，便如痴如狂。壶口在山西吉县境内，是黄河上唯一的瀑布，因状如壶口而得名。水流至此急冲沟下，人观瀑布由上俯下，只见烟水迷漫，船行至此得拖出河岸，绕过壶口。此即古书上所载"河里冒烟，旱地行船"。原来黄河在这里，先因山逼而势急，后依滩泻而狂放，排山倒海，万马奔腾，喧声盈天。却正当她得意扬眉之时，突以数里之阔跌入百尺之峡，如水入壶，腾荡急旋。于是飞沫起虹，溅珠落盘，成瀑成㵽[1]，如挂如帘。裂坚石而炸雷，飞轻雾而吐烟，虎吼震川，隆隆千里，龙腾搅谷，巍巍地颤。波起涛落，切层岩如豆腐。照徐霞客所记，三百年来竟剜石开沟上剡三百余米。激流飞湍，锉顽石如木铁。据民间所言，有黑猪落水，眨眼之间，褪毫拔毛，竟成雪白之豚。黄河于斯于此，聚九天雷霆，凝江海之威，水借裂石之力，轰然劈开大道坦途；沙借波旋之势，细细磨出深沟浅穴。放眼两岸，鬼斧神工，脚下这数里之阔的磐石，经黄河涛头这么轻轻一钻一旋，就路从地下出，水从天上来。她顺势一跃，排山推岳，挟一川豪情，裹两岸清风，潇洒而去，再现她的沉静、她的温柔、她的悲壮、她的大度。去路千里缓缓入海。呜呼！蕴伟力而静持，遇强阻而必摧，绕山岳而顺柔，坦荡荡而存天地。美哉，壮哉，我的黄河！

（1993年8月23日）

【注释】

[1] 湫：音（qiū），水潭，洞穴。

【赏析】

文章现场感极强。读者仿佛瞬间跟随作者抵达现场，激赏黄河，畅读壶口。文章又类似于古文中的"赋"体。古文中的赋体，非常适用于呈现宏阔的气势。作者行文排比对偶，气势如虹，字字珠玑，排挞而下，让人不禁屏住呼吸，手难释卷，不得不一气读完。抒情的文字，壮美的修辞，尽现黄河的壮美和壶口瀑布的奇绝。

壶口瀑布群　摄影／孟宪明

李存葆

李存葆（1946—），作家。山东五莲人。1964年入伍，1986年毕业于解放军艺术学院文学系。历任济南军区政治部创作室主任，解放军艺术学院副院长。少将军衔。中国作家协会副主席。文学创作一级。出版200余万字作品。《高山下的花环》和《山中，那十九座坟茔》分别获全国第二届、第三届优秀中篇小说奖。散文集《大河遗梦》获全国第三届鲁迅文学奖。

大河遗梦（节选）

我与大河有着化不开的情愫。

六七十年代，我就深深眷恋上大河新造的这片土地。我稔知这年轻三角洲的春夏秋冬。夏日里，芦苇菖蒲红柳盐蒿会嘎嘎响着朝蓝天疯长；军马场里的马们被苍翠欲滴的苜蓿撑得滚瓜溜圆，止不住扬鬃抖蹄；那三百里槐林联袂结成的碧绿长阵，既为油田那高高的钻塔和向行人频频颔首的采油机遮风挡沙，也为那大群大群的牛羊围起了乐园……

最令我难忘的是六十年代末的那次春捕。当一河春水在两岸红花绿柳的欢送中浩浩东下时，那满河春鱼也在大海蓝波碧浪的簇拥下攒攒西上。一时间，黄河口成了鱼虾蟹贝盛会的通衢。四方渔民驾着机帆船，驱着舴艋舟，荡着桨橹，拨着筏子，云集河口。他们在河心撒下挂网、拖网、旋网，在堤下布下竹网、竹筐、围箔，尽兴地打捞着河海的丰饶，忘情地收获着春汛的充盈。金鲤、黄鲫、灰梭、白鳗、红眼纯、毛鲚鱼……头碰头，尾撞尾，沸反盈河。我随军马场的捕鱼船跻身河上，一网抛下，便打得毛鲚三千余数，几网拢来，满舱的鱼便压得船沿儿与水面齐平。周围的船儿，也都船船舱满人欢。有老渔民对我说，刚解放那阵儿，这河口的鱼更多，每到桃花汛，一网撒下拽到船边拖也拖不动，人就跳到网上倒鱼，网里的鱼能将人驮住，仿佛水有多深鱼就有多厚……

毛鲚乃黄河鱼中极品，长不盈尺，宽刚过寸。毛鲚三月从海中游来，溯河而上，到东平湖产卵，幼鱼长成后又重归大海，因它兼掠淡咸两鱼之美，故味道尤为鲜醇。毛鲚油脂含量颇高，煎时无须使油。当年，每来河口，我总能在集镇上见到摊挨摊的叫卖者，他们皆支盘鏊子，将毛鲚放诸鏊上，眨眼工夫，鏊上便鱼油弥散，滋滋作响，发出诱人之香。购得一条，细细品咂，其香郁郁，其味馥馥，妙不可言。乃至三十年后的今天，我仿佛仍觉得齿颊留有毛鲚的清香……

　　有渔业专家告诉我，五十年代，山东的黄河里，有鱼达147种，还有蟹类虾类和贝类，是一个流动的"水族馆"。淡水蟹中珍贵者，当黄河绒鳌蟹莫属。绒鳌蟹每届秋日顺河而下，初春在渤海产卵，幼蟹长成后复归大河。二十年前，我曾几次随朋友到黄河边捉蟹：秋夜，我们将数只竹篓倒置河旁，每篓各悬马灯一盏，用一长竿斜插河沿，一头触水，一端着篓，蟹好灯光，便顺竿入篓。是时，秋蟹正熟，壳凸红膏，鳌封嫩玉，只只都是肥脐。一蟹上桌百味淡，我们尽情饕餮，直如圣人闻韶乐，三月不知肉味……

　　悲矣痛哉！山东黄河高频率地全线断流，不仅使这一河段的鱼虾蟹贝荡然无存，也使毛鲚、绒鳌蟹等珍贵洄游生物失去了生命的通道。黄河断流，祸及渤海。渤海本系海中鱼虾的大繁殖场，因缺乏黄河涌来的有机质饵料，使洄游的鱼虾或充类灭绝或移情别恋，造成了渤海生物链的大断裂……

　　曾是樯帆为路、惊涛为程的黄河之断流，不仅消失了那袅袅渔歌，失去了那片片帆影，干渴的燥热也常常搅起下游两岸的骚动与不安。十年九旱的山东，这些年来农业连年丰收，穰穰满家，绰有余裕，是得惠于大河的膏泽；工业蒸蒸日上，勃兴突起，敢与广东、江苏相颉颃，也不乏黄河的襄助之功。然成也黄河败也黄河，忧也黄河乐也黄河。进入九十年代，黄河断流的巨大魔影不时地笼罩着齐鲁大地。1992年那次断流，全仗黄河水支撑的东营、滨州两市，在停止生产用水的情况下，饮用水仅能维系七日，连挥汗成雨的石油工人，饮水也限时限量供给；那道道垅亩，座座工厂，无不沙哑地呼喊着干渴……1995年的断流魔影，恢廓到德州、济南。德州的大半企业停产两月，祸祟惨沮，使满城上下魂难守舍；济南郊区的稻农也因痛失了插秧季节，望着干裂的田地心如汤煮……

黄河断流，那潜在的隐患更令人心折骨惊：有专家说，黄河每次断流不啻一次决口。这是因为，断流前水量的减少加剧了泥沙的淤积。黄河济南段的河床，六年来便增高了近两米，河床已与矗立在市中心的百货大楼等高。一有不测，那开封沦为地下城的历史悲剧，也会在泉城重演。黄河长时间断流，还会导致下游滩区的沙漠化，地下水补源断绝使海水不断入侵，海岸将大面积蚀退，黄河三角洲自然保护区行将消失，洁白的天鹅会琵琶别抱，另嫁他乡。中国的版图上，又将少了一片勃发的绿洲，多了一片死寂的沙漠……

黄河断流，盖源于整个大河两岸需水量的剧增。甘肃、宁夏，向为干旱之地。如今两省百姓，推广旱作农业，大挖水窖，积蓄雨水，将天上来水渗进了高原之壤，这就切断了黄河的"毛细血管"。上中游那泻入黄河的百水千溪，也遭受到"围追堵截"，这又使黄河的"支脉血管"出现梗阻。黄河的"大动脉"，更是被上拦下引南抽北吸……在山东段的黄河两岸，天津干渴，呼唤黄河；青岛干渴，呼唤黄河；沧州干渴，呼唤黄河；潍坊干渴，呼唤黄河；烟台干渴，呼唤黄河；平原干渴，挖人工水库引黄河水以蓄之；丘岭干渴，架飞天渡槽扬黄河水以注之……五十年代，豫、鲁的黄河两岸仅有一流量每秒一立方米的引水小闸，而眼下，偌大的引水闸门竟逾千座，这些闸门，张着嗷嗷待哺的巨嘴，贪婪地吮吸着母亲河的乳汁……

黄河，母亲的河，我知道，是超量的哺育干涸了你华富的青春，是昼夜的织绩销铄了你丰爽的肌肤，是八方牵挂的奔波使你步履蹒跚，是困厄竭蹶的负重使你腰弯背驼……

哦，太阳老了。月亮老了。历史老了。黄河，你也老了。

丙子六月初度，一场豪雨如注，泉城街巷，水深过膝。我的心海也随之澎湃。带着对大河奔流的渴望和对稼穑芊芊的寻找，我驱车来到距济南十里开外的齐河境内的黄河大堤上。这里有大河馈赠我的珍贵的记忆收藏。

放目河床，大河里仍不见一朵浪花，这时我方感悟到自己忽略了一个最基本的常识：黄河下游河段乃空中悬河，没任何支流注入，若无上游浩浩来水，哪有大河下游那煌煌烈烈的风姿。

黄河断流，世人皆忧。农业专家所虑我虑之，水利专家所戚我戚之，渔业专家所恤我恤之，生态专家所患我患之。然而，对长于形象思维的作家来说，幽忧的是：倘若黄河长年断流，我们会不会失却梦的亮翼，美的长虹，力的彩练，诗的灵犀，乃至失却浸润民族灵魂和精神的故乡。

黄河断流，在我看来，我们首先失却的当是对这条大河的神秘感。

鲁之全境，豫之东南，皖之北中，古时统称东夷。在东夷，由黄河生发出来的斑斓怪谲的神话，扩张着一个民族的丰富想象力。在这里，伏羲从莽林中蜘蛛结网获得灵感，发明渔具广济苍生，他首创之"八卦"，至今仍是整个人类的深奥话题；在这里，女娲绳蘸黄泥抖落泥点儿造人的传说，流芳终古，她那炼五彩石补苍天的故事，至今人们讲来仍口角春风；在这里，战神蚩尤最先锻造出剑矛刀戟戈弩，这些冷兵器不仅为后来的武士沿用几千载，且至今仍在博物馆里昭示着历代王朝的更迭兴衰；在这里，大禹挥动倚天之锄疏浚洪患，他那

"三过家门而不入"的赤诚,至今仍令一秉大公的仁人志士高山景行;在这里,挟山超海的羿曾怒射九日,为人间留下了温凉世界;姿容绝世的嫦娥也曾凌虚奔月,那御风舒展的衣袖,在人类的心灵里架起一抹万古不泯的彩虹……

黄河以它的神秘,凝结着蓝田后裔的万载憧憬,半坡儿女的千世向往,尧舜子孙的代代呼唤。黄河那些炳蔚华赡的神话,曾伴我度过了寂寞的少年时光,但我真正领略黄河的神秘和威严,则是1969年的那次凌汛……

是年一月,气候无常。北有五次凛冽罡风南袭,南有四遭温暾气流北侵。寒暖交叠里,冰封的黄河三开三合,酿成罕有凌汛。三门峡水库为防凌蓄水,忍痛淹没当地大片良田,使水位超过警戒线,但山东齐河至邹平的河段上,仍冰积如山,形成了长达20余公里的两大冰坝。冰坝卡冰堵水;冰水漫滩撞堤,水位超过1958年的特大洪峰,堤防出现渗水、管涌、洞漏,势若厝火积薪。为防泼天大祸于未然,驻山东的陆军、空军、炮兵、工程兵动若脱兔,四方拥来。我作为随军记者,目睹了那场撼魂摇魄的"人冰大战"。

当时,远远望去,冰封的大河像一条银色的巨蟒,横亘于千里沃野。近处细观,那逐日砌垒起的架架冰山,或突兀于大河一侧,或耸立于大河中央,水烟袅袅中,架架冰山,绵绵冰坝,澄莹浏亮,若琼楼玉宇,光怪陆离,仿佛传说中的龙宫显现于大河之上。

暖风徐来,冰河裂开。倾耳细听,初若银瓶乍进,戛玉敲金;继若铜钹铁板,瞠瞠铮铮;后似洛洛滚雷,穿堤裂岸,响遏行云……冰河渐次分解,冰砣像海豚似巨鲸,在水中追逐,在河中沉浮。它们簇拥着,撞击着,哜哜嘈嘈,发出千奇百怪的声响:深沉若原始的定音鼓,激越如嘹亮的小铜号,哀怨似低回的提琴声,凄婉像暗哑的木管鸣……时而是单音独奏,时而是浑声交响,大河用神秘的音符,演奏出雄浑的凌汛乐章……那隆起于大河的冰山冰坝,却不为这沸反盈天的声色所动,几日暖风也难溶其金刚不坏之身,它们傲然肃立,阻冰挡水,放任冰水漫滩,忍观房屋倒圮,忍听黎庶呼号……飞机凌空,在大河上下扬起道道冲天的冰柱;排炮轰鸣,炸得冰山冰坝玉鳞横飞;工程兵的橡皮舟穿梭于冰河中,一船又一船地抢救被凌汛围困的百姓……但冰山炸开重又冻结,冰坝摧毁复又合龙,军民鏖战70余昼夜,方打通冰河溜道,使满河春冰以雷霆万钧之势呼啸东去……

凌汛过后,有数不清的硕大冰坨横卧竖立于河滩,像一群群搁浅的巨鲸陈尸光天霁月,而我九名工程兵勇士,却在抢险中魂归大河……

豪雨倾泼过的盛夏,我故地重游,为的是重温大河的神秘。但大河的"河府"里仍空空如也,一览无余。神秘与威严同在,神秘与大美共存。神秘是诱发人类不断追求的因子,大自然的神秘与壮美,也是我们这些困在水泥方块中的现代人,那浮躁灵魂能得以小憩的最后一隅。黄河,断流的黄河,你失却了神秘便失却了威严,失却了大美,从而也使我们失去了一块偌大的慰藉心灵的栖息地……

黄河,面对断流的你,我深信,在你干涸的河床下面,仍有我们民族不竭的心泉。你那滞重的赭黄色的波涛,曾拉弯了多少纤夫的脊背,曾洗白了多少舵工的须发,曾嘶哑了多少舟子的喉头……黄河,你分娩一切又湮没一切,你哺育一切又撕碎一切,你包容一切又排斥一切。因了你的存在,千百年来,咏叹你的颂歌、愤歌、情歌、怨歌,此长彼消,不绝如缕;因了你的存在,中华民族忧患意识的潜流与你不息的波涛一起翻卷,流过商周秦汉,流过唐宋明清,直灌注入今人的心田。你使圣者垂思,你使智者彻悟。

黄河,老子从你怀抱里走出,这位睿智无比的老翁,仅用一部五千言的《道德经》,便诠释了宇宙万物的演变,道出了多少"道法自然"的真谛……黄河，庄子从你臂弯里脱出，这位枕石梦蝶的先哲，用外星人一样的耳朵，去闻听我们这颗星球上的天籁地音，用心灵去感悟神秘的自然，那灿若云锦的辞章，那汪洋恣肆的著述，令今人读来仍扑朔迷离……黄河，孔子从你的波涛中荡来，这位生前四处碰壁的老头儿，当今已被世界推为十大哲人之首，一部《论语》，曾被多少代统治者奉为"治国安邦平天下"的圭臬……黄河，孟子从你黄土上站起，这位首先提出"民贵君轻"思想的大儒，把儒家学说推上极致，使孔孟之道，历两千年誉毁而不衰……

黄河，我知道，只有你那气贯长虹的肺活量，才能让李白吟出那飞霆走雷的诗句，才能让冼星海谱出那"风在吼，马在叫，黄河在咆哮"的滂然沛然的乐章……

黄河，当今我们这个民族正处在历史大转型的紧要关口，我们需要黄河大米，需要黄河毛蚶，需要黄河绒螯蟹，需要你三角洲上那素衣缟服的天鹅……但我们更需要思想，需要智慧，需要精神王国的两大骄子——哲学与诗。黄河，当我们的物质大厦遍地耸立时，民族精神的大厦也应巍峨齐高。然而，君不见，有几多"大款小秘"流连于媚山秀水，出没于豪馆华楼，醺醉于名酿醇醪，沉湎于声色犬马……君不见，更有几多城狐社鼠，形容猥琐，争利于市，争权于朝，权钱交易，搜刮民膏，然仍能龙门一跳，白日升天，纵意奢靡，胜似昔日之公卿……

黄河，面对这个七色迷目、五声乱耳、连空气中也飘散着物化的浮嚣之气的世界，我不希望因了你的断流，而使我们这个民族的忧患意识消弭，让哲人停止思索；也不希望因了你的干涸，而使诗人关闭了那能催人奋袂而起的激情的闸门……

黄河，我还知道，是你的黄涛黄浪黄泥黄土塑造了我们这个民族的风骨。你横向流淌北方的大野，你纵向雕刻了中国的性格。那带剑的燕客，那抱琵琶的汉姬，是你真正的儿女。你既能使"挑灯看剑"的赳赳武夫，高歌"梦回吹角连营"；也能使低吟"绿肥红瘦"的纤纤弱女，赋一曲"生当作人杰，死亦为鬼雄"的绝唱……黄河，你用黄水养育出青海高原那会唱"花儿"的娇娃，你用黄风抽打出内蒙古草原那剽悍的骑手，你用黄浪冲刷出陕北那满脸都是鱼纹皱的坚韧农夫，你用惊涛铸成山东大汉那青铜色的胸膛，你狮吼般的气概，赋予我军营士兵那钢铁般的神经；你一泻千里的奔放，注入我油田铁人那地火般喷突的豪情……

哦，黄河，我历史的河，我文化的河，我心灵的河！当我们这个黄皮肤的民族正把握命运的缰绳，紧攥时代的流速，去际会新世纪的大波时，断流，你怎么能断流呢？

黄河，一个伟大而永恒的存在。

尽管你的断流使我失落了许多金黄色的壮阔的梦，但我仍然痴痴地迷恋着你，我仍是你怀里的一叶渺小的帆。我知道，你那巨大的心，永远不会干枯。因为你和黄皮肤的民族一样，永远拒绝衰老和死亡。

我在焦渴中等待，我在伫候中祈望。黄河，你于公元1996年春夏之交断流128天后，终于7月10日16时，又和大海重新拥抱。当中央电视台向时刻关注你的我的同胞郑重宣告这一消息后，喜难自禁的我，再一次扑进你的怀抱……

喜中有忧。水利专家曾疑虑重重地告诉我：由于上游经济发展用水量日增，到2010年，径流山东段的黄河，年断流时间将达200天以上；2020年，下游河段将全年干枯，届时，黄河将成为我国最大的内陆河……

忧中有喜。我从权威的水利杂志上得悉：早在50年代初，国家便组织水利界的寒俊宏才，在青藏高原勘测南水北调的线路，历四十余寒暑，经几代人之努力，对多种方案反复筛选，西线调水格局，现已眉目清晰。俟国力允许，便可借来长江走大河……

黄河，一个并不遥远的梦，正向你也向我们翩翩走来。黄河，当你和长江联姻后，你将融北方的豪壮与南国的灵秀为一体，你将集北国的粗犷与南方的妩媚于一身。你将用更加甘冽的乳汁，去哺育两岸那更加发达的头颅，更加健旺的身躯，更加娇美的面容；去蕃孳两岸那更加饱满的稻谷，更加肥实的牛羊，更加郁烈的花香……那时，你会向全世界展示我们这个黄皮肤的民族那大河般的抱负，那大河般的雄心，那大河般的千秋伟业，那大河般的绝世文章……

丁丑岁首于济南

【赏析】

20世纪90年代中期以来，李存葆先生开始主攻散文创作。其散文具有极强的时代性，具有强烈的问题意识和宏阔的视野，关注自然生态和环保绿化等对人类发展的影响。其文善用排比、比喻，气派宏大，意象宏伟，若交响，似高歌，读之铿锵有力气势磅礴。在关注到黄河断流的事件之后，作者敞开了有关黄河的醇美的昔日之回忆，对今日黄河在工业、农业、城市运转，甚至人文哲社等方面的意义，进行了波起浪涌似的诗意书写与论证，以警醒世人对黄河应该给予足够的关注与重视。在曾经唯经济马首是瞻的时代，此文恰如空谷足音，又似黄钟大吕，振聋发聩，意义深远。

张承志

张承志（1948—），小说家，散文家，学者。回族。1975 年毕业于北京大学历史系考古专业。1978 年开始发表作品，早年的作品带有浪漫主义色彩，语言充满诗意，洋溢着青春热情的理想主义气息。20 世纪 80 年代以小说创作为主，90 年代至今以散文为主。代表作有《北方的河》《黑骏马》《心灵史》等。

大 河 家

大河家是一处黄河渡口。

年年放浪在大西北的黄土高原之间，大河家便渐渐地成了自己的必经之地。它恰像那种地理教师不懂的、暗中的地理枢纽；虽然偏疏贫穷，不为人知，却比交通干线的名胜更自然更原始，不露痕迹地沟通着中国。

这些地点，一旦了解多了，去熟了，就使人开始依恋。半年一年久别不见，特别是像我此次离开祖国两年之久后，从归国那一瞬起便觉得它们在一声声呼唤。真是呼唤，听不见却感觉得到，在尚未立住脚跟放下行李前，在尚不能马上去看望它们之前，该先在纸上与它们神交。

大河家是甘肃南缘边界上的一个回民小镇。密集的、土夯的农家参差不齐地排成几条街巷，街头处有一块尘土飞扬的空场，那就是著名的大河家集。店铺簇堆，人马拥挤，集上半数以上都是头戴白帽的回民，清真寺的塔尖高出青杨树的梢头，远近能看见十几座之多，唯熟知内情的人才知道每一座的源流、派别和历史。

当然，任何一处黄河渡口都使人激动。而大河家渡，不仅有风景的壮阔悲凉夺人心魂，而且有一股平和与自然，使人可以获得宁静。

几条土巷，攒尖般汇在一起，造成了集。出集百步，便是咆哮黄河。

在这里等摆渡，一眼可以看见甘青两省，又能同时见识回藏两族。

傍大河家集一侧是甘肃，黄土绿树，戴白帽的回民们终日在坡地里忙碌。大河彼岸是青海，红石嶙峋，服色尚黑的藏民们隐约在山道里出没。大河家，它把青海的柴火和药材，把平犄角的藏羊和甘肃的大葱白菜，把味浓叶大的茶——在轰鸣滚翻的黄河水上传递。

河上悬空吊着一条拳头般粗壮的大铁索。一条大木船挽在这悬索上，借黄河水的冲力，用一支舵使船往返两岸。船入中流时，那景色十分壮观。在颠簸如叶的渡船上，船客子板牢大舵，把黄河的千钧水力，分成了横渡的巧劲。

此地指行业为客。割麦人称麦客子，船把式称船客子，淘金人称金客子。船撞入旋涡时，水溅起来，岸上船上的人都怔怔地看。使船时的吆声是听不见的，在大河家，永远地充斥着河谷的，只有黄河跌撞而下的轰轰涛声。

清晨时分，因为黄河走得太急，过水太多吧，整个河谷白蒙蒙地罩着浓雾，听得水响，不见河流。渐渐天热了，阳光照透了雾，才看见平素黄河的雄姿。那黄河太漂亮了，衬着一面被它在古时劈开的红石头山，衬着被它滋润得冲天的茂盛青杨林，一川狂怒狂欢的黄河水，不顾性命地尽管奔流。

我住在韩三十八家里已是第几次了，现在回想着已经数不清楚。此刻从远托异国的逆旅归来，仿佛中我又住进了他那院里。屋檐下挂着一串串玉米，院角有一个换水沐浴的棚子。

韩三十八今年应是八十岁，明年若抱成个孙子名字正巧该叫韩八十三。他也喜欢看河。黎明时，雾罩河，他一声不响地凝望着那一川雾。水汽渗在他脸上的皱纹里，我猜不出他在看河时想些什么。

他从死地里挣着命回来了。五十年前他是马仲英的护兵。在喀什以南的戈壁滩上，他们捏着步枪疯跑，天上的飞机追着他们剿杀。那是没有边的大戈壁滩呐，不知道人怎么能跑过飞机。

队伍灭了，他和几个大河家同乡钻进了昆仑山。沿着昆仑山北缘,沿着塔里木沙漠南缘,他们几个大河家男子逃回了家——世界上著书立说的探险家谁走过这样的路线?我在有一年坐飞机去喀什,从舷窗里可以看清烈日下沙漠中的每一丛蓬蓬草。我觉得恐怖,飞机追着逃跑的人打,战争看来确实无美可言。

韩三十八老汉和我看河,总是默默不语。他从来不提及当年马仲英的神话,也不讲他见识过的血腥沙场。这对我这个求学者不免可惜,因为我只有凭自己猜想了。

逃回大河家以后,他干尽了渡口远近的一切营生:筏客、金客、麦客,卖过茶叶,走过私,闯过藏人地方。黄河是他的家路;他说过,只要挣上了钱,就找河。在任何一个渡口搭上个筏子,或是再当个筏客子再挣几个钱,不多久就能与他的撒拉妇人相遇。这真是一种准确的地理:任世界再大也不难找到黄河,河水一直流向家门,正因此韩三十八老人稳重如山,任世事浮沉总是那么胸有成竹。

怪不得此地也有我们山东人。黄河就是家路,顺着黄河,能到济南,人这样一想,心就安静了。

壮游无止,这是中国的古风。与其随波逐流学习肮脏,不如先去大河家住一阵。去看甘青两省,去看黄土高原和积石山脉分界。去看那造雾的滔滔大河,和真的经过险境的人一块。

【赏析】

张承志在当代文坛的独特性在于其对精神性的体认与执着追寻。追求真,追求精神的清洁,追求生命的深度与纯度,发掘荒僻外部环境对人的身体、精神、心灵的锻造,这几乎是张承志所有文字的指向。大河家是一个黄河渡口。滔滔的黄河水淘洗了大河家人的生命,使其简陋而质朴;真的险的生存,锻造着大河家诸多"韩三十八"们坚韧的骨骼与沉稳的理路——"任世事浮沉总是那么胸有成竹"——黄河就是他们永久不变的回家的路。文章篇幅不长,却因其精神性的含量,字句中透露出的风骨,重重地冲击人的心灵,让人过目难忘。

走向黄河 摄影/孟宪明

陈世旭

陈世旭（1948—），著名作家。江西南昌人。江西省文联原主席、江西省作家协会主席。以短篇小说《小镇上的将军》一举成名。代表作有《青藏手记》《边唱边晃》《马车》《八大山人》《镇长之死》《将军镇》等，散文随笔集《风花雪月》《都市牧歌》等多部。《镇长之死》获首届鲁迅文学奖等。

走向黄河

一

黄河是一条河。

走向黄河，是一种战栗的敬畏。

世界上再没有一条河如此壮阔。以 5400 多公里的长度，4830 米的落差，集 40 多条主要支流和千余条溪川，千回百折，横贯一国之西东。流经九省区，跨越 23 个经度，集水面积 75 万多平方公里。流域内人口过亿，耕地 3 亿亩。以平均年径 580 亿立方米的流量承担全国 15% 的耕地、12% 的人口和数十座大中城市供水。

世界上再没有一条河如此重浊。"号为一石而六斗泥"，每年流域每平方公里有 4000 吨土壤被侵蚀，一年坏灭耕地 550 万亩，却又每年给河口输送泥沙 10 亿吨，净造国土几十公里。年均泥沙筑成宽 1 米、高 1 米的墙体，长度是地球与月球距离的 1 倍，是赤道的 27 倍。

世界上再没有一条河如此桀骜不驯。河道任意摆动，宽窄差异几十里；河床或层层掀起，深揭数丈，或无限淤高，悬于城市半空；洪水决口泛滥，纵横凡几十万平方公里，使百万黎庶化为鱼虫，只在昼夜之间。

黄河之于中国，是终年的哭泣流成的河。

佛陀端坐祈祷。珠穆朗玛白发飒飒飘拂，泪水和表情泥沙俱下。白天和黑夜咆哮而去，青春的光阴遥远消逝。被风沙填满皱纹的汉子无言如石，被灶火熏黑额头的婆姨喃喃自语。赶着牲口背着粮草，拖儿带女扶老携幼，鞭子驱赶沉重的马车，杏花打湿空虚的村落。迎风铺开斑斓平原，无数灾难无数忍耐无数期冀无数挫败，无数莫名的暴躁无数难以诉说的痛苦与忧烦、惊悸与困惑，在命运柳暗花明的大道生息漫游。掀开阴云密布的眉睫，仰望一次次卷土重来的怒吼。北斗斟满了雷声，绿草和黄金在梦里汹涌。

大漠孤烟，长河落日，西岳峥嵘何壮哉，黄河如丝天际来，西来决昆仑，咆哮触龙门，落天走东海，九曲万里沙。派出昆仑五色流，一支黄浊贯中川。欲渡黄河冰塞川，将登太行雪满山。穷秋旷野行人绝，马首东来知是谁？

浩浩荡荡轰轰烈烈的河，风风火火欢欢喜喜的河，吹吹打打哭哭啼啼的河，摇摇晃晃跌跌撞撞的河，携来沉沉浮浮的代代子民。编钟响彻天宇，每一个音符都惊心动魄。季节的景色在浊浪中轮回。多少王朝倾覆，多少宫殿掩埋，多少王公贵族落魄，多少能臣骁将饮恨，多少迁客骚人哀号，多少佳人美姬消殒。

河东河西河南河北，头顶火盆跪拜神圣的源头。当石头碎为粉末，当骨头朽成泥土，当高粱淌成鲜血，当眼泪凝成麦穗，手执铜壶烫暖一河热泪，黄河，你还是受尽了磨难的子民最想唱的歌！

二

黄河是一条河。

走向黄河，是一种惊世的悲壮。

豪饮北风，伫立在高岸。倾听大漠荒原，倾听古战场铁马金戈的长啸，倾听五千年祸福相生从不静息的声威。苍凉夕阳抚摩傲岸峡谷，抚摸黄河子民青铜质地的肤色。

黄河百折不回,黄河不废万古流。

空中的寒星,是谁的眼睛?水面浮动神秘的灯影,地平线撤退到时间与意识的外围,万种声音在裸原的深处悄无声息。黄河钩沉,流星划过。点亮第一张面孔,燃起第一个梦幻。河水击响节拍,一种不可违背的预约。温柔与雄浑弯曲成一个民族不屈的灵魂。

谁主持了秋天的全部收获?谁把千秋的史话传诸无穷的后世?黄皮肤的古老民族,站在迸溅喧嚣的激流上,站在粗粝蛮野的船歌里,站在烈烈烽火锻造的旋律中。能割舍一切,不能割舍黄河的品格。那是生命的赞歌,生命的光辉。

三门峡!禹王马蹄长青苔,中流砥柱依旧在。

禹门口!鲤鱼跳过成龙。劈开万仞山,黄河如同破竹,气吞山河,浊浪排空,问鼎中原。

壶口!黄河直立。舞者从云端跳落大地,跳落硕大的牛皮鼓。舞者不是凡夫,舞者腹有诗书。解了青衫,赤身露体。声色不动,只闪着猛烈的光芒。黄土地划出长长的弧线,坚岩劈出狰狞的裂痕。步步踩着鼓点,陡然急切,忽又沉雄;或寒泉注涧,或雨打梧桐,越舞越酣然。

苍黄的牛皮鼓起了白烟,黄河唤起威风,鼓声直击心头。鱼龙跳峡,兵甲交锋,狂涛扑岸,霹雳腾空。旅人肃然发痴,屏了呼吸,凝了眼神。穿叶蝶倏尔消失,紫槐花纷纷洒落,灿烂白日绕过千年古树,峭石上投下苍鹰的黑影。沉默弥漫大地。

心灵的甬道,奔腾激越的行板。一代代黄河人,把血脉喷涌成黄河的血脉,把骨肉凝结成黄河的骨肉。不由分说的狂飙,翻卷出无尽的悲歌。就只为多年以后,儿女们能够如此美丽地在大地行走:纺织棉花，种植水稻，收割麦子，拉网打鱼，早晨读唐诗，黄昏背宋词，宣纸上泼墨，瓷器上绘画，在江南的雨巷徘徊，在塞北的草原纵马，用醇酒招待客人，用香茶浸泡温情，和美好的男子和女子相爱。有一天老死，就埋在河岸随便哪一座山峦。

一片片向海上漫泛的土地，那么年轻，来不及生成礁石。一种平静是如此明净，醉归的舟子凝神谛听天籁。隐隐约约黎明的钟声，悠远地传来，轻轻拂落淡淡的疏星。而越海而来的朝霞，如潮涌。

东营三角洲最湿润最年轻的风，抚摩坚硬的手掌抚摩风干的梦想，抚摩深夜的凝思抚摩朝日的喷薄。一代代黄皮肤的男孩在田野嬉闹，一代代黄皮肤的女孩成为母亲，一代代黄皮肤的男人和女人承接黄河的宿命走向大海。黄土地留下的热血与汗水，岁月无法冲刷，也无法更改。

三

黄河是一条河。

走向黄河，是一种庄重的礼拜。

"中国川源以百数，莫著于四渎，而黄河为宗。"[1]

青海玛曲上游约古宗列曲，数十"黄河源"石碑矗立。但黄河源头其实不必确认。广袤疆域蜿蜒的巨龙，乃是华夏独一无二的图腾。

黄河引导了华夏文明的走向。黄河决定了华夏民族的性格。

当北京猿人出现在周口店时，这条从世界屋脊出发的河，已经走过千里万里，奔流到海不复回。女娲泥绳，先民石器，炎帝百草，黄帝内经，秦汉长城，唐宋诗文……滚滚的波涛圣迹起伏，先哲的薪火源远流长。

西侯度猿人，在150万年前开启文明的一线曙光；半坡母系祖先，在温暖多雨的繁茂植被中度过文明的金色童年；燧人氏钻木，神农氏燃火，拉开文明的演进序幕。龙马负图跃出黄河，神龟呈书浮于洛水，伏羲得演八卦，大禹而能治水，火药、指南针、造纸、印刷术……黄河古文明登峰造极。

把西部高原到东部丘陵的无数河流连接起来的伟大生命黄河，黄了天黄了地黄了子民肌肤的伟大圣河黄河，一路吟唱一路滋润一路养育的伟大母亲黄河！

千百年无数人竭尽才情地奉献给它以诗文、舞乐、绘画、雕塑、建筑；奉献给它的惊心动魄的急流和宽广安详的波涛，它的凶猛无忌的冲击和漫泛，它的世界最雄伟的弯道和峡谷，它的两岸峻拔而多姿多彩的群山，堆积成山的黄土无边无际的高原，以及同这一切相联系着的爱情和仇怨、生育与死亡、耕耘与荒芜、荣华与枯凋、收获与灾害、和平与战伐、兴盛与衰败、理想与绝望、福祉与苦难、创造与毁灭的颂歌和叹息。所有那些肯定将永世不朽的艺术无论多么辉煌，同它比较起来，也只能是一片苍白。

黄河是一个民族的象征。黄河是一个民族的史诗。黄河就是一个民族自身。世界上没有哪一条河，它的生存、成长、繁衍、变迁，它的命运、性格、特征、精神品质，能像黄河一样同一个民族的生存、成长、繁衍、变迁，一个民族的命运、性格、特征、精神品质连接得如此紧密，互为一体。无论是密西西比河之于北美，无论是亚马孙河之于南美，无论是多瑙河之于西欧，无论是尼罗河之于北非。

不懂一条河，就是不懂一个民族！就是不懂自己！这条河是黄河。

亵渎一条河，就是亵渎一个民族！就是亵渎自己！这条河是黄河。

祝福一条河，就是祝福一个民族！就是祝福自己！这条河是黄河。

2011-05-31 黄河行归

【注释】

[1]"中国"句：出自东汉班固所著《汉书·沟洫志》，"四渎"指长江、黄河、淮河、济水。本句意为中国上百条河流，最为著名的是长江、黄河、淮河和济水，其中以黄河为百川之首。

【赏析】

与其说这是一篇散文，莫如说这是一大章黄河诗篇。语言的瀑布喷涌而下，势分三叠。第一叠叙说黄河规模宏大，无与伦比，携带的苦难破坏性巨大；第二叠讲述黄河的品格、黄河的万古奔流对黄河子民的塑造；第三叠直抒对黄河的礼赞，指出其对中华文明的孕育及滋养。在诗情的照耀下，辞彩华章迷人眼目，夺人魂魄，犹如听一首激昂之乐曲，乐音连绵而出，浩浩荡荡，入耳入心，击奏于心鼓，令其附和出爱我黄河爱我华夏之强音。

黄河浊流　摄影／王伟

罗时汉

罗时汉（1950—），生于武汉，1987年毕业于湖北大学中文系。历任《武钢文艺》编辑，《长江日报》记者、主任编辑。1980年开始发表作品。2005年加入中国作家协会，文学创作二级。诗歌有《石拐沟》《山月》，小说《零一兵站》《东荆河纪事》《英雄和他的塑像》《房子》《竹溪镇》《大溶洞那边》等。散文《北方的河》《与你同行》等散见于海内外报刊。

北 方 的 河

朋友，你见过黄河吗？

你到过黄河吗？

——《黄河大合唱》

十五岁那年，我在火车上瞥了一眼黄河，打那以后，这条北方的河就蛰伏在我心里了。我思念的情绪与日俱增，每每遥望北方，走向北方，这条北方的河就如不断退缩的地平线，可望而不可即。于是就翻开地图长久凝视：黄河那几字形的河道仿佛长城的一座箭楼正凸立在我们北方的版图，赫然在目。水是大地的血液，我们河流众多的祖国，有了这无数条根须滋润才显得生机勃勃，那么黄河该是一条主根了。到北方去，到黄河去，到祖国的故土上去，这愿望蕴蓄得太久了啊。

整整二十年过去了，我才有机会去北方，寻找那条华夏大地的主根。

火车过郑州之后，我就提起了车窗，守候着，用眼睛尽力搜寻着，希望能在夜色中突然发现龙鳞的闪光。但是，迎面而来的凌厉的风打得我睁不开眼睛，并水淋一般把我全身浸得颤抖，又并不是河上的风。我只得放下窗户，回到温暖里。

我的周围都是些黄河边上的人，密密匝匝地挤在一起。有的喷着辛辣的旱烟，呛得人禁不住咳嗽。他们大多是半途上车，没有座位，就塞在走道上、洗脸间里，乐得自在地拉呱黄河南北的腔调。有一个小伙子抱着一只白纤维口袋插到跟前来。他看上去又黑又脏，浅平头，稚气的脸上老是挂着笑，但这种表面的憨笑是藏着狡猾机灵的。可不，他一下子就活动到在座位上搁下半瓣屁股。"嘿嘿！"他又笑了。

"抱的啥？舍不得放下。"有人问。

"兔。"

有人就去摸口袋，他用一只手拦住，不让摸。"这是西德兔，可不好弄。"

"你这么捂着不怕给憋死吗？"

"不打紧，列车上不准带动物，怕污染，看见了要罚款的。"他瞅一瞅车厢，"嘿嘿"笑着。不过还是拨开口袋，让他的西德兔伸出了脑袋：一只多么美丽的黄眼珠的种兔啊。

"从哪儿搞的？"我问。

"黄河边上一个朋友那儿。"这小子轻飘飘地说，但把"朋友"二字略微说重，并得意地笑着，露出英雄气概。从他以后的津津乐道中知道，他并不是河南人，而是安徽边界山区里的。非但黄河，他连新疆也去了，到哈萨克牧区倒卖羊子，一趟能赚几百块。西安、兰州他是常来常往。我一下感到自己的寒碜可怜，书生气得好笑。比起这位乡下小弟，我去看一看黄河，算什么大不了的壮举呢？

忽然这小子从车轮下的声音里发现了什么，他平静地说："嗬，过黄河了。"

"过黄河了。"那位咬着烟嘴的老人接着说。

"过黄河了。"一个系着头巾的妇女又接着说。

此刻他们的表情都那么安然，好像只有黄河边的人才具有这种生理感应：听得见黄河在滚滚奔流。

只是我的血液仿佛点燃,赶紧打开窗户,把头伸出去,投向漆黑的夜色。黄河!你在哪里?我只看见一串闪亮的灯光,和隐隐约约的如月光映照到黄土小路上的那种朦胧色泽。但那风肯定是黄河上的,凛冽、潮湿、冰凉,猎猎呼啸在我的耳畔。

坐下之后,我的一丝遗憾很快消失,转而有些庆幸:还是不草率地见面为好——到了内蒙古高原,再去郑重朝见黄河吧。于是我又沉醉到车厢里的气氛中了。

北方的河究竟什么样子,是永远不能从地图上、书本上看出来的。从太行山王屋山之间擦了过去,我没有遇上挥锄移山的愚公,只看见秋天的红叶在山岭上开放。一个接一个的涵洞,一个接一个的烟圈,当阳光突然朝你倾泻下来,你会看到岭上的红叶多么鲜艳,你甚至能看到每一张叶片上的叶脉在阳光的浮沤中透明地伸展。梨、杏、枫、苹果、黄连,当土地上的色彩被全部收割回去之后,他们终于挨到了晚秋,一生中最清闲、最灿烂的日子。在一夜寒冷的洗礼中把隐藏在最深处的红色素挥发出来,纷纷绚丽成花、成绸、成火焰。太行山!你养育的花不是浮艳喧闹的,它们是严峻的花,冷静的花,是奋不顾身献出自己热血的花。

一道溪流在岩壁下湍湍奔泻着,它们是山之精髓涓滴而成的,经过了凉秋之沉淀。太行山,就是派这样的精锐向黄河进发吗?这条我不知名的河和江南的河一样清澈,或许只是要冰凉一些,因为它属于北方——北方的意味越来越浓了,我已经到了汾河边上。

汾河是山西的内河。从地图上看,它是山西省这块黄叶片中间的主络,它是山西的代表作,和杏花村汾酒的醇香一起传之于世。在我的想象中,它太优美,太响亮了,如那曲甜润的山西民歌,哗啦啦地流淌着。因此,当我乘车前往晋祠,从桥上经过时,怎么也不愿相信眼前出现的就是汾河。

淡淡的晨雾蒸腾飘散着泥地上的寒霜，钻天杨灰白的林梢挂着清纱，黑滩上蒿草沙柳丛生，仿佛借河的滑道把山沟野滩贫瘠荒凉的图景移到了这里。河水只处在河滩之一隅，渗渗地曼延着，没有波浪，没有声响。汾河的枯水期来临了，它分娩出一个沉甸甸的秋天就疲惫地躺着，没有一点血色。一匹红鬃马缓缓地走拢去，它喝干了它，扬起脖子望了望远处的吕梁山，然后撒出一脬尿，流进河里，河水随即泛起白沫……红鬃马被拉着套上拖河沙的大车，它打了一个响鼻，汾河哆嗦了一下，滩上的雾也抖散了一些。

汽车开走了，汾河只留给我这样的印象。汾河是黄河的最大支流，正如汉水之于长江。但它远不能跟汉水相比。北方只有短暂的夏天，汾河只有短暂的青春旺盛期。北方的河啊，是这样的艰难。我把眼睛移向车上北方人的干涩的嘴唇。

在晋祠，我拜谒了古老文化的宗庙，也看到了汾河支流之一的晋水之源。它是一口很大的深井，澄清的水从七头石龙的口中吐出，喷雪飘珠，十分壮观。但我疑心这水是人工所为，不然怎会比它的主流还漾溢呢？是它后来又散失到沙地里去了吗？但愿我看到的真是北方一条小河的源头。

黄河越来越近了。汽车爬向内蒙古高原，从一级阶梯登上又一级阶梯。

这是北方的清冷的早晨，远处蒙上一派薄雾，呈铁锈色的山脉被阳光制造出阴阳面，更具有了质感、层次感、立体感、雄浑感。顶峰白皑皑的，大概是雪。一条北方的河在眼帘中出现。顺着流向，河面浮淌着的冰花，像漂移的棉絮、散落的鹅毛。河水被映得蓝格莹莹的。泡沫在砥柱的岩石上凝结成固态，堆积起来，河岸也开始囤积冰的洁白，连绵冰的曲线。大约不久就要封冻，储存起河的声音。这条蜿蜒在山脚下的僻静的河是黄河的一条支流吧，它具有南方的娟秀，又有着北方的冷艳；温文尔雅，冰清玉洁，给我留下难以泯灭的印象。

可惜我不能到河边去轻抚它的水波，感受它的寒冷。我突然想起自己的北方之行，竟没有一次是站在河边上的，临渊羡鱼、逝者如斯的感受一点也没有。到泊克图，一定得了却心愿。

泊克图是蒙语，意为有鹿的地方，其实鹿很早就和草原一起逃走了，那条鹿饮水的河还在：昆都仑河。到泊克图的当天下午我就去拜访它。

走到昆都仑河边，我不禁苦笑了。原来北方的河全都是从歌曲里唱到南方去的，汾河、昆都仑河、塔里木河、乌苏里江……它们以整体的交响诱惑着南方，激励着想象。可是人们不能从歌声中知道它们的艰难、窘迫、那些干涸荒凉的日子。昆都仑河竟是这样的景象：那一片宽阔的河床，仿佛是很早就废弃的故道，仿佛是迁徙而来的戈壁滩。它坦卧在阳光下，一头伸向地平线上几棵挺立的白杨树，一头连着铁灰色的乌拉山、大青山的鞍部，直至更远的故乡——草原。

我踏进昆都仑这盛满阳光的河。沙砾和乱石上闪着金属般的光泽，那沙滩，仿佛凝固了洪水的奔腾，留下冲刷过的痕迹。那大大小小的乱石远没有南方的圆润、精美；粗糙干燥，仿佛要风化成沙；还有蒿草、沙蓬、骆驼刺都干枯发黑；从上面走过，微小的种子就粘上你的裤腿，好像要你带它远去。一切都在等待着什么，只有阴山的雪水骏马般驰来为这条河正名，才会冲毁这里的沉默。而此刻两道河堤中的昆都仑河似乎成了野狼出没的自由走廊，显出无穷的荒凉萧条，哪怕有一只褐色的田鼠出现也会映进那架苍鹰的眼睛里吧。我仰看那印在蓝天里直直的翅膀，它好像也睃睁着我，我们都沉浸着，不愿揭示昆都仑河沉默的痛苦，这种痛苦多么焦灼地期待着呼喊啊。

忽然有三个男孩从河堤上小狗一样窜下来，追逐、摔抱、在沙地上打滚。过了一会,他们竟划火柴点燃了野草。寂寞的野草发出激烈的毕毕剥剥的炸裂声,摇旗呐喊着呈扇面在草原上冲锋。硝烟四起。是蒙古马、汗血马奔腾征战的时候了,风,呼呼地鼓噪着烈火,激励着男儿的热血。昆都仑河倏忽间化作一条火的洪波向南方席卷而去,这是水的飞翔,这是热的澎湃啊。孩子们在这场亲手导演的塞上烽火中横冲直撞,骁勇无比,踏践着黑色的疆场。他们真是蒙古人的儿子啊。我这样想着,就上去抓住那个最小的。

"你姓什么呀?"

"我姓张。"小家伙对我的干扰不满意。

"你呢?"我问另一个。

"他是我哥。"

"他呢?"

"他也是我哥。"

"哦,你们哪里人?"

"四川。"

我噎住了。这些江南人的后裔,这些在塞外的严寒中长大的儿子,这些长江黄河的血液交汇养育的、强壮而机灵的儿子啊。我为什么在江南之一隅蜷缩了半辈子,今天才到北方的河上来呢?我只是认识了半个祖国,我的胸怀和目光应该放逐得更远些啊。

敕勒川,阴山下。我张开脚,背起双手远远地凝视,让阳光把我的身躯投影成一个大写的"人"字,我觉得自己深深地理解了昆都仑河以及万千大众的沉默,这沉默的忍受、奋斗、期待、持之以恒,本身就显示了巨大的力量、顽强的生命力。万里长城、京杭大运河不都是沉默中积累而创造成的伟大奇观么。

我在河道上久久地徘徊,倾听着似有似无的狂涛声。昆都仑河,我想大声呼喊,但唯恐冲决了这庄严的宁静,于是弯腰拾起一枚砾石,捏得紧紧，在平展的沙地上缓缓地写下四个大字：

"昆——都——仑——河"。

我要到黄河去，再也不能等待了。这愿望像猝然而至的寒流，令我瑟瑟发抖。

是骑自行车到黄河边去的。柏油路被风扫得很干净，车轮如在冰面上行驶，一路上不时有来自巴盟和市郊哈林乡的拖拉机突突突地超越过我，还有披老羊皮大衣骑着枣红马的汉子迎面走来，我禁不住频频回顾。路边的杨树被刮光了树叶，银灰色树干上的疤痕酷肖一只只眼睛，在一棵一棵之间眨动顾盼，宛如两排人眼雕塑树立在河套上。那眼睛有温柔的，有妩媚的；也有严峻的，哀怨的；给人幻觉，令人想到许多与黄河有关的人的命运。农事早完结了，光秃秃的撂荒地有的泛出白碱。村庄斜平顶泥屋大院里堆着煤块，檐下挂着大葱和大白菜，顶上摊着麦子、高粱、葵花盘。拴着的骡马无声地低着头，口鼻里喷出白气。狗懒散地蜷伏着，它们好像是不会叫的。一切都在等待冰雪严寒的降临。这片贫瘠的黄土就这样神奇地生长出地面上的一切，养活了一代接一代的人。

黄河，黄河就在这儿吗？一道褐黄色的泥流横划开高原，把苍茫大地分为大河上下，一端绕过远山，一端隐没在渺茫的雾霭中。"黄河之水天上来"啊，这连接雪山和海洋、远古和今朝的巨川，这被千百万人歌唱着的遥远的东方一条龙，这无数边塞诗人壮怀激烈的放讴之河。它就像我梦中想见的那样独自奔突，律动澎湃着中华大地之血脉。我披开被风猛烈摇曳的蒿草，见黄河若一马平川、一面巨帆，它比旁边的土地黄得更深暗、更凝重，又浓又稠的泥浆绘成大块大块的平面和环环相接的曲线，簇拥，交织，瑟瑟地抖动，整体地推移，挤压出束束浪花；整个河面仿佛堆积着凸立着油画颜料，在那轮红润浑圆的太阳轮毂牵引下，滞滞地流动。

啊，黄河！我从河滩直奔河畔，雄劲的罡风向我扑来，刀片般地刮着脸和脖颈，我只能眯着眼看那不舍昼夜的奔腾，看那浊黄的波浪拍打着沿岸的蓑草，蓑草被风刷上冰凌一路绽放。我从河中捧一抔浪，和黄河握手，我触摸到黄河老人的体温，仿佛感触到已冷却几千年的历史筋骨注入了黄河坚韧的力量。我的手伸进过黄河，这会永生不忘的。黄河是父亲的河，我在长江母亲身边生活惯了，对他无情的冷漠严肃感到畏惧陌生。那颗心脏仿佛要冻缩成冰团了，我只得转过身去。看到河坡上有一间小屋，白墙上写着"黄河酒家"的墨笔字，就跌跌撞撞钻了进去。

小酒家没有生意，空空的一张桌子。一位老人从里屋出来，他长得精瘦，脸上皱纹密布，牙齿被烟熏黑并残缺不全。我朝他一笑，就在简陋的屋子里来回踱脚。

"躲躲吧，刮大风啦。你上哪？"

"看黄河。"

"噢，不见黄河心不死嘛，嘿嘿。"

我感谢他在这里说出这句民谚，就认真地注视他的神态。

"您老是蒙古族人吧？"

"哈哈，蒙古族人可不是俺这样的。蒙古人，蒙古人的眼睛你看上去好像泊着草原，望着天上的鹰呢。俺是新中国成立前走西口来的。"

"走西口？！"

老人的眼光闪了一下，露出饱经世故的微笑，声调有点戏谑地哼道：

"哥哥呀你走西口，哎哟！

小妹妹我实在难留……"

这是一首熟悉的民歌，北方的苦难也是从歌声里唱到南方去的呀。走西口的路是男人的路，是东方的茨冈流浪迁徙图。它的歌为什么要由女人唱出呢，女人的柔肠是会拖人一步一回头的啊。不过男人也唱，把小妹妹挂在嘴上，记在心里。现在听到走过西口的人唱这一首歌，才深切体味到曲调的悲凉而乐观，热烈而缠绵。

"老同志，当年走西口的人多吗？"

"嗨，多着哪！去内蒙古、宁夏、新疆的都有，老一辈的山西人、陕北人不少。可现在，南方来的人更多，浙江的、江苏的，塞外牧区到处都有，做生意，盖房子。你们湖北也有哇，那王昭君不是你们湖北的吗？她就是打这哈——"他用手撩起窗口的草帘，指着黄河，"就是打这个昭君坟渡口过黄河到乌兰巴托去的。"

王昭君！我们娘家的姑娘，她也到这里来过吗？一个弱女子，为叛逆命运的嘲弄，毅然奔向寒冷、荒凉、膻腥的北方来，这是一幕悲剧里的巾帼英雄啊。我的情绪猛然上升，振奋起来：此时此刻，岂能无酒！便拍一下桌子。

"老师傅！有酒吗？"

"有！'转龙藏'，黄河边的井水酿的。你喝了一定能写出大文章。"说着，老人从里屋拿出一瓶酒，又端上一碟花生仁，取来两只酒盅。

我咬开瓶盖，斟满两杯，任桌面溢出一条河。端起一杯向老人举了举便仰头干了。又倒下一杯，喝了一半就洒在地上，祭奠我的娘家姐妹，对她的命运，我欲哭无语，对她的情操，我满腹疚愧。烈性的火焰在我心里燃烧，我还要斟上一杯。推开门扉，面朝黄河一饮而尽。

黄河正滚滚东去……我想起汾河、昆都仑河和那些不知名的小河，正是它们源源不断、毫无保留的汇聚，才有黄河这一泻千里的狂澜啊。我又想到那个抱兔的小伙子、烧野草的三兄弟和这位走西口来的老人，以及那些古往今来在北方生活的人，他们都风尘仆仆地走到我的眼前。"野云万里无城廓，雨雪纷纷连大漠。"[1] 如果没有他们的征戍屯垦，拓展巩固北方疆域，我们能有今天的泱泱大国吗？我们是世界上最大的民族,曾有过"黄祸"之称,但正是这些人的流动、融合,才使整个中华民族具有极大的凝聚力、创造力,永远生生不息,若如黄河之奔腾。

此刻,我站在黄河之滨,感受着许多未曾有过的思想。北方,已不再那么遥远、空漠了。在南方,我早已长成了大人;在北方,我还是一个孩子。

前几天,江南忽然下了一场大雪,壮观得很,天地间白茫茫一片,蒙上了冬日的围巾。想那北方的河怕早已停止了奔流,寂静地凝结了。于是赶紧取出地图来看,看我前不久走过的那几条河怎样了。看着看着,似乎看到自己像一颗小黑点仍在曲折的蓝线上彳亍[2]移动,那魂魄还在北方的河道上游而未归。

什么时候,再去看一看北方的河呢?

【注释】

[1]"野云"句:出自唐代李颀《古从军行》,形容古时北方边塞的人烟寂寥、荒僻寒冷。 [2]彳亍:音(chì)(chù),形容小步慢走或时走时停。

【赏析】

如果说自称"江南人"的余光中70多岁才得以从山东那一掬黄河水中获得最真切的民族血脉的体认感的话,生长于南方的罗时汉则显得幸运多了——30多岁时即确认了蛰伏于少年时代的黄河之梦。文章沿着一路向北的旅程写起,北方的河与北方的人,一步步从书本上、想象中呈现出真实面貌。作者的认识也经历了去伪存真的过程,一个将"纸上经验"与实际相贴合对接的过程。文风是粗犷、奔放的,仿佛浸了北方的风沙和水;感情又是真挚而热切的,呈现出一个"书生气"的却又胸怀壮烈的"我"的形象。本文用词讲究,比喻精当,画面感强,于情感的表达与释放比较合宜。

和谷

和谷（1952—），作家。原名和都蛮，陕西铜川人。毕业于西北大学中文系。陕西省散文学会副会长，陕西省作家协会主席团顾问。著有《和谷文集》14卷；散文集有《原野集》《无忧树》《野生地》《独旅》《和谷游记选》《和谷散文选》等。《市长张铁民》《无忧树》等获中国作家协会全国报告文学奖、飞天奖、柳青文学奖、冰心散文奖等。

黄河古渡

莽原上艳阳朗照，幽谷里秋风萧瑟。山壑沟峁之势，渐渐趋于叶脉的形状。临近叶柄处，显得峻峭起来，有一种古铜的色调。雄浑的沉积岩，在粗朴的纹饰里，形成众多姿态迥异的巨大雕像。巉崖与绛紫色霭岚下的山地之间，便是深居于晋陕峡谷中的黄河古渡，即我们的去处了。

站在高崖之巅而鸟瞰脚底，大河呈一个弯弓的模样儿，在深深地湍流着。古渡的村落，拥簇成船的轮廓，静静地泊在岸边。

一叶扁舟，正荡于河面上，朝彼岸划去，若一只戏水蜻蜓。临谷底还有三里之遥，嚯嚯的水声已浮上我们头顶的云天。

向导是一位老人，船工出身，是我们途经公社时搭伴而行的。他身材瘦削，花白头发，紫褐色的脸庞，鼻梁直直的，眉宇下有一双鹰的眼眸。尤其是那线条分明而深邃的额头，像藏着几条默默潜流着的黄河。

踏入村来，正值午饭时分，犬吠声中是炊烟的清苦味。沙滩上，是花生枝蔓的浅黄。石缝里，是菜蔬叶瓣的油绿。石板街巷，石板篱笆，石垒的院墙，石垒的窑舍，石头碾磙，石头磨盘，全都掩映在苍虬的枣树下。秋收秋播的人儿，赶着牲灵从山后回村了。街巷里，有拙朴的老人蜷曲在石板上晒枣儿，抬头见有客来，笑着让捏着吃鲜。蹲在碾盘上的后生，敞着黝黑的胸脯，抱着个大粗瓷海碗，停住筷子，怯生生地望着来人。几个脸蛋红润而身段健美的女子，一手挟着盛衣衫的木盆，一手提着棒槌，端庄地从身边擦过，却扑哧地笑出声来。

向导老人与村人打着招呼，厉声喝走尾随来的一伙看热闹的孩童，领我们径直到了他的窑院里。步入石窑，一条铺了毛毡的石板炕，占去了近一半的地面。家具不多，却古色古香，一律嵌有亮铜的装饰。瓷瓮瓷盆瓷罐瓷坛儿，都抹拭得乌黑晶莹。坐在炕头，隔窗可见院墙下的马厩，一头枣骝马在绊着前蹄。一旁的狗窝里，大黑狗儿在打盹呢。而嚯嚯的黄河，如同宽阔的湖海，满世界涌流着。

黄河，对于贴伏在她身边的子孙是爱怜的。这古渡口的延水关，自古就曾是一个颇热闹的码头，关里人家，原是靠扳船过光景的。向导老人，从小就闯荡于黄河上，随父兄扳船拉纤。船夫们常从上游买了山西的瓷器、铁器，塞上的皮毛、咸盐一类货物，顺流而下。途经家门口，系船停泊一宿，天不亮与父老妻女在岸边拭泪告辞，三五天就抵达了潼关。然后背纤而上，在奇险的鬼路上要攀许多日子。也常有船翻人亡的祸事发生，船家寡母孤儿被暴戾的黄河遗留在这僻苦的古渡口。穷苦人遇上发水时节，便冒性命危险，裸着身子下河捞炭，猎取点物什。摆渡于河口的羊皮筏子和木船，则是每日数趟，摆渡着晋陕之间的贸易货物，摆渡着旅人的希冀。

尔后，河道堵塞，河水流量也小了，水上交通逐渐被公路取而代之，延水关的人就只指望于摆渡了。码头萧条了，船工们不得不把生活的希望寄予身后的远山莽原，爬坡去耕耘播种，不是在水上而是在土地上点播收获，渐渐沦为庄稼人了。

苦焦的生活，逼使延水关人奋起。自一九二七年陕北闹红的日子，船夫们就组织起农会，闹开翻身了。战争年月里，奔赴延安的青年从这里渡过黄河而走向光明，东征的队伍也由这里渡河开赴抗日前线。小小的延水关，是红色的驿站，是母亲延安伸出的手掌。古渡的船夫之子，就曾有七十多人参加了革命。边区那阵，隔岸是阎锡山的碉堡群，不少群众被打死打伤，人们只好天亮前吃饭，在后山劳动一天，晚上才回家来。当时，黄河渡口压了口子，十多年没有一只船子往来。搞起统一战线，延水关设了贸易公司，用食盐、石油与阎锡山交换枪支、布匹，渡口还红火了几日。

向导老人兄弟两个，哥哥到了晋绥，家里他撑着，一直在地方上干事。胡宗南进犯边区，他领着乡亲们过河去，背上婆姨，一手挽一个猴娃娃，踩水风浪里。那阵年轻，血气方刚，水性又极好，划羊皮筏子顺流而下，可以平躺在筏子上，任激流送飘数十里，礁石涡流也不在乎。后来，他做过公社书记。再后因故又回到黄河上扳船背纤，前二年才恢复工作做公社一般干部。二十年间，虽饱经沧桑，但如今公社的事，他还是敢说敢管，一股黄河所给予他的船工的倔性子。

吃罢向导老人的儿媳做的羊肉荞面，我们便出窑院逆流而上，去乘船渡河。河湾的巉崖下，泊着一只木船，浪花在啪啪地拍打着石岸。集体的一只旧船发洪水时被卷走了，渡口上唯一的这只船，是老人本家侄儿们新置的。稍时，向导老人差孙女唤来的船工吆喝着赶来了。掉头看去，四个精壮后生，正虎虎地从向导老人家门口走过。那里是一座凸出的石崖，窑舍原来是悬在黄河波涛之上的。

秋里的黄河滩，在这午后时分，闷热得像是伏天。无怪，年轻船工还是赤脚片子，光着黝黑发亮的背脊。船工中间，唯有一个戴眼镜的后生着件短衫，戴着手表，文气得很，笑笑地呼唤我们，像是帮忙扳船的。久已等候在渡口的几位旅人，背着沉重的麻包，面情坦然，不知家在此岸还是彼岸。他们每人付过一元钱，爬入船中了。我们要付钱，蹲在船帮上闷抽旱烟的向导老人摆摆手，只好作罢。

扳船的后生们，在屁股下垫好老羊皮，操起了木桨。向导老人这才在船沿上敲了几下烟锅，解开缆绳，跳入水中。他背靠着船帮，弓下瘦削的身子，似乎是毫不费劲地一扛，船动了。只见他忽地纵身一跃，跳上船来，操起了大舵。船临入河心，扳船水手的号子像由远而近传来似的，愈来愈响愈有力了。呐喊声直扑彼岸的石壁，被猛地弹了回来，回寰于河谷之间。

船到河面正中，是一排一排几丈高的大浪。曾在山城上望见的一弯流水，此刻简直成了汪洋，无垠广大。船缓缓地被托上波峰，又呼地跌入波谷。浪峰上见两边是幽深的水的沟壑，天为之开阔。波谷里见两旁是高耸的水的山崖，天也变得窄狭了。时而是凝固了的波涛，时而是流动着的莽原。狰狞的旋涡，奇诡的弧圈，挑逗着每一个企望彼岸的人。这吞噬过无数生命的巨浪，使得我们这些来领略黄河气度的旅人，已丢魂失魄了。一瞬间，似乎生命已濒于死亡的领地。涛声里时隐时显的号子声，使得我们静雅镇定，自豪和骄傲油然而生，大自然的黄河，和自己贴得这样近！从内心深处，将自个儿的力量融入动情的呐喊。

扳船水手，大醉酩酊似地仰合着身子。时而伏倒在桨柄上，时而直立起来，又用脚蹬住船帮，仰倒得与船身形成平面。划呀，划呀，一种与命运死死咬住而奋力拼搏的气概。黝黑背脊的后生，呐喊里有深沉的韵和力。而戴眼镜的后生却是沙哑的嘶鸣，一种挣扎着向前冲刺的嗥叫。掌舵的向导老人，则神态自若，用那一种鹰一样的眼眸注视着水的流势，浪的神色。

号子声低了，船靠岸了。原来只是三分钟光景，似乎却是漫长一生的旅程。回望可以想见，木船是斜着被黄河推下几百米后才抵达岸边的。此刻，秋阳又这般艳，大河又是这般平和呢。而彼岸的一切，恍若隔世。

戴眼镜的后生喘着粗气揩着汗，与我们招手相别，同船工兄弟们去背纤了。我们踏着湿而结实的沙滩，走在山西的地域里，朝危崖下的永和关而去。

这里的村人口语，皆同于延水关。主人与向导老人相互搭讪着，像在河那边一样稔熟。虽一河之隔，都属于远近亲戚，甚至于后山数十里也来往亲密。

我们在代销店买得两瓶汾酒，来到岸边一棵古槐下，等候背纤而来的船工们。河流是弯曲的，船工的背脊是弯曲的。唯有背上的纤绳绷得很直很直，象征着黄河子孙们的生活的信念。在沙滩上，在淤泥里，在石窝里，船夫们拉着他们亲爱的年轻的船儿上来了。

戴眼镜的后生，在扯嗓子呼唤开船了。我们跟随向导老人脚步走下河岸。

浅滩里是一片片水洼，得脱了鞋子涉到船边去。几个船工后生，在接渡河人上船。有着黝黑脊背的后生，背孩子似的背过一位姑娘，毫无羞怯地开着玩笑。姑娘是前些天经这只船嫁往山西河岸后山的。按风俗，船工接送新娘是不收费的，收了八个缀有红点儿的鸡蛋般大小的白馍馍，就包定了事前事后的摆渡。看那姑娘，不，新媳妇，红红的脸儿，乌黑的粗辫子，晶澈的大眼睛，在后生背上用拳头轻轻捶着后生的光头，笑得铜铃一样。戴眼镜的后生，双手托抱着一位老人，递到船后去。人们围起船舱里一位后生新买的手扶拖拉机，打问价钱，赞叹着，羡慕着。

我们这才想起手里攥的汾酒，便打开来，挨个儿递给船工。后生们硬要向导老人和我们都先喝过，他们才喝的。一时间，你仰脖子，他抹嘴角，都说是好酒。末了，同舟的陌生人，不管老人还是婆姨女子，都人人抿上一口，这才划动了船。

回程与来时船走过的斜线形成三角，直逼彼岸渡口。天色将晚，河川里起了风，水浪荡得更高了。在河心，跌过三个几丈高低的大浪，直打湿了我们的肩头。而呐喊的号子，更猛更烈。酒后的船夫，愈是添了几分醉意，仰合身子扳动木桨。倒是我们少了畏怯，多了自豪的兴致，扯嗓子和起了雄风般的船夫曲。向导老人，在号子的间隙处，来了几声深沉的吆嗽。

攀着石崖归去，向导老人问道："这该认得黄河了吧？"是的，算懂得了，但还不完全懂得。我以前虽观瞻过吴堡佳县的黄河气势，也领略过壶口禹门的黄河雄姿，也见过大荔合阳黄河的坦荡，和潼关黄河的折向东流，可心脉与黄河的旋律合拍，深深有感情大波的冲动，这还是第一遭呢！是的，黄河失掉了如此狂暴的性格，就不是黄河了。那么，船夫失去如此粗放不羁的黄河，也就不是黄河船夫了呵！

入夜，我们在向导老人家拉话。那位戴眼镜的后生来了，说一起去河滩上散散步。这后生，还真有点儿书生的浪漫气。我们掌着手电筒，走下石岸，向沙滩徜徉而去。

叙谈起来，知道他年方二十，高中毕业后未考取大学，当了两年民办教师，前些时间被减下来的。如今兄弟几个，种着后山几道岭的山地，收成还可以，弄了这只船，抽空摆渡来往行人。日子是苦差些，还挺有意思，他喜欢诗，给县文化馆的《山花》投投稿。想他那扳船的神态，是有一种生活毅力的。问他说下个婆姨没有，他有点不好意思了。

好宽的沙滩哟，泛着亮白的雾一样的清光，一弯小船样儿的新月正划桨在夜天云海。黄河在幽暗的崖下湍流，黑色里有千万种吟咏的声音，汇结成一河巨响。秋的黄河，夜的沙滩，给人几分神秘的向往，几分阴森和寂寥，几分多情的遐思和激情的探求呵！

有手电筒的亮光闪来，伴有水桶的咣当声，狗儿前导，是古渡人下河汲水了。一个身影儿溶入河中，担子不下肩，弯腰将两桶一齐按入水里，回头闪着步子走去。狗儿蹲下来，注视了我们一会儿，又倏地撵主人去了。古渡的人，世世代代吃着这黄河水，虽说混浊，却也一经沉淀，便清亮清亮，味儿甘甜得像乳汁一样。

步回灯火点点的村中，听得有人隔着院墙对话，在说派民工修公路的事。公路通了，这河面上要架座新桥的，古渡又要红火了。那是向导老人的声音。他听见我们的脚步声，唤着眼镜后生的乳名，让带我们到隔壁去休息。

敲门声中，见新月已划过崖巅，河谷黯淡下来。似乎，是泊在港口的村落与莽原的巨船，在浮动着，颠簸着，用肩胛将新月掩在了身后。不知怎么，思绪又回到了黄河上的船中。

开门的是位老人。走入窑里，透过他擎着的油灯看去，足有七旬高寿了。他是向导老人的那位哥哥，古渡口的革命元老。早年在晋绥当过县委书记，搞过党的理论工作，后来回到故乡，已有几十个年头了。这些年，一直在研究《易经》，工笔正楷地写了数万文字。他拿出收藏的竹笋化石给我们看，说是从后河湾采撷的。他谈起古文化与生命学的深奥学说，使得我们为之折服。在这僻远的角落，竟有如此博学而久历世故的布衣老人，确是令人惊叹。

枕着黄河的涛声，这个夜晚，我想到我们的民族，我们的父亲们，我们一代一代的船夫们，经历着生活的喜怒哀乐，仍在韧性地、拼力地划着桨叶，划呀，划呀，向着一个伟大的彼岸！这是一篇多么好的有关黄河的诗文啊！这一夜我失眠了。耳边偶尔传来几声犬吠，一更更，直到雄鸡的啼唱，窗户发白。

一九八二年九月二十二日记于陕北延水关

十月二十七日写于西安雁塔后村

【赏析】

　　这似乎是一篇不大能用理性分析的文章。你说它是写渡口,好像也没几段文字描绘渡口;你说它是写渡口的黄河波涛,也就一段的笔墨而已;你说它是写延水关的乡民,好像也没有哪个人物集中得到勾勒与塑造。作者似乎处处是闲笔,看到什么描两笔,想起什么说几句,没什么中心,没什么焦点。然而通篇读下来,你不由自主仿佛仍然得了什么感觉,似乎有一些图画、几点印象植入脑海,似乎有力度与美感浸入心灵。黄河波涛的雄浑壮阔、乡野村落的古朴静谧、船工拉纤的坚韧与力度、布衣老人的专注与精研,既各为片段,又共生共存,构成一幅浑然天成的 20 世纪 80 年代的古渡村落风情画。散文的所谓形散而神不散,也即如此吧?

黄河滩　摄影 / 孟宪明

郑彦英

郑彦英（1953—），作家，散文家。陕西礼泉人。毕业于武汉大学中文系。曾任河南省作家协会副主席、河南省文学院院长。长篇小说有《福星》《从呼吸到呻吟》《拂尘》等；作品集《太阳》《在河之南》《郑彦英诗语焦墨画——乡村模样》等。散文集《风行水上》获第五届鲁迅文学奖。

在河之南（节选）

——古渡见柔

从美丽而又神秘的青藏高原冲泻而下，黄河在苍劲的黄土高原上"垦"出了一个简练而有力的"几"字。"几"字的最后一个拐弯，将陕西、山西、河南三省麻利地分割开来，形成了一个"鸡鸣听三省"的特殊地区——风陵渡。

在我刚刚知晓人事的孩提时代，站在八百里秦川的高风里，就知道风陵渡在秦川道的东南方向，而且知道闻名世界的关中驴就是从风陵渡走向山西以至于整个华北的。这些知识的获得，缘于我爷爷的叙述。我爷爷是一个典型的西北汉子，我是他的长孙，所以在我还不会说话的时候，他就将他所经历过的世事和见识到的风土人情讲给我听，一遍又一遍，直到我走进学堂。所以虽然我还没有到过风陵渡，就已经在头脑中勾画出风陵渡的模样，甚至我已经在小说里三次写到风陵渡，却还没有真正见过风陵渡。

前年5月1日，我陪同河南省委宣传部的几位朋友，从三门峡黄河公路大桥过了东西走向的黄河，然后驱车穿过晋西南，到达著名的壶口瀑布。那是一个晴朗清爽的早晨，我站在壶口黄颜色瀑布的东面，看着犹如脱缰烈马奔腾咆哮磅礴南下的黄河，看着就是这般气势的黄河所冲刷出的晋陕大峡谷，禁不住联想到了风陵渡，想象着风陵渡的模样。

既为渡口，水势不应这般凶险，应该稍微缓一些，但水面又不能太宽，否则难以为渡。既不能宽，水就会急，加上要拐那么一个几乎直角的弯，迎水的岸壁，就应该是陡峭坚硬的岩石；最初迎水的地方，肯定飞溅起很高的浪花水雾，在阳光的照射下，站在不同的角度会看到不同的彩虹。而渡口，不会在急弯处，应是在急弯之上或之下。

有了这般联想，我自然对一睹风陵渡的风采，增加了几分迫切。

越是迫切，越不能草率，就像赏月，须在晴夜，须等月圆。于是就等到了去年夏天，在伏天的黄河洪汛已经到达三门峡时，我约上我的好友，三门峡市公安局政委孟宪飞，于下午3点从三门峡出发西行。空军出身的我从地图上测算出了风陵渡与三门峡间的距离，随后推算出行车需要两个多小时。这样，我们到达风陵渡的时候，正是夕阳西垂之时，垂而未落，光最温和，由西而来，恰给奔流南下撞于风陵渡坚硬南岸的黄河急浪散雾以透射，那么，浪、雾、光、虹，加上汛期河水击岸的涛声，许会给我们胸中增添许多昂昂的男子汉的烈和勇。

两个小时刚过，我们就沿着一条石子路到达了黄河岸边，然后不停歇地沿着河边小路西行。正如我所预料，太阳就悬在我们的正西面，阳光也确实不那么刺眼，车北面的黄河呈现出无垠般的宽阔。虽是大汛，但由于水面宽阔，所以并无多大浪花。所谓的浪，也就是一些皱纹般的细涟，而且无声。

就该如此。我想，从风陵渡的急弯过来，从风陵渡的窄谷冲出，湍急的河水是应该这么缓一口气了，迎接它的就应该是这宽广的平坦的河床，它就应该这么缓缓地涌流，大自然就应该这么张弛有度地安排一切事物。

这里已经是黄土高原了，车轮所碾压的路面和车北面涌动的黄河颜色完全一致，路面基本平坦，路边长着许多马齿苋之类的野草，虽然去年夏天雨水比往年多，但路边的野草还是被荡起来的黄土染黄了，远远看去，一袭黄色，只有近看，才知路边还竖着这些坚韧不屈的植物。

已经两小时三十分了，按照计算，风陵渡的急弯处就应该出现在我的视野里了。我的双眼就一直注视着前方，期待着那坚硬的峭壁的出现，期待着那飞扬的黄色水雾和金色的虹。但眼前的路面一直平坦着，只在遥远的西边，有起伏的黄色，那不应该是山，更不会是坚硬的峭壁，而应该是丘陵。我就闭住眼，期望听到波涛撞击岩石的声音，却听到了一声尖锐的鸣叫，声音来自空中，循声望去，就见一只鹞子展着双翅一动不动地悬在半天上，夕阳并未给黑色的鹞子镶上金色的轮廓，空中的鹞子仅仅显得明亮一些。

"这里就应该是风陵渡了。"身边的孟宪飞政委说，遂指着前面遥远的丘陵，"那里就是潼关了，我去那里办过案。"言语中透着公安人员特有的肯定。

车停了下来，我们自然展开了地图。不错，如果那里是潼关，这里就应该是风陵渡了。

这怎么会是风陵渡呢？！坚石在哪里？峭壁在哪里？急浪在哪里？水雾在哪里？还有虹，彩虹在哪里？没有，全没有！只有漫无边际满眼满世界的黄水！这时候跑过来两个年轻人，一男一女，大声招呼着让我们到他们的饭店去吃饭。而且这一男一女显然不属于同一个饭店，各自说着自己饭店的好处。至于说了些什么我完全没有听进去，我茫然地看着北面的黄河，问他们："这是什么地方？"

"风陵渡。"男的和女的同时回答我，言语中没有半点含糊。许是因为他们回答了我的问题，所以他们都凑到我的跟前，期望着我到他们的饭店去吃饭。

"黄河不是在这里拐了一个弯么?"我问,"这里怎么会是风陵渡呢?弯子在哪里?"

"弯子就在这里呀!"男青年说。女青年则更进了一步:"我那饭店就在弯子边上。"说着就指着她的饭店——一座立在河边的、四面都透着风、只几根柱子撑着一片茅草屋顶的房子,倒是很有特点。

"不会错。"孟政委在旁边说:"这里肯定就是风陵渡,你看东面,风陵渡大桥。"

大桥!果然是风陵渡大桥!宽阔的水面漫流向东,缓缓相聚,在一处最窄的地方,横空飞过风陵渡大桥。

桥是人类交通史上不可替代的阶段性标志,以桥代渡,在许多渡口是必然的趋势。从这一点讲,这里毫无疑问就是风陵渡了。

也许是我前年对风陵渡的设想太过于雄险峻奇了,所以面对着平展展铺在道路北面的黄河,我的眼里和心里一片茫然。不但没有峭壁,不但没有坚石,反而是毫不费力就能冲刷裹带、随意铺陈的黄土地阻挡住了黄河。阻挡黄河的不是坚硬,反而是柔软,柔软的黄土地让黄河悄然地在这里拐了一个弯。

和柔软同时的还有宽阔,这是一种近乎无垠的宽阔。面北而望,就见河面宽阔得几乎没有边缘,我也确实没有看到边缘,只看到了浩渺的黄颜色水汽。

奔腾咆哮的黄河如脱缰的野马狂奔南下,万钧之力从狭窄的晋陕大峡谷呼啸着冲锋出来,在风陵渡无垠的辽阔面前,在黄土地无限的柔软面前,无处可冲,无处可撞,泄了气一般分散开来,分散得连声响都没有了,分散得如朦胧的夜色一般温柔,温柔得让你不能理解处在壶口瀑布的黄河。

远处还是有船的,且有船夫,就过去看。也许来看的人多了,船夫很漠然的样子,我问:"能打到鱼吗?"

"咋不能，恁大的水！"

"有危险没有？"遂又补充，"听说黄河水上面平，下面却有很多旋涡，险得很。"

"在这嗒没有。"抽一口旱烟，"黄河水到这嗒，一点劲都没了。"

另一个汉子笑笑："羊娃娃一样。"

我就看着一望无际的黄河，想着船夫的话。跟羊娃娃一样，羊就够没劲了，还羊娃娃呢，更绵更弱。

女青年会做生意，一直跟着我们，后来就带着我们坐在了那个四面透风的饭店里。我有意识面河而坐，河水就在饭店前一米左右的地方，水面几乎和地面平齐，在这里你几乎看不见水的流淌，更看不见黄河是否在这里拐弯，你只能看见黄颜色的水平平地伸展在那里，平平地铺开在那里。水似乎没有动，似乎就在那里伸展着，睡着一般，只有在靠近岸边的水中，露出头梢的野草将水的流动表现出来，是野草那不易察觉的瑟瑟的抖动，且梢儿朝着东，说明了水流动的方向。

这些野草在伏汛到来之前，应该在这里安然地生长着，伏汛到来之后，才将它们的身子淹了一半，淹没的过程当然是非常舒缓、非常柔和的，否则野草早已被汛期洪水连根拔起，并被洪汛挟裹而去。

正因为我心中的风陵渡和面前的风陵渡之间存在着巨大的差距，我和孟政委坐在黄河边四面透风的茅草棚下，坐在西下夕阳的余晖里，禁不住感慨万千。

我想到了孔子问道于老子的故事，孔子问："何谓柔能克刚？"老子没有回答他，只是将他的嘴张开。于是，孔子看到了老子掉了门牙的光秃秃的牙床，还有致使坚硬的门牙脱落的柔软的舌头。

夕阳金色的光芒几乎平射在无边无际的河面上，没有波澜，只有微微细涟的河面，没有人们想象之中的粼粼金色，反而更加接近土地的本色，这种天然朴素的本色使我想到了出现在久远年代的军装，想到了着这种军装的人的一次大的行动。

那是红军到达陕北后不久的一次大规模东征，时间在1936年2月，正是乍暖还寒的早春。蒋介石断言刚刚经过两万五千里长征的红军在连草木都很难生长的陕北会不攻自灭，万没有想到红军就是在这种情况下提出了东征抗日的响亮口号，而且迅速付诸实施。毛泽东亲自率领红军渡过水涌浪急、冰冲凌撞的晋陕峡谷，一举攻破了山西军阀阎锡山的河东防线，迅速占领了晋西众多富饶的重镇，遂大踏步向吕梁山挺进。蒋介石这才大梦初醒，立即致电阎锡山，提出派部支援晋军、将红军赶出山西的想法。曾经形象地提出守土抗战，置日军、蒋军、红军于晋土之外的阎锡山这时候再也支撑不住，只好咬着牙引狼入室，同意蒋军开进山西。于是，蒋介石立即从潼关调集十个师的精锐部队，就是从风陵渡渡河到山西，由南至北向红军压去。同时，又从洛阳调集由美式装备武装起来的十个师，乘火车从郑州北上到太原，然后在大麦郊一带对红军形成南北夹击之势。

面对武装精良、数倍于我军的国民党部队，毛泽东只是部署了几个小小的战斗，做出了要在山西坚守的样子，然后带着从山西军阀手中缴获的大批粮草，西渡黄河到达苍茫着一片黄色的陕北。当时水涌浪急、冰冲凌撞，毛泽东乘坐的是一只羊皮筏子，极易被冰穿破，所幸来往无险。那苍茫的黄色就如面前黄河在夕阳中的颜色，红军领导人当时的胸怀不正如面前宽阔平坦的风陵渡么？滔滔的黄河在壶口所表现出来的气势是摧枯拉朽的，在风陵渡却柔软若绵。国民党的部队开进山西时不是汹汹而不可一世么？几年后不就慌慌地逃到了台湾？！有一句古语：两兵相争，勇者胜。我想这句古语大概应该改写为：两兵相争，智者胜。风陵渡如果不是以自己的宽阔来迎击黄河，而是勇敢地用自己黄土的身子去阻挡黄河，最后的结果只能是被黄河巨大的浪涛冲刷着，不断地坍塌，随后被黄河冲走。所以平坦宽阔就是风陵渡的胸怀，不阻不挡避其锐气是风陵渡的智慧。而集中体现胸怀和智慧的，是一个美丽的汉字：柔。正如老子所说："人之生也柔弱，其死也坚强。草木之生也柔脆，其死也枯槁。故坚强者死之徒，柔弱者生之徒。是以兵强则灭，木强则折，强大居下，柔弱居上。"老子的思想是辩证的，他所说的坚强和柔弱是表现在世人面前的外在形态，而结果恰恰与字面意义相反。正所谓笑到最后的，才是真正的强者。夕阳眼看就要落进西边潼关的黄色丘陵中时，那个女青年将四个菜摆上了桌。四个菜全是黄河鲤鱼，只是用了蒸、炖、烧、爆等不同的做法。在黄河岸边吃黄河鲤鱼确实别有情趣，但我吃了几口却又将目光投向漫无边际的黄河和宽阔坦荡的风陵渡。我又想到了那句古语：两兵相争，勇者胜。难道红军从山西撤退到陕北，不是一种勇敢的行动么？这种勇敢主要表现在对内心虚荣的征服。如果只有近三万人的红军硬守在山西，和国民党的精锐之师血战到底，其场面很可能万分惨烈悲壮，但那样一来，还能有今天的中华人民共和国么？当时的战略性转移不是被国民党讥讽为逃跑么？难道毛泽东等红军领导人不知道逃跑二字的含义？古韩信甘受胯下之辱，不正是勇敢地向自己内心的虚荣和世俗的目光挑战，不正是对自己雄才大略的坚信？！所以真正的勇，绝不是匹夫之勇，只有勇于战胜自我的人，才能征服天下！

  饭后，天已黑尽，风陵渡也静了下来，我们才听见了黄河的涛声，是那种深沉得似乎听不见，却又博大得几乎要将整个世界包容进去的浊音。我不禁想到，这不正是对大气磅礴的勇者的歌唱么？！半年多时间过去了，就在我写这一篇文字时，黄河在风陵渡那混浊苍厚的歌声还清晰地响起在我的耳边。我想，这歌声可能会陪伴我走完生命的最后一刻。

【赏析】

郑彦英是"毛边散文"的开创者,提倡散文写作要表现生命原生态的丰富性和粗粝感。这一篇写黄河边的古渡口风陵渡的文字,也能看出其散文写作宗旨。文字叙述是极其朴素的,以接近描写对象最本真的形态和实质为依归,简直有过于直露之险。然而朴素文字之外,体现出的其实是作者对细节的观察,对史实的认证,在对应的现实中对传统文化思想智慧的含英咀华。譬如写水的波平之静,"水似乎没有动,似乎就在那里伸展着,睡着一般",然而细细观察,"野草那不易察觉的瑟瑟的抖动,且梢儿朝着东,说明了水流动的方向"。接纳和化解壶口之险的,竟是这毫不起眼的"柔波",是大道至简、柔能克刚的"柔"。借此,这一段渡口黄河的平缓得以显出其苍茫浑厚的哲学底色。

风陵渡口　摄影／孟宪明

张爱华

张爱华(1955—),散文作家。黑龙江北安人。中国作家协会会员。著有散文集《孤独女子》《水果女人》《为足球祈祷》等。散文集《女人的佛》获黑龙江省第六届文艺大奖二等奖、东北第二届文学奖二等奖。

壶口瀑布

去壶口那天,一路都险。进吕梁山就是雨,淅淅沥沥。大山里精灵都走了似的,安安静静。雨是主人,我们是客人。中午,到了吉县。吉县像是在一棵巨树蕊里扩展开的,人们话语轻轻,怕吓着树叶。我得不断提醒自己:要记住,来过吉县,这辈子恐怕只能来一次。一种莫名其妙的遗忘情绪突然而至,遗忘小县也遗忘我自己。

从吉县再往壶口走,被雾吓着了。无声的东西太可怕,惊天动地也许是另一种善良。我们本来正在欣赏对面山景,峰巅正有洋洋洒洒的雾。吸引你又不缠着你,放得下升得起,多么飘逸的雾啊。可是,山回路转,那雾就坐在路上,与我们眼眼相对。后面,千军万马的雾正从山涧翻滚上来。

汽车向上爬,越来越高,我们好像是在光秃秃的树尖上行驶。终于,我看见一柱黄烟,慢慢扩大,露出河床。接着,我听到了声音,如叹息,如涧流,如钟,如雷,我的血液站起来欢呼:

壶口到了!

不是水不是土不是气不是雾。

它是我最辉煌最忘情最激荡最无技巧的生活的一次经历。

壶口瀑布——黄河唯一大瀑布,混沌如经历,清楚如眼泪。

等待抚摸等待激情的河床那一瞬间屏息静气,微闭双眼任凭它只见千万个苍黄的浪头狰狞看过来,跌水处毫不犹豫。天地间黄烟乍起,弥古覆今。

一脸一身被水点溅湿,我吞咽着这跌,堆,扬,起,落,碎,直到这黄色的破碎不再是水不再是土不再是气不再是雾,直到浑身血肉也跟着破碎跟着跌落跟着如烟飞散。

黄河流到这儿便无选择,只有跟随方向跳下去。

我们都有年龄的不犹豫和不犹豫的年龄。那些年代那些时刻,我们做了多少事啊,不去三思。明知是个坑,还是一万根头发大飘扬,争先恐后跳下去。多年以后,当我们的生活缓慢下来以后,才去品味那些鲁莽即兴和诗意的浅薄。这时,人生瀑布已过。

壶口,你天天如此,而我只有一次。

跌宕之后便是惶惑。

人是害怕选择的。选择只是智者的辉煌。人常在临终时认为如果重新活一次,他会选择一个好的活法,会有如意的生活方向,其实未必。方向是天生的,也是盲目的,所有明智的规劝和箴言都不过是愚蠢的事后总结。

为什么,黄河你上源卡日曲,出巴颜喀拉山脉各姿各雅山麓之后,非要选择黄土高原呢?为什么选择了这个方向而不是那个方向?

壶口瀑布位于山西和陕西天然分界线"晋陕峡谷"。东边是晋的吉县,西边是陕的宜川。这一带黄河两岸下陡上缓,谷底二三百米宽,岸高一百五十多米。河底岩层在水流冲刷下,形成一道深槽。黄河水从上面的宽峡谷突然收缩到窄深槽,洪波顿涌,大河倒悬,激流澎湃,惊涛震天。它像一把特大茶壶向外倒着滚开水,飞速而下,形成这个十几米宽的瀑布,呈现出"源出昆仑衍大流,玉关九转一壶收"的壮观,壶口因之而得名。

瀑布,激情澎湃的水。人生难得有一次瀑布般的经历。盲目与激情是瀑布。等待理智解除了盲目之后，激情便随之枯萎，像一朵被修剪碰伤了的花。

人对瀑布的喜爱就是对激情和不规则的渴望。我曾见过没有天然瀑布的风景区，那模仿的人造瀑布，看了很难受，使人联想起一个瘦弱的肩肌承受不了超负荷的压力，猝然滑落的一瞬间。没有解脱者的轻松只有寄予者的失望。

可是，瀑布的激荡又有多少人敢于真正领略呢？

瀑布是机会。

既是结束也是开始。时间和历史在这儿断裂了，我们也丢失了档案，我们只是我们自己。它提供给我们无数信息。它郑重地告诫我们，不能那么浅薄愚蠢地用漫长的时间摆脱束缚，要善于当机立断，结束哀伤痛苦，找到快乐。

瀑布是山川、河流、植物、历史、文明的汇合。我们个人，也是这种汇合的一部分。我们出于生存的信念和生活的信念，一起行动，于此刻来到这里。方向本身就有美好的成分，就具有号召力。跌下去就是丢弃。选择的痛苦我们都挺过来了，丢弃的痛苦也一定能够挺过来。

丢失是快乐的。

壶口瀑布的呼吸喷到我的脸上，正像一个智者哲人的视线落在我的皮肤上。我闭起双眼垂下双手，享受今生今世第一次精神沐浴。眼前的，是一首象征与写实的童话诗，影子和幻想的混合物。水珠如文字，从版纸上滚滚下落，与我相融与我对话。壶口，你那充满真诚的、雷鸣般的声音到底规劝我一些什么呢？我能够改变我自己么？

我还没有学会用感觉加上经验来识别和对待事物的能力；还没学会除了在书本同时在音乐、绘画以及平俗事物中认知美的能力；还没学会穿一些做工考究，但色彩、款式绝对自如的服装；还没学会使用昂贵化妆品以及爱好采购精美的小玩意儿的习惯；还没学会喜欢交际但绝不热爱它；还没学会以优美的表情与声音去表达自己的感情；还没学会冲动以及抑制感情；还没学会潇洒的人生模式，等等。

壶口，我觉得我需要重新开始。我该学会生活的技巧。

渐渐地，我听不清楚它在说些什么，我在说些什么。我只感觉到我的投入，我被接纳为一分子，如殷殷黄土，脉脉浊流，认领天赐苦难。壶口不再大吵大嚷，而是平和地进入我。我们已达成默契，它已牵住我的手。它轻声对我说，不要失去勇气。接着，它笑声如石破天惊，松开我，迈着潇洒的步子，走了。

黄烟乍起，一切如初。

【赏析】

如果说绝大部分写壶口的散文都是"我注六经"式的"我注"壶口，那么，张爱华这篇绝对是"六经注我"式的壶口"注我"。作者似乎带着满腹心事踏上了旅程。那雨，那雾，都被拟人化情感化了。那瀑布的跌落也不再是客观发生的一种跌落，而是一种激情的选择与丢弃，是对作者的一种人生的暗示或教诲。那一激荡跌落的瞬间，及之后的走向或命运，引发作者对自身的生活观念及方式的诸多思索。"黄烟乍起，一切如初。""我"却已经获得新生。壶口瀑布，恰似重塑了一个"你"、一个"我"。

激流 摄影 / 孟宪明

聂还贵

聂还贵(1956—),作家。山西原平人。大同市文联副主席。1975年开始发表作品。1998年加入中国作家协会。著有诗集《雪落黄昏》,小说散文集《雪泥鸿爪》,长篇小说《旋飞的星座》等。长篇学术散文《雕刻在石头上的王朝》获山西省社科百篇(部)工程一等奖。

黄河四章

黄河气势

山有山性,树有树性,河有河性。

不管世界上有多少条大江大河,但我要说:黄河的河性最为独特,就像黄河水夺目耀眼。

我多次地看过黄河,读过黄河,品味过黄河。每一次站在黄河高高的岸上,急切的目光与那恢宏的水光一触碰,就会碰出一腔沸腾的豪情。仿佛按下一个钮键,一盏灯突然迸放出雪灿的光华,一瞬之间,我领悟到一次次被黄河打动、震撼的根由,就源于黄河与生俱来的河性,这一河性可以凝缩和精括为两个字:气势!

是的,黄河的河性在于生命的气势,一股扑面而来的雄美宏壮的气势,那情形,一如日出带给万物以热情、感召和欢欣。

气是万物的生命之根,小以草木蜂蝶为例,大以宇宙星系而论,都因气而孕生而存活而千姿百态。《老子》曰:"万物负阴而抱阳,冲气以为和。"《庄子》云:"人之生,气之聚也。气聚则为生,散则为死。"势为一物之能量,正如物理学上所说的"势能",是一物内在品质和力量发散透射出的一片看不见的光芒。军队作战自古讲士气,讲军势,《孙子兵法》有个颇为生动的比喻,他说在一座千仞山顶转动一块圆形状的石头,那就是"势"。中国辞典里"气贯长虹""势如破竹""审时度势""气势磅礴"等一系列成语典故,都是对"气势"的不同形容和解释。

"黄河落天走东海"[1];"黄河远上白云间"[2]。黄河之水来自雪山冰峰,天然地就拥有了雪莲、灵芝的高贵和圣洁以及不朽,带了雪域高原特有的狂野和奔放。而九九八十一曲的险途,又使她积蓄了浑厚包容的底蕴,千雕万塑出百折不回气吞万里的独特秉性和气势。

天道酬勤,厚德载物。黄河气势是黄河的青春黄河的魂,它春春秋秋,世世代代,鼓舞着黄河儿女添柴加薪,奋发图强,使中华民族的文明之火,明明暗暗,越燃越旺。

我常常在情绪的潮水低落之时,就去回首看一眼黄河,领略一下那汹涌激荡的黄河气势,顿然,浑身就蒸腾起一股火火的激情和力量,我把这样的体会和感受视为人生的激励,书写在生活的扉页:

把脚步迈得像波浪一样澎湃有力吧

我们的身后是永远的黄河

黄河之春

有一年,我赶上了黄河破冰,心里毅然飞出个明媚又悦耳的词:春之声。

阳春三月,草长莺飞,杂花盈树,那是写照江南。在北方,在黄河,三月却是一片沉静,一派的按兵不动。分明是埋伏了千军万马,却看不出一丝一影的动静,"这里的黎明静悄悄",有时静得直叫人心里发慌,发毛,甚至有点儿疼痛。

终于有一天,或许是正午,或许是在傍晚,河开始阵痛了,黄河孕怀的春天就要分娩了。黄河阵痛是惊心动魄的,黄河之春的分娩牵挂得人夜不能寐。在冰下由冷到暖孕育了整整一个冬天的黄河春水,生生地胀痛了蛇一样弯曲的河床；一浪浪的牙齿，新锐地撕咬着厚厚的冰层；冰面上明亮亮地浮着一层热气，经了阳光的笔墨，像朵朵紫烟，袅袅然在那里开合聚散。这时你如果是在冰上站着，走着，就端端地应了那句如履薄冰的成语，你会感到脚下踩着的冰，好像一根琴弦在微微颤动，颤动得你的心都快要跳出来。一个湿漉漉、活泼泼的春天，像一条金鱼，随时会跃出水面，以盎然的生机和蓬勃，刷新人间。

轰隆——黄河破冰之声，像一闪春雷，宣告了中国春天的诞生。

钢化玻璃似的冰河，被长长而鲜鲜地撕开缝裂口，一道、两道……像叶脉状像树冠形像根须样像蛛网图像分叉的曲径像一面银质的镜子被击碎……那碎裂的冰块，或巨硕，或玲珑，你挤我，我推你，满河床地碰撞着，交叠着，响亮着，其势如千帆竞发，百舸争流，蔚为壮观。火辣辣的黄河春水从冰缝里喷溅出来，像早晨的霞光一样鲜嫩炽烈，温暖地照耀着每一寸天空和土地，歌唱着所有的希望和美好，打湿干燥的时间和人们焦灼的期待。

冬小麦眨一眨惺忪的眼睛，白桦树柔软一下枝枝干干的筋骨，三叶草轻浅地唱起新绿的歌谣，深棕色的蚯蚓缓缓蠕动生命的复活。谁家的小马驹跑到田野上撒欢？哪家的灰毛驴在院子里一边打滚一边欢叫？从一树枝头跳落到另一树枝头的，不是恼人的麻雀，那是忙着播音的布谷鸟……拉门声，开窗声，鸡鸣声，狗叫声，口哨声，鸽哨声，柳哨声，男人的咳嗽声，女人的吆喝声，邻居间的对话声，农具碰击的金属声，学校的响铃声，孩子们的欢笑声……汇织成一曲春满人间的交响乐。

黄河破冰，是人间最雄美宏丽的春之声，这以前江南的万紫千红，都好像是为黄河之春铺垫、渲染，是前奏。从黄河破冰那一刻开始，中国的春天就真正地降临了，一场春天的好戏，拉开了恢宏壮美的大幕……

黄河日出

黄河日出，是黄河万千胜状的一幕点睛之景。

天色透出船帆一样的白，我来到黄河岸畔一处高高的塬上。顺着黄河东去的身影，远望河天相衔的一线，静候日出的辉煌与壮美。

晨霭中的黄河，静影沉璧，流波无声，载着两岸宁谧的村庄，仿佛是摇篮里一个千年的梦境。我弯腰捡起一颗苹果大小的石子，使着劲儿朝黄河的中流甩去，幻然听得一声"砰"，却分明未见到一瓣浪花——黄河是如此沉静和深邃，以至于远远超越着我想象的尺度和能力。

河天吞吐之处，帆样的白渐呈一扇宝石般的红艳。俄顷，随着扇面缓缓收拢，宝石红徐徐然浓烈深重起来，红得像中国传统的年夜，红得像我胸中一团澎湃的激情，红得像宗教信仰里一个神圣的名词，直至红成一炉冲天的焰火。焰火的曲线和纹络，截然分明，呼呼摇荡，猛然，红炉底部明灿灿地划出一道金弧，这金弧拔节而长，一寸一寸地攀升，一弯一弯地丰圆，我咚咚的心跳响过一百下，她已将那一炉焰火吸纳收回，生成一轮硕美无比的鲜红，轰隆隆地点燃沉睡的时间和空间。

静如处子的黄河，霎时跃动起来，九曲十八弯的巨大身躯，蓬勃地摆动着，奔突着，欢腾着，翔舞着……像一条见首不见尾的神龙，不，不是像，而是黄河就是一条神龙，巨龙，金龙。"一望平沙万里明"，那喷薄而出的红日，不正是黄河游龙光芒万丈的眼睛！

一条东方睡龙訇然醒来，无论怎样，都是一幕惊天动地的神奇和壮丽。

那么，与其说我在领略黄河日出，毋宁说是在发现一条金龙的诞生。

是的，黄河是一条龙河，一条金色的龙河。龙"是一种有鳞有须、能兴云作雨的神异动物""生于水，被五色而游"[3]，黄河以金波黄浪为鳞，以腾腾蒸气为须，巨型的身姿，从天而降，耕云播雨，发祥人类，泽被天下。"黄河九曲天边落"[4]，"黄河西来决昆仑"[5]。黄河流经之处，沿岸多少地理风物，皆以龙而命名，遂连成一条蜿蜒而闪耀文化色彩的"龙带"：龙门、龙门山、龙门石窟、龙舟、龙山文化……《周易》和《尚书》分别载有"龙马负图"的经典传说："河出图，洛出书，圣人则之"；"伏羲王天下，龙马出河，遂则其文以画八卦"。《今本竹书记年》也发出类似的声音："龙图出河，龟书出洛，赤文篆字，以授轩辕。"原来，黄河自古就是孕育龙马和华夏文明的神奇摇篮，是那两条永远的阴阳鱼合欢而抱的生命家园。音乐般悠扬起伏的黄河沿岸，成为神农氏启蒙黄河儿女采桑养蚕、春种秋收的圣地和温暖之乡。

龙是中华民族古老的图腾，是中华大地上多民族古老图腾集中融会的吉祥灵物，因而便是中华民族发明和文化肇端与衍展的象征。黄河，则是中国龙飞腾的雄姿化身，它博采千河之浪，兼容万溪之波，生生不息，浩浩长流，正是《诗经》所咏之景与《庄子》所状之貌："河水洋洋，北流活活""秋水时至，百川灌河，泾流之大"，遂成中华民族灿烂不朽的精神之魂。我们脚下的这片黄色土地，黄土地上生长的金色麦穗和向日葵，我们特征鲜明的黄色皮肤，我们与生俱来的对金黄色彩的热爱，以及我们几千年来饱经风吹雨打的痛苦和欢乐，都与黄河这条金色的龙河，有着一种天然的花与根那样的血脉相连。

黄河之曲

黄河之曲，曲之黄河。这里的"曲"，是曲折的"曲"，而不是歌曲的"曲"，也不是藏语所指的"河"——黄河在藏语里称"玛曲"，亦谓孔雀河。

黄河曲。多曲？——九曲，你听，黄河塬上飘来的民歌——

九十九朵云彩九十九座山

黄河生来九十九道弯

九十九道弯上九十九只船

九十九只船上九十九根竿

九十九座山上九十九个险

黄河生来九十九道弯

九十九道弯上九十九只船

九十九个艄公来把船儿扳

……

九在这里也不是一个实数,而是一种虚指,一种形容。因为九是九位自然数里最大的数目,借此引发你黄河是多么曲、怎样弯的想象。还有,九也是中国传统文化中一个吉祥且带了点儿神秘色彩的数字:九龙,九天,九州,九鼎;九九重阳节,九九艳阳天,严冬飞雪有"数九"的民谚,似水流年有"逢九"的民俗;屈原辞赋有名篇《九歌》《九章》……

道路须直,以求通达。流水多曲,以曲为美。王羲之《兰亭集序》有极为养眼养心的文字:"此地有崇山峻岭,茂林修竹。又有清流急湍,映带左右,引以为流觞曲水。"由此说来,曲,也可以理解为流水的一种特质,一脉灵性。

黄河绕过阿尼玛卿山北麓,挺进西北,泽被青海省,浩然开辟了第一个巨大的黄河河曲。之后,在青海湖修整一番,挥师东北,像一只山鹰,像一抹白云,像一朵漂移的雪莲,从青藏高原擦身而过,遂蜿蜒至黄土高原，天然地划出第二个开阔的河曲……黄河的每一曲，每一折，都会弯成一片沃野花地，馈赠人类作繁衍生息的锦绣家园，那是黄河母亲温暖馨香的臂弯，是黄河母亲惠施人类的一份深情厚爱。中条山西南麓的晋西南河曲区域，那里曾经林壑优美，蔚然深秀；岸芷汀兰，郁郁青青；羚羊麋鹿嬉戏出没，黄鹂百灵呼应唱和，是最早的黄河先民西侯度人发祥的摇篮和"诗意的栖居之地"。今天黄河流域因"曲"而命名的垣曲县、河曲县、曲沃县、曲阜市……都是凭借黄河曲成的一方水土，而拥有了生命的坐落和衍展的物华灵境。

黄河之曲，不仅是黄河历史和生命流动的诠释与解读，而且是人类历史进程、社会发展脉络的形象化演示和揭秘。曲是一种方法，一种艺术，因而也是一种哲学。曲水善变，随方就圆，看似柔静，实则坚韧无比。退，为了进；曲，受命于直。直是黄河曲折前行的深刻力量，决定着流水迂回奔腾、柳暗花明的形态。就连那一河波浪，也都采取了抑扬顿挫、澎湃起伏的姿势，推进着与生俱来的梦想与向往。

黄河九曲，百折不回。"西岳峥嵘何壮哉！黄河如丝天际来……巨灵咆哮劈西山，洪波喷流射东海。"[6]是的，黄河的形状和路线是弯曲的，然而方向、目标和追求，却是既定的，明确的，亘古不变的，那就是迎着太阳，奔向大海——蔚蓝色的希望与未来。

【注释】

[1]"黄河落天走东海"：出自唐代著名诗人李白的诗作《赠裴十四》，形容黄河水从西部飞流直下，一泻万里，奔流入东海的气势。 [2]"黄河远上白云间"：出自唐代诗人王之涣的诗作《凉州词》，形容往远处看，黄河好像迤逦而上竟至远处天上的白云中间了，奇丽壮观。 [3]"生于水"句：出自《管子·水地》，《水地》是春秋时期军事家管仲所作《管子》中的一篇关于古代水文化的文章。 [4]"黄河九曲天边落"：出自明代许彬诗作《送李佑之赴陕西参议》，与第一二注释类似，形容黄河之气势雄壮。 [5]"黄河西来决昆仑"：出自唐代李白诗作《公无渡河》，意为黄河从西部的

昆仑山一路奔流而下。［6］"西岳"句：出自唐代李白诗作《西岳云台歌送丹丘子》，写黄河的奔腾冲泻之势。

【赏析】

　　作者选取了黄河的两种特征和两个时间上的典型片段，对其施以浓墨重彩的描绘和旁征博引的论述。其中将开河喻为春日之诞生，颇具象征意义；将黄河日出喻为对时间和空间的点燃，也极尽其妙。尤其对开河和日出之动态描写，生动盎然，气韵流动。对黄河气势的解读指向其对人的情绪的振奋、精神品格的滋养；对黄河九曲的阐释，则融汇了中国传统文化中艺术及哲学的方法与精神，进而使人领悟黄河的曲与直的辩证存在和以曲达直的存在之道。

刘家峡　摄影/王伟

黄河静静流　摄影/孟宪明

王剑冰

王剑冰（1956—），著名散文家。河北唐山人。毕业于河南大学。河南省作家协会副主席，河南省散文学会会长。已出版散文集《苍茫》《蓝色的回响》《有缘伴你》《绝版的周庄》《喧嚣中的足迹》《普者黑的灵魂》等，诗集《日月贝》《欢乐在孤独的那边》，文学理论集《散文时代》和长篇小说《卡格博雪峰》等多部。多篇散文在全国各地被刻碑铭记，并入选中学教材。

大河壶口

1

天地相接之处，两山峡谷之间，无边无涯一派炫黄，顷刻间成千万匹野马奔涌而来。

必然是不知道前面有一个巨大的跌落在等待着，坚硬的岩石构筑的峡口，没有办法不面对，没有办法可回避。于是千万匹野马汇成了千万声震雷，千万声震雷炸裂起千万重烟霾。

这是真正的黄河大合唱，一滴滴水的音符构成了这多音部的浑然交响。这是力量的交响，是团结的交响，是奋然永进的交响。在这交响中你会听到马蹄声、号角声、战鼓声、箭镞声、枪炮声、怒吼声。

黄水就这样不停地奔涌，不停地跌落，不停地鸣响，由此构成了一个惊天动地的胜景。

2

我刚刚去过黄河的源头，那个叫玛多的地方，从那里汇出的水流是极细小极清凌的，悠然得像个处子。

而我住的地方，属黄河中下游，宽广散漫，极易决口。

我却在这里见到了大河极狭的景象，那是同他处都不一样的地方。

怎么能够收得那么窄小，那么完全，那是一种什么力量？

大河壶口，大河应该有壶口这等奇妙的变奏，壶口也应有大河这样雄浑的衬托。

世上的事情就是这样，大奇方构成大美。

3

我到来的时候黄河在流着，一股股地奔涌，一层层地跌落。转回身我再看，它还是在流着，还是一股股地奔涌，一层层地跌落。

不管我来不来，我在不在，它都在流着。

不知哪来的这样多的水，这么大的力量，推涌着，翻腾着，在壶口震荡起一波又一波的狮吼虎啸。

秋雨季节，河的上游冲过来的什么都有，残破的船，高大的树，大块的山石和死去的兽类，一到壶口，便会瞬间粉身碎骨。

黄河不舍昼夜，千古奔流。壶口昼夜不息，烁石熔金。

4

黄河是一幅画，壶口便是这画中的点睛之笔；黄河是一幅书法，壶口便是这书法中的洒脱之墨。

也许是一种特有的安排，非得让黄河走过陕北这一段，在这里遇到一种挫折，一种艰难，一种意想不到的跌落。在这里激起一种震荡，一种豪放，而后练就一身硬骨，一种性格。

等在前面的是辽阔的中原，还有更加辽阔的大海。

5

高兴的时候来，会在这里找到快乐的共鸣，会看到浪花笑出一层层的灿烂，那是心底的浪花。

怀着怎样的悲伤而来，也可以找到苦痛的共鸣，对着浪涛发出自己的呼喊，流出的热泪，所有的浪花都会接纳。

没有人知道你的秘密，你站在某一个边缘上，大喊大笑，大哭大叫，都任由你去，所有的声音都淹没在那滔天巨吼之中。

我曾有着多年的忧伤，这种忧伤是母亲远离时带给我心底的划伤。为此多少年都不敢下笔去陈述我的心曲。

如今站在这波涛之上，我一下子就想起了母亲，那如大河一般宽广深厚的母亲。我把我所有的怀念、所有的回忆、所有的对母亲的爱都投注于这浪涛跌落之中，我觉得这一刻，母亲必然听到了，必然理解了她的孩子这多年的心结。

6

水浪相交而生的雾霾，在阳光的照射下，散出道道彩虹。近处，到处是浪与浪相撞而翻起的细雨一般的水汽，刮到人的脸上、身上，湿漉漉地让人觉出这瀑布的质感。不断有一层一层的人涌上前去，他们都想越发近地亲近壶口。

一个女孩，把脚伸到了壶口悬崖的边沿。那边沿有些松软的泥巴，她弯下腰去又用手试了试，然后就大胆地站到了最边边上。那一刻，她许感到了极大的满足。风扬起她的长发，水波撩起她的衣衫，从东边来的阳光正好透视了她的曲线。这是一个青春烂漫的女孩，她的柔弱，她的娇憨，她的青春，同这瀑布的狂放，瀑布的雄壮，瀑布的古老形成了一种衬比。我把这一瞬摄入了永久的镜头。

一对相搀相扶的老者，蹒跚的脚步探试着起伏不平的山岩。来到这壶口边上，他们挎着胳膊，并着肩膀，让狂涛怒吼于胸，让斜风吹乱苍发。我不知道他们从何而来，路上经过怎样的行程。他们站在那里的神态，是那么庄严，又那么豪迈。

他们久久地站立着。他们经历了漫长的童年、青年、中年和老年。

经历中必定有着无数的艰难困苦、雨雪风霜,必定体味了无尽的酸甜苦辣。人到暮年,对着这壶口瀑布一定是想明白了,想透彻了。

我向下游走去时,他们依然站在那里,像一尊雕塑。

7

宜川的胸鼓和壶口的斗鼓在壶口边的岩石上击打起来。他们头缠着白羊肚毛巾,挥舞着红绸系着的鼓槌,狂跳着、旋转着、起伏着,同黄河的水浪叠映在一起,显现出陕北的豪迈气概。

那黑黑的脸膛,那粗壮的肌肉,那憨厚的笑容,那沙哑的呼喊,和着锣鼓声、波涛声跌入一个又一个旋涡,掀起一个又一个高潮。

看黄河就要来看壶口,看壶口的波涛,看壶口的旋风,看壶口的汉子,看壶口的锣鼓。在这里便可看到一种精神,黄河的,陕北的,民族的精神。

8

真的想,永远站在这里,每时每刻,与这涛声相伴。

【赏析】

王剑冰写山水散文,以风光描写中自然而然生长出人文哲思见长,他善于在风景中塑造人,又通过人来展现风景。情感作为最恰切的媒介在人与自然间流通,进而呈现自然风光与人和谐存在的美丽画面。作者将黄河作为一个整体,壶口作为一个转折点,"一个巨大的跌落",生发出"大奇方成大美"的感慨,隐约点破了人生长河的同一规律:一种挫折,一种跌落,之后,才会遇见广阔的平原和辽阔的大海。文章写"我"对母亲的情感释怀,写烂漫的青春少女,写相携的苍苍老者,也写壶口斗鼓中陕北汉子奔放的生命精神。壶口瀑布,给予众生希望、慰藉与生命的蓬勃;人,青春或沧桑,释放或迸发,也赋予这瀑布以无言的大美与神奇的生机。

邓一光

邓一光（1956—），专业作家。蒙古族。重庆人。武汉市文联专业作家，湖北省作家协会副主席，武汉文学院院长。1981年开始发表作品。著有长篇小说《家在三峡》《走出西草地》《我是太阳》等，小说集《红色贝雷帽》《孽犬阿格龙》《遍地菽麦》《怀念一个没有去过的地方》等。作品获首届鲁迅文学奖、首届冯牧文学奖、人民文学奖、郭沫若文学奖等。

清凉黄河

到兰州是五月春正浓的时候，南方在这个季节已有暑气了，比方我居住的那座城市，阳光整天高高地挂在天空中，一日比一日炽烈，露背裙衫和沙滩装早已是街头的主打风景，遮阳伞和墨镜也如同雨后森林里的蘑菇，星星点点地冒了出来。北方的兰州却不同，阳光自然是有的，却没有那么强烈，城市绒绒地绿着，却是新芽初发的绿，让人感到这样的五月才是真正的五月，可以亲近的五月。

到兰州的第二天，我去了黄河边。

去黄河边是为了看黄河，也为了看黄河边的羊皮筏子。

我最早对羊皮筏子留意，是小时候听父亲讲故事，说他年轻的时候，曾经乘坐这种古老的摆渡工具渡过西北的好几条江河，因此不曾从一大群疲惫的孱弱的逃亡人群中走失，从而活下一条命来。

父亲说这些故事的时候我还小，大约是上着小学，故事是父亲轻轻松松讲出来的，我听了却有些后怕。我后怕的原因是父亲当年若没有羊皮筏子摆渡，恐怕就没有命了，父亲没有了命，我自然也就没有了，或者就成了一缕灵魂，在什么地方无根无系地飘着，就因为这个，我也应该感谢羊皮筏子。

后来我在书上，陆续看到一些有关羊皮筏子的记载。《后汉书》上说，护羌校尉在青海贵德率兵渡黄河时，"缝革囊为船"；《水经注·叶榆水篇》中说,"汉建武二十三年(47年),王遣兵乘革船南下";《旧唐书·东女国传》中说,"用皮牛为船以渡";白居易在《长庆集·蛮子朝》中说,"泛皮船兮渡绳桥,来自鄂州道路遥";《宋史·王延德传》载,"以羊皮为囊,吹气实之浮于水"。

按史书上的说法,汉唐以降,黄河沿岸的人们便以皮筏交通运输,且经年已久,但史书上说的皮筏用途,古代时并非我们今天在电影和书本上看到的那样,用于唱着兰花花摆了姿势来借渡的,而是用于长途水上贩运。这段水上之路,主要是在青海至包头之间的黄河古道上。用于贩运的筏子有大有小,史书上记载的羊皮筏子,最大的长达 22 公尺,宽足 7 公尺,做那样一只筏子,得宰够六百多只成年肥羊,要是抢急了临时来做,操刀的汉子恐怕会累得吐血,即便人不被废掉,活干完后,也得昏天黑地地睡上个十天半月。那样巨大的一只筏子做好了,可以载货 3 万公斤,完全是一艘小型运输舰。这样的筏子是由经验老到谙熟水性的船老大驾驭着的,他们被称作峡把式,以回人为多。这些峡把式撑了筏子,在黄河中引航执桨,晓行晚宿,日行四百里,可谓水上神行太保。直到五十年代,在铁路尚未开通、公路交通又不便利的黄河上游地区,大量穿梭往来的皮筏仍是黄河人重要的交通和运输工具。

到黄河边,先看了黄河第一桥。

黄河第一桥亦名镇远桥、黄河铁桥和中山桥,桥建于白塔山下,是 5464 公里黄河上第一座真正意义上的桥梁,因此被称作天下黄河第一桥。

据《皋兰县志》记载:"河桥之制,创于明初,编连二十四舟,浮于河面,东西各立两铁柱,亘以铁索两条,各一百二十丈,夹护贯船平直如弦。而上则人马通行,如履康庄坦道。"

相传明初朱元璋为统一西北，派卫国公邓愈领兵攻打元兵制辖下的兰州，不期却被黄河天险阻隔住。朱元璋军令一道接着一道，急得邓愈吃不下饭，睡不着觉。一日，邓愈正愁坐中帐，突然见到黄河里漂来二十四只木船，邓愈大喜道："不知此船为何神所有，末将邓愈暂借一用。"话音未落，空中一声巨响，传出"三更借，五更还"的话音。邓愈即召军卒，连夜凭此舟抢建浮桥，并传令城民，当夜只准打四更，不许打五更，谁若打了五更便砍谁的头。次日，浮桥建成，邓军星夜渡河攻打兰州，守将扩廓铁木尔不敌战死，邓军大胜。

这个故事当然只是一个传说，黄河第一桥的建成与这个传说无关。黄河第一桥的建成始于光绪三十三年（1907年），那一年，甘肃总督升允为沟通黄河两岸的交通和运输，拨国库银30 669万两，聘请美国人满宝本和德国人德罗做技术指导，交令德国商泰来洋行喀佑斯承建一座渡河大桥，喀佑斯历时三年零四个月，终于将大桥建成。大桥建成后，曾于1919年和1949年两次毁于战火，直到二十世纪中叶才重新修葺加固，成为现在的样子。

说到黄河第一桥，想到兰州一位朋友告诉我的一件事。这位朋友说，黄河在兰州段有34.7公里，却建有17座桥，还有新的桥正在建设之中，还有更多的新桥正在筹划之中。朋友告诉我这件事后我一直想，正如一个被沙漠困扰着的城市渴望着森林一样，这座地处中国地理中心的城市同样渴望着沟通，有了这样的渴望，这座城市是不会闭塞的。

在黄河边找了一大圈，却没有看见羊皮筏子，一问才知道，黄河边如今已经没有羊皮筏子了，没有的原因是如今黄河上桥梁如织，再用不着木棍扎了兽皮来摆渡；河中倒是有船，却是漂亮的玻璃钢游艇，由日本进口的雅马哈柴油机做动力，载了游人在河中来往穿梭。同往的朋友告诉我，早几年黄河边上还有羊皮筏子，就在去年，他还陪同北京的朋友乘坐着渡过黄河，他是兰州人，却不知黄河边上的羊皮筏子是什么时候消失的。

没有羊皮筏子，却见到了当年以羊皮筏子摆渡为生的艄公。艄公姓刘，六十五岁，紫红色的脸膛大如铜锣，雪白的眉须又浓又长，声音洪亮，极善谈；他对我说他的刘是文刀刘，不是牛马牛，虽说刘牛不分家，但文刀刘按了排行该是大哥，也就是说，他是大哥。刘大爷早年在黄河边上摆渡，用的自然是羊皮筏子，惊涛骇浪的事见了不知有多少，是真正的黄河人，后来政府不让用羊皮筏子了，但他已经习惯了在黄河上荡漾的生存方式，陆地上站不稳，不愿意上岸改行再做别的，所以和家族里的人一起做起了经营黄河游艇的生意。丝绸古道已经不是原来的艰难样子，如今天上飞机，地上火车汽车，天堑通途，来兰州做生意和旅游的人不少，到了兰州，不能不到黄河边上看一看，坐坐游艇，刘大爷的生意因此十分不错，一天少也能挣上百十来块钱，强似羊皮筏子摆渡。不过刘大爷又说，游艇用不着什么技术，一条绳子拉燃了火，方向盘把住了，三岁孩子都能开，却不是谁都敢撑着羊皮筏子往黄河里闯的。他说这话时，仍旧是一副黄河艄公的口气，嘴一张，浪花四溅的样子。

和刘大爷谈了一会儿，坐了他的游艇进到黄河中，游艇飞驶时，我将手探进水里，黄河刚离了雪山不远，凉凉的，沁出人千头万绪。掬一捧河水撩到脸上，水是清清的，整块卧在掌心里时如玉翠绿，碎开了似珠贝迸溅，有一股野野的苍茫味道，水澈亮得不驯服，不是我们习惯了看法的黄汤汤的样子。据说这是少水季节时黄河在兰州段的样子，在兰州之后，黄河将要流淌过植被稀疏的河套地带和塬上地带，它在那里不可逆转地变成了稠稠的黄色。那样子我当然也见过，但见过又怎样呢？其实流水只是流水，不论它流出来后，是不是名字叫了黄河，在以后又改叫了黄海。它在流之前并不是黄色的，它在最初的流淌中也不是黄色的，它从雪山上下来的时候没有杂质，水很清澈，只是在后来的过程中，混入了本不是它的杂质，才背上了不洁不净的名声。

上岸后，告别刘大爷，去了水车园。

水车是古代黄河两岸最古老的提灌工具，几千年来，它们一直忠心耿耿地在黄河两岸咕噜咕噜转动着，浇灌着两岸的农田，为两岸人们的生存做着贡献，现在，这一古老的提灌工具已经不再使用了，它们早已被更为进步的提灌机械所替代。

兰州水车园里保存的两具巨大水车，是兰州市旅游局为再现这一古老的灌溉工具，专门考察实物请人设计仿建的。水车轮辐直径达16.5米，辐条上镶有刮板，刮板间装置了等距离矩形水斗，水车在旺水季节利用自然水推助转动，枯水季节则以围堰分流聚水，再由水流推动车轮叶板来让水车转动，水车转动的时候，水斗舀满黄河水，运行至水车顶端，将水倾入运输木槽，再经木槽源源不断灌溉入堤内的田园。

据说兰州水车的最早制造者是兰州段家滩人段续。段续是明朝嘉靖年间的进士，奉旨到云南做道御史，他在南方做官时，参考了各地所见木制龙骨筒车，精心绘成图样，等到他辞官回到家乡后，"创翻车，倒挽黄河水灌田，致有巧思"，制成了兰州水车。段续制造了兰州水车，但他却不是水车的最早发明者。据《后汉书》记载，中国在更早一些的时候就有了使用水车的历史，东汉时期，毕岚发明了翻车；三国时期，马钧改造成功戽水机械；五代时期，阿拉伯作家伊本·黑哈墨本在他的《游记》里记下了甘肃人用水车灌溉农田的见闻……可以肯定地说，段续改造水车，是有着更多前人经验作为指导的。

听兰州当地的老人说，兰州旧时使用水车量之大，不仅在黄河两岸算得上第一，在全世界都无人可比。直到二十世纪中叶，兰州数十公里黄河段上仍拥有水车数百具,那个时候,黄河两岸巨龙林立,那些巨龙一起转动的时候,水瀑声如雷,数十里内都能听见,提灌面积达十万余亩。兰州水车之多,是号称水车之都的叙利亚哈马市最多时的八倍,按照这个说法,兰州才算得上是真正的水车之都。

本来是随便看看的,不想在水车园里,却见到了黄河水车的末代制造传人高启荣。高师傅今年六十岁,姓高,个子却不高,身材略微有些显得单薄,脸上刻着风霜雨雪的经历,样子比实际年龄要大。我特意留心了他的两只手掌,他的两只手掌上满是茧花。我想这就对了,这就是黄河水车了。

高启荣自小学艺制造水车,在黄河两岸十分有名,他造水车不用图纸,一切工艺都在心里装着。黄河水车的制造者这些年大多去世了,还在世的也都早已改了行,高师傅是如今黄河流域最后的水车制造者,水车园里的两个水车是他于1994年制造的,花了七十万人民币。这七十万人民币是黄河水车得到的最后凭吊。

我和老人聊了一会儿,因为旁边有摄像机,还有记者拍照,也因为他见过了太多对黄河水车感兴趣的人,套话说过无数遍了,他先是很刻板地说一些公式化的话,但说着说着,他有些激动了,很感慨地对我说,黄河水车完了。我问为什么。他说,没人再需要了呗。他说他现在年纪大了,想找一个传人把制造黄河水车的手艺传下去,可没人想学,连他唯一的儿子都不愿意学,跑去做了厨师。我听他在那里讲着,没有插话,也不知道该说些什么。其实高师傅在黄河边生活了那么多年,帆来帆往,桨起桨落,眼见了多少黄河变迁,他是该明白的,水车本是劳作工具,生成了劳作的生命,现在落得只剩下供人观赏的下场,真是该失传了。

在水车园的工艺美术店里买了几个雕刻葫芦。兰州种植葫芦的历史悠久，光绪十八年（1892年），兰州民间艺人王鸿平和崔家娃最早在带皮葫芦上雕刻戏剧人物和脸谱。光绪三十一年（1905年），秀才李文斋迫于生活，将葫芦去皮，精工磨亮，刻上书画，从此兰州葫芦便有了名声。

　　卖葫芦的是位中年男子，说了一些有关葫芦的事，无非是推销的话，我没大听。我不太关心葫芦有没有什么历史，有没有什么文化，我也不关心葫芦的制作工艺精湛到什么样的水平。我买了葫芦，翻过来覆过去地找，我在那里找葫芦的嘴。我想葫芦该是有嘴的。我还想，用兰州的葫芦盛上黄河水，会是一种什么样子呢？

【赏析】

　　南方人到了兰州，第一自然是要去看黄河的。邓一光颠覆了以往自己对黄河甚至对兰州的印象。兰州的黄河水，是清亮亮的，并不是平日听说的黄汤汤的黄水。曾与黄河相伴相生的羊皮筏子，已经消失不见，被更便利的游艇、机帆船取代。与黄河边人民生产生活紧密相关的水车，也已被历史淘汰，被收进园子仅供观赏用了。作者追溯着羊皮筏子和水车悠久的历史，也指出如今交通方式的变更——黄河上桥的日益增多，点出兰州城的日新月异的发展变化。黄河还是那条河，却已不复是历史上那条浑浊的苦难的河。

灯影里的水车　摄影／孟宪明

朱琦

朱琦（1962—），著名旅美学者，作家。山西永济市人。现任教于斯坦福大学亚洲语言文化系。先后出版有《东张西望》《十年一笑》《黄河的孩子》《东方的孩子》《读万里路》等。曾获中国首届老舍散文奖。散文《回乡日记》作为电视文学片由中国中央电视台拍摄，获广播电视部星光奖。

故乡黄河中原

一

即使把一百次算作一次，也说不清楚我来黄河边有多少次了，但这次距上次相隔了五年。如果说五年前的那个冬天黄河水已让我惊愕失望的话，那么这一次我就更不能相信自己的眼睛。在这本该是百川灌河洪水暴涨的夏季，黄河却像冬季干旱的小河，缓慢无力地蠕动着，几乎让我感觉不出它还在流淌。河床倒退了十来里地，种上了玉米和高粱，绿旺旺的庄稼连同河边细袅袅的芦苇都在轻松惬意地迎风抖着，在这危险的季节好像忘记了黄河的存在。

黄河在历史上数十次改道，上千次决口，史书上有许多惊人的记载，但最可怕的变化应该就在这三十来年。这变化不是轰轰烈烈的大改道，也不是铺天盖地的大决口，而是悄悄地不断地减少着水流量。当它出现断流的时候，人们才惊呼一声：黄河干涸了！

黄河是喜怒无常功过参半的大河，两岸人对黄河始终是一种复杂的感情。当它不洪不旱灌溉沃野的时候，人们感激它；当它决堤崩溃洪水泛滥的时候，人们诅咒它；当它流量锐减田畴干涸的时候，人们抱怨它。而对所有的中国人来说，想到五千年前文明的渊源和一千年前历史的灿烂，人们就把黄河看作是摇篮和母亲而由衷地赞美，于是在音乐家壮美的乐声中，在画家淋漓的泼墨里，在文人慷慨的笔下，黄河都是那么汹涌奔腾，一泻千里；而想到中国后来的衰落，黄河就变成了沉重、呜咽、苦难的河。

我的童年在葫芦庄度过，那时的葫芦庄大概是黄河岸边无数村庄中距离黄河最近的一个村庄了。本来这个地方难以居住生存，是河南、河北、山东、山西和陕西等中原各地逃荒的难民陆续跑到这里，在凄风苦雨中渐渐就成了一个村庄。我爷爷就来自河南，奶奶就来自山东。从几里开外的上游往南看，葫芦庄似乎陷落在茫茫河水之中，黄河从西南北三面包裹着它；站在黄河古道冲成的高坡上往西看，葫芦庄就像大水之中的一星点绿洲。每年从农历六月初到八月底是河水上涨的时节，葫芦庄的村巷里、壕沟里到处都是浑黄的河水，河水凶猛的时候整个村庄就成了一个飘浮在大水之中的葫芦了，葫芦庄因此得名。

葫芦庄人喜欢种葫芦，葫芦风干晒干之后就可以背在身上，充作救生圈。黄河水含泥带沙，浓稠有浮力，两三个葫芦浮得起一个人，葫芦庄人有了葫芦就不怕洪水。与其说胆大勇敢，不如说对洪水的袭击早已习惯。记得我五岁那年，当洪水扑入小巷涌进院子甚至窜到房间的时候，奶奶照旧盘腿坐在土炕上摇动着纺车织线。忽然听见鱼在屋子里跳得噼噼啪啪响，我喊着要下炕捉鱼，奶奶不许，然后她自己挽起裤腿，下炕关门，从水里摸出一条大鲤鱼。葫芦庄人知道，黄河涨水通常只有一顿饭两袋烟的工夫，只有当黄河接连涨水的时候，他们才会把葫芦挂在背上倾巢出门，跑到黄土高坡上躲一躲。大水过后，各回各家，漂浮了几个小时的葫芦庄又落地生根。

我的童年就在这样一个有些传奇色彩的小村庄度过的。那时正是"文革"初期，父母遭到冲击，我和奶奶躲在乡下。七岁时到父母身边，在县城上学，但每逢暑假我必定要回到葫芦庄来。儿时的我对黄河带来的灾难没有多少体会，只有洪水冲来的尸体让我知道黄河的恐怖。葫芦庄人说女人屁股大，脸朝上，男人屁股小，脸朝下，有一天我就这样壮着胆子辨认着上游冲来的浮木一般的男尸女尸，初次体会到死亡的恐惧。但那时毕竟是贪玩的童年，黄河给予我的是无穷尽的野趣。我常与一群野伙伴在野河滩里追逐野鸭野兔，更快意的是在河滩水洼里摸鱼。我们各自拔几大蓬蒿草，赤条条下水，齐刷刷站成一排，然后把蒿草放在胸前推着走，一直推到水洼的另一头，于是群鱼被迫现身，噼啪乱跳，白光闪烁。及至少年时代，虽然仍以下水摸鱼为乐，但每次摸鱼之前，都要面对着黄河默然良久，俨然是大哲大贤，间或长啸一声，似乎有壮士的情致。尽管幼稚，但情感至为神圣，那就是和许多中国人一样，把黄河当作母亲，当作整个中华民族。后来上大学，正是80年代文化反思的时候，我每逢假期回故乡，都要在黄河岸边走一走。石头垒成的堤坝挡住了洪水，河滩上很少有水洼，水洼里很少有鱼，纵然有很多鱼我也不会赤条条地跳下去了。我只是在长长的河堤上散步，思绪纷纭，我眷恋着黄河，也审视着黄河，它雄浑的气势让我心胸开阔，它唤起的历史沧桑又让我觉得沉重。再后来，离故乡越来越远，一想到黄河心底就泛起乡愁。大概就因为小时候常在黄河边戏水，我特别喜欢去有水的地方，喜欢海上乘帆，湖上泛舟。现在我住在旧金山附近的海边，窗外悬崖之下就是大海。悠悠海水把我的思绪牵向黄河，海涛声里听得见黄河水的浅吟低唱。

　　无论黄河岸边多么苍凉，它都是我梦之所系。我熟悉这里的一切，但这次回来发现一切都变了。滚滚大河变成了缓缓小河，大片大片的河床变成了田野，葫芦庄与黄河拉开了距离，而我此时置身的河岸在几年前还是河床的中心地带。仅仅几年，已是沧海桑田，三十多岁的我似乎已可以说些积古话儿了。

二

葫芦庄是各地难民远道而来形成的小村庄，只有两百多年历史，但紧相毗邻的舜帝村是传说中舜的故乡，十公里外的蒲坂是史书记载中舜的古都。舜帝村从前有舜王庙，现在只剩下一个刻着"舜帝故里"的大石碑。历史学家说舜帝是远古时代的部落首领，舜帝村人听不懂，他们或说舜帝做的陶器又结实又好看，或说舜帝能耕善种，是犁地的好把式。黄土坡上无意间挖出一个清朝的古墓，也让他们油然想到了舜帝。舜帝村来过许多历史学家，有人肯定这里就是舜的故里，有人否定，无论肯定还是否定，都说这里是华夏文明最古老的地方，郭沫若就把这里誉为中华民族文化摇篮的中心。葫芦庄托庇而自豪，老年人说舜帝村是树根，葫芦庄是树杈，几里地以外的远叶村和小叶村都是树叶。他们不知道，如果把舜帝故里比作树根，那么中原各省都可以比作树杈，散落在世界各地的游子都可以比作树叶。

葫芦庄位于山西省永济市，永济市古称蒲州，更遥远的古称叫作蒲坂。蒲坂位于山西、陕西和河南三省交界的地方，正所谓"鸡鸣三省"。从这里往西三百多里是西安，往东四百多里是洛阳，再往东一点儿就是开封了。一千年以前，在比一千年还要远为漫长的历史时期，中国的政治、经济和文化的中心都集中在黄河流域的这一带，西安、洛阳和开封以古都而闻名于世。蒲州鲜为人知，但它的历史也许比西安和洛阳还要悠久。在历史学家绘制的地图上，蒲坂是夏朝的都城。

最近历史学家把夏朝的历史远溯到公元前两千多年以前。夏朝的蒲州渺不可寻，纵然再了不起也早已随风而去，只有考古学家才可考证一二。先秦时代的蒲州还清晰可辨，史书上多有记载。春秋时代蒲州属晋国，战国时代属魏国，因其地处秦晋豫要冲，历来为兵家必争之地。进入纪元以后，蒲州在长达数百年的时间里一直是河东郡治所，至唐代更随着整个中原的极盛而臻于极盛。特别是盛唐开元年间，蒲州为河中府,建号"中都",与西都长安和东都洛阳鼎足而立。

那时,蒲州城西门外有一浮桥,是黄河上最早的浮桥,肇自公元前541年。经过一千多年的兴兴衰衰,到盛唐开元年间进行大规模改建,竹索变成了铁索,铁索维系着一只只木船,两端系在铁牛身上,铁牛由铁人牵着,连接着铁柱铁山。两岸各有四个铁牛铁人,由于黄河改道,铁牛铁人都被深埋在淤泥之中,考古学家遍觅不得。1989年夏,原来位于东岸的铁牛铁人终于被发掘出来,轰动海内外。我与铁牛铁人虽为同乡,但因客居东京,见到他们时已是1992年的秋天了。四只铁牛圆目如怒,竖耳似听,肌肉隆起,壮硕沉厚,正是盛唐雄风;四个铁人的神情和服饰各有不同,分别代表当时的几大民族,正是盛唐时代民族大融合的气象。

唐代的蒲州兴盛繁华,人文荟萃,单是诗人就有一大群。大诗人王维和柳宗元祖籍这里,中唐诗人卢纶、杨巨源、畅当、吕温和晚唐诗人柳中庸、聂夷中、司空图等都是此地人。外地诗人也纷纷前来,在这里触发灵感,吟诗作赋。到处都留下古人的诗句,最有名的还是王之涣的《登鹳雀楼》:

白日依山尽,黄河入海流。

欲穷千里目,更上一层楼。

宏大的景象,雄浑的气势,开阔的情怀,这是典型的盛唐之音。而今,湮没数百年的鹳雀楼正在重新修建,站在尚未竣工的鹳雀楼上,往东南看是苍苍中条山,往西南看是莽莽华岳,往西看就是黄河了。虽然蒲州早已失去当年的繁华,黄河细瘦了很多,但大气犹在。有位学者来到这里,远眺着夹峙黄河而遥遥相对的中条山和华山忽有所悟。他说"中华"两字就来自中条山和华山,因为这一带是中国文明最早的发源地。他的说法是否成立姑且不论,当我站在尚未竣工的鹳雀楼上的时候，只觉得骋目所见正是一派古老悠久、浑厚苍凉的中华气象。

蒲州城旧址以东，在黄河古道冲积而成的黄土高坡上有一佛寺，佛寺里古塔高耸。这佛寺就是以韵事风流的《西厢记》故事而出名的普救寺，这古塔就是莺莺塔。《西厢记》故事源自元稹的传奇小说《莺莺传》。《莺莺传》的故事其实就是元稹自己的经历。小说里的张生和崔莺莺始终处在"情"和"礼"的矛盾之中，他们的悲剧本与老夫人无关，而是他们自己的观念和性格造成的。到了金代董解元那里和元代王实甫那里，《莺莺传》才成了一个才子佳人皆大欢喜的古装戏。但无论是哪个时代的人来改编这个故事，都得把故事发生的背景放在唐代，因为只有那时的蒲州才是那样繁华，崔莺莺和她的家人才会长年寄宿在普救寺，从东都洛阳出发奔赴西都长安赶考的张生才会绕道跑到中都蒲州。

大胆地让想象力放马一下，仿佛看得见蒲州城当年的景象：亭台楼阁，红砖碧瓦，游人如织，挥汗成雨，其间有才子佳人来往穿梭。俊俏的红娘走过来了，美丽的莺莺走过来了，潇洒的张生走过来了，他们都是外地人，应该还有许多本地的才子佳人。唐代的蒲州是个出美人的地方，杨贵妃就是这里长大的。当年她送给安禄山天下宝物四十余种，排在最前边的是故乡的桑落酒。

蒲州随中原的兴盛而兴盛，也随中原的衰败而衰败。北宋时代朝廷重文抑武，军力虚弱，致使强敌压境，但生产发展，经济繁荣，中原仍旧是政治、经济和文化的中心。当开封城作为北宋的都城而极尽繁华的时候，蒲州城也是一个周长二十余里的繁华城市。后来金兵南下，占领蒲州城，再后来又被元军攻陷，战火频频，鬼声啾啾，城垣残破，桥废渡绝。公元1368年明太祖建立新王朝，三年后蒲州城得以重建，但无论如何也觅不回唐时的气象和宋时的繁华了。1555年晋陕豫大地震，蒲州城几乎整个覆没。到了所谓的康熙、雍正、乾隆三朝盛世，蒲州城也不过是一次次的修修补补。清朝末年，更随着整个中国的衰败而衰败，残破不堪的老城在战火中化为灰烬，阅尽沧桑的铁牛似乎再也不忍目睹，沉入淤泥。

悠悠千古，蒲州出了许多风流人物，故乡人骄傲地说唐多诗人，宋多画家，明多将相，清多艺匠。唐代的蒲州荡人诗思，宋代的蒲州撩人画意，明代的蒲州仍算是文化古城，出了不少由科场到官场的得意人物。民间流传这样一首歌谣：

一巷三阁老，对门九尚书。
站在古楼往南看，二十四家翰林院，
大大小小州县官，三斗六升菜籽官。

中国人以做官为第一要事，因此蒲州人以官多而自豪。其实，明代以八股文取仕，八股文考出来的人未必有真本事。蒲州出的官虽多，但像杨博那样能文能武而青史留名的却是寥寥。即使多几个杨博，给故乡也注入不了多少元气。而清代的艺匠们手艺再精巧，也不过是给残破的蒲州城修缮一下门面罢了。

我小时候曾有几次跟着父亲到蒲州一带打猎，走过空旷而寂寥的河滩。古老的蒲州沉埋在泥沙中，只留下几处半露在地面的城垣映在夕阳的残照里，荒草萋萋，狐兔出没。父亲给我讲当年蒲州的辉煌，让我觉得每一块破砖残瓦都在落寞中叹息。少年时代读了些蒲州的历史，曾独自来到这里发思古之幽情。坐在黄土坡上，望着坡下几丝细袅袅颤悠悠的炊烟，听着断续几声鸡鸣狗吠，我想象不出一千年前这里的繁华景象。后来去洛阳，到开封，才知道蒲州的衰败不足惊奇。在去开封的火车上，我脑子里一直浮动着北宋人张择端《清明上河图》

的画面,到了开封才知道那个繁华热闹的汴京城早就埋到黄河下边去了。

中原各地的历史很相似,文化习俗、生活节奏甚至人的思维方式和行为方式都很相似。正因为如此,当来自中原各地零零星星的难民跑到葫芦庄的时候,他们并没有多少生活上的差异,更没有什么文化冲突。他们来自不同的树杈,却同属于一个根。

三

回到葫芦庄,去世多年的杨二爷总是在我的脑子里挥之不去。

杨二爷家离我的葫芦庄老屋只隔一户人家,我小时候对他的勤劳能干、刚强好胜多有所闻。听说他年轻时是种庄稼的好把式,他可以一个胳肢窝里夹一个生鸡蛋犁一亩地,不仅鸡蛋无恙,谷子还比别人撒得匀称。他爱他的土地胜过一切,他捞鱼而不吃鱼,把捞来的鱼埋在地里沤粪,甚至用衣襟把路上的牛粪捧回来,再撒到自家的地里。20世纪50年代土地充公,他照旧苦干,直到腰如虾米。然而,到老仍然家贫如洗,只有家门口那棵合围粗的老槐树给他一种特别的安慰,他常坐在这棵槐树下对人说:"我日后就用它来做个大棺材。"孙子长大了,要娶媳妇了,他又对人说:"算了,这老槐树就归我孙子了,给他做家具。"有一天邻居听他说他想跳黄河一死了之,也好省个棺材钱,几天后果真就跳黄河了,尸体漂到几十里以外才浮上岸来。而他的孙子最终也没得到那棵老槐树,因为那老槐树长在家门外,因此就被充作集体的财产砍伐了。

我一直觉得杨二爷的一生浓缩了许多黄河人的悲剧,他们只知道种地,只想得到温饱,然而,种地也不能安安稳稳,温饱不过是果腹而已,遇到灾年或兵荒马乱,果腹也难。因为吃惯了苦,他们惊人地能吃苦,但辛苦换来的还是苦,甚至更苦,不可思议的辛勤赢得的却是不可思议的贫穷。漫漫千年,漠漠原野,多少晒黑了的累弯了的榨干了的脊梁！悲剧既来自外部的灾难，更来自自身的因素。唯其如此，更让人怅然。中原的衰败经过一个漫长的过程，原因很多，简单地说就是过于封闭保守。僵死的社会机制和迂腐的道德说教把人们层层束缚起来，小农经济把人们局限在狭小的土地上。与其他地区相比，中原一带是最悠久也最典型的小农经济。种棉花有衣穿，种庄稼有饭吃，养猪吃肉，养鸡吃蛋，这就是理想的生活。然而旱灾、涝灾和虫灾时有发生，还有那战乱频频，人祸连连，于是能吃饱肚子就已满足，肉食者就是所谓的有钱人。人们终生困守在一个小地方，方圆几十里似乎就是普天下，外边的世界是不知道也不懂得去寻求的。甚至婚嫁大事，也是越近越好，远村不如近村，近村不如同村，同村不如远亲，远亲不如近亲。如此婚姻风俗，再一代代延续下来，连人口素质乃至人的相貌都要大打折扣。从自然环境来说，山西越往南条件越好，越往北条件越差；然而，姑娘的相貌却与此相反。山西人说，晋南的姑娘像萝卜，太原的姑娘像洋水葱，大同的姑娘像花瓶。语虽夸大，却也不无根据。大同地处塞北，历史上几度民族大融合，又因为太穷，走南闯北的人时来时往，人口流动频繁，无形中促成人种的混合；而晋南的自然条件相对较好，又是典型的小农经济，人们死守故土，且多近亲结婚。

　　历史的兴衰就是如此。当其兴盛之时，似乎一切都随之兴盛，兴盛与兴盛彼此促动；当其衰败之时，似乎一切都跟着衰败，衰败与衰败互为因果。几年前，当你置身蒲州城外光秃秃的黄土高坡的时候，你想象不到这里曾是林深鹿奔；当你走在蒲州小镇冷清清小街上的时候，你想象不到这里曾是繁华的都会；当你发现在我的故乡很少看到亮丽女孩的时候，你想象不到这里曾是杨贵妃生长的地方，"莺莺们"和红娘们曾在这里流连忘返。

我之所以把时间界定在"几年前",是因为这几年故乡已经发生了变化。蒲州镇的荒凉正悄然退去,普救寺大规模修复,铁牛铁人重见天日,鹳雀楼即将竣工,各地游客出现在蒲州街头;葫芦庄也渐渐走出古老的歌谣,手扶式拖拉机代替了牛车的节奏,电视机在悄然改变着人们的想法,一些年轻人再也不想死守着贫瘠的土地,跑到遥远的大城市开餐馆去了。在葫芦庄,一位老乡亲的话最让我感到高兴。他说:"大家伙儿眼界开了!"

眼界开了,对中原人来说,还有什么比这更重要的?两千多年前庄子以寓言的形式写黄河东流,望洋而叹,见大海才知自己的渺小,一千多年前王之涣眺望着黄河,写下"欲穷千里目,更上一层楼"的诗句,两个人传达的道理其实是一样的,就是要有开阔的视野。数百年来,中原人目光短浅,为此吃够了苦头。但我始终相信黄河两岸底气未尽,中原大地底气犹存,只要中原人视野开阔,不再封闭保守,这底气就会有喷薄而出的一天。

【赏析】

少小离家求学,渐至异国他乡。空间距离的拉大,并不能消弭情感的眷恋,反而由于学识的积累、见识的愈广、视野的开阔、思维方式的变化,对故乡的认识更全面、真切、深刻而透彻了。朱琦的散文即是此类。虽满灌了鼓荡的乡愁,却由眷恋的情感上抬望眼,从小村庄甚至蒲州城荡开去,尝试看穿中原,眺望未来的华夏。小小的偎依于黄河畔的葫芦庄,成为作者呈现中原人闭塞守旧思维模式的标本。蒲州城的盛衰,同样是中原诸城历史变迁的深刻缩影。作者以葫芦庄和蒲州为切口,深入中原肌理,从地理、历史、文学、文化、经济等多个方面,辅以亲身经历,进行梳理分析,试图解开中原兴衰的密码,期盼黄河——这条华夏文明之河——喷薄而出,绵延不息。行文既给人亲切之感,又难掩开阔裕如之气势,及对民族复兴之自信与期待。

辛茜

辛茜（1965—），编辑，散文家。女，青海人。青海人民出版社编辑，中国散文学会会员，青海作家协会会员。2007年加入中国作家协会。散文《萧红，我的姐妹》2004年获第二届冰心散文奖，散文集《茜草为红》获第四届全国冰心散文奖。

静静的黄河

东营离我的故乡很远，知道那个地方，只是因为和我血脉相连的黄河。这条如雷贯耳的大河，源自青海省玉树藏族自治州，一块相对湿润的土地，一条藏语意为"红铜色"的河流卡日曲。

卡日曲是一条安静的河流，她终年沉默地匍匐在深绿色的草地上，沿着巴颜喀拉山各姿各雅山的北麓，带着纯洁的、充满阳光的雪水，缓缓东流。她从来没有想过，自己干净的身躯，会在厚重的青藏高原汇聚起科曲、达日河、切木曲、巴曲、曲什安河、芒拉河、隆务河等十几条河流，经过曲麻莱、玛多、达日、甘德、久治、尖扎、民和等十六个县，从寺沟峡从容地穿过，同湟水、洮河、大夏河这几条重要的支流在山谷间团聚，再勇敢地冲出青海，成为举世瞩目的中国第二大河流。

生活在草原上的牧民，并不在意这些，好像他们根本不需要了解卡日曲是从哪里来的，又要到哪儿去。他们依恋的仅仅是各姿各雅雪山上那一抹永不褪色的朝霞和黄昏中闪烁着粼粼波光的河水的影子。

在我的记忆里，在我的身边，伴随着黄河一起生长的，是落在浑黄的圣城的每一座宫殿，是每一块隆起的肌肉和每一处浅蓝的天空下自由伸展的小城和街道，希望也仅仅盛开在每一条河谷的金黄色的油菜花和青色的豌豆……

也许，这才是一种实实在在的抚摸，她让我们从她厚重的胸膛里，从她滋润的河床和不知疲倦的鼾声中，意识她的存在，她的生命和她不竭的力量。

所以，当我在经历了许多日子，有机会到黄河入海的地方东营，一座美丽而富有的城市的时候，我依然无法摆脱对黄河的眷恋，我想把我的心和黄河更紧地贴在一起。

来到东营的第一个夜晚，我彻夜难眠，在没有声响的夜晚，幻想着黄河在经历了那么多的辉煌、那么多的苦难以后，会以什么样的姿态，什么样的心情投入大海的怀抱，我设想当我看到那动人的一幕时，会发出怎样的喟叹。

清晨，渤海湾上空的风是凉爽的，带着忧郁的、没有味道的朝阳，像一道白色的屏障覆盖在年轻的平原上，虽然有厚厚的云层遮住阳光，却怎么也抑制不住我们观赏黄河投入大海的渴望。

吃过中饭，我们在海边终于等到了一艘驶来的汽船，同来的朋友一个个小心翼翼地踏上甲板，站在船头，急急地向着大海看去，很像是要马上把黄河入海的壮观景象揽进自己的眼里，生怕漏掉每一个细小的情节。

那一天，大海的颜色是同天空一样的灰色，朦胧的空隙间偶尔透出几许淡漠的蓝色，仿佛高原苍凉的戈壁。汽船走过的时候，三两只矫健的海鸥鸣叫着，从海上掠过，似有些庄严的意味。只是，我们的船在航行了一段之后，便调转船头匆匆地返回了。可是，我还没有看到黄河入海的景象呢，我和朋友彩峰着急地下了右边的船舷，跨到护航的小艇上，询问黄河流进大海的地方。结实的船工，露出一排整齐的牙齿轻轻地笑了，他说，哪能那么容易看见黄河入海时清晰的模样，往前看吧，前面就是一道拦门沙，那就是黄河入海的地方，黄河往下流，海水往上涌，黄河带来的泥沙就沉积在那里，变成了新生的土地，而黄河早已经和大海融为一体了。

我顺着船工所指的方向虔诚地望去，烟波浩瀚的世界里，银灰色的大海在深沉的风的吹奏下，随波荡漾。无声的水，没有黄河与大海的界限，甚至没有一丝不同的颜色，更没有波澜壮阔的起伏、喧嚣的呐喊，只有似孕足了的历史的期待，在黑夜与白日间，在夏天与冬天，从东方到东方，从乡土到乡土，以不可磨灭的记忆与憧憬，热情地拥抱着黄河。

我的心慢慢地沉静下来，我想，我们的肉眼是无法领略这样的气势的，我甚至为我曾经有过的欲望感到羞愧。即使我是一个有心的人，我也不能肯定，我是否具备足够的智慧感受这样一种独有的韵致。

汽船停泊在一座粗糙的木桥旁，木桥下，水轻轻地轻轻地流动着，听不见声响。我们下了船，在潮湿的土地上奔跑着，特别想把自己微弱的足迹留在这片新鲜的土地上。一位打鱼的妇人告诉我们，这就是黄河入海口的第一座浮桥，也是黄河上的最后一座桥，她和她的丈夫在这里靠打鱼为生，已经度过了许多个年头。为此，和我们同行的王宗仁老师不由得激动起来。我当然深知其中的原因，却没有说出来，他一定是为了前几年曾经去过青海贵德县的黄河第一桥，现在又能到这黄河的最后一座桥而心生感慨的，而我又何尝不是呢。

深秋的傍晚，渤海湾的风变得愈加清凉，数不清的井架和洁白洁白的棉花地渐渐地被掩映在黑幕之中。东营的路很宽，很干净，东营的楼房很漂亮，也很整齐。东营的野兔子会突然出现在人们的视野里，在车灯的照射下一路狂奔，不知道尽头。

吃晚饭的时候，我竟然在饭桌上撞见了一位在青海玉树工作了十二年的何先生，那一刻，我们的目光交织在一起，我情不自禁地走向桌子对面，和他紧紧地握手，好像一只来自巴颜喀拉山的飞鸟忽然找到了一个歇脚的地方。

他见到我的时候，并没有藏掖自己对高原的情感，他的声音有一点颤抖，他的眼睛里无法掩饰地流露出一种真实自然的光泽，我明白，那是玉树草原的寒风和热曲河畔强烈的阳光给他留下的痕迹。

留在东营的日子很短，而且因为阴天，或者正如当地人说的没有人能实实在在地看到黄河入海时清晰的模样。但是，就因为她平静的神态，她端庄的面容，我才真正地懂得了她。

美，好像就是这样在不经意间发生的，仿佛一朵不知情的小花，一条不知路途的小溪……

离开东营的早晨，天晴了，太阳出来了。一簇又一簇将要飞出银花的芦苇在阳光下相互依存，延续着黄河的生命。原来，东营的日出也是这般耀眼，这般夺目，含着甜甜的微风，衔着温和的气息，送别我，让我在幸福中回到我亲爱的故乡。

【赏析】

这是一篇独辟蹊径的黄河散文。作者一反黄河题材写作的常规路数，没有写黄河的雄浑、奔放与力量，而是关照到黄河的另一面——黄河的静美、温柔、平顺。这又是一篇黄河源儿女对黄河尾的向往与期盼，恰似幼年的孩童对人生旅途中丰饶盛年的遥望和想象。作者和那"在青海玉树工作了十二年的何先生""好像一只来自巴颜喀拉山的飞鸟"，飞越关山万重，就为一睹身边那条熟稔的河流——卡日曲，如何蜕变为黄河，又如何河海一色，"奔流到海不复回"。文字朴实，感情真挚，透露出作者对历经风霜后的母亲河，抑或人生，满含着好奇、热望、理解与深情。

河源之水　摄影 / 陈维达

厚夫

厚夫（1965—），散文家，延安文艺与路遥研究专家。陕西延川人。延安大学文学院院长，陕西省作家协会副主席，中国当代文学研究会理事。先后出版散文集《走过陕北》《行走的风景》，文学理论专著《当代散文流变研究》，文学批评集《边缘的批评》等。多部著作先后荣获中国当代文学研究优秀成果表彰奖、冰心散文奖、柳青文学奖、陕西省文艺批评奖等多项文学奖项。

到黄河漂流去（节选）

早晨七点从延安出发，沿210国道驱车一小时，就到了陕北著名的"作家之乡""红枣之乡"延川县县城；再上从县城到秦晋峡谷著名的古渡口延水关的沙石公路，大约一小时便到了"黄河旅游度假村"。它位于延水关村北，依山傍河，是延川县黄河旅游开发公司新建的集旅游、休闲功能为一体的度假村。当然，它也是"漂流黄河"的出发点。如同游览漓江只是游览从桂林到阳朔之间大约八十三公里的漓江精华一样，我们漂流黄河的路线也挺有讲究：漂流从古渡口延水关到黄河乾坤大转弯之间的三十八公里左右的黄河水面。秦晋峡谷中的黄河更多显现其雄性的一面，如他的刚烈、他的咆哮、他的激动。然而流经延川的黄河却舒缓、平静，河面宽达二百多米，显现出其母性的一面。她还像扭秧歌一样婀娜地扭了五个S形大湾，也扭出了天设地造的乾坤湾；还把两岸的古老村落紧紧地揽在她温柔的怀抱，用甘甜的乳汁哺育着这里的百姓与文化。

穿上了橘红色的救生衣，乘坐在拥有汽油动力的彩色橡皮筏上，我们开始了由延水关到乾坤湾之间的"黄河漂流"之旅。顺便介绍一下，每个橡皮筏限坐十二人，上有年轻的开机器船工，还有专门负责游客安全的安全员。他们均是在黄河边长大的有一身好水性的"浪里白条"，乘坐这样有良好安全措施的船只，即使游客是个地道的"旱鸭子",也不用为安全担心。船工把发动机一开,橡皮筏便灵巧地在水面上飞起来。不过似乎有点太轻松了,若不是有秦晋大峡谷的背景,谁也不会想到是在黄河里泛舟,而是在颐和园、北海或者什么地方,也绝对体会不到当年的黄河船工们奋力摇橹、勇挽狂澜的气概。

船工先是专门把橡皮筏开到延水关村前的河面上转了两个圈,让我们好好看看这千年古渡的风景。历史上的延水关村一叶木舟、几支篙桨、唉乃橹声,连接着秦晋峡谷的交通。史料记载,春秋时期五霸之一的晋文公重耳的母舅之邦就是陕北。早年,他为了躲避仇家的追杀,从延水关西渡黄河,来到延川、子长一带逃难,一住十二年之久,并娶赤狄女子季隗为妻,结下了"秦晋之好"。如今,子长县的南沟岔还有叫"重耳川"的地方呢!现在,家乡人要在延水关建一座现代化的黄河大桥,使制约两岸交通与经济的天堑变通途。与以往的建设工地不同的是,这里绝没有那种人山人海的场面。河面上施工的船只正在紧张地施工,机器发出隆隆的轰鸣声回荡在空旷的峡谷中。船工自豪地告诉我们,大桥明年十月就要建成通车了。我开玩笑打趣,大桥建成,你们船工不是要"下岗"了么?船工爽朗地一笑,说:"我们还可以搞旅游业,带着你们漂黄河呀!"

乘坐在橡皮筏上,遥望两岸苍郁、雄浑的群山,可以强烈地感受到大自然的神力。岁月鬼斧神工,硬是把坚硬而厚重的高原齐刷刷地削砍成这般模样。北宋时期的大科学家沈括在知延州期间曾到过延水关一带的黄河边,并在这里发现过一种近似竹类的化石。他在《梦溪笔谈》里把这些东西称为"竹笋",言"近岁延州永宁关(注:即今日之延水关)入地数十尺,土下得竹笋一林,凡数百茎,根干相连,悉化为石。适有中人过,亦取数茎去,云欲进呈。延郡素无竹,此入地数十尺下不知为何代物。无乃旷古以前,地卑气湿而宜竹邪"。这说明了在远古时代,延水关一带曾经是竹林摇曳、物候宜人的热带、亚热带生态环境。气候的变迁，造就了沧海桑田，也形成了黄河峡谷这般模样。

再看看黄河北岸那些冲积地带、破碎的山洼上以及村落里生长着密密匝匝的枣树吧！五月初的枣树虽然没有开花，但是它们使着劲儿地长，给苍凉的秦晋峡谷增添了鲜亮的绿色。红枣是黄河边的特产，是黄河赐予百姓的精灵。旧《延川县志》记载："红枣各地都有，不如东方。沿黄河一带百里成林，肉厚核小，与灵宝枣符，成装贩运，资以为食。"延川河畔枣最有名的要数那"狗头枣"了，皮薄肉厚核小，形拙若狗头，憨厚敦实。有关部门技术鉴定确认，其内含多种维生素及钙、磷、铁等微量元素，营养成分丰富，堪称群枣之冠。说起"狗头枣"，还有个典故呢！1982年，朝鲜民主主义共和国元首金日成访华来到陕西，省里端出陕西特产招待。金日成品尝到延川"狗头枣"时，连声称好，大加赞赏，回国时还带走了三百棵"狗头枣"枣苗……当然，我们现在去的不是时候，若是金秋时节，漂流的游客可以随时上岸，走进农家的枣园，敞开肚皮尽情地享用造物主赐予的美食。

水依山势，山环水绕。橡皮筏在峡谷中飘荡，游客们也恰似穿行在由石鲁、苗重安等西部画家所举办的"黄河风情画展"的画廊中，尽情地领略黄河、黄土以及它们所呈现出的气魄与神韵。天是那般瓦蓝，云朵是那般洁白，两岸的群山是那般铁青，黄河水是那般浑浊，而游客们的穿着又是那般鲜亮。在这种空旷而悠远的背景之上，一群漂流者又似乎是在通过久远的时空隧道，从遥远的过去飘向未来，飘向一个既定的目标。游客们还可以根据水形山势的变化，而即兴产生众多联想。比如，河东岸的那块"神龟回首"的神奇山石，就引逗起人们的许多遐想，会想这只石龟是怎样步履蹒跚地爬到高山之巅，并且在那里以一种永恒的姿态讲述它的故事。再比如，河西岸的山崖上那块行云流水般神秘的摩崖石刻，也会激起你的无限联想。你会想到是何方得道的仙人，搭着高高的云梯，写下了至今无人解读的"天书"……

我们的漂游活动也有一些小小的意外。由于这时的黄河是在春夏之交的枯水期，有些地方的河床已经很浅了，有点像饱经岁月风霜而瘦骨嶙峋的老人，可以挽着裤腿走过黄河了。橡皮筏漂不起来，游客们也只能跳进黄河里推船了。说实话，我当时的心情是十分沉重的。黄河这位中华文明的母亲之河，可是现在竟到了快断流的地步，这不能不令人产生许多的叹息。不过，对于我们凡人来说，站立在黄河中心地带，使着劲儿推船也是一种乐趣。因为我们毕竟是站立在黄河的中央，与母亲之河有一次亲密的接触了！

漂流到了一个叫"宿夜"村的前面，我们登上了一个叫"鞋岛"的河心小岛小憩。此小岛形状极像一只巨大的鞋子，故称之。也有文人附会说这里就是"关关雎鸠"的"在河之洲"。据船工讲，这个小岛在洪水期间被淹没，在枯水期间又露出水面，神出鬼没。小岛颇有意思，到处是大小不等、磨得光滑溜圆的黄河卵石，记载着黄河赋予的多种信息。登岛拣石，在反复的选择后，拣拾一块中意的黄河卵石，可回去放到书架上仔细玩味。大大小小的黄河卵石中间，还有细如白面般柔软的黄河细沙。把双脚埋到细沙中进行足疗，也是一种惬意！

一个多小时后，我们便到了黄河著名的大转弯——乾坤湾。陕北流传这样一句俗语："天下黄河九十九道湾，最美要数乾坤湾。"乾坤湾位于延川县土岗乡伏义河畔，是个呈现着优美的S形的大湾，恰好《周易》中的阴阳太极图《周易·系辞下》记载："古者包牺氏（注：即伏羲氏）之王天下也。仰则观象于天，俯则观法于地，观鸟兽之文与地之宜，近取诸身，远取诸物，于是始作八卦，以通神德之明，以类万物之情……"当地民间传说中华民族的始祖之一的伏羲氏"以物取象"

而推演八卦的地方就是这个黄河大转弯，因其形似阴阳乾坤之状，故称"乾坤湾"。伏义河畔圣迹多，民间还传说延川县伏义河畔还有许多关于伏羲氏传说的地名。如伏寺是后人所建的伏羲寺庙，雷家岔就是古雷泽之地，大小程村和槐卜圪崂村是古之成纪之地，碾盘村象征古之青龙即木德之帝伏羲氏，会峰寨是伏羲独卧之地，鞋岛是伏羲留下的脚印，等等……关于这些地名的传说，权且姑妄听之。伏羲毕竟是传说中的人物，要找到他在黄河大转弯处推演阴阳八卦的考古学证据是不现实的。不过，氤氲着远古神秘气息的黄河乾坤湾，的确勾起了我们对于黄河远古文明的无限遐思……

不知不觉之时，我们便到了此次黄河漂流的终点，在乾坤湾下的伏义河村下船，再坐上汽车，沿着飘带一般的山间公路盘旋着升到了黄河畔的小程村前的"圣览山"。今年四月初，我从延安乘飞机到北京，曾鸟瞰到乾坤湾的模样。从飞机上看到的黄土高原，仿佛是一片被岁月长期啃噬的老桑叶，山梁沟壑等纹理毕现；而黄河像一条不断抖动的黄丝带，穿行在高原峡谷中。从高空中俯瞰到的乾坤湾，它的 S 形大湾格外优美与舒展。造物主精心设计也不一定有这般漂亮。我的感觉，这简直是大自然的神奇功力所创造的奇迹，使得山抱水、水依山而形成了这样一个气势宏大的阴阳八卦图。现在，站在"圣览山"观景台上，乾坤大转弯的雄姿尽收眼底。乾坤湾好比一卷打开的古老画页，而黄河恰似一只巨大的激情之笔，用它的生命历程记录着古老的黄河文明密码，供人们解读与沉思。读不尽的黄河风流，说不完的黄河文明，我怎能不对乾坤湾肃然起敬呢？

小程村是我们此次漂流黄河后吃饭、休息的地方。这个村子不大，背靠高山，面临黄河，整个村落笼罩在密密的枣林中。一方水土养一方人，没有开发黄河旅游之前，村子不通公路，自然环境封闭，百姓们枕着黄河涛声，厮守着平和而宁静的日子。妇女们个个都能铰一手好窗花，做一手好针线，男人们大都会唱民歌、闹秧歌。平日里，他们"日出而作，日落而息"；闲暇时候，村民便自发地组织起来闹起红火，自娱自乐，因此成了延川县人民政府命名的"民间艺术村"。随着延川黄河旅游的升温，小程村的群众给游客提供地道的农家饭，出售剪纸、鞋垫之类的手工艺品，还给游客进行民俗表演，挣一份心安理得的辛苦钱。久而久之，小程村的名字也就远近闻名了。

作为"黄河漂流"活动的最后一个环节，我们还被邀请到正在建设的碾盘"黄河民俗博物馆"参观。碾盘村离小程村不远，几里路的样子，它占据着另一个山头，同样也背靠大山，面临黄河。从村子垴畔向下望去，小山村仿佛是考古工作者切开的古迹剖面，由下及上，参差错落，干净利落。据介绍，文物专家在这个小山村里发掘到了人类旧石器时代的文物；也就是说，自从有华夏文明以来，这里一直有黄河儿女繁衍、生息。文化专家判定为黄河流域农耕民族"最具有黄河原生态文化特征的村落"，建议加以保护。这些年碾盘村的人因为卖枣致富，绝大部分人家都另辟新址建了新家，这也正好给保护工程提供了方便。在中央美术学院教授、我国著名画家靳之林等人多方奔走之下，美国福特文化基金会提供30万元的保护资金，延川县人民政府也配套相应的资金。我们去时，负责基金项目的延川"布堆画"画家冯山云和摄影家黑建国两人正在这里指导工作。他们介绍，现在世界各国的民俗馆大都是建在发达的城市当中，而这个黄河民俗博物馆却是一个依据自然特点而整体保护的原生态村落。这个民俗博物馆的展室便是村民们的古旧石窑，管理者也就是"面朝黄土背朝天"的农民们。村民们根据自家的特点，自己搞"展室"，自我经营、自我管理。当然，基金项目根据他们的保护程度，发放一定的补助资金。他们介绍，这也是我国第一个在原生态环境中农民自我经营与保护的"民俗博物馆"。

我们走进这个天然的"博物馆"里，但见河畔人日常使用的生产工具、运输工具、家居生活用品，等等有序地摆放在各自的"展室"里。看到这些记载着岁月沧桑的农家用品，我心中生出无限感慨：黄河畔这个破旧的古村落和这里的民俗生活用品，在以前是人们所弃之不及的东西。可是在全球化的经济时代里，越是民族的才越有可能是世界的，在文化人精心的挖掘与整理中，这个原生态村落的文化价值才显现出来，成为今天人们所珍爱的对象……我们应该记住靳之林教授，记住他为传播延川的黄河民俗文化所做出的贡献；我们也应该记住像冯山云、黑建国这些仍还坚持守护这块厚土的家乡文化人；当然，我们也不应该忘记家乡的父母官们为延川经济振兴、文化发展所付出的努力……

夕阳西下时分，挂在西方天空的太阳像一个火球，燃烧着最后的激情。山塬沉浸在夕阳那橘红色的余晖中，秦晋峡谷中的黄河河面跳动着细细的碎金。本来，我们还应该去黄河古渡清水关、黄河奇寨会峰寨等河畔名胜之地参观，由于时间关系只能等到下一次。留点悬念也好，它能时时唤起你对这些名胜的向往之情。踏上归程的我，在这充满诗意的平和中盘点自己一天的游程，我觉得"漂流黄河"既是一次放松身体的休闲之旅，也是一次领略黄河文明的体验之旅……

【赏析】

这不是一次寻常意义上的惊险刺激的漂流——旅程是如此和缓、平静；这又的确是一次有意义的漂流——一次关于黄河文明、黄河村落的文化寻访漂流。作者的着力点显然并不在漂流本身，而是着力于对沿途黄河两岸的观察，寻觅古文明之踪，对比黄河人今昔之变化，采撷岸边山村之特产，体察民俗风情，感悟传统民俗文化的当代价值。在状物摹形方面，作者时有妙句，如将乾坤湾比作"一卷打开的古老画页"，而黄河"恰似一只巨大的激情之笔"；将碾盘村比作"仿佛是考古工作者切开的古迹剖面"，以论其"由下及上，参差错落，干净利落"，颇有新意。

鲁顺民

鲁顺民（1965—），编辑，作家。山西河曲人。1987年毕业于山西师范大学中文系。历任《山西文学》编辑部主任、副主编。1986年开始发表作品。2006年加入中国作家协会。著有长篇散文《山西古渡口——黄河的另一种陈述》。另有报告文学集《380毫米降水线——世纪之交中国北方的农村和农民》，获赵树理文学奖。

南去的黄河西流的水

2004年3月21日，由老牛湾折返万家寨水利工程枢纽，东行四十公里，入偏关老城；沿晋西北扶贫公路向西，过桦林堡、天峰坪、寺沟村，再访古寺。越过寺沟，便是山西省河曲县境。

龙口峡谷在河曲县境内还要延宕近二十公里，公路随老长城的脚步延伸，长城紧跟黄河寸步不离。眼前的黄土高原，尽情地展示出自己粗犷无比的线条。寒意未消，耳边呼呼作响的风声里却带来春天的消息。土夯的墙垣已经残破，只剩下一处又一处烽墩还在说明着长城的走向，在高天大地之间顽强屹立，卓尔不群，但很孤独。古老的烽火墩台一个接一个，向远方延伸过去，一直荡到长峡尽头。

车随路走，路随河行。百尺悬崖下，黄河水奔腾不息，一泻如注。龙口出口处，水下的那道门槛使黄河暴怒异常，扭动身躯，两岸高耸的崖渚之间，巨浪激荡，水雾蒸腾。

龙口峡谷在河曲县梁家碛总算暂时停下脚步。

长龙吼，寒风劲。龙口峡谷陡然撑开，黄土高原让开大道，退避两厢，视界顿时为之开阔，咆哮着的河水忽然不再咆哮，岸渚耸峙的景象荡然无存。

黄河两岸，人烟辐辏，滩涂平缓，茂柳如烟。

河中央，突现出两处紧密相连的岛屿，居上游者名叫太子滩，却是一整块岩石矗立着，昂首临风，逆流北向，无畏无惧；居下游者，名叫娘娘滩，鸡鸣犬吠，炊烟袅袅，阡陌纵横，田畴交错。隐然一处村郭。

这娘娘滩，是万里黄河唯一有人居住的河中沙洲。

《山西通志》载，太子滩、娘娘滩均有古渡。明弘治十四年（1501年）之后，蒙古也先部占据河套，进而频繁南下侵扰，关河口以下黄河诸渡多为也先所据，"往来无虚日，保障为难"。在这种情况之下，偏头关总兵才下决心沿河修筑长城。"东起老营之丫角墩，西抵老牛湾，南折黄河岸，抵河曲石梯隘口，袤二百四十余里"，明代弘治至万历之间近百年当中不断修葺完善，最终形成以偏头关为中心纵横交错、诸边相连的长城防守格局。

太子、娘娘二滩，本来是沟通两岸的坦途，却变成了引狼入室的捷径。两座岛屿充当了游牧民族进入山西腹地的跳板，其战略意义可想而知。因此，在两滩上下沿黄河长城一线，居然密集地分布十多座烽火台，四座大型驻兵屯粮的古堡军塞，分别是：桦林堡、楼子营、罗圈堡（旧志称鲁家堡）、焦尾城，四座堡城互为犄角，前前后后共一十六座营堡绵亘牵连，烽火台墩遥相呼应，虎视眈眈地监视着两座岛屿对岸的动静。

今天，太子滩已经铺设浮桥可通内蒙古准格尔旗榆树湾镇。由榆树湾镇行二十公里即到达准旗首府薛家湾镇，再北行两小时的路程，过喇嘛湾，托克托县，直抵呼和浩特市。昔日需要十天半月的路程，现在只需要两三个小时即可到达。

娘娘滩仍然保持着往昔淳朴的面容。据说，有人出于对旅游开发一厢情愿的期待，曾经动议在岛上修筑旅游设施，但遭到村民的一致反对和抵制。其实，娘娘滩已经成为黄河进入中游之后游客必然要游览的地方，因为那里的自然风光，因为那里淳厚的民情，还有那里太多的历史传说。这里可能是全中国少有的不收门票的旅游景点。

黄河绕过娘娘滩时，显得特别温顺，浩浩荡荡向西行进，然后，绕出一个很大的河湾朝下一个渡口蜿蜒而去，在大河湾的臂弯里，躺着一个叫作河曲的山城。

娘娘滩上不唱戏

滩上的人家都姓李，这个姓氏和娘娘滩的传说紧紧地联系在一起。

说的是，汉家夺得天下未久，高祖去世。孝惠帝继位，其母吕后擅权。高祖宠幸过的那些嫔妃姬妾无一幸免遭到幽禁。其中高祖宠幸的戚夫人被剁去四肢，挖去双目，坏其听力，再施"喑药"毁掉她的嗓子变成哑巴，被做成"人彘"扔进厕所。长安宫阙为怨毒和仇杀所笼罩，汉家天下弥漫着一股阴狠残忍的气息。

代王刘桓的生母薄姬娘娘在李文、李广的保护之下逃出深宫，途中，李文战死，飞将军李广拼命保护薄姬娘娘仓皇北行，绕过林胡敌阵，躲过追兵进入儿子的封地。到达黄河岸边时，只见上有龙口峡谷奇险可倚，河中沙洲人迹罕至，于是选中一块较大的绿洲作为薄姬的避难之所，而在上游的岛屿为代王筑行宫，以方便其前来探母。

于是这两座岛屿分别被称为娘娘滩和太子滩。

这个传说于史无证，无法坐实，但是，滩上曾经发掘出汉代建筑的夯基，居然还找到四五块汉代瓦当，上书"万岁富贵"四个汉隶，字迹清晰，笔触张扬，会勾起人无边的遐思。20世纪70年代，在娘娘滩对岸的河湾村修筑公路时，在悬崖之上还发现过古代栈道的痕迹。

这些实物证据至少说明，娘娘滩早在汉代就被开发并供人居住。那个娘娘住没住过，倒显得很次要了。

然而，岛上的人家都称自己的远祖是李文、李广，一代一代的娘娘滩人像守护着一个世代尊崇的祖训，在滩上认认真真地铺排着生活，描画着日月，播种着心情。直到20世纪末，一位李姓后人在弥留之际，将李姓一支的家谱托人从内蒙古捎了回来，现今被供在娘娘滩头一间民间博物馆里。

娘娘滩北侧河岸上，有一座娘娘庙，当年不过是一座小小的神龛，娘娘被委屈地供奉在里面。滩上的老人告诉我，娘娘庙的正殿在"文化大革命"的时候被毁掉了，只剩下一座神龛。现在，由县政府出面，娘娘庙被修葺一新。重建的娘娘庙由山西省考古所古建队设计，建构合度，规制森严，可供瞻仰，也可登亭瞭望。

也难怪，上游有太子护卫，岸边是长城延宕，一座古堡森然矗立在娘娘滩边对岸的高岗上，此时，那座古堡苍凉地伏在太阳的逆光之中。娘娘滩，像谜一样充满诱惑。

娘娘滩至今还是河曲县的一个行政村，岛上有百十亩土地，地里种些糜谷、玉米、花生，村落人家沿南河沿一线三三五五错落着排开，乡间小道，苍苔处处。屋舍前后绿树浓荫，有高大的杨树，苍老的柳树，梨、桃、杏树舒展枝条，枝条之上红红白白地努出一星一点花蕾。最是一种奇特的树，长得奇形怪状，虬盘蛇绕的，这种树叫作海红树，到了秋天，树上会结出红得耀眼的小果子，一枝枝一串串，当地人用酒腌了越冬待客，酸里带一点甜，像海棠果又比海棠果肉精味厚。当地的民歌里有一句非常佻达的词儿，姑娘们一听，会羞得低下头去。

你吃哥哥的海红红，
　哥哥吃你的嘴唇唇。

说的就是这种水果。民歌的起兴里，将之与姑娘的嘴唇相提并论，可见那水果的诱人了。

娘娘滩上的房舍大都空着，而且大门都不上锁，一扇柴扉随意掩起来，上头别一根细细的柴棍儿。正月刚过，对联仍然红艳艳的，贴在门柱两侧，在初春萧疏的空气中让人心酥。柴扉里头，许多鸡叽叽咕咕，大小鸡都显得十分健壮，正在专心致志刨食，一只领头的大公鸡，艳丽无比，威风凛凛，警惕地注视院外的动静。

牛被拴在树下。农家院被树冠掩映着，窗花鲜艳。院里收拾得井井有条。短墙外，是一口老井。井并不深，奇的是汲水方式，一根长杆被垂吊在大柳树上，杆的一头坠一只大砂石砣，另一头则挂一只长杆挂钩直对井口，汲水时，只需用挂钩钩了水桶，顺井壁垂下，利用杠杆原理将水吊上来，轻而易举，科学省力。这种方式并不是娘娘滩人的发明，民间闾巷寻常见，诗经国风几度闻。这种提水方式，被称为"桔槔"。

只是，这种提水设施实在已经不多见，跟我年纪相仿的许多朋友居然都没有见过，很稀奇地玩来玩去，七上八下，不得要领。

一个汉子端一只小盆出来，要给牛"啖盐"。春天里，要给牛用鸡蛋清拌了盐，禳灾祛病，一年无虞。这种方式叫作"啖"，也是古老的动词。他见大家这样，笑了笑，没说话，将水桶重新吊了，款款在井里淹一桶水，飞快提将上来。轻重缓急，把握适度。真是不可思议。

随意转了几户人家，人都不在家。见汉子出来，大家问：不锁大门不怕贼偷吗？汉子笑了，说：贼能锁得住吗？他一手执牛首，一手给牛啖药，对大家的问题显然并不上心。再问：人都到哪里去了？

汉子说：地里没有就是上岸去了，拢共也没有几口人。

又到一户人家，是一座四合院。北房七间，南房五间，院里还栽着梨树。听见有人推大门进来，从正房里迎出一位老大娘。看着面熟，想了半天，是村支书的母亲，叫秦秀清，已经七十岁了，但看大娘面容，也不过五十岁上下。前年，我陪朋友曾经到过他家里。娘娘滩住户不多，几户人家，十多口人，但毕竟是一级行政单位，行政机构就建在他家里，村里的一般情况一张纸写得详详细细，红红绿绿张贴在墙上。老大娘的热情几乎让每一位朋友都感到惊奇，她似乎根本不在乎来客的身份与来历，一副来者都是客的劲头，让人觉得实在是太过讨扰了。

开门进来，炕沿儿上一字儿排开坐着三位老太太。

大娘说，岛上就这么几个老鬼了。年轻人都上岸进城去了，只有我们这些七老八十的人守在这滩上。

问年轻人为什么离岛而去？大娘说，娃娃们念书不方便，再说，这滩上闷嘛。

问那些年轻人就不再回来了吗？大娘说，农忙和逢年过节还是要回来的，金银可丢，热土难离，子孙们都说这滩上的空气好呢。

大娘说这娘娘滩动不得响器，看个戏吧，还要坐船渡筏到岸上的河湾、楼子营去看。赶集就更不必说了。

娘娘滩上不唱戏？大娘说，这是老辈子留下来的规矩，怕惊扰了娘娘。

一下子，让人想起那个传说，那个躲灾避难千里迢迢来到娘娘滩的薄姬娘娘。她忍辱负重远离宫阙，在这荒郊野外提心吊胆，哪怕是一丁点儿风吹草动，也担心被人听了去，知道她的行踪，过不得安生日子。

民间有传说，这娘娘滩是一块随水而涨的河中沙洲，所以几千年来从来没有被水淹过。1981年的秋天，土地承包的第一年，滩上的庄稼收成格外好，满村的人都欢喜得不得了。秋上，村里的年轻人张罗着唱了一台戏。因为怯着祖上留下来的规矩，只是悄悄地请了一班二人台小戏，只是唱了一天。谁知道，大年夜的饺子刚刚下锅，就听见河上传来一阵阵骇人的声音，天崩地裂一般。大家以为河开了，出门一看，大水夹带着深冬的寒风，已经漫过堤坝，娘娘滩顷刻之间变成水乡泽国。

原来，是上游水量过大，将封冻达三米多厚的冰层撑破，黄河漫滩，汹涌而至，娘娘滩顿时陷入一片恐慌。

要知道，凌汛，是黄河上最为严重的险情，更何况是在没有任何预兆的情况下出现的险情。也就是在这一年，黄河河曲段发生凌汛，不说调动的部队兵员和飞机炮弹，仅抢险物资一项就耗去三百万元之巨。黄河水患，凌汛为最。

县委县政府几乎出动了全部工作人员前往娘娘滩抢险救灾。经过一昼夜的抢险，娘娘滩上三十多户人家全部安全撤上岸。那一夜，娘娘滩上所有人家的院子都进了水，水进了房，水上了炕，一夜之间房倒屋塌，惨不忍睹。直到如今，当年那场冰灾仍旧十分牢固地映在娘娘滩人的记忆里。

大家夸娘娘滩环境好，空气好，人情好，换来的却是几位老太太齐声的叹息。

大水过后，重建家园。许多人家从此放弃了在岛上的日月，在岸上重新安排生活，回迁的十多户人家，盖起了新房。但此后子孙读书的读书，工作的工作，打工的打工。娘娘滩李姓人家尽管添丁进口，但岛上却日渐寥落。

只有河滩北岸的那座娘娘庙依然孤零零地立在那里。娘娘塑像背后的壁画却现出尘蒙已久的线条，一个个俊美异常的古代美女衣带飘风身姿翩然，显得格外清楚。

几乎所有的神圣都喜欢人们顶礼膜拜，都喜欢香火旺盛，走遍全中国所有的庙宇，无不在庙前立有戏台，但只有这位薄姬娘娘偏偏喜欢清静，拒绝喧闹。娘娘滩上的娘娘庙没有戏台，倒成了娘娘滩的一个独特之处。

后来，薄姬娘娘母因子贵，儿子刘桓被立为汉文帝，她也顺理成章打道回宫被立为皇太后。以隐忍谋得再生，在清静中抓住东山再起的机会。娘娘滩在黄河的浪涛喧闹中，讲述着一个寓言。

无戏的日子并不等于没有歌吟。黄河水给了黄河儿女一副好嗓子，黄河水也赋予了黄河儿女一副多愁善感的心肠。1952年，中国音乐学院的采风队来到河曲，在娘娘滩采集到几十首民歌，美妙的音乐与曲折的歌吟固化为一行行铅字，静静地立在图书馆某一个角落里。

走你家门前我瞭你家院，
你家下扔下我的牵扯魂线。

大榆树结上了那金钱钱，
隔窗那瞭见你那毛花眼眼。

房檐上流水你那唰拉拉响，
瞭见你那毛花眼眼扑在个窗台上。

野雀雀落在了那荒草洼，
玻璃那隔窗我说不上一句话。

咱二人相见了那说不上一句话，
肚里头起了我那一疙瘩。

……

不识谱，无法吟唱出这首歌的旋律，但歌词里传达出来的那份绵绵情意和如火的爱情却不难体会。想起这些来自娘娘滩上的民歌，我突然想，说不定，这民歌就是坐在炕沿上的哪一位老大娘唱出来的。

我很唐突地提出我的疑问，果然，秦秀清大娘指着一位眼窝深陷的老太太说，她会唱呢，当年差些跟了二人台班子。

抬头看这位老太太，她深陷的眼窝里睫毛很长，头发都白了，但睫毛却黑黑的，眼瞳里透着一点晶亮。这双眼睛很容易让人想到民歌里描述的那双"毛花眼眼"。"毛花眼眼"就应该是这副样子。老太太尽管上了年纪，但收拾得很干净，依稀可以想得见当年的风韵。

在我们再三要求之下，她给我们唱了一首歌，声音不高，吟唱起来却非常舒展，一首曲子从她嘴里低吟浅唱出来，弥漫着田野的气息，洋溢着泥上的芬芳。听着，同行的人心里紧紧的，眼皮软的女伴眼圈儿不由地红了起来。

大河那个流凌撑起个船，
为个朋友为下了个心不安。

白马那个拴在树脚根底，
千万那不要说是我和你。

再不要你瞅我来我瞅你。
叫人家还说是我和你。

迎头那碰见亲亲你不要笑，
三年两年那谁知道。

霜打那黑豆叶子落，

暗暗的朋友谁知道。

……

这是一首抒写男女情爱的歌曲，当地称之为"酸曲儿"。而河曲县是中国著名的民歌之乡，像这样的酸曲儿俯拾皆是，何止万千。多少年之后，娘娘滩上还会有人这样吟唱吗？这些迷人的曲调会不会像汉代的瓦当一样深埋在娘娘滩的土里？

一曲唱罢，荡气回肠。

七九河开

在娘娘滩右岸，找到了李夯不动。

"夯不动"是一句方言，用的却是古语，意思是说这人长得沉实，就是打夯筑基的后生也抬不起来。李夯不动是娘娘滩撑船最久的河路汉，不断地在媒体上出现，大大小小也算地方上一个名人。临行前，电视台的一位朋友说起李夯不动这个名字，说是乡下孩子取名字，都取一个贱名儿，无病无灾，好养活。其实，他哪里知道，这夯不动恰恰是十分金贵的名字，我猜想，夯不动肯定是父母亲老来得子，亲得不行才取下这么一个名字的。一问，果然。

娘娘滩渡，在20世纪80年代之前，承担着交通河曲县与内蒙古准格尔旗之间的渡河任务，娘娘滩左岸，是河曲县八十里黄河冲积扇，村郭相连，平畴沃野；右岸，则是内蒙古准格尔旗主要工业区，正对的是一个叫作马栅的大镇，逢五逢八赶集，沿河的农民们都要乘船过渡上岸交易。就是在平时，娘娘滩左岸也经常拴一只小船，供村里人出入。岸上只要有人喊一嗓子,对岸立即开船接应。

而今,娘娘滩上的船家只剩下李夯不动一个人了,还有一个小伙子帮忙撑船。娘娘滩只有一只过渡船,与对岸河湾村联合经营。

今天,正逢着马栅集市,过渡的人多。船上,五颜六色,七老八少,去的时候大都带着货物,无非猪肉羊肉、农副产品;回来,则采买些日用杂货、农药化肥,为春耕做准备。农村的市集日是乡村社会中一个不可或缺的大节日,其精神活动的主题远远超过了经济贸易的需要。有几个骑摩托的小伙子拾掇得油头粉面,显然要上岸"杀浪"闲逛,年轻闺女红衣黑裤,黑丢丢的毛花眼眼,矜持着,迎河风,看风景。两岸人家互通婚姻已是传统。

李夯不动显然是经过采访历练的,上过电视镜头,拍过MTV,在河当心远远听得招呼,稳坐舵尾开着机器,从容不迫,见惯不惊,挥了挥手,意思是说等一等就来。送一船人靠了内蒙古岸,才又折回到娘娘滩。

在农村,尤其是在黄河风浪里闯日月的人,从面容上很难判断其年龄,满脸都是被岁月磨损的痕迹。老汉笑眯眯地上岸来,腿有些变形,挽起的裤管露出一截小腿,青筋暴露,显然是静脉曲张。一问,七十二岁,李老汉五个指头一撮,又展开伸出两个指头。

然后顽皮地笑了笑,接过烟草,点上。

老汉抽着烟,面对着西流的黄河,黄河水平静地淌过,漾起一道道波,旋出一圈圈涡。有冰从上游漂下来,大一些的会擦着船帮荡过去,船帮发出一阵粗粝的声响。

黄河刚刚解冻,岸上伏了些大块小块的残冰。

说到封河开河。

黄河上的渡口从每年的阴历二月下船,一过小雪就抽船上岸。

二月二龙抬头，草木萌动。河滩的晨雾里到处鼓荡着布谷鸟的叫声。"布谷，布谷"。"布谷，布谷"。空气便带着三分湿气。河面上原来立茬着的冰被直射的太阳消得失去了形状，河面一天比一天平整，泛着一些青，然后再泛一些白。这时候，河上静得连一点声音都没有，连顺河刮过的风也小心翼翼，轻轻地、柔柔地拂过去。黄河边的人都知道，河已经很不结实了。

河，这是要开了。黄河边上的人说到黄河，都说"河"怎样怎样。

若是在严寒冰封的季节，河无论如何都不会消停。三四米厚的冰层下面仍然激流汹涌，冰面在一个冬天被撑得咯嘣嘣直响。冰被水憋烂撑破，水漫上冰面，一夜过去又会结一层冰，冰面就会厚上一层。所以，冬天的黄河，是一条不断上涨的河流，上涨的幅度可以达到六七米之多。河水跟严冬抗争，河水也给严寒助威，黄河像是一条被缚的大龙，一冬天痛苦不堪地扭动身躯，舒展筋骨。其实，在这时候，河上最安全不过，黄河两岸畅通无阻。在万家寨水库未蓄水之前，从河套地区下来的大批冰凌卡死在河曲段的大河湾里，河冻得格外结实，撑不烂，压不垮，八吨大卡车居然可以大模大样地在上面行走，如履平地。

解冻前的沉寂，大约要持续一个多月的时间。从正月将尽一直到谷雨前后，水与冰在阳光下共同结盟，酝酿着一个惊天动地的行动。先是表面残厉的冰碴儿被消平，河面显得光洁平整，坦荡如砥，接着，在太阳的直射之下，表层的冰纤结构开始悄悄发生变化，由冬天横向结构逐渐变为纵向。赶牲口踏冰过河，一不小心陷下去，蹄子就别折了。

和风徐来。

某一天早上，河畔上"瞭河"的人会发现，主河道一线在一夜之间就凹下一块。"瞭河"的人会松一口气：蛇展身子龙摆尾，大河底下河床并未被冰块淤塞，下游已经顺利开河。今年是"文开河"。文开河时，河上的冰会从下游一截一截裂开，顺流而下，无惊无险。不几天，久违的黄河水破冰而出，在主河道那边汤汤流动。

然后，柳绿桃红，春风迨荡。

如果主河道一线在谷雨前后仍然不见下陷，则预示着凶险异常的"武开河"即将来临。"武开河"亦称为"恶开河"。

静静的河面横横竖竖反射着阳光。风尘不动，空气仿佛凝固。一切来得那样突然，一切也如期而至。往往是在谷雨前的某一个黎明时分，只见离开河岸很远的地方，主河道一线隐隐约约有冰在移动，冰与冰摩擦着，你挤我我挤你，在晨雾的掩护下，像匍匐前行的兵士。鄂尔多斯高地与黄土高原还在沉睡之中，黄河就在他们的眼皮底下开始松动了。

待人们被惊醒，开河的局面已经无法挽回。这时候，主河道在不断扩大，一直向河岸这边淘将过来，水驮着冰，冰挤着冰，岸边的冰层不停地断裂，然后大块大块像巨鲸扑回母水，訇地，由水和冰搅动着的河流被激起层层波涌，凝滞地向远方荡过去。巨大的冰块漂满河流，面目狰狞，像饿了五万年的史前动物一样轰轰隆隆向下游扑过去。冰和冰撞击摩擦，研磨着，碎裂着，涌动着寒冷的白色。被束缚了一冬天的冰给憋坏啦！扑向母水的黄河冰在河里居然舞动起来做起各种姿势，腾挪跳跃，相互调戏。突然间，一股大水送来更大的冰排，不由分说，匪气十足夺路而过，挤在岸边的那些冰块被挤上岸来，变成一条条搁浅的舰船。冰被挤上岸，有的一头钻进黄土里，有的昂首而立，冰的边缘像新发出的刀刃，锋利无比。人们想不到冰会那样大、那样厚，像一座移动的建筑，像临阵角斗的公牛，护岸的老柳树被挤歪了，再挤得歪向一边，有的甚至被拦腰截断。

突然,刚被搁浅的冰被河水轻轻地浮起来,水渐渐上涨,再涨,一直涨到人的嗓子眼提起来。透过灰蒙蒙的雾岚向远方看过去,下游或更下游的地方,冰凌的流速突然减缓,进而停滞。一道冰坝在远方隆起。后方的冰阵一次次组织反击,一次次功败垂成,反而增加了坝体的厚度。前方的冰和后方的冰形成无法通融的抗衡。这时候,往往是坝体下面顶着一块以平方公里为单位的大冰卡在那里,后方汹涌而来的巨大物理性压力,最终使这块大冰力不能支,一声似雷鸣般的巨响过后,它的正中间突然崩开一道大口子,沿着这条宽缝再延伸出许多细碎纹路,偌大的一块冰顷刻之间分解开来,继而松动,继而移动,紧接着,冰坝瞬间垮塌,满河里冰们像潮水一样漫将过来,劈头盖脸,势如破竹。寒风回旋,百草胆寒。

河水也几乎在一瞬间退下去,再退下去,河床收缩到正常的位置,娘娘滩再一次经受住了考验。三五天后,河上的冰凌渐少,一块两块,三块五块。渔人下水,渡口也开了。

离开娘娘滩,耳边响起呕呕哑哑的歌声,是河封的时候船汉们从河里往上抽船时喊的号子。我们曾经问夯不动老汉,船上可有船工号子?当时,夯不动说,河上多凶险,还敢唱歌?水里行船,唱歌是最大的忌讳。

我跟他说有人曾经谱写过黄河船工号子,拉纤时候唱的。

他说,胡说呢,哪有?

但是他现在却唱起来,可能是突然想起来了。同伴回头向岸边的夯不动老汉行注目礼,眼里现出点点泪花。

哎——

众弟兄,人多捧柴火焰高哟!

嘿……

哎——

众弟兄，弯腰用力一齐来哟！

嘿……

哎——

歇一歇，缓一缓大家一齐来干哟！

嘿……

……

歌声远了。歌声像锤子，一下一下撞着大家的心口。

【赏析】

"南去"的黄河，"西流"的水，从题目上即可体会到一种"逝者如斯"的追怀感。所以，作者尽管是一种当下的探访，视角和心态却更大比例沉浸在对黄河岸边娘娘滩渡口的昔日的追怀上。久远而美好的传说，今人不得要领的桔槔式汲水，近乎失传的民歌小曲儿，仅存的河路汉李夯不动……伴随着新时代的来临，之前的生存样态的衰亡几乎是不可避免的。然而，其中蕴含的美好的情感记忆，也只能任其随风而逝吗？这，也许是作者寄情其中，又况味复杂而难言其明的原因吧。毕竟，历史云烟深处，是我们的来路。

何向阳

何向阳（1966—），文学评论家，作家。女，祖籍安徽。中国作家协会全国委员会委员。曾任河南省社会科学院文学所所长、河南省作家协会副主席，现为中国作家协会创研部主任。代表作品有《朝圣的故事或在路上》《肩上是风》《自巴颜喀拉》《思远道》《夏娃备案》《镜中水未逝》等。曾获中华文学基金会第二届冯牧文学奖、第九届庄重文文学奖等。《十二个：一九九八年的孩子》获第二届鲁迅文学奖·全国文学理论批评奖。

自巴颜喀拉（节选）

历史就是这样，对于河源昆仑，唐代有诗，却无疆土，所以那诗仅止于昆仑语，没有展开境，元代有了疆土，却没有了汉诗，所以那对于河源的描述丝缕公文，连昆仑语都奢极，到了明代，疆土也有，诗也有，却失了作诗的心境，匆匆而过的宗泐并无逗留之意，而整个明代却在忙于筑墙，那心中的敌意恐惧，怕是顾不上对于一条河的思想的。这一点倒是文人政治取着一致，明代山水咏文少得可怜，气象之语更为考辨论证所代替，学术渐次成形，而文学退至次位，一个好理辨而不靠诗情的理性时代终至到来。于是，山水不再志向渝，倒过来，恰是志向未渝的隐者语了。

趁河源之水还没有这多引申，看一看唐元清三代河源记录不无有益。

元鼎……渡黄河上游，在洪济桥西南二千余里，其水极为浅狭，春可揭涉，秋夏则以船渡。其南三百余里有三山，山形如锹，河源在其间，水甚清冷，流经诸水，色遂赤，续为诸水所注，渐既黄浊。又其源西去蕃之列馆约四驿，每驿约二百里……计其地理，当剑南之直西。

这是《旧唐书》（卷一九六吐蕃传下）中一节，所记刘元鼎出使吐蕃所见源河。

河源在朵甘思西鄙，有泉百余泓，或泉或漾，水沮洳散涣，方可七八十里,且泥淖溺,不胜人迹,逼视弗克。旁履高山下瞰,灿若列星,以故名火敦脑儿。火敦,译言星宿也。群流奔凑,近五七里,汇二巨泽,名阿剌脑儿。自西徂东,连属吞噬,广轮马行一日程,迤逦东鹜成川,号赤宾河。

是为记都实河源行的翰林侍读潘昂霄《河源志》中的河源。

臣等……五月十三日至青海,十四日至呼呼布拉克,六月初七日至星宿海之东,有泽名鄂陵,周二百余里,鄂陵西有泽名扎陵,周三百余里,二泽相隔三十里。初九日,至星宿海,蒙古名鄂敦塔拉,登高山视星宿海之源,小泉万亿,不可胜数。周围群山,蒙古名为库尔滚,即昆仑也。南有山,名古尔班吐尔哈,西南有山名布胡珠尔黑,西有山名巴尔布哈,北有山名阿克塔因七奇,东北有山名乌兰杜石。古尔班吐尔哈山下诸泉西番名噶尔马塘,巴尔布哈山下诸泉名为噶尔马春穆郎,阿克塔因七奇山下诸泉名为噶尔马沁尼,三山之泉流出三支河,即古尔班索罗谟也。三河东流入扎陵泽,自扎陵一支流入鄂陵泽,自鄂陵泽流出则黄河也。

可谓详致。是记述康熙四十三年即1704年的河源之探,上述行文即为拉锡回奏。

此后《水道提纲》《河源纪略》多有述及,但多转文,不如上述三人亲赴源区而得的第一手材料,即使第一手材料的获得,也有先后认知的深浅推进,唐元清各代,放在这里,虽然河源之探目的不同,心境各异,虽然蒙古语"阿勒坦郭勒"的黄金之河无论哪朝哪代前来给它作注,总是沉默者,它不拒细流,更不失激流的样子,让立山涉泽远道而来的人常常没有话说,竟无语凝咽,是站在那一面水的地图上的感受,不是想象中的一条三条涓流,而是每一条都画出路线却似随意恣漫地竞流,分合有序,却外人看不出,真正是天上列星,沿了一河往前走会在某处忽然断掉，而断掉的不远处便有另一处水洼泊泽，慢慢开出了另一条河引着你走，知道河源之探的艰难，在这海拔 4500 米以上的区域，古人是如何呼吸如何解决高原反应的不得而知，仅从这一把大小泉流泽泊里缕出一条河的源脉来就是现在也极不容易。所以正源之事也成就了一桩历史。而等等，确有什么被漏掉了，汉的考证不及、唐的无意、元的自觉、明的过客、清的苛求，之于河源，或诗或文或地理学术的演进初语，考证者多为原居地以外的人，是不远万里一路奔波了前来的。这里，史与史的册籍夹缝，一样东西漏掉了，它的原居民，常在眼前闪现的，之于河源，这一最有发言权利的群体，却在历史上与源头的黄河保持着一样的宁静沉默；这个疑点是常在眼前闪现的，作为历史上的原居民羌族、吐谷浑族、吐蕃族的不可能再作发言，今人郝苏民主编、民族出版社 1999 年版作为丝路·走廊报告的《甘青特有民族文化形态研究》书中记述的土族、撒拉族、东乡族、保安族、裕固族五种特有民族中找不到他们，他们已消失在众数计的战争或融合里，连语言书籍也未见保留，也许未来会有那么一册两册卷籍被考古发现出来，会有只言片语言及河流，还有喝它的水成长的民族前赴后继地要弄清楚的那个真实的源头。如今，它们在哪里？没有文字书记的痛苦，也许到这里会更有深一层的体会，民族历史的作为文字史的留存给每一个持有笔的人所提出的端庄郑重，在这时浸到内心，会有丝缕疼痛，也有千钧重量，常常的，由一句话、一场眼前的景象便知道有什么已经悄然放在了这个肩膀。说到源流，元代江西有一个叫朱思本的人，他从八里吉思家得帝师藏梵文图书，译成华文，与潘昂霄《河源志》有所补充与互文，《河源附录》中的引文是："河源在中州西南，直四川马湖蛮部之正西三千余里，云南丽江宣抚司之西北一千五百余里，帝师撒思加地之西南二千余里。水从地涌出如井，其井百余，东北流百余里，汇为大泽，曰火墩脑儿。"不止于星宿海，在清代已为探源所证明的星宿海之上百余里外的那个源头，是个人力量走不到的地方了。全是水，沼泽地湿，车轮子容易陷进去的季节，加上心脏从 1998 年夏心律不齐到今年检查出的左侧心肌缺血的报告警示，最终还是听了劝阻，没有上去。这段话能不能作为当地居民的发言呢？译文源出梵文，梵文又源出哪个人的书写或讲述呢？在我走的地下，总有几卷待发掘出来的史书埋在土里吧，在深层，人力尚不能触到的地方，总应有一些声音在字里行间争着发言，只是现在我们仍听不见它，看不懂它。

唐蕃路上，感念的是历代不息的正源思想。可谓前赴后继。这条路上，如果把那求知的人叠加起来，会是很长的一支队伍，走在 20 世纪最后一年，那支不止两千年之和的队伍末尾，心是热的。星宿海，火墩脑儿，玛曲，孔雀河……叫什么名字，又译作什么，其实并不重要，包括那山，叫紫山、闷摩黎山、抹必力赤巴山，还是现今叫的巴颜喀拉的史称或方言也不重要，甚至，在某种意义上说，黄河源出于扎陵西极的玛曲、卡日曲还是扎曲的三流之一种还是三流之合脉也不重要——当然在地理学上它重要，但是更要紧的是这一个发源于中原得益于黄河中流水养大的民族它生生不息的对自己生命得以在生命意义上维系究竟的探寻，这太不得了，从粗线勾描的《山海经》到已然成为一项学问而追踪细剖的清代单 18 世纪一百年间《星宿海河源图》（1708）、《一统志青海图》（1717）、《皇舆全览图》（1718）、《大清一统图》（1743）、《乾隆内府舆图》（1760）、《水道提纲》（1761）、《河源纪略》（1782）诸著，即可看出比河流不逊的另一流脉来，我不知道历史上是否还有如是民族，它的对骨血渊源的痴迷到了难以以文尽言的地步，从未中断，尽管个中有因，功用也罢，利益携进，但实质上不舍的仍是对某种与生民与生命事务相涉源流的不泯关心，这个核才是最主要,才是一种文化经由地理完成的积淀,一个民族经由河的形式完成的不舍昼夜的精神。于此,再读《水道提纲》,会有一种读诗篇的感觉,而著者齐兆南何尝不是一个用地理记的形式写诗的人?!

　　黄河源出星宿海,巴颜喀喇山东麓,二泉流数里,合而东南名阿尔坦河,南流,折向东,有小水自西南来会,又东,折向北,而东,而东南流……至鄂敦他位,即古星宿海,《元史》所谓火敦脑儿也。自河源至此,已三百里。星宿海于群山围绕之中,平地有泉,千里泓并涌,望若列星。阿尔坦河自西南来,皆汇阿尔坦河,东北会诸泉水。北有巴尔哈布山,西南流出之一水,南有哈喇答尔军山北流出之一水来会为一道,东南流注于查灵海(泽周三百余里,东西长,南北狭,河亘其中而流,土人呼白为查,形长为灵,以其水色白也)。自海东南流出五十里,有一水,合三河,自东来会(一曰色纳楚河,一曰多河,源俱出查克喇峨山北,俱东北流,合为一水)。又东南折而东北,与东南来之喀拉河,并东北为鄂灵海(鄂灵海在查灵海东五十余里,周三百余里,形如匏瓜,西南广而东北狭,蒙古以青为鄂,言水色青也,即《元史》所谓汇二巨泽,名阿刺脑儿者)。

　　成书于1748年的《如意宝树志》可谓藏文文献,当地人松巴堪布益西班觉的记述也如诗如画:"自西向东,自上而下,巨大川流……""玛卿崩拉大山下之湖泊……河水奔流……自右旋转,往东流泻……"。这是地道的当时当地人的记录,汉文译读,大约与藏文朗声诵来有内里的一致,澎湃有声,仿佛那水流在血内。

【赏析】

　　从汉唐,到元明清,作者对历史文献中历代朝政对黄河河源的探索,进行了抽丝剥茧条分缕析样的考辨。但如果你仅仅将此文作为一种文献的整理与考辨,实在是低估了它的价值,也低估了作者的写作"野心"。作者仿佛是在解一个关乎河流又关乎华夏民族的谜语——这条源远流长的河何以吸引这如此长久又专注的探索？行文虽然有学理性过盛而失去很大一部分读者的风险，然而其字里行间的热血与锐气，将成为文字蒸腾出的理想气质，以其独特的氤氲，聚拢同样关注这民族血脉的同气连枝的目光。

百姓黄河（节选）

3月中旬，到达三门峡时，天正落雨。倒春寒的天气打乱了行程。但仍在陕县张湾乡白家岭一个叫蔡白的村子找到世家为艄公的已年届70的赵黑娃，他开始在太阳渡和北关渡摆渡时才14岁。世家之外，也是为避免抓壮丁，他的父辈下过三门，和所有下三门的船工一样，在羊角山大王庙祭祀放炮烧了香后才敢一赌，真是押上性命的。因船无法回拉，所有不管是盐、粮的货船且无论杨木船还是柳木船到了三门以下多是平陆这样的商埠一律卖掉，人回来，再重新购船。黑娃家原住的万锦滩之所以名震四邻，是因为那首歌谣——"道光二十三，黄河涨上天，淹了太阳渡，捎了万锦滩"。"修了大坝后，水患止住了，"几平方米的屋子里坐满的村里的老人中的一位插言进来。原来我们来之前，他们正商议着另一件事——吃水。这个村是个移民村，从河边搬来39年了，打井总是打不出水，刚刚又有四个机井旱在那里，买水吧一桶54加仑的水要9角钱，担水吧十来里地呢，万锦新村二百七十多口人家只好挖池蓄水，不管是雨水还是雪水，这里都是宝。靠天吃饭的结果是小麦收成、苹果挂果都大打折扣，他们正商量着找县里再想想办法，毕竟已经忍了这多年，眼看着后代因为水找不着对象也是心焦的一件事。一边是洪水，一边是缺水，都是身家性命的事。饮水之患几世代来一直困扰着豫西群众，为此惊动了国务院，中央于20世纪90年代兴起"吃水工程"，拨专款打井，解决了一时之急，然而仍有更多地方尚因地质水层缘故情形得不到改善，比如从渑池县城出发去黄河边段村乡西柳窝村看道光二十三年（1843年）涨水记录的那两块黄河洪水碑的长达四小时的路上，眼见许多村在路边黄土崖上挖着一人高的洞，外面路边劈有一些连起来的人工土槽，还有架子车拉着什么进进出出的，下车去看，问正放学的一群念小学的孩子，他们异口同声讲是水窖，钻进去看，正在打窖的一农民用绳子提上来一桶挖出的土，半天我才明白是用来贮存从外面土槽流入的雨水或雪水的，怕浪费了，再问，他除了"呵呵"之外好像什么也不想解释，那副已经惯了的无奈表情，和外面路边坐着歇脚的一排正念书的孩子的笑，让人酸楚地记得。从蔡白赵家出来，村里土路上果然摆着大排大排的封闭水桶，起先来时还以为是油罐，一位中年妇女拉着装着一只桶的架子车从我们身边走了过去。好一脸淡漠，我们彼此都无话可说。再回头时，几位老人仍站在赵家门口，那一刻忽然想到萧红《黄河》里的艄公，他把兵士摆渡过了河后有句追问，那兵士在他"站住"的呼唤中也回过头，那问是"是不是中国这回打胜仗，老百姓就得日子过啦？"那回答是："是的……老百姓一定有好日子过的。"答话的人背影已模糊了，问话的人还站在沙中。记得他的两脚是深陷进沙滩里去的，一任浸上来的河水打着小旋将它埋没。这篇文章写在1938年，那个艄公叫阎胡子，这件事发生在潼关附近，就距这里不远，很可能他就是这河岸边哪一村里人的长辈。六十年前，就因为要守住那句回答，他站了那么半天。

走三峡大坝下游的公路桥进山西境，人门河北岸岩壁上凿有上下两排四方形的孔洞，绵延很长，据说有上千个，用来放上木桩作成栈道，间隔着还有一些牛鼻子样的石环，为逆水行船拉纤用的，正午阳光下那深嵌进石壁里的绳索印晃人眼目，说不清年代了，只知道是运粮时留下的。自秦至唐，三门峡漕运简直不逊色于现在时兴的任何一种勇敢者的游戏，说那些吃到嘴里的粮食是拿别人的命换的一点也不过分。《水经·河水注》就讲过三门以下 120 里内仍有若干险滩，分布于黄河下游河南渑池与山西平陆间峡谷段的，包括任家堆在内的阏流堆台被水利史专家确认为古代导航设施的遗迹。它用夯土筑成，经年风蚀已为柱状。即使有此导航，在急箭般的河上顺行凭的仍是勇气，逆行拉纤，则毅力之外别无所靠。陕人云：自古无门匠墓。门匠指的就是上三门的篙工。正是这片沉埋着无数航者骸骨的河岸滩地上，灿烂不觉的野油菜花依旧大片大片开着。

　　寻访史迹并不是件轻松的事。也许正是由于人要避开比不轻松更甚的苦难——不仅行船，更有洪水，20 世纪 50 年代人民政府才下决心要改变它。矗立于此的三门峡大坝即是这一思想的结晶体。在此之前，于砥柱河道，历史上多有改造山河的主意，据《陕县志》载，西汉鸿嘉年间的杨焉，隋代开皇年间，唐天宝年间、贞元年间，北宋乾德年间直至"民国"二十四年（1935 年）安立森提出建三门峡拦洪水库，都未能实施。其实从新中成立后直到动工的 1957 年，中国人民政府都一直在积极地做着准备，期间包括邀请苏联专家的考究论证，终于于 1957 年在集聚了全国最精英的水利工程各方人才会师于此后开工。坐在我面前刚办了退休的季老家在江苏淮安——他补充道当时许多人都是如此，哪里的口音都有，他只是当时以万为基数计的建设者中的一个，他讲的那个四十一年前的故事好像正是昨天，又突然很远：那时候的人吃面条、除四害——太多的苍蝇蚊子，住土坯房，走沙土路，整个一个大工地，干活，出简报，露天跳舞，用不完的激情。"那时候的人"，我注意到他频繁用着这个定语——只怕不进步，他说的这个定语里面的人我是熟悉的，在那部反映这一工程的新闻影片《黄河巨变》中我曾亲见他们的音容，如他说的真实，比他讲的生动，在波涛汹涌的随时可冲挟走人的激流中一位青年女子立身波涛只凭一线安全绳在焊着大坝构架。这个女子现在已长成了如季老一样身体并不朗健的老人，他们都有着这样那样的病痛，但是没有听到有人后悔，说到大坝，像说一个经由他们接生的孩子样，他们无一不眉飞色舞。那场青春就是这样被留了下来。对它的回忆里有着外人难以尽言的自豪。三门峡大坝有过两次改建，是因为黄河的淤泥造成，河水倒灌，入侵渭河平原，这是20世纪50年代末潼关迁新址的原因，面对当时或炸掉或不动或改造的五种方案，任总理的周恩来三次视察工地，改造后的大坝增加了泄洪洞和排沙系统而再未出现上述危情，真正实现了它拦洪、发电、防凌、灌溉、供水的功能。古话说"黄河清，圣人出"，怎么去评价这句话呢？历史并不都是直线的，大坝身上也有大跃进的影子，但是劳动是另一种事，当人定胜天不仅仅是一句口号而果真地为富一方时，我想历史自会有它的公正，对于一石水而六斗泥的母亲河，谁能说，"千年一清圣人出"不是一代代人依托于江河的最动人的梦呢？

最漫长的文明史从来与最漫长的水利史同步。从史前大禹斧劈三门到20世纪大坝像一把大锁锁住豫西峡谷的咽喉"蓄清排浑"，历史亦如一条长河横亘眼前。感叹的是，这里的土著或移民除了特能吃苦外，还有一种必胜的决心，仿佛这也成了一种水土。面对隔了一层玻璃放在蓝匣红绒里的依然寒光逼人的玉茎铜芯铁剑时，这种念头再次攫住了我。这是1990年发掘的一把西周晚期的剑，它不仅将中国人工冶铁史提前了一个多世纪，堪称华夏第一剑，而且让我们看到了战士的美感——那玉茎是以后如棠溪龙泉等名剑都不及的；在博物馆一出口角落里还找到了门口公布的春秋大型兵器展，只是三块盾牌、藤皮涂漆，粘叠在一起，像是勇士的身体；在春秋路去看了虢国大夫的墓穴，车马亦是最主要的陪葬，"西有兵马俑，东有车马坑"即指的这里。崤函之固，此时会跳出来，注释这些个战争之外，还有捍卫或对峙的勇敢。陕州原为崇尚武勇的古虢国封地，天堑并无断送人的进取之性，而崇武尚勇的精神却可追溯到远古时代，比若补天的女娲、铸鼎的黄帝、逐日的夸父，史前这三个神话均发生在这里。灵宝阳平荆山黄帝陵的高坡上，可以望见延展狭长的夸父山，《山海经》中"……与日竞走，入日。渴欲得饮，饮于河渭，河渭不足，北饮大泽。未至，道渴而死，弃其杖，化为邓林"的文字仿佛活了起来，阳平原就叫桃林的，不仅这里，绵延于潼关东部一带，原都叫桃林寨，无论怎样，我宁肯相信这个在世人眼里痴愚做着不可能之追日，而死时还不忘造福于民将自己仅有的最后一点东西留给百姓的人物存在过。这个大男子，我信其有而胜于无。那些称之为神话的事物对于删繁就简业已枯干的史实而言，哪种更值得珍惜维护，我心里再无那一刻那么清楚。无论补天、铸鼎还是逐日，都相通于一种力的发挥，这种勇力，可能也是不怎么让人满意常常困厄于人的山水给的，所以，力是一种争，也是争战于生存环境改造的人的一种能量。这种能量，可以移山填海，持有这种能量的人，所为的恰恰不会是一己自身。所以我经常感慨古人某种今人望其项背的强大，从文字中即可反映出来，今人谁有这么大的气魄写一个人不明不白地硬要追上太阳，并还绝对是景仰的文笔？不调侃这样的人才怪呢。现代人不知怎么在失去了恢宏的想象力的同时还常常透着小气和狭隘。所以那种令人望其项背的强大里有别人，它的宽敞与健康放得下"富民"二字。

　　争的立意在百姓，而不在自己，这是多么不同。与富民思想相连的百姓意识，大约应属棠荫下的召公了，因他通过与百姓在甘棠树下聊天而了解民情以资实政，百姓在他死后连甘棠树都不伐了，陕州因故才有"甘棠"之称吧。漫步"楼压黄河山满坐"的古陕州府所在地，不用讳饰我读到这个故事的感动。在陕县贺家庄那由青龙涧河冲削出的巨大台地上面，几世代生存着依黄土而生的人，在也被称为塬上的村子里，我见识到了天井式的窑洞，村人称它为地坑院，是在平地下挖二丈深大方坑，坑内四周再挖窑洞，院内总是种一棵梨树或苹果树。天井院式的土窑平均有百年历史，这样的村子几乎到处都是，有的地方还辟成景点作为一种黄土高原上独有的建筑形式或民俗风情供人参观。与有商业传统的晋地不同，豫西农民基本是以耕种为主，这一带人穷，没有搭建屋宇的材料，所能依赖的便只有黄土。不过现在已有很多家在旁边盖了新的砖瓦房。对于生活，他们不再只是适应，而也想建构一些什么了。

这就是王安石也禁不住赞叹其生命力的"吹沙走浪几千里"的中原人。他们不用文字，只一形象就可囊括其全部精神，再次站在中流砥柱前，我这样想，"山见水中，若柱然"，《水经注》里是这么说的，明人"峭壁雄流，鬼斧神工"八个字现存中国历史博物馆，然而在陕县展览馆我却找到了康有为写的"砥柱"二字，整个中州中国，没有比这再丰实的地气血脉了，黄土黄河不孕育这样的精神才怪呢。

黄河在中条山与崤山夹挟之下，在南村附近遇太行山系南脉王屋山的阻挡，稍稍向南弯曲了些，在旧孟津成型了它正东的流向。走读整个晋陕豫黄河南流折向东进一段，总会有这样的似曾相识，王屋山在此仿佛是给华山押了一韵似的，做着拨河的另幅手掌。而隔河的孟津又有些像潼关，不仅在转折的作用，还有，它是黄河在上述两山之间豫西峡谷的最后一道出口。潼关至孟津一段，黄河走完了它的峻急之路，再往下，重现于人们眼界的脉流重新河阔水宽。出孟津而豁然开朗这一点，又可以在晋陕峡谷的最后之峡地龙门找到知音。山河常常有它的奇偶对衬，而利用这一豫西峡谷出口之地利，经至少二十年论证于1994年投入建设的小浪底水利枢纽工程1997年10月与长江三峡大坝同时成功截流，这座迄今为止黄河干流上最大规模的水沙控制工程，屹立于《禹贡》"导河积石……东至于砥柱，又东至于孟津"的大禹治水的地方，屹立于《易经》"河出图，洛出书"的龙马负图、伏羲创造文字的地方，1998 年 7 月汛期它通过了来自中游龙门水站测定 7100 立方米至三门峡库区出水 5100 立方米流量的黄河一号洪峰的自然考验——它的建设就是为消减黄河可能出现的特大洪峰的。中央台新闻报道这一消息时，我看到那激流，和比那激流更顽强的建筑。13 日至 15 日等待洪峰通过的两个昼夜与世界杯赛一样肯定熬红了不少人的眼睛。这是 6 月从小浪底库区岸上遥望正紧张施工的大坝工地时的我该料想到的。虽与三门峡大坝有着地理上的对位，相距 130 公里的小浪底还是接受了它兄弟的失误教训，建成后，不但可发挥传统大坝的多项功能，而且可使下游防洪标准从六十年一遇提至千年一遇。能让黄河这条沉埋多少生命的不羁之河近五十年未决口，单此一项就"功在禹上"，而治水人仍要将之更多地抚育这一土地上的生命。从岸上直起俯瞰的目光瞭望对岸王屋山的位置，那里原先也住过一个老叟，抱着移山的决心。他不顾别人对自己"愚公"的取笑，让自己的儿子、孙子都参加了进来，他的精神在 20 世纪感动过一位领袖，他依此神话专写了一本册子，其中"愚公移山"四个大字和那篇文章被后人刻在王屋山下，1995 年在王屋曾亲见那文字上面移山一家人的雕像。

认准了的，他们就非要干到底。

豫西、中原人的近乎蛮力的执拗还表现在一些难想见的事情上。比如来路上的那个已改成小学校的夷齐祠所纪念的那两位弟兄就是。本来不继承王位以致弟兄俩互相让让而发生了避躲之事也罢了，到了路上邂逅而遇再结伴行真正地隐心求净事不关己也罢，可是偏不，他们偏要碰上周武王伐纣在此会盟的诸侯之师，而且偏要迎了前去抓住马缰绳不放，千军万马之前只凭两位胡须斑白的老人偏要说服一个不以暴抗暴的道理。周武王当然不听，47 只木船载了 800 诸侯的近 5 万兵士，经三昼夜强渡黄河以日行70里之速师至牧野，一统天下，不仅创造了大兵团远征作战的首例，而且是周王朝八百年统治的奠基。具体的战争中是不会有谁听得伯夷、叔齐的话的，在勇武代言正义的时代，伯夷、叔齐注定了寂寞，如果故事到此也不过是一失败者的结局，然而故事没有完，这两个劝阻无效的人为贯彻这一与那一时代格格不入然而却并非虚妄的思想，竟耻食周粟，上了首阳山。1998年6月中旬一个黄昏，终于攀上了偃师首阳山巅的我，突然觉得辞书里对首阳之地的冀、晋、豫的长久争论都无意义，伯夷叔齐墓对我而言，只有祭奠和追怀。只是在面对那一眼可以俯瞰到的整个偃师城——如今它已高厦林立——的一刻，我再次想念那样一种坚持自己直到终极的思想，它同样是身体力行的。

地气、河脉与血性的相隔相粘，守住了山河的雄伟高拔、厚重绵连，也创造了一代代质直刚健、毫无媚骨的人物，他们仆仆于大河之滨，以短如一瞬的生命完善着"千重山色开新面，万里江河自古流"的大境界，虽然平日里，他们渺如烟波，芸芸众生里你都无法一一说全他们的名字，但水至中流，激峻的往往是他们。正是他们这种河流一般进取的存在，让人知道先人"洋洋河水，朝宗于海，径自中州，龙图所在"的话写地理之外，更在写人。

约一百万年前，我们的祖先就已生活于山西芮城西侯渡这片土地上，蓝田、丁村、仰韶各分布于大河两岸，中原作为中国之"中"，是"华"族的发祥地，庙底沟发掘的陶器大多都以花为图案，有人说那是华族的标志，黄河由此被称为中华民族的摇篮。在这个摇篮里，成长着英烈，也生活着百姓。而且，大多数情形里二者是叠一的。也许应该用一种"河流文化"来概括中原，河流的精神是从不回头地奔赴目的实现理想的精神，是永无休止地创造的精神，在晋陕，它如父亲，有着父性的峥嵘浩荡；在晋豫，它如母亲，有着母性的沉着顽强，融合着两种最优秀品质的黄河共同创造出了它坦荡爽朗的儿子——华北平原。

站在黄河进入华北平原的最后一座屏障——邙山之上，有一种望尽中原的感觉，黄河就是在这里——邙山脚下荥阳境的桃花峪进入下游，冲过了黄土地貌在南岸的最后一抹痕迹，奔腾在了广袤的华北平原上，它一泻千里、骤然开阔的气势，每一次都深深感动着站在这样一个中下游分界点上的人。走到这里，任谁也无法挡住它的勇敢，它亘古至今一直要彻底实现的东流到海的梦。

重浊坚毅的身影看了不知多少回了。

有河流在血脉中穿行的熟稔。

像水结晶为盐，像盐重回水中。

【赏析】

何向阳与黄河的结缘可以追溯至 1990 年。那时她还是一个刚毕业的硕士研究生。也难说黄河是在此刻植入她的心灵，毕竟中原那一方水土早已与黄河难舍难分。1990 至 2000 年的十年间，她几次走黄河，一面多方查阅积累资料，一面实地考察加以实证。如果说《自巴颜喀拉》探讨的是河源以及追索河源的意义，那么《百姓黄河》则是她试图梳理出中游的黄河对山西、陕西、河南等地域文化的意义。《自巴颜喀拉》是从历代官方的探索立场去分析考辨，而《百姓黄河》的落脚点则无疑是民生或民间立场，并最终以"争的立意在百姓"，将官方与民间的黄河联通起来。将此两篇作为一个整体，也许能更好地理解何向阳学理之外的对人文与现实关系打通以及建立深度连接的抱负或深挚关切。

刘芬 佚失，不可考。

岳国芳

岳国芳（1929— ），新华社记者。江苏武进县（今武进区）人。1949年参加革命，1950年朝鲜战争爆发后，被派往朝鲜前线采访，在朝鲜战场近3年，拍摄了大量反映中国人民志愿军的英勇作战的纪实照片。回国后历任新华社摄影部、东北总分社、新疆分社、山东分社摄影记者、组长。

黄河之门

古往今来，有多少人热情地吟咏、礼赞黄河。然而，人们对于"黄河之门"（入海口）却很陌生。它的奇异景色值得欣赏，它的历史变迁值得追寻，尤其是征服"泥龙"的壮举，更使人赞叹不已。如果你有机会去那里观光，将发现那里的情况是见所未见、闻所未闻的。

"黄河之门"之所以知者甚少，原因之一是黄河决口改道频繁，再则，黄河含沙量为世界诸大河之冠，它不断地填海造陆，昨日入海口，今天已成陆地，真可谓沧海桑田。

"黄河之门"在哪里？

自1855年（清咸丰五年），黄河在河南兰阳（今兰考北）铜瓦厢决口夺大清河入海以来，它基本上在山东半岛北部行水。1949年后，才把入海口控制在垦利县。今天漫游"黄河之门"，当从垦利县出发，在渡口坐船径达黄河河口。

垦利县是1949年设立的。70多年前，这里还是汪洋大海，现在离海已有100多里了。

这里还保持着黄河下游"悬河"的风貌，河床高出县城地面。站在河堤看北岸，是一望无际的近代黄河三角洲草原。南岸绿洲上是钻塔和油井林立的胜利油田；渡口两边停满了待渡的汽车、拖拉机、马车和行人，马达轰鸣，人声喧腾。在这茫茫的草原上，见到如此繁忙的景象，实在意外。

征服"泥龙"的壮举

"黄河百害，河口尤甚"，2000多年来，有记载的1500多次水灾中，很多是发生在河口地区。垦利县附近的麻湾，是河口地区有名的"窄胡同"。从19世纪中叶到1949年河口地区的32次决口，一半以上发生在这一带。

乘船进入"窄胡同"，水流明显地湍急起来，浊浪翻滚，涛声大作，船身颠簸，令人提心吊胆。可是一个转弯，一座凌空飞架的钢筋水泥大闸，闪进眼帘。这是去年落成的河口地区最大的分洪分凌闸，从水面起有十层楼高。我们在此舍舟登岸，爬上闸首观望，河床果然狭隘，几里水路竟有两度转弯。闸后是展宽六里的新河道。据说，在旧社会时洪水一来，冲过堤坝便成大灾；冬日的冰凌，也会溢流为祟。而现在，如果洪水超过危险水位，只要闸门一启，汹涌水流进入新河道就马上平静下来。这样，百害区便变作无害区，"窄胡同"就成了"大马路"。

下行50多里，到了名闻中外的建林。建林是1976年腰斩黄河、人工改道的地方。就在这里，完成了驯服"泥龙"的壮举。

原来，黄河本是从此北流借钓口河入海的。由于泥沙淤积，在1975年连续出现了12次洪峰，险象丛生。治黄专家们决心制伏这条"泥龙"，替它另择入海口。经过空中和陆上实地勘测，决定让它改向东流，从河床深、两岸高的清水沟河入海。10万民工，抢在汛期之前，挖好人造引河，在新河道两岸筑起百里大堤。当洪水袭来，炸开旧堤，引入新河，使滚滚黄河畅然东流。在黄河入海史上,写下了安全改道的新的一页。

"泥龙"摆尾区奇观

自建林东下,首先引人注目的是两岸高耸的新大堤,俨然是两道"水上长城"。这便是今日黄河的"摆尾区"。

摆尾区是黄河历来的奇特景象。由于河水临近大海,受到海潮逆流顶托,流速急骤下降,于是,泥沙大量沉积,逐渐淤塞了河道。随后,决口改道了;再淤塞,再决口改道;如此循环往复,形成了摆尾区。

摆尾区,实际也就是黄河的填海造陆区。历史上,黄河摆尾区广及冀、鲁、苏、皖四省。据黄河专家证实,千百年来,黄河已在我们祖国的北方海岸营造了大面积的冲积平原,通称"古代黄河三角洲"。据考证,辽阔的华北平原,也是黄河填海造陆的结果。从1855年到现在,黄河又在山东半岛北部造出了拥有6000平方公里、600万亩草原的"近代黄河三角洲"。

过去,黄河造陆运动,是在自由泛滥中进行的。而今,它是由人工引导、按人们的意愿来填海造陆。去年联合国黄河考察组前来调查,誉此为世界的一大奇迹。

"沧桑"的神话传说

黄河一年输送的泥沙量达12亿吨。如果把它堆成2米高、1米宽的墙,可绕地球20多圈。试想,如此众多的泥沙,岂能不填沧海而造桑田?可是,当人们还不了解黄河的行水规律,还在不能揭示大自然的奥秘的时代,往往将难以解释的现象归诸"神"。这方面神话传说较多,姑举二则。

一是"精卫填海"。《山海经》载:"……炎帝之少女,名曰女娃。女娃游于东海,溺而不返,故为精卫,常衔西山之石,以湮东海。"古诗人陶渊明的诗中也写过"精卫衔微木，将以填东海"。这是以神鸟之力来解释黄河造陆现象。

另一是"禹王神箭"。山东省禹城有座禹王台，相传是禹王和海龙王谈判的地方。大禹导水入海，到达禹城时，龙王带领虾兵蟹将阻挡去路。谈判中，禹王要求让他一箭之地凿为入海口。龙王欣然同意。殊不知禹王的神箭，一下子射出200余里。龙王见禹王神通广大，只得退水至落箭之处。现在的禹城已离海几百里，人们把这片陆地的形成归功于禹王。

"泥龙"的巨大威力

越过护河长堤便进入河门区。河道豁然开朗，两岸全是淤积的沙洲。沙洲上，芦苇丛生，绿草丰茂。这里有一种叫黄须菜的植物，通红透亮，大片地长在黄沙黄水之间，像是一块块红色的地毯。黄须菜嫩时可吃，籽可榨油，是高蛋白油料作物。据说，黄须菜油可以治疗冠心病、血管硬化等症。

再下行20多里，水色浑浊，逐渐分成多股，有些变成了漫流。船工不断用竹竿测探深浅，航行困难起来。漫流的水淌着淌着停顿了，用肉眼就可以看出泥沙在沉积。新淤的沙洲，光秃秃地裸露着，在阳光下闪闪发光。

要看"泥龙"的威力，得在汛期，据说是有声有色，异常壮观。洪水把烂泥湾冲成宽阔的河床，冲进大海几十公里。在蔚蓝色的海面上，碧水黄流，泾渭分明。这粗壮的黄流，犹如蛟龙般地上下翻腾，人们称之为"出河溜"。更壮观的气势，是在涨大潮时，海潮溯源而上，汹涌澎湃；河水倾泻下来，咆哮飞腾，举世闻名的钱塘江潮和它相比，恐也要自叹弗如。

风貌独特的"黄河之门"

行行复行行,再下行 20 多里,终于到达了"黄河之门",也就是黄河入海口了。河门宽六七十里,中间是沙嘴,左右全是烂泥湾。沙嘴,是由大粒砂石和黏土组成的,坚硬异常,被称作"铁板沙",因船只上去会散架,又叫作"拆船沙"。这里还有一种"拦门沙",飘忽不定,连船工熟手也往往陷入困境。河门水情变幻莫测,晚间停泊时明明水深几米,而一觉醒来,却河干水涸,船只竟搁浅在沙滩上了。

黄河入海口还被人称道为鱼虾之乡。在对虾、毛虾产卵和孵化的时候,海水竟变成青红色。据说全国百分之七十海上的毛虾产自这里。原来,河门泥水中有丰富的腐殖质,这是培育虾苗的温床;海鱼也爱在咸淡相接的水域产卵,孵出小鱼以毛虾为香饵,大鱼又以小鱼为佳肴。

不要以为黄河入海口总是这么粗犷,我们从河口归来,沿河漫步,曾欣赏到它的细腻风光。黄河故道和低洼的地方,形成一个个平静的湖泊,宛如一捧珍珠散落在这里,湖面似镜,清澈晶莹,清风拂过,微波荡漾。这一带水生植物繁茂,鱼虾成群;来此逗留的水禽,双双对对,只有长腿鹭鸶像绅士那样,独自踱躞在浅滩。一派诗情画意,使人仿佛置身于江南水乡……

【赏析】

文章介绍了位于山东垦利县的黄河入海口的历史变迁和独特风貌。由于持续携带泥沙的特性,黄河下游入海口处的冲积平原位置和面积不断变化,形成独特的"摆尾区"。相关的神话传说,在新中国成立后,随着科学技术的发展,被一一揭开谜底。从夺人性命财产,到盛产植物鱼虾,为人民所用,黄河在新中国完成了从"百害"到"百利"的成功转变,成为造福黄河流域人民的有力武器和丰厚资源。

祝咸录

祝咸录，青海日报高级记者。出版有《江河源巡礼》等著作。

黄河源头姊妹湖

朋友，你到过万里黄河的发源地吗？你见过美丽浩瀚的扎陵湖和鄂陵湖吗？你听说过关于这两个湖泊的传说吗？如果没有，那么就让我来担任导游，带你到黄河源头的扎陵湖和鄂陵湖作一次旅行，领略一下那里的壮美风光，讲一讲我所听到的关于扎陵和鄂陵的动人传说吧！

要到黄河源头去旅行，首先要从青海省省会西宁出发，沿着急湍奔流的湟水河岸迤逦西行，一路上，翻过著名的日月山，绕过我国最大的内陆湖泊青海湖，又经过恰卜恰、河卡、大河坝、温泉、花石峡等新兴的草原城镇，便到了黄河源头的第一个城镇——黄河沿。

黄河沿，是青海省果洛藏族自治州玛多县的所在地，是一个美丽幽雅的小市镇。在这里，你可以看到巍峨壮丽的巴颜喀拉山、有名的万里黄河第一桥；可以看到美观新颖的各种建筑、别具一格的藏帐；还可以见到世世代代居住在黄河源头的高原居民藏族同胞和许多从内地来这里工作的汉族干部。如果你喜欢品尝一下牧区的饮食的话，可以吃到大盘大盘的手抓羊肉、滚热可口的羊肉面、滑溜上口的牛肉拉面、香甜松散的酥油炒面，还可以喝到香味扑鼻的牛奶酥油茶。夜里，这里听不到马达的轰鸣、机器的飞转、人声的鼎沸，宁静得没有半点吵闹，你可以美美地睡上一觉，一路上的疲惫和困顿，会顿然消失。

第二天清晨，当绚丽的朝霞染红东方，美美地醒来时，再从黄河沿起身，驱车沿着蜿蜒的黄河故道继续西行。沿途，你会看到奔腾咆哮、浊浪翻滚的黄河在这里一反常态，显得格外平静、清澈，整齐的河道弯弯曲曲，宽阔的水面沙洲点点，上面长满茂密的水草，清清的河水潺潺有声，无数水鸟在河畔嬉戏飞翔，使人觉得黄河就像是一位温顺善良、娴静大方的女子，在这广袤的草原上翩翩起舞，低声吟唱。

从黄河沿到鄂陵湖，只有五十多公里路程，汽车行走两个多小时便可到达。天晴日丽时，打从老远就能望见烟波浩渺、碧波荡漾的湖面一望无垠，蔚为壮观。附近，有一个牧业公社和一个渔场。前来观光的人们，一般在这里稍作停留之后，继续沿着鄂陵湖北岸向西，到扎陵湖和鄂陵湖之间的巴颜朗玛山去观览两湖的壮美风光。

巴彦朗玛山，海拔四千五百多米，山势平缓，远看像是山，近看像是川，就好像一座宏伟的大坝横亘在两湖中间。山上有一条蜿蜒的公路，一直可以通到扎陵湖和鄂陵湖相连的黄河故道中。弃车登上山顶，举目四望，周围的湖光山色可以尽收眼底。向西眺望，只见一碧如洗的天幕下，白雪皑皑的喀拉哦尕左玛山（意为白银女仙山或白脸女神山），像是一位身穿洁白长袍，美丽妖娆的女子亭亭玉立在群山之巅；山下一望无际的碧绿草原和平如明镜一般的扎陵湖，相间分明；向东眺望，但见浩瀚无际的鄂陵湖，好似一泓蓝色的琼浆轻轻荡漾……

假若你有兴趣的话，还可以在此多住些日子，让我们一起到扎陵湖和鄂陵湖美美地畅游一番，那时，你一定会发现，扎陵湖和鄂陵湖是多么美丽、富饶和可爱，也一定会深深地爱上它，甚至会舍不得离开它。

扎陵湖位于黄河的上端。黄河从巴颜喀拉山北麓的卡日曲和约古宗列曲发源后，经星宿海和玛曲河（又名孔雀河）流到这里，首先注入扎陵湖。扎陵湖东西长，南北窄，酷似一只美丽的大贝壳，镶嵌在黄河上。湖的面积达五百二十六平方公里，平均水深约九米，蓄水量为四十六亿立方米。扎陵湖水色碧澄发亮，湖心偏南是黄河的主流线，乍看上去，仿佛是一条宽宽的乳黄色的带子，将湖面分成两半，其中一半清澈碧绿，另一半微微发白，所以叫"白色的长湖"。扎陵湖的西南角，据黄河入湖处不远，有三个面积一至二平方公里的小岛，岛上栖息着大量水鸟，所以又称"鸟岛"。这里的鸟大都是候鸟，每年春天，数以万计的大雁、鱼鸥等鸟类从印度半岛飞到这里繁衍生息。一到这时，岛上遍地都是鸟巢。其中有羽毛筑成的，有用杂草垒积的，鸟巢里各种鸟蛋俯拾皆是，人在岛上走路，简直不敢下脚。鸟蛋有白的，有青的，也有花的，一堆一堆，陆离斑驳，好看极了。

　　黄河在扎陵湖经过一番回旋之后，在巴彦朗玛山南面，进入一条三百多米宽的很长的河谷，河水在这里分成九股道，散乱地穿过峡谷，流入鄂陵湖。河道里水草茂密，花朵金黄，清澈的河水中，数不清的鱼儿游来游去，十分有趣。原来，扎陵湖和鄂陵湖的鱼类资源十分丰富，湖里的鱼有七八种之多，其中以黄河裸鲤鱼、扁咽齿鱼、花斑裸鲤、骨唇黄河鲤和三眼鱼为最多。这里的鱼大都是冷水性的无鳞鱼，统称鳇鱼。这种鱼肉质细腻，营养丰富，味道鲜美，大的有七八斤，小的有二三斤，过去由于交通闭塞和藏族不食鱼的原因，两湖的鱼多得不可胜数。直到前几年，国家才办起了渔场，有计划地进行捕捞。鱼也很便宜，有的人想吃鱼，自己带网去捕鱼，用不了一刻，就可钓到好几条大鱼呢！

　　鄂陵湖位于扎陵湖之东和黄河的下端。鄂陵湖与扎陵湖的形状恰好相反，鄂陵湖东西窄、南北长，犹如一个很大的宝葫芦。湖的面积为六百二十八平方公里，比扎陵湖大一百平方公里，平均水深十七点六米，最深可达三十多米，蓄水量为一百零七立方米，相当于扎陵湖的一倍多。鄂陵湖水色极为清澈，呈深绿色，天晴日丽时，天上的云彩，周围的山岭，倒映在水中，清晰可见，因此叫"蓝色的长湖"。

　　十分有趣的是，扎陵湖有供鸟类栖息的岛屿，而鄂陵湖有一个专供鸟儿们会餐的天然场所，人称"小西湖"，又称"鱼餐厅"。原来，每年春天，黄河源头冰消雪融，河水上涨，鄂陵湖的水漫过一道堤岸流入小西湖，湖中的鱼儿也跟着游进来。待到冰雪化尽、水源枯竭时，湖水断流，并开始大量蒸发，湖水迅速下降，鱼儿开始死亡，而且被风浪推到岸边的沙滩上。鸟儿们吃鱼不需要花费力气去捕，只要到小西湖随便入座，就可以美美地饱餐一顿。鸟儿最多的时候，飞翔在上空的鸟群遮天蔽日，"嘎嘎"的鸣叫声，几里以外都能听到。

鄂陵湖烟波浩渺，波澜壮阔。上午，湖面风平浪静，纤萝不动；下午常常天气剧变，大风骤起，平静的湖面波涛汹涌，浪花拍岸，有时，还会出现天昏地暗的景象，一会儿连片的黑色藏帐，旌旗猎猎，人声鼎沸，据说，这是当年吐蕃松赞干布在此迎候文成公主时的盛大场面。一会儿又变成点点白色的风帐，由远而近，景象极为壮观。

游罢扎陵湖和鄂陵湖，你也许一定会问，在这海拔四千多米的高原上，怎么会形成如此浩瀚美丽的两个大湖？是谁把这巨大的玉盘镶嵌在黄河源头的呢？这得请地理学家们来回答，这里，还是让我来讲一讲我曾听到的那个美丽动人的传说吧！

相传，很久很久以前，巴颜喀拉山是一片美丽富饶的大草原，草原上聚居着一个很大的游牧部落，人们过着自由自在的游牧生活。这个部落有一个聪明善良、勤劳勇敢的牧羊人。他从小就失去了父母，家中一无所有，只好经常帮人去放牧。他不仅放牧放得好，而且能吹一手好笛子。一年四季，他每天赶着牛羊，吹着笛子到水草丰美的巴颜喀拉山放牧，日子久了，他的脚印踏遍了整个巴颜喀拉山，他的笛声回荡在千山万壑之中。远远近近的牧民们都很喜欢这个会吹笛子的牧羊少年，喜欢听他吹奏悠扬悦耳的笛子声，亲切地称他为"神笛手"。有一天，巴颜喀拉山游来一位名叫"白银"的仙女，她是专门为天神冶炼白银而路过昆仑山的。听到这悦耳动听的笛声，白银仙女忘记了自己的使命，情不自禁循声而去。在一个圆圆的山包上，她看见一位年轻英俊的牧羊人正在聚精会神地吹着笛子。山下，羊儿听着他的笛声安静地吃草，牛儿卧在草地上闭眼"倒磨"。就连奔跑的野牛、野驴，觅食的狐狸、猞猁、旱獭，飞翔的天鹅、大雁、雪鸡都停下来侧耳倾听他的笛声。于是，仙女产生了爱慕之情。第二天，白银仙女扮作一位美丽的牧羊女，来找牧羊人，听他吹笛子。从此以后，白银仙女瞒着天神，经常到巴颜喀拉山中来找牧羊人。有时，牧羊人吹笛，白银仙女就在草滩上为他伴歌伴舞。天长日久，两人建立了真诚的爱情，不久，白银仙女生下了一对孪生兄弟。大的像爸爸，又黑又高，起名叫鄂陵，小的像妈妈，又白又胖，起名叫扎陵。不料，这事很快被天神知道了，亲自下山来捉拿白银仙女，上天赎罪。白银仙女舍不得牧羊人，更舍不得她心爱的两个儿子，至死不肯前去，天神盛怒之下，害死了牧羊人，然后，施展神威，降下大雪，将昆仑山变成了一片冰天雪地，最后把白银仙女打入雪山，让她永世在雪山中挨饿受冻。后来，白银仙女便化作一座洁白的冰峰，伫立在群山之上，日夜眺望着远方的两个儿子。以后，人们就把这座山峰称为"白银仙女山"。

天神害死了牧羊人，拉走白银仙女后，巴颜喀拉山变得多灾多难起来，很多人纷纷离开这里，留下的一对孤苦伶仃、举目无亲的孪生兄弟，被一位好心的牧羊老人收养起来。兄弟俩在老牧民的精心抚养下一天天地长大了，而且长得身材高大，体格魁梧，力大无比，十分勇敢。当时，草原上野兽出没，豺狼成群，牧民们的牛羊常常被豺狼野兽吃掉，害得大家不得安宁。这弟兄俩便为牧民们打猎除害。他俩跑起来能追上奔走如飞的豹子，打起来能将哈熊劈成两半。从那以后，草原上最凶猛的野兽都害怕他俩，逃到很远很远的地方，不敢再到巴颜喀拉草原来。草原野兽少了，牛羊一天天多了，牧民们过上了太平幸福的日子。

有一天，弟兄俩来到一片美丽的草原，看见草原上，牛儿肥，马儿壮，羊儿叫，一片兴旺景象，高兴得跳起来。跳着，跳着，弟弟突然停下来，痴痴地望着两只小羊羔一左一右地偎依在母羊身边吃奶，不禁触景生情，他扭头问哥哥："你看那小羊羔都有妈妈，为啥我们没有妈妈呢？"哥哥听弟弟一问，也猛然醒悟，心想："是呵！别人都有自己的妈妈，我们怎么会没有妈妈？我们的妈妈哪里去了呢？"他想来想去，从记事的那一天，他就没有见过妈妈的面，只好摇摇头。弟弟一想到没有过妈妈，难过得哭了起来。哥哥没有办法，只好拉起弟弟去问老牧民。老牧民看他俩已经长大懂事了，只得如实告诉他们："你们的妈妈在巴颜喀拉山西面一个很远很远的雪山顶上呢！那里山高路远，天寒地冻，十分艰苦，你们就不要去找她了，跟着我在这里放牧吧！"

鄂陵和扎陵从小没有见过妈妈是个啥模样，也不知她在干什么，一听说她在很远的雪山里，思念之情更加迫切，说啥也要去看妈妈。于是，弟兄俩辞别了老牧民，朝着他指的方向去找自己的妈妈。他俩在草原上走啊走，一路上跋山涉水，翻过了一座座雪山，跨过了一条条大河，越过了一片片草原，有一天，来到一座高高耸立的雪山下，远远望见一座晶莹洁白、亭亭玉立的雪峰屹立在群山之巅。

可是，弟兄俩已经走得又饥又渴，精疲力竭，再也走不动了。忽然，他俩发现跟前有一条河流，河边立着一块大石头。俩人来到河边喝水。捧起水饮了一口，想不到这水竟是那样甘甜，就像芬芳的乳汁一样。他俩大口大口地畅饮着，再也喝不够，等到喝饱时，觉得很瞌睡。弟兄俩便靠着河边的大石头睡着了。

一会儿，便做起梦来。梦中，他俩看见一个美丽善良的青年妇女，头戴白色凉帽，身披白色斗篷，缓缓地朝他俩走来，亲切地呼唤着鄂陵和扎陵的名字。鄂陵和扎陵望着眼前越走越近的陌生人问道："你是谁？我们怎么不认识你？"只见她眼睛里含着激动的泪水，微笑着回答："我就是你们的妈妈呀！你们俩刚才喝的不就是妈妈的奶吗？"

鄂陵和扎陵一听是自己的妈妈，高兴得跳起来，飞奔上前，一齐扑到妈妈的怀抱里，亲昵地喊着妈妈，问她这些年都到哪儿去了，怎么不来看他们，向她诉说思念妈妈的情形。白银仙女抚摸着心爱的两个儿子，不愿意将自己的不幸遭遇告诉天真可爱的孩子，免得在他们心灵上留下痛苦的阴影，便说她到很远很远的地方，去为牧民们寻找牧场去了，因此顾不上来看他们。末了，白银仙女劝弟兄俩仍旧回到巴颜喀拉山中去，等她找到最好的牧场就一定来接他们。可是弟兄俩谁也不愿离开和蔼可亲的妈妈，提出，妈妈走到哪里，他们就跟着到哪里。白银仙女见弟兄两个不愿离开自己，她自己也实在舍不得这两个天真活泼、还未成人的孩子。她也不想让孩子跟她到雪山中挨饿受冻，便说："你俩留在这里，哪儿也不要去，妈妈每天都来看你们，渴了饿了，你们就喝河里的水。"说罢，转身而去，仍回到雪山之中。

鄂陵和扎陵见妈妈走了，便大声喊叫，互相吵醒了。醒来，这才发觉是做了个梦，他俩抬头四处眺望，除了远处那座亭亭玉立的冰峰外，见不到妈妈的影子。这时，他俩想起梦中妈妈的嘱咐，便靠在河边的大石头上，耐心地等待着妈妈来看他们。

于是他们等啊等。白天，渴了，他们去河边喝水；饿了，也去河边喝水，一喝水，真的就像喝到了妈妈的奶一样。夜里，总梦见妈妈来看他们，用温暖的手抚摸着他们的头，用嘴亲着他们的脸……

就这样，时间一天天过去，鄂陵和扎陵也一天天长大成人了。知道妈妈永远不会来看他们，于是，弟兄俩便双双化作两个大湖，同跟前的大河连在一起。这两个湖泊，就是现在的鄂陵湖和扎陵湖。

自从草原上出现两个美丽巨大的湖泊以后，这里跟着出现了从来没有过的繁荣昌盛景象。远近的牧民们闻讯赶来了，他们在环湖两岸的草原上居住下来，放牧牲畜，过起幸福的日子。天上的鸟儿们闻讯赶来了，什么天鹅呀、大雁呀、鱼鸥呀、野鸭呀，一对对、一双双地飞到这里来繁衍生息。水里的鱼儿也闻讯赶来了，什么大嘴鱼、小嘴鱼、扁咽鱼、骨唇鱼、三眼鱼，都争先恐后地游到湖中来游戏。还有野牛、野驴、石羊、羚羊、马鹿、狐狸、猞猁、旱獭、哈熊，等等也都跑到这里寻欢觅食。从此，鄂陵湖和扎陵湖变得更加美丽、更加富饶了。亲爱的朋友，当你随我游罢美丽富饶的鄂陵湖和扎陵湖，听完这神奇动人的传说时，你有些什么感想与感受，是不是觉得对黄河源头的风光还没有看够，是不是那动人的传说还没有讲完？那就请你到黄河源头来一趟吧，实地看一看那里的风光，让草原上识多见广的老牧民再为你细细地讲一讲鄂陵和扎陵的一切吧！

【赏析】

这是一篇较早讲述黄河源头附近的二湖——扎陵湖和鄂陵湖的文章，一方面具有科普意义，将黄河源头两个关系密切的湖泊在读者面前揭开神秘面纱，一方面文章的风格呈现出自然明快的特色。作者以近乎导游的热情口吻介绍了二湖美丽的风光、物产、沿路民俗风情以及黄河与二湖作为母子关系的动人传说。本文可与另两篇文章比较阅读，一为萨德本、葛腾二人所著《扎陵湖鄂陵湖勘察记》，以及另一位当代作家何向阳探讨黄河源头人文性的《自巴颜喀拉》。